러브온에어

Love on Air

Love On Air 1

초판 1쇄 찍은 날 | 2013년 10월 23일
초판 1쇄 펴낸 날 | 2013년 10월 30일

지은이 | 신윤희
펴낸이 | 서경석

편 집 장 | 권태완
편집책임 | 장미연
편   집 | 손수화
디 자 인 | 신현아

펴낸곳 | 도서출판 청어람
등록번호 | 제1081-1-89호
등록일자 | 1999. 5. 31
어람번호 | 제5-0349호

주소 | 경기도 부천시 원미구 심곡2동 163-2 서경B/D 3F (우) 420-822
전화 | 032-656-4452 팩스 | 032-656-4453
http://www.chungeoram.com
E-mail | chungeorambook@daum.net

ⓒ 신윤희, 2013

ISBN 978-89-251-3521-2 04810
ISBN 978-89-251-3520-5 (SET)

러브온에어

Love on Air

1

신윤희 장편 소설

Chungeoram romance novel

도서출판 청어람

CONTENTS

프롤로그

　"우리나라 영화계의 큰 별이 지고 말았습니다. 지난 40년간 거장 임영택 감독의 〈제8의 봉인〉을 비롯해서 100여 편에 이르는 영화에 출연한 배우 최무진 씨가 오늘 오전 2시 30분경 자택에서 심장마비로 별세하셨습니다. 향년 68세로 참으로 안타까운 죽음이 아닐 수 없습니다. 생전에 네 번의 결혼과 세 번의 이혼을 하셨던 최무진 씨의 유족으로는 미국에서 유학 중인 아드님이 한 분 있습니다. 현재 빈소가 마련된 서울삼찬병원 앞에는 수많은 취재진과 영화계선후배, 동료들의 조문으로 발 디딜 틈이 없습니다. 저희 연예가소식에서는 이 모든 장면을 어느 곳보다 발 빠르게 취재해서 보내 드릴 것을 약속합니다. 아, 말씀드리는 순간, 또 한 대의 밴이 도착했군요. 여러분! 이럴 수가! 정말로 믿을 수가 없습니다. 여러분, 강제하 씨입니디! 이빈 아태영화제에서 남우주연상을 수상하고, 현재 할리우드에서 차기작을 준비 중인 강제하 씨가 지금, 바로 이곳으로 들어서고 있습니다. 좀처럼 외부에 모습을 드러내지 않는 강제하 씨입니다만, 역시 영화계 대선배인 최무진 씨의 빈소를 찾아왔군요. 까만색 정장에 노타이, 하얀색 셔츠를 입어 큰 키가 더욱 돋보이고 있습니다. 구두는 이번 시즌 이태리 알……."

팟!

"미친 새끼들……. 사람 죽었다는데 저 새끼 뭐 입었는지가 중요해? 쓰레기들."

화면 속 리포터가 흥분해서 빠른 속도로 토해내는 멘트를 듣고 있던 진원은 오만상을 찌푸리면서 리모컨을 들어 텔레비전 전원을 꺼버렸다. 그러고는 투수가 야구공을 던지듯 리모컨을 힘껏 던져 버렸다. 휙, 리모컨은 탁자 너머 어디론가 사라졌다.

그러자 뜻하지 않은 강제하의 출현에 횡재수라며 좋아라 입 찢어져서 보고 있던 구성 작가들이 비명을 질러댔다.

"아악! 거기서 끄시면 어떡해요? 강제하 나왔는데! 야, 빨리 켜. 강제하 지나가겠다. 어서, 어서, 빨리!"

"최 피디님, 진짜 너무해요!"

"어떡해! 리모컨이 안 보여. 빨랑 찾아봐요, 빨랑!"

숫제 비명을 질러대며 다시 켜라고 진원이 아닌, 태리에게 난리를 쳐대는 작가들은 모두 패닉상태였다. 어이가 없어서 잠시 그 모습을 바라보던 진원은 곧 자리에서 벌떡 일어섰다. 그리고 자신이 던져 버린 리모컨을 땅바닥에서 줍고 있는 태리 녀석의 뒤통수를 손으로 후려갈겼다.

"너 이 자식, 1차 출연자 명단 갖다 놨어?"

야단스런 작가들의 재촉에 구석으로 날아간 리모컨을 찾아서 몸을 수그리고 있던 태리는 찔끔하고 말았다. 오늘까지 새로 시작하는 쇼 프로그램의 출연자 명단을 정해야 했지만, 마지막 한 명을 찾지 못해 아직 완성하지 못한 터였다.

평소 불같은 진원의 성격을 잘 아는 태리는 바짝 긴장하지 않을 수가 없었다. 더불어 익히 진원의 성격을 아는 작가들은 조용히 한쪽 구석으로 물러섰다.

사실, 그동안 태리가 진원에게 추천한 '가슴 크고 육감적인 몸매에 머리 텅 비어 보이는' 캐릭터에 적합한 인물은 한둘이 아니었다.

얼마 전에 케이블 방송에 조선시대 기녀로 나왔지만 전혀 사극답지 않은 대사 소화와 풍만한 몸매로 가뜩이나 바닥인 케이블 시청률을 소수점 이하로 만들어 버린 이초희. 섹시 여가수 콘셉트로 야심차게 출발했으나, 몇 번 출연하지도 못한 오락프로그램에서 '흙'을 '흑'으로 썼다가 개망신당한 가연. 프로야구 개막식에서 시구한답시고 엉덩이 겨우 가리는 짧은 치마 입고 다리 들었다가, 입어야 할 것을 입지 않은 덕에 적나라하게 아랫도리 노출한 후, 한국의 브리트니냐고 개욕먹은 채정원까지.

그러나 진원은 모두 고개를 저었다. 그냥 저은 정도가 아니라 프로필을 박박 찢어서 가엾은 태리 얼굴에 확 뿌리고, 소리를 버럭버럭 지르면서 육두문자를 날리기까지 했었다.

덤으로 날아온 하이킥은 진원의 무수한 구타에 단련된 태리에겐 조금만 아팠다.

아주 조금만.

최진원. 공영방송 DBS 드라마국의 히트제조기로 불리며 승승장구하고 있던 그가 쇼 프로그램을 연출하기로 결정된 것은 3개월 전의 일이었다. 전무후무, 도저히 있을 수 없는 일이었다. 더군다나 DBS 방송국의 '배스킨라빈스' 라고 불리는 최진원은 방년 33세에 이미 드라마국을 평정한 막강 시청률의 피디였다. 찍었다 하면 무조건 중박도 아닌 대박을 치는 그가 어째서 예능국으로 가게 되었는지 사람들은 의아해했다.

입사 8년차, 불과 조연출 3년 만에 초고속으로 입봉한 그가 그간 만들어낸 드라마는 모두 여섯 편이었다. 데뷔작이었던 단막극을 제외하고 다섯 편은 모두 16부작 미니시리즈나 일일연속극에, 드라마의 꽃이라는 주말연속극으로 평균 시청률 31%를 넘긴 인기작들이었다.

그래서 그에게 붙은 별명이 '배스킨라빈스 31'.

그런데 그런 최진원이 어째서 갑자기 드라마국에서 예능국으로 갔는가.

설마 토사구팽(兎死狗烹)?

사장이 머리에 총을 맞지 않고서야 최진원을 왜 팽하겠는가. 한창 탄력받아서 승승장구하고 있는 그 배스킨라빈스 써리원을! 왜 하필 지금 이때!

봄에 종영한 주말연속극의 마지막회 시청률이 45%를 넘어서 입이 귀에 걸린 DBS 사장이 친히 금일봉 내리면서 최진원 어깨를 끌어안고 '우리 DBS의 구세주'라고 부른 지 얼마 되지도 않은 터였다.

게다가 진원이 찍는 드라마 한 편에 붙는 광고가 몇 개인지 방송국 내에서 모르는 사람이 없을 정도이니, 사장이 진원을 팽한다는 것은 어불성설, 말도 되지 않는 소리였다.

좌초당해 침몰해 가는 거대한 타이타닉호처럼 드라마면 드라마, 예능이면 예능, 하는 족족 망해가던 총체적 난국의 DBS에 있어서 최진원은 그야말로 홍해를 가르는 기적을 행하고, 이스라엘 백성을 구해낸 모세와 마찬가지였다. 진원의 드라마가 벌어들인 광고비와 스폰서비가 방송국을 먹여 살린다는 소리까지 있었다.

사장의 말은 진실이었다. 그는 정녕 DBS 방송국의 구세주였다.

혹자는 더러운 성격으로 드라마 국장에게 개겨서 당한 좌천이란 말도 했지만, 최진원이 성격은 지랄 맞아도 희한하게 윗사람들에게 예쁨받는 캐릭터라는 건 방송국 내에서 아주 유명했다. 드라마국 CP와 호형호제하는 사이이고, 국장도 '우리 워니'라고 불러서 듣는 사람 토 쏠리게 했다는 증언이 쏟아지고 있는 마당이니 그것도 신빙성은 희박할 수밖에.

최진원이 예능국으로 쫓겨나게 된 이유에 대한 추측이 불가능해지자, 이번에는 아마도 진원이 구원투수로 예능국에 투입된 것이라는 말이 나돌았다. 입사한 이래 줄곧 인기 드라마만 만들었던 진원의 놀라운 흥행 감각으로 죄 망해가고 있는 DBS의 예능 프로그램을 살리려는 사장의 묘책이라는 것이다.

그러나 드라마국 피디가 예능국을 살리자고 자리를 옮긴다는 것은 방송국의 체계를 모두 무시하는 인사라 아무리 사장 특명이라도 내부 반발이 만만치 않을 터였다. 아니나 다를까, 진원이 예능국으로 옮기자 예능국 여기저기에서 불만이 터져 나왔다는 정황이 곳곳에서 포착되었다.

그러나 원칙주의자에 꼬장꼬장한 예능 국장이 내부에 함구령을 내리고, 진원을 받아들였다고 했다. 오히려 그 소식을 듣고 노발대발한 사장이 드라마 국장에 예능 국장까지 불러다가 어째서 진원이 예능국으로 갔느냐고 호통을 치며 경질 운운했다는 말이 돌았다. 세 사람이 한동안 밀담을 나눈 다음에 겨우 진정됐지만, 사장은 여전히 불만이라는 것이 유력한 카더라 통신의 전언이었으니. 이런저런 가능성을 놓고 입방아를 찧던 사람들은 당최 그럴듯한 이유를 짐작할 수가 없었다.

아무튼 드라마국의 총아였던 최진원은 예능국으로 옮겨갔고,

이제 그가 새로 만드는 리얼리티 서바이벌 성격의 쇼 '올디즈 벗 구디즈(Oldies But Goodies)'의 본격적인 첫 촬영이 2주 앞으로 다가온 시점이었다.

금강 석상처럼 우뚝 서서 자신을 노려보는 진원을 제대로 바라보지도 못하며, 태리는 조심스럽게 고개를 절레절레 저었다. 언제 또 베수비오스 화산처럼 폭발할지 모를 일이었다. 아니나 다를까, 곧 진원이 잔뜩 화가 난 목소리로 태리를 닦달하기 시작했다.

"이 새끼, 너 첫 촬영이 언제인데 아직까지 출연자 명단도 확보 안 하고 뭐 했어!"

거침없는 욕설과 노기 띤 고함에도 태리는 꼼짝도 하지 못했다. 노상 있는 일이었지만, 근래 들어 더욱 심해진 건 사실이었다. 쇼의 캐릭터에 딱 맞는 출연자를 구하지 못해 진원의 심기가 불편해지면서 그 불똥은 고스란히 태리에게 튀었다.

자기나 구성작가들, 온갖 연예 기획사에서 갖다 바친 수백 장의 프로필을 보고도 만족하지 못해서 화만 버럭버럭 내고 있는 진원이 태리는 원망스럽기만 했다.

진원의 수족이 되어 갖가지 허드렛일을 도맡아온 자신이 아니었던가 말이다.

다른 AD들은 반년도 버티지 못한 진원의 옆자리에서 2년 가까이 버틴 태리였다. 게다가 드라마국에 있다가 낯선 예능국으로 옮겨와서 정신이 하나도 없었다. 간신히 일 좀 배웠다 싶었더니 또다시 처음부터 새로 시작하는 거나 진배없는 터라, 하루 서너 시간 쪽잠도 마음 편히 못 자면서 버티고 있었다.

그도 진원의 지독한 성격에 혀를 내두른 적이 한두 번이 아니었다. 젊은 나이에 승승장구한 탓인지 오만불손하기 그지없고, 거리낌 없이 독설을 뱉어대는 진원은 자기 일에 철저하고, 스스로에게 엄격한 만큼 태리는 물론 주변 사람들에게 혹독하기 그지없었다.

하지만 최진원, 그가 누군가! 대한민국이 알아주는 흥행제조기, 영상의 마법사 아니던가 말이다.

태리는 그에게 꼭 그 비법을 배워서 언젠가 대한민국 최고의 드라마 피디가 되는 것이 소원이었다. 그래서 진원의 괴팍한 성정을 맞춰가며 온갖 허드렛일을 도맡아 하는 진원의 수족으로 산 것이 벌써 2년이었다.

이제 이 정도 독설과 매질쯤은 아무렇지도 않았…… 가 아니라 여전히 그 매서운 발길질은 아파 죽을 것 같았다.

전에 진원의 집에 우연히 갔다가 검도용 목검과 호구에 절권도 관련 서적, 쌍절곤, 봉술용 봉에 낡은 유도 도복과 권투 장갑까지 두루 갖춰진 걸 보고 경악하는 그에게 선배들이 뭐라고 했던가.

"짜식, 쫄기는. 걱정 마, 원래 무도가들은 일반인들 상대로 절대 실전 기술 안 써. 진원이 형도 보면 급소는 일부러 다 골라서 비켜 가면서 치잖아.”

“그래. 전에 재규 형이 그러는데 진원이 형이 특전사 출신이라 특공무술도 할 줄 안다던데. 그래서 절대 사람 뼈는 상하지 않게 친다더라.”

“야~ 난 그 인물에, 그 키면 헌병이나 의장대 차출일 줄 알았더니 의외네?”

“아냐, 진원이 형이 자원해서 대학교 2학년 땐가 갔다 왔을 걸.”

“그나저나 진원이 형은 대체 합치면 무술이 모두 몇 단인 거야?”

“그 인간이 합기도에 무에타이까지 했단 소리를 들었으니 모르긴 몰라도 한 20단 넘지 않겠냐?”

물론 태리는 선배들의 그 무시무시한 말을 모두 믿지는 않았다. 가뜩이나 최진원 악명에 겁먹고 주눅 든 자기를 놀리려고 한 소리란 것쯤은 자신도 안다. 하지만 그래도 가끔 진원의 눈에서 번뜩이는 살기를 볼 때마다 태리는 목숨 보전의 필요성을 절감하곤 했다.

무차별로 날아드는 진원의 매운 손길과 발길을 고스란히 당하며, 태리는 그저 진원의 화가 어서 가라앉기만을 바랐다. 성격은 지랄 같아도 일솜씨 확실하고 의외로 자기 사람 잘 챙기는 진원이기에 태리는 자기가 오늘 죽지는 않을 것이란 걸 믿었다. 아니, 믿고 싶었다.

그런데 진원이 그렇게 무차별적으로 태리를 난타하고 있는 동안, 이제 막 방송국에 입사해서 까다롭기 짝이 없는 최진원에 대해 익히 들은 바가 적은 막내 구성작가 효진이가 겁 없이 리모컨을 주워 들었다. 경험 많고 노련한 작가 선배들도 최진원의 극악한 기에 밀려서 모두 태리가 구타당하는 것을 숨죽인 채 지켜만 보던 와중이었다.

우리나라의 쟁쟁한 일류 배우들도 최진원 그의 매서운 눈초리 한 번, 차가운 말 한마디에 설설 긴다는 것을 들었어도 효진은 과장이려니 했다. 성질 더럽고 입 걸기로 치면 개차반이라는 진원의 소문도 익히 들어 알고 있었고, 그래서 조심해야 한다는 선배 작가들의 충고도 누누이 들어왔지만, 그의 멀끔한 외모 앞에서는 속절없이 무너졌다.

왜 그의 별명이 배스킨라빈스인지 앞만 듣고 뒤는 미처 듣지 못한 그녀의 불찰이었다.

시청률 31%뿐만 아니라, 최진원의 모델 뺨치는 외모는 정말이지 별명에 걸맞게 달콤한 아이스크림 같았다.

187cm를 육박하는 키에 70kg이 채 되지 않는 늘씬하고 탄탄한 근육질 몸매를 가진 최진원. 턱 선이 날렵하게 빠진 자그마한 얼굴은 나이를 가늠하기 힘들었다.

매일 야외 현장에다 밤샘에 시달리면서도 잡티 하나 없이 뽀

얇고 윤기 나는 피부에 이마를 덮고 있는, 만져 보고 싶은 검고 숱 많은 머릿결. 얇은 쌍꺼풀이 잡힌 또렷한 눈동자와 오뚝한 코. 그리고 길기만 한 다리와 호리호리한 몸매는 최진원, 그 자신이 드라마 남주, 아니, 순정 만화 속의 주인공처럼 보이도록 했다.

무슨 연출자가 웬만한 연기자들 뺨칠 만큼 훤칠한 외모라 남자 배우들이 불편해한다는 건 이 바닥에서 널리 알려진 정설이었다.

정녕 카메라 뒤가 아니라 앞에 서 있어야 할 남자였다, 최진원은.

게다가 그 매력적인 목소리라니!

생긴 건 곱상하니 책상물림만 하는 순진하고 여린 서생 같았지만, 그의 목소리는 맑고 또렷하면서도 사람을 기분 좋게 하는 울림을 가진 목소리였다. 그러면서도 단단한 남자다움이 물씬 풍기는 중저음이었다.

어린 효진이는 진원의 화보 속 모델 같은 외모와 목소리에 홀딱 빠져서는 그가 내뱉는 독설에 조금 충격을 받았어도, 아직 진원의 별명이 가진 진짜 의미를 파악하지 못하고 있었다.

그러나 그 치명적인 매력 뒤에는 무시무시한 실체가 도사리고 있었다. 누구라도 감히 잘못 건드렸다간 단칼에 싹둑 잘라 버리고 말, 강력한 세 치 혀와 까칠함으로 중무장한 최진원.

아이스크림의 현란한 색과 모양에 현혹돼서 성급하게 한입

가득 베어 무는 순간 뒷골을 띵 하게 만드는 그 충격. 입안에서 황홀하게 감도는 부드러운 크림에 묻혀서 사람들이 간과하고 마는 싸늘한 얼음의 차가움.

최진원은 그런 남자였다.

사실 얼음 정도가 아니라 날카롭고 살벌한 얼음송곳이었지만, 사람들은 눈을 행복하게 해주는 그의 외모 덕에 그런 후한 별명을 지어 붙였다.

오랫동안 진원을 알아온 믿을 만한 소식통에 의하면, 최진원이 아직 조연출이던 시절, 방송국을 드나들던 매니저 하나가 그에게 명함을 내밀었단다. 갓 입사해서 가뜩이나 해사한 미모가 싱싱하던 진원의 보습이 유독 눈을 끌었던 것이다.

임수만이라는 그 남자는 사실 일개 매니저는 아니고, 어엿한 엔터테인먼트 사를 운영하는 대표였다. 매니지먼트 쪽에서는 유명한 편이었고, 그가 키워낸 스타들도 꽤 여럿이었다. 주로 가수들을 키웠으나, 요즘은 배우나 모델 쪽에도 전력을 기울이고 있었던 차였다. 그러다 진원을 몇 번 마주치고는 꽤 탐이 났던 모양이었다. 임수만의 SEM엔터는 실력보다는 압도적으로 탁월한 외모를 가진 신인들을 발굴하기로 소문난 곳이었다.

"자네, 배우 해볼 생각 없나?"

임 대표라는 남자의 말에 진원은 들은 척도 하지 않고 그냥 무시하고 지나갔다. 그러나 그는 기어이 진원의 팔을 붙들었다.

"그 정도 얼굴에, 키면 방송국에서 AD 따위 하는 것보다 배우나 모델 하는 게 훨씬 나아. 알잖아. 이 바닥에서 한 방만 터뜨리면 어떻게 되는지. 나이가 좀 있지만 분위기도 좋고 무엇보다 목소리가 좋으니까 배우로 잘 먹힐 거야. 피디 따위가 어디 문젠가? 뜨기만 하면 국장이나 사장까지도 굽실거리는데. 내가 연예계 밥만 20년 넘게 먹었어. 내 촉으로 보건대 자네 마스크면 어렵지 않아. 확 뜰 거라니까."

그 작은 종잇조각을 가만히 들여다보던 진원이 한쪽 입술 끝을 끌어 올리며 시니컬한 미소를 지었다. 그러곤 임 대표를 쳐다보며 툭 내뱉었다.

"관상용 붕어새끼들 키워서 밥 벌어먹고 사니까 그렇게 좋으십니까?"

진원의 그 한마디에 임 대표는 그대로 굳어버렸고, 다신 최진원에게 들이대지 않았다고 한다.

이 이야기를 접하는 사람마다 '과연 배스킨라빈스 31!' 이라고 감탄 아닌 감탄을 하곤 했다.

아무튼 무식하면 용감하다고 했던가!

겁 없는 효진이가 용감하게 텔레비전의 전원을 누르는 순간, 뒤늦게 소리를 들은 다른 작가들이 효진을 향해서 소리 없는 아우성을 쳐대고 있었다.

'효진아, 얼른 꺼! 살고 싶으면 얼른 끄란 말이다!'

그러나 다른 사람들의 그런 절규에도 아랑곳하지 않고, 효진이는 오히려 볼륨까지 높이고 있었다.

다른 누구도 아닌 강제하였다.

한국이 낳은 할리우드 스타 강제하!

이름만 국제적인 스타에, 할리우드 진출했다고 떠들어대는 여타 배우들과 그는 질적으로 달랐다. 20대 초반에 데뷔해서 몇몇 영화와 드라마의 단역과 조연을 거친 그는 6년 전에 혈혈단신으로 미국으로 건너갔다. 치열하기 짝이 없다는 할리우드 영화계에서 수백 번의 오디션을 거쳐서 작은 배역부터 시작해 지금은 메이저급 영화의 단독 주연을 당당히 꿰찼다.

그는 작년도 포브스가 선정한 몸값 대비 흥행 성적 좋은 배우 TOP 10에 동양인 배우로는 처음으로 당당히 이름을 올렸다. 할리우드가 놀랐고, 세계가 감탄했다.

동양인 남성을 이성으로 취급하지 않는다는 서양 여성들의 마음까지 휘어잡은 그의 매력은 인종을 초월한 남성적 외모와 보는 사람의 심장을 흔드는 빼어난 연기력이었다.

3년 전부터는 국내에서는 물론이거니와 파파라치가 극성이라는 미국에서도 영화 개봉 때 외에는 그 모습 보기가 그야말로 하늘의 별 따기만큼이나 어려운 그였다.

그런데 강제하가 한국, 서울에 모습을 드러냈다. 텔레비전 화면에 보이는 그의 모습을 보는 것만으로도 효진은 가슴이 벅차죽을 지경이었다. 정신없이 터지는 플래시 소리와 기자들의 질문 공세에 리포터의 목소리가 묻히자, 그녀는 짜증을 내며 볼륨을 점점 더 높여가고 있었다. 어느새 태리를 무차별 난타하던 진원이 동작을 멈추고 자신을 노려보고 있다는 사실을 모른 채 말이다.

잡아먹을 듯이 텔레비전 화면과 효진을 노려보는 진원의 눈초리에 오싹함을 느낀 작가 하나가 불쌍한 막내를 구해주기 위해 화급히 다가가 리모컨을 뺏으려고 하자, 효진은 팔을 높이 치켜들며 소리를 질렀다.

"아우, 언니, 왜 이래요? 강제하 나왔단 말이에요. 나 이거 안 보면 죽어요!"

"어서 안 내놔! 이것아, 이거 안 끄면 넌 진짜 죽어!"

"그게 뭔 소리예요. 히잉, 언니, 우리 이것만 봐요. 네? 언니도 강제하 보고 싶잖아요, 제발요."

"얘가 안 된다니까, 너 말 안 들어? 그거 어서 이리 내놔!"

무섭게 노려보는 진원의 시선을 따갑도록 의식하며 작가 중 맏이인 경숙이가 얼른 텔레비전 본체의 전원을 눌러 끄고는 효진의 손에서 리모컨을 뺏기 위해 애를 썼다. 그러나 강제하에 대한 불타는 연정으로 무장한 효진은 커다란 덩치에 안 맞게 잽싼 몸놀림으로 요리조리 피하더니, 손을 높이 들어 올리면서 그사이에 리모컨의 버튼을 눌렀다.

"언니, 정말 이것만 보고 끌게요. 강제하만, 네?"

"너, 안 된다니까!"

효진 손에 들린 리모컨을 뺏기 위해 작은 키로 폴짝대던 경숙의 등 뒤로 갑작스럽게 왁자한 소음이 덮쳐 왔다. 효진이 기어이 텔레비전을 켰던 것이다. 그러나 두 눈을 초롱초롱 빛내며 기대감에 들떠서 화면을 바라보던 그녀의 얼굴은 금세 일그러졌다. 똥 씹은 표정이 딱 그러하리라.

"뭐야, 저게!"

회의실 벽에 걸린 63인치 대형 TV 가득히 웬 여자 하나가 희디흰 가슴을 고스란히 드러내고 있었다. 아니, 정확히는 카메라가 여자의 가슴 부위를 노골적으로 잡고 있었다. 상가라는 것을 잊었는지 가슴골 언저리가 보일 듯 말 듯한 검은색 슬립 드레스를 입은 낯선 여자는 그 풍만하다 못해 터질 것 같은 가슴을 흔들면서 빠르게 뛰듯이 걷고 있었다.

여자가 두르고 있는 매끄러운 검은색 천은 몸을 가리는 것이 아니라 오히려 그녀의 몸매를 적나라하게 드러냈다. 게다가 긴 머리를 틀어 올린 탓에 하얗고 긴 목선부터 풍만한 가슴과 매끄러운 허리, 그리고 허벅지까지 이어지는 여체의 곡선은 고스란히 사람들에게 노출되었고, 그것은 가히 충격적인 것이었다.

'헉, 저렇게 격한 대(大) 자 S라니!'

효진은 마른침을 억지로 삼키면서 속으로 절규했다. 그리고 그것은 그 시각 텔레비전 화면을 통해 그 여자를 보고 있는 모든 사람들이 동시에 외치는 울부짖음이었다. 현실엔 실존할 것 같지 않은 몸매에, 여자들은 호감이나 동경을 느끼기 이전에 본능적으로 격한 반감에 치를 떨어야 했다. 그녀들과 다른 성(性)을 가진 존재들은 그와는 정반대의 감정에 몸을 떨었지만 말이다.

사실 여자가 입은 옷은 여름철 길거리에서도 어렵지 않게 볼 수 있는 스타일의 드레스였다. 오히려 그녀의 드레스는 무릎까지 오는 다소 얌전한 길이였다. 효진도 똑같은 디자인의 옷을 옷장 깊숙이 걸어두고 있었다. 큼직한 꽃무늬가 화사한 그 옷은 가슴 모양을 잡아주는 패드 없이는 절대 입을 수 없는 것이었다.

작년 여름 사귀던 놈팡이한테 잘 보이고 싶은 마음에 한껏 차려입고 나갔다가 땀에 젖은 패드가 원래 있어야 할 자리를 이탈해서 배 근처로 떨어져 내리는 바람에 그녀가 겪어야 했던 굴욕이 떠오르자 효진의 얼굴은 더 시뻘게졌다.

그 재수 없는 자식이 그때 뭐라고 했었지?

"야, 너 정말 등판을 앞에 달고 나온 거였냐?"

그 찢어 죽이고 싶은 녀석이 이죽대던 얼굴이 떠오르자 효진의 입에서는 바로 육성이 터져 나왔다.

"저, 저 미친! 저게 지금 상가에 하고 올 차림이야? 아주 정줄을 놨구나, 놨어!"

TV를 틀면 저보다 더 헐벗은 차림의 여자 연예인들도 부지기수였다. 엉덩이를 반쯤 드러낸 초미니 스커트에 가슴팍과 허벅지는 물론 배꼽과 골반까지 노출한 민망한 의상도 아무렇지 않게 입었고, 하의 실종 패션이란 말과 함께 아예 상의만 입은 듯한 차림의 여성들이 거리를 활보하곤 했다.

그러나 진정 사람들의 반응을 불러일으키는 것은 어떤 디자인이냐가 문제가 아니라, 누가 입었느냐가 관건이었다. 바로 저 여자처럼.

"에잇, 뭐야! 강제하 안 나오잖아! 이미 지나간 모양이네. 쳇."

모두가 입을 쩍 벌리고 화면을 가득 메운, 다분히 의도적으로 집요하게 카메라가 쫓고 있는 여자의 몸매를 보고 있는 와중에 이래저래 화가 난 효진이 다시 리모컨을 들어 끄려 했다. 그런데 그녀의 손을 꽉 내리누르면서 리모컨을 막는 손길이 있었다.

바로 최진원이었다.

아주 정신 줄을 놔버린 사람처럼 게슴츠레한 눈동자에, 입을 헤 벌린 채 텔레비전 안으로 들어가 버릴 기세로 화면을 뚫어지게 쳐다보는 그의 얼굴을 보면서 효진은 오만상을 찌푸렸다.

'그래, 너도 남자라 저따위 왕가슴 보니까 동하나 부지? 흥!'

효진을 비롯해서 죄 여자들인 구성작가들은 전부 인상을 찌푸렸다. 지나치게 풍만한 가슴, 아니, 완벽에 가까운 몸매를 보고 있자니 화가 치밀었던 것이다. 물론 그 속에는 그야말로 들어갈 데 확실하게 들어가고, 나올 데는 지나치게 나와 주신 여자에 대한 부러움과 바닥에 붙어서 존재 유무가 미미한 자신의 가슴에 대한 짜증이 아주 많이 섞여 있었다.

아, 흔히들 말하는 콜라병 몸매라는 것이 아주 드물지만, 그래도 현실에 엄연히 존재한다는 건 알고 있었다. 하지만 아무리 그래도 화면 속 여자의 몸은 지나치게 격한 굴곡을 그리고 있었다.

"흥, 몸에 칼 댔구만."

효진의 빈정거림을 시작으로 경숙은 물론, 말없고 얌전한 예은까지. 그리고 그 화면을 보고 있던 전국의 모든 여성들의 입에서는 한결같은 일갈이 터졌다.

"그러게요. 저게 지금 말이 돼요? 저 몸에 저 사이즈가 나오기나 하냐구요!"

"보나마나 의느님 손길을 거치셨겠지."

"맞아, 맞아. 요즘 여자 연예인들 되게 뻔뻔스럽다니까요. 누가 수술한 거 갖고 뭐래? 하려면 좀 티 안 나게 하든가!"

"어머, 쟤 종아리 좀 봐. 저거 분명히 근육 퇴축술 했네, 했어."

"그렇죠. 저거 갈비뼈도 몇 대 뺀 거 아냐? 뭐 저래, 허리가! 아우, 진짜 꼴불견이네."

그렇다! 정녕 상가에 와서 드러내 놓고 몸매 자랑하는 게 틀림없는 여자의 가슴은 과연 자연산이 맞는지 의심이 갈 만큼 지나치게, 지나치게…… 풍만했다. 게다가 모래시계가 절로 연상될 만큼 잘록한 허리!

코르셋이라도 입어서 조여댄 건지, 한 줌도 안 돼 보이는 가느다란 허리와 부조화를 이루고 있는 비현실적으로 큰 가슴이라니.

무슨 만화도 아니고, 저렇게 말도 안 되는 몸매가 실재할 수
는 없었다.

병원 입구에 모여 있는 수많은 카메라들이 마치 저를 쫓는 것
인 양 얼굴을 손으로 가리고 급하게 걷는 여자가 진짜 가려야 할
것은 사람들 관심도 없는 면상이 아니었다. 그녀가 정녕 가려야
할 것은 여자의 작은 발을 감싼 높고 가느다란 굽의 검은 벨벳
힐이 움직일 때마다 흔들리는 하얀 살결이었다.

대형 HD TV를 통해 입체적으로 도드라진 가슴은 그야말로
압도적이었다. 그리고 그 모습은 지켜보고 있는 모든 여자들의
분노를 자극했다.

"어딜 가려, 어딜!"

"그러게, 가릴 데는 따로 있구만!"

"언니, 쟤 누군지 알아?"

"아니, 몰라. 너는 아니?"

"나도 모르지."

"나도, 나도!"

한마음 한뜻으로 대동단결한 여성 작가들은 화면을 바라보며
성토했다. 자신들이 가질 수 없는 이상과 현실의 괴리 사이에서
늘 좌절하는 여인네들의 한 맺힌 절규!

허연 가슴골이 파여서 다 드러나는, 저따위 옷을 입고 상가에
오다니 너 제정신이냐!

얼굴 가리지 마라, 너 누군지 하나도 모른다!

예은의 추측대로 종아리 근육을 없애는 수술이라도 받은 것인지, 뭉친 근육도 없이 가늘고 곧게 뻗은 다리를 가진 여자는 작은 보폭으로 뛰듯이 빠르게 걷고 있었다. 그럴 때마다 화면 속 여자의 뽀얀 살결은 달빛을 반사하는 은빛 물결처럼 출렁였고, 바라보는 여자들의 혈압과 스트레스 지수는 높아만 갔다.

아무리 평소 자기가 꿈꾸는 이상형의 몸매가 아니라며 애써 자위하고, 그녀의 무식하게 크기만 한 가슴이 천박하다고 조롱하면서도 그녀들의 마음속에는 부러움과 질투, 그리고 딱 그만큼의 분노가 끓어올랐다. 가릴 수 없는 그 선명하고 생생한 감정!

"젠장, 넘어져라!"

급기야 효진이 저도 모르게 짜증에 북받친 속마음을 내뱉는 순간, 거짓말처럼 그 말이 현실이 되었다. 위태로울 만큼 극단적으로 높은 킬힐을 신고, 두 다리를 묘하게 엑스자로 교차시키며 아슬아슬하게 걷던 여자가 갑자기 카메라 포커스에서 사라졌다. 그러나 기우뚱 몸의 균형이 흔들리는 여자를 노련한 카메라맨은 놓치지 않았고, 곧 여자는 다시 카메라 앵글로 들어왔다.

휘청, 여자의 불안한 걸음이 여전히 이어지고 있었다. 그러나 위태위태하게 걸어가던 여자가 다시 무릎이 확 꺾이며 바닥에 주저앉았다.

"깔깔, 저 높은 굽으로 뛰어다니니까 그렇지."

"무게중심이 앞으로 쏠려 있는데 안 넘어지고 배겨!"

“그러게. 어머, 쟤 어쩔 거야!”

“큭큭, 쪽 팔리겠다. 얼른 일어나기나 하지.”

“가슴이 너무 무거워서 못 일어나잖아요.”

“까르르.”

이젠 효진뿐만 아니라 경숙과 다른 작가들까지 화면을 보면서 낄낄거리며 고소해하고 있었다.

그러나 어느새 강제하는 까마득히 잊은 듯 화면 속, 가슴 큰 여자에 대한 적의를 마음껏 드러내며, 조롱하고 웃어젖히던 여자들의 얼굴은 곧 똥 씹은 표정으로 바뀌었다.

“어…….”

바닥으로 패대기칠 뻔한 상체를 한 팔로 간신히 지탱한 여자가 엎어진 몸을 일으킨 순간, 국내외의 온갖 연예 매체가 다 모인, 대배우 최무진의 빈소가 차려진 삼산병원 앞에는 잠시 동안 정적이 흘렀다. 온갖 총성과 악다구니가 오가는 전쟁터에 갑자기 찾아든 기묘한 고요함이었다. 그 괴괴함에 모두가 얼이 나가 버렸다.

그러나 잠시 후, 갑자기 불구덩이 속에 던져진 콩알탄 뭉치처럼 수백 대의 플래시가 팡팡 소리를 내며 정신없이 터지기 시작했다. 우리나라 유수의 사진 기자들이 이름도, 얼굴도 알 수 없는 어떤 여자의 드레스 끈이 아슬아슬하게 흘러내리려 하는 모습을 열심히 경쟁하며 찍어대고 있었던 것이다.

그것은 기자로서의 육감이었다.

대어, 특종이라는 직감! 수십 명의 정상급 연예인들 사진보다도 저 여자의 사진 하나가 더 많은 판매와 클릭질을 유도할 것이라는 확신!

기자의 본능이 뇌가 아닌 손가락에 바로 명령했다.

셔터를 눌러!

찰칵! 찰칵! 찰칵!

사진 기자들뿐만 아니라 방송국 카메라들도 하얀 살결이 고스란히 드러난 여자의 모습을 담아내느라 여념이 없었고, 눈치 빠른 리포터들은 앞다투어 여자에게 마이크를 들이밀며 질문 공세를 해댔다. 상복이랍시고 차려입은 여자의 까만색 슬립 드레스와 대비된 눈처럼 희디흰 속살이 무수히 터지는 섬광에 의해 마치 태양빛을 흡수해서 고고히 뿜어내는 달처럼 빛나고 있었다.

까맣게 윤기 흐르는 머릿결과 검은 드레스, 눈부신 흰 살결. 그리고 선명한 붉은색 입술.

깨끗한 흑백의 대비가 고혹적이었다. 마치 흑백 영화 속 여배우 같았다.

그러나 사람들의 이목을 집중시키는 것은 그녀의 화사한 미모가 아니었다. 아니, 좀 더 정확하게 말하자면 그녀의 아름다움을 이루고 있는 부분 중의 하나에 온통 신경을 모으고 있었다.

"어머나, 저게 뭐니?"

"세상에나."

꽤 야단스럽게 넘어지는 바람에 여자의 반쯤 드러난 등에서부터 조붓한 어깨를 지나, 지나치게 봉긋 솟은 가슴 언저리까지 이어져 있던 드레스의 한쪽 끈이 끊어져 버렸다.

여자가 무수한 플래시 빛에 움찔하며 시린 눈을 가리려고 팔을 드는 순간, 아슬아슬하게 가슴을 가리고 있던 검은 천이 움직이기 시작했다. 스르르 점점 아래로 내려가는 얇은 천! 이대로 간다면 가슴이 보일지도 몰랐다. 아니, 그건 분명히 시간문제였다.

"어머, 어머, 저거 지금 흘러내리는 거야?"

"쟤 미쳤나 봐요!"

"모르는 거야? 모르는 척하는 거야!"

현장에 모여 있던 수많은 사람뿐만 아니라, TV를 통해 생생하게 중계되는 현장을 보고 있던 시청자들도 모두 동시에 긴장으로 꿀꺽 마른침을 삼켰다.

여자를, 아니, 여자의 박속처럼 희디흰 속살 위에 얹혀 있는 얇고 부드러운 검은 천을 뚫어지게 바라보는 그들, 정확하게는 남자 시청자들의 염원은 하나였다.

조금만 더, 조금만 더, 더…….

그런데 갑자기 여자의 얼굴을 가리던 하얗고 작은 손이 미끄럼 타던 천 자락으로 내려와, 위태롭던 가슴께를 와락 감쌌다. 그제야 제 속살이 만천하에 공개될 뻔했다는 걸 깨달은 것인지 여자는 얼른 두 팔을 모두 내려 가슴을 완전히 가려 버렸다.

하지만 두 팔을 너무 꽉 두른 탓에 커다란 젖무덤은 코르셋을 입고 꽉 조인 것처럼 더욱 팽팽하게 솟아올랐고, 볼록하게 튀어나온 가슴의 곡선을 살짝 드러냈다.

"쟤, 뭐니?"

"저거저거, 그 누구야? 걔, 왜 레드카펫에서 일부러 드레스 훌러덩 벗겨졌다고 쌩쇼한 걔 따라 한 거 아냐? 맞지?"

"맞아. 아우, 진짜 미친년, 저게 무슨 짓이야!"

효진과 경숙의 입에서 동시에 욕설이 튀어나왔다. 그러나 그녀들은 화면을 보며 욕을 하면서도 눈길을 떼지 못하고 있었다.

"쟤 하는 거 봐. 저거저거, 일부러 그러는 거야, 일부러."

"맞아요, 아까도 쟤 알면서도 일부러 그러는 거 티 나더라. 맞죠?"

"어우, 정말이지, 요즘 애들은 어쩜 저렇게 양심이 없대?"

"그러게, 뜨자고 아주 별 지랄들을 다 하신다니까."

"지랄이 풍년이야, 풍년!"

노출이 전략이자 자기 홍보의 일환으로 활용되는 시대에 여자 연예인의 가슴이 보이거나 심지어 클레비지 라인(가슴골의 가운데 부분)이 드러나는 것은 대중에게 있어 그다지 놀라운 일이 아니었다.

한 영화제에서는 상반신을 거의 벗어젖힌 신인 여배우가 이슈가 되기도 했고, 하의 실종 패션은 트렌드였으며, 아름다운 몸매를 드러내는 것은 미덕이었다.

　그러니 상황이 좀 특수하긴 해도 화면 속 여자의 슬립 드레스 차림이나, 가슴 언저리가 고스란히 드러난 것은 그다지 놀랄 만한 일은 아니었다. 여자의 어깨끈이 끊어진 것도 단순한 해프닝으로 치부하고 넘어갈 수도 있었다.

　그런데도 그녀를 바라보는 사람들은 도저히 눈을 뗄 수가 없었다. 무의식적으로 집중하게 만드는 마력을 가진 여자. 지금 현장에서, 혹은 화면으로 여자를 지켜보고 있는 사람들은 자신들이 그녀에게 홀렸다는 걸 깨닫지 못하고 있었다.

　"그런데 카메라는 왜 자꾸 쟤만 잡아주니?"

　"언니, 그런데 쟤 피부 되게 좋지 않아요? 되게 매끄럽네."

　"조명 저렇게 터지는데 저 정도면 진짜 도자기급 피부라는 소리지."

　"목이랑 얼굴이랑 피부톤 차이도 거의 없어요."

　"아우 씨, 좋겠다."

　여자는 지금 대중을 단체로 관음증 환자로 만들어 버렸다.

　화면 속의 여자는 숨김으로써 더욱 상상력을 부추겼다.

　감질나게 드러난, 하얗게 윤기 흐르는 살결과 풍염한 곡선을 본 남자들은 찬탄과 아쉬움의 한숨을 내쉬었다. 틀어 올린 머리에서 흩어져 내린 몇 가닥의 머리카락과 가늘고 긴 목, 둥근 어깨와 가로지른 쇄골까지 모든 것이 보는 사람들을 자극하고 있었다.

　원래 옷자락 아래로 보일 듯 말 듯 여체의 선이 드러나면 흥분해서 어쩔 줄 몰라도, 모두 벗어젖힌 누드 비치에 가면 오히려 담담해지는 것이 남자의 심리가 아니던가.

"태리야!"
그런데 갑자기 진원이 태리를 불렀다.
모두 깜짝 놀라 그를 바라보았다. 단박에 귀를 사로잡는 매력적인 목소리. 홀린 듯 바라보던 효진과 경숙은 그 황홀한 목소리에 담긴 내용을 알아듣자 사정없이 인상을 구기기 시작했다.
"이태리!"
진원이 손가락으로 화면을 가리키며 말했다.
"너, 저 여자 당장 섭외해 와. 오늘 저녁까지 내 책상에 프로필 갖다 놓고."
그리고는 휙 몸을 돌려 회의실을 나가 버렸다. 진원의 뒷모습을 보면서 여자들은 절규했다.
브루투스 너마저!
어떻게 다른 사람도 아니고, 완전체인 최진원까지 저런 여자의 빤한 속셈에 넘어갈 수 있단 말인가! 세상 남자 다 그래도 진원까지 그런다는 것은 정녕 믿고 싶지 않은 현실이었다.
"야, 야, 나 진짜 실망이다. 어떻게 다른 남자도 아니고 최 감독님이 저럴 수 있냐?"
"그러게, 언제는 여자는 겉이 아니라 속이 중요하다면서 그 몸으로 들이미는, 걔 누구야, 그 가수하다 배우한다고 덤비는 애. 아무튼, 걔도 까던 사람이 어쩌면 저러냐?"

"아우, 자기도 남자라 이거지."

"그래, 남자라는 족속들이 원래 다 그렇지, 뭐."

"하여간 저런 애들 때문에 같은 여자들이 다 욕먹고 그러는 거야."

"맞아, 맞아. 아무리 뜨고 싶어도 그렇지, 어떻게 자기를 저렇게 싸구려로 만들어?"

"야, 야, 그거 좋다는 남자들이 더 문제거든!"

흥분한 작가들이 화면 속 여자와 세상천지 남자들을 싸잡아 가며 욕하는 것을 들으면서 태리는 진원의 뒷모습과 화면 속 여자를 번갈아 보며 미소 지었다.

"야홋!"

쾌재를 부르며 히죽히죽 웃어대는 태리를 향해 작가들의 못마땅한 눈초리와 온갖 구박이 쏟아졌다. 그래도 상관없었다. 이태리는 신이 났다.

드디어 가슴 빵빵한 덤 블론드(Domb Blonde:속어. 돌대가리, 특히 여자의 경우를 말함)를 찾은 것이다. 이제야 겨우 쇼를 찍을 수 있게 되었다.

It' s Show Time!

1

　'자고 일어났더니 스타가 됐다' 라는 구태의연한 옛말이 이처럼 잘 들어맞을 수가 없었다.

　한때 잠시 잠깐 잘나가던 아역 스타였다가, 벌써 20년 가까이 사람들의 머릿속에서 말끔히 지워졌던 노마리는 어느 날, 그야말로 단숨에 초미의 관심사가 되어버렸다.

　단 한 편의 영화로 천재 아역배우로 불리며 국내외 영화제의 상을 모조리 휩쓸었던 그때와는 비교도 안 될 정도였다. 지금 노마리는 온 국민의 사랑은 모르겠지만, 열렬한 관심을 받게 된 초특급 구설수 스타임이 확실했다.

　오랜 세월 사람들의 관심 밖에서 엎드려 있던 노마리를 수면 위로 떠오르게 한 것은 아직 볼 기회가 없어서 알 수는 없지만,

그녀의 더욱 다듬어졌을 연기력도 아니요, 여섯 살 난 앳된 어린 시절에도 고혹적이란 평을 듣던 그 붉은 입술과 까맣고 매혹적인 눈매 때문도 아니었다.

바로 그녀의 글래머러스한 몸매가 그 주인공이었다.

특히, 그중에서도 살짝 스치듯 보이긴 했으나 —그래서 더 사람들의 상상력을 자극한다나!— 하얀 밥사발을 엎어놓은 듯 볼록한 가슴이 그 주요 이유였다.

하지만 한국의 자넷 잭슨 노마리는 아직 이런 사실을 모른 채 그저 편안히 잠들어 있었다.

할머니의 전남편 중 한 분이었던 최무진의 장례식장에 다녀온 다음날, 마리는 자신이 현재 대한민국 최대의 관심거리라는 것도, 각종 연예 매체에서 그녀의 신상과 소재를 알기 위해서 혈안이 되어 있다는 것도 전혀 알지 못한 채, 고풍스러운 사주 침대에서 편안히 자고 있었다.

"마리야, 여배우는 절대 해가 뜨기 전에 잠자리에서 일어나는 게 아니란다."

피부가 생명인 여배우에게 있어 아침 햇살이 침대 안을 가득 차기 전에 일어나는 것은 절대 해서는 안 될 일이라고 어릴 적부터 배운 마리는 아침 11시가 넘도록 여전히 잠에 빠져 있었다.

우아한 곡선을 그리는 로코코 풍의 하얀색 가구들로 꾸며진 커다란 침실 안에는 그저 새근거리는 마리의 숨소리만이 가득했다.

따르릉, 갑자기 방 안을 울리는 구식 전화기의 높고 날카로운 소리에 하얀 이불을 덮고 있던 마리는 몸을 뒤척였다. 오래간만에 바깥나들이를 해서 피곤한 그녀는 평소보다 더욱 몸이 무거웠다.

하지만 끊임없이 울리는 소리에 이불 안에서 마리의 팔 하나가 불쑥 튀어나왔다. 하얗고 가느다란 손이 더듬더듬 전화기를 집어 들자, 하늘거리는 하얀색 실크로 된 잠옷 자락이 날개처럼 펼쳐졌다. 귀에 전화기를 댄 그녀는 잠이 덜 깬 소리로 웅얼거리듯 말했다.

할머니 태리즈 여사가 계셨다면, 절대로 여배우로서 남들에게 들려줘서는 안 되는 천박한 소리라고 꾸지람을 들었을 목소리였다.

마리의 할머니인 태리즈 여사는 자타공인 한 시대를 풍미했던 최고의 여배우였고, 유명한 감독, 배우들과 반복된 결혼, 이혼 등의 화려한 남성편력으로도 유명했다. 그러나 정작 그 누구와의 사이에서도 자식은 없는 것으로 대중에게 알려져 있었다. 그러니 마리는 할머니를 할머니라 부를 수 없었다. 분명히 태리즈 여사의 유일한 아들이 남긴 단 하나의 소중한 혈육이었지만 말이다.

"아가, 절대로 사람들 앞에서는 날 할머니라고 불러선 안 된다. 그럼 뭐라고 부르냐고? 음…… 태리즈, 태리즈 여사가 좋겠구나. 알았지? 절대로 할머니라고 불러선 안 돼."

마리의 존재를 숨기고 싶진 않았으나 드러낼 수 없었던 태리즈 여사의 고육지책이었다.

그러나 생각해 보면 태리즈 여사는 그녀 목에 깊게 팬 주름을 도저히 감출 수 없게 된 순간부터 주변 사람들에게 자신을 '태리즈 여사'라고 칭하도록 강요했었다. 현장에서 감독보다도 나이가 많았기에 모두 '선생님'이라고 부르기 시작하자 진절머리를 치면서 절대로 자기에게 '선생님'이라고 부르지 말라고 엄명을 내렸다. 그렇다고 누가 봐도 나이 지긋한 그녀를 '태리즈'라고 이름만으로 부를 수 없는 노릇이었으니, 본인의 요구가 아니라 해도 자연스럽게 그녀의 호칭은 '태리즈 여사'가 되어버렸다.

그것은 친손녀인 마리도 예외가 아니었다.

"……누구세요?"

노마리에게 전화를 할 사람은 거의 없었다. 수화기 너머의 상대가 누구인지 뻔히 알면서도 마리는 짐짓 모른 척을 하면서 전화를 받았다. 온종일 할 일 없어서 하품이 미어지게 늘어지고, 침대에서 뒹굴 정도로 한가해도 남들에게 시간이 남아돈다는 내색을 절대 해서는 안 된다는 것도 태리즈 여사의 가르침이었다.

[아직 자? 마리, 너 대박이야, 대박! 으하하, 하하하! 어서 일어나서 옷 입고 있어. 아주 유명한 감독님이 어제 너 보고 지금 작품 때문에 만나고 싶단다. 흐흐흐. 30분 뒤에 내가 데리러 갈게. 알았지?]

마리가 소속된 윤엔터테인먼트의 사장인 윤성우는 기분이 좋은지 평소와 다르게 활기찬 목소리였다. 기억나지 않는 어린 시절부터 할머니 태리즈 여사를 따라다니는 로드 매니저였던 윤 대표를 알고 지냈지만, 이렇게 즐거운 목소리는 처음 듣는 것 같았다.

"두 시간."

[야, 지금 한시가 급한데…….]

"두 시간."

매혹적으로 오므린 마리의 입술 사이로 흘러나온 것은 재고의 여지도 없다는 듯 단호한 대답이었다.

여배우의 치장 시간은 최소한 두 시간. 절대로 준비되지 않은 상태로 대중 앞에 나가서는 안 된다는 할머니의 말씀을 철저히 신봉하는 마리는 단호한 어조로 자신의 신념을 고수했다. 나른하고 부드러운 목소리지만, 마리가 얼마나 고집이 센 줄 뻔히 아는 전화 속 상대는 속으로만 투덜거리면서 말했다.

[그래, 알았다. 그럼 마리야, 내가 두 시간 후에 데리러 갈 테니까, 너 예쁘게 하고 있어라. 그 뭐냐, 어제 입었던 그 옷처

럼…….]

딸깍. 전화한 상대와 그 용건이 무엇인지 확인한 마리는 말없이 전화를 끊어버렸다.

어제 입었던 옷이라…… 무슨 소릴까?

"정말 이상한 사람이라니까. 그나저나 그 옷이 뭐 어떻다는 거지?"

45년 넘게 보관해 두었던 옷이라 한 번 입은 것만으로도, 어깨 끈이 끊어질 정도로 약한 상태였다. 다른 사람과 부딪히기라도 하면 얇은 옷감이 주욱 소리를 내며 속절없이 찢어질 것만 같아서 조심, 또 조심해야 했다.

게다가 소싯적 몸매가 좋았다는 태리즈 여사의 말씀에는 다소 허풍이 섞였던 모양이었다. 가슴 부분은 작아서 끼고, 허리는 좀 낙낙하니 남는 편이라 옷태가 별로 살지 않아서 부담스러웠다.

한마디로 '아가, 이 태리즈가 말이다. 네 나이 때만 해도 한 몸매했단다. 아무도 따라올 수 없는, 그야말로 판타스틱한 몸매였지. 오호호호!' 라시던 태리즈 여사의 말씀을 곧이곧대로 믿기는 좀 힘들었다.

"하여간 우리 태리즈 여사 말씀대로 했다가 큰일 날 뻔했어. 그 옷이 그렇게 헐렁할 줄 알았어야 말이지."

그래도 최무진 씨를 보내 드리는 자리에 그 옷보다 더 어울리는 복장은 없었다. 그래서 그때, 45년 전 그 밤에 태리즈 여사가 입었던 그대로 입고 장례식에 참여했다.

집에는 그날 태리즈 여사가 써놓았던 메모가 고스란히 남아 있었다. 마리는 그걸 그대로 따라 하려고 노력했다.

―전체적인 컨셉은 줄기가 길고 우아한 붉은 장미.

오드리 햅번처럼 청초하고 순진해 보이는 표정 뒤에 마릴린 먼로 같은 섹시함을 숨기고 있을 것. 물론 그레이스 켈리보다 더 우아한 몸짓으로 그이를 자극해야지.

일단 내 희고 결 고운 피부를 자연스럽게 많이 드러내는 것이 가장 중요.

풍만한 몸매를 감싸고 흐르는 듯한 최고급 실크로 만든 검은색 슬립 드레스.

아무런 장식 없이, 단순한 선의 드레스가 오히려 여체의 굴곡을 잘 드러내 주니까.

밤처럼 새까만 머리는 느슨하게 묶어서 틀어 올리고, 뒷덜미와 귀밑으로 머리카락 몇 가닥을 흐트러뜨릴 것, 최대한 자연스럽게.

액세서리는 일절 금지. 다이아몬드처럼 빛나는 내 눈동자가 최고의 보석이니까. 그리고 나중에 그이가 내 손가락에 끼워줄 반지를 돋보이게 하기 위해서. 하지만 물론 그 순간이 올 때까지 절대 내색해선 안 돼. 남자의 자존심을 살려줘야 하니까.

화장도 붉은색 립스틱만 발라서 깨끗한 피부를 최대한 강조할

것. 단, 쇄골과 가슴골 사이에 펄이 들어간 파우더를 발라서 윤곽
이 도드라지게 할 것. 클레비지는 특히 그이가 좋아하는 부위니까.

긴 다리를 더욱 돋보이게 할 검은색 벨벳으로 만든 힐을 신을
것. 한쪽 굽은 살짝 잘라내서 길이를 다르게 했다는 건 절대 비밀.
그렇게 해야 걸을 때 양쪽 골반이 리드미컬하게 움직이면서 섹시
한 걸음걸이를 만들 수 있다는 걸 이 세상에 아는 건 나, 태리즈와
마릴린 먼로밖에는 없어.

그리고 샤넬 넘버 5를 맥박이 뛰는 손목 안쪽과 귀밑에 살짝 뿌
릴 것, 특별한 날이니까.

마지막으로 전신거울을 보고 한 바퀴, 턴. 점검. 완벽.

태리즈 여사는 45년 전의 그 밤에 대해 이야기할 때면 그날의
자기 모습이 어땠는지 소상하게 묘사하곤 했었다. 얼마나 공들
여서 치장했는지. 그리고 그 밤, 그 사람과 얼마나 행복했는지.

"오, 아가, 이 태리즈 인생에 있어서 그날처럼 아름다웠던 날은
없었단다. 또 그날처럼 기다려 온 순간도, 그날처럼 날 행복하게
했던 순간도 없었지. 여자로서 가장 완벽한 시간이었단다. 평생
사랑한 단 한 명의 남자가 내게 프러포즈했으니까."

마침내 태리즈 여사 앞에 한쪽 무릎을 꿇은 젊고, 늠름하고,
더할 나위 없이 잘생겼던 최무진 씨가 붉은 루비가 박힌 반지를

손가락에 끼워주며 청혼했을 때, 자기가 한 방울 또르르 흘린 눈물방울이 얼마나 아름답고 우아했는지도 빼놓지 않았다.

미모로는 한국 최고, 아니, 세계 최고인 두 선남선녀가 서로를 얼마나 사랑하고, 또 얼마나 행복했었는지도 말이다.

하지만 그 은밀하고 아름다웠던 청혼의 순간 이후, 그 젊고 아름다운 영화배우 부부가 얼마나 대중에게 적나라하게 노출되고, 얼마나 큰 고통을 겪었는지에 대해서는 절대 말하지 않았다. 왕과 왕비 못지않았던 성대하고 화려한 결혼식과 초호화 세계 일주의 신혼여행을 끝내고, 그들이 보금자리로 돌아왔을 때 그들의 행복은 그걸로 끝이었다는 것도 말이다. 불과 6개월밖에 지속되지 못했던 태리즈와 최무진의 결혼이 어떻게 파국에 이르렀는지도 어린 손녀에게 절대로 말해주지 않았다.

그저 그 황홀했던 프러포즈의 밤에 태리즈와 최무진은 아프로디테와 아폴론처럼 기품 있고 아름다웠으며, 전 생애에 있어 가장 행복했던 순간이었음을 애틋함과 그리움이 한껏 밴 목소리로 말하고, 말하고 또 말했다.

그리운 할머니를 떠올리면서 마리는 혼잣말을 했다.

"할머니, 나요, 할아버지 장례식에 다녀왔어요. 최무진, 우리 할아버지요."

마리는 한 번도 할아버지라 부른 적 없는 그분의 장례식에, 그분만은 알 수 있는 그 옷을 입고 마지막 인사를 드리러 갔다. 평생 사람들 앞에서 할머니를 할머니라 불러본 적도 없고, 아버지도, 어머니도 마찬가지였기에 사람들 앞에 자기가 최무진 손녀라고 나서지 못해도 섭섭할 것은 없었다. 다만, 자기는 손녀로서 도리를 다하고 싶었다.

"살아 계셨을 때 뵈었으면 더 좋았을까요? 절 보고 좋아해 주셨을까요? 전 참 좋았을 것 같아요."

그래서 완벽하게 그날 밤을 재현한 복장으로 장례식에 참석했던 것이다.

그게 어떤 파장을 불러올지, 앞으로 자기 인생에 어떤 파란이 펼쳐지게 될지 전혀 짐작도 하지 못한 채.

다시 푹신한 베개에 머리를 묻었던 마리는 손가락으로 안대를 살짝 들어서 침대 옆 탁자 위의 시계를 물끄러미 바라보았다. 둥글게 자리 잡고 있는 숫자들이 어지러웠다. 그런데 문득 어제 일이 떠올랐다.

장례식장에 가서 보니 최무진 씨의 나이가 68세로 돼 있었다.

'그런데 할아버지 연세가 좀 이상했지?'

태리즈 여사 말씀으로는 어린 시절 처음 만나서 20년 가까운 세월 동안 만남과 이별을 거듭하다 45년 전에야 겨우 두 사람이 결혼할 수 있었다고 했었다. 그때 태리즈 여사는 고아였던 자신을 거둬서 키워준 여배우 나애석의 남편이자 그녀를 영화배우로 만들어준 인기 감독 노세훈과의 5년간의 결혼 생활을 막 끝낸 직후였다.

노세훈 감독과의 사이가 들켜서 나애석의 집에서 쫓겨난 것이 열여덟 살인가 열아홉 살인가 헷갈린다고 늘 태리즈 여사는 말씀하시곤 했다. 아무튼 그 직후 노세훈 감독과 비밀 결혼식을 올리고, 그의 〈花, 란〉이란 작품으로 데뷔했을 때가 막 스무 살 무렵이었다.

당시로서는 파격적인 여배우의 노출로 화제를 모은 그 영화가 공전의 히트를 기록한 덕분에 태리즈 여사는 인기 배우의 반열에 오르게 되었다. 그리고 남편인 노세훈 감독과 찍은 네 작품이 연달아 흥행에 성공하면서 명실상부한 대한민국 최고 여배우가 되었다. 그리고 초절정의 순간에 노세훈과 이혼.

'흠, 그렇다면 할머니가 할아버지랑 결혼했을 때, 최소한 우리 태리즈 여사의 나이는 스물다섯 살이란 말인데, 그리고 할아버지는 한두 살 더 많으시다고 했으니 최소 스물여섯 살이고.'

그러나 그 후 45년이 흘렀는데 할아버지의 연세가 68세라니! 도저히 셈이 맞지 않는다.

하긴, 2년 전 사라지기 전까지만 해도 태리즈 여사는 자신이 50대 후반이라고 우기셨다. 스물네 살 먹은 친손녀 앞에서. 그러니 그분의 입에서 나온 숫자들을 액면가 그대로 믿기는 영 힘들었다. 이제 보니 최무진 씨도 정말로 그녀 못지않았다.

그런데 45년 전에 정말로 두 분이 스물다섯, 스물여섯 살이시긴 했을까?

'역시나 배우의 나이란 신비로운 숫자라니까. 호호.'

마리는 이내 작게 한숨을 내쉬며, 부스스 몸을 일으켜 눈을 가리고 있던 검은 안대를 완전히 벗겨냈다. 여배우의 숙면을 위해 반드시 꼭 있어야 할 필수품, 안대를 벗고 나자 어느새 방 안 가득한 환한 빛에 눈이 부셨다.

그래도 바로 두 손을 깍지 낀 채 머리 위로 두 팔을 쭉 뻗고 스트레칭을 시작했다. 노상 따라 다니는 지긋지긋한 어깨 결림 때문이었다. 밤새 돌처럼 딱딱하게 굳었던 근육을 풀고 나서 침대 발치에 펼쳐져 있는 하얀색 새틴 가운을 걸쳤다. 우아한 걸음걸이로 방문을 열고 나서면서 마리는 자신에게 가장 필요한 사람을 불렀다.

"언니, 영애 언니."

어릴 적부터 집안일을 도맡아 해온 영애 언니가 직접 짜준 신선한 오렌지주스를 마셔야 잠이 깨련만 언니는 대꾸가 없었다. 할머니처럼 주방으로 인터폰을 할 수도 있었지만, 마리는 그렇게 하지 않았다. 마리에게 있어 영애는 부리는 아랫사람이 아니라, 어린 시절부터 함께 자란 친언니와 다름없었기 때문이다. 나이도 한 살밖에 차이가 나지 않는데다, 두 사람 다 부모가 없다는 공통점을 갖고 있었기에 서로를 의지하며 자랐다.

"이상하네. 왜 안 보이지? 언니?"

평소 같으면, 아침 10시만 되면 윤이 나는 은색 쟁반에 막 짜낸 오렌지주스와 크루아상, 발라 먹는 버터를 가지고 마리의 침대로 왔을 영애 언니가 벌써 11시가 다 되어가는데도 오지 않았다. 덕분에 마리는 평소보다 한 시간은 더 자고 말았다. 이상했다. 마리는 복도를 지나 1층으로 이어진 계단으로 걸어갔다.

마리가 제대로 갖춰 입지 않고 다른 사람 앞에 모습을 드러내는 것을 할머니가 보신다면 질색하셨겠지만, 지금 태리즈 여사는 집에 없었다. 곧 돌아오겠다는 짧은 메모 하나만 달랑 남겨두고 사라지신 지 2년이 가까워지고 있었다.

게다가 집 안에는 영애와 마리 말고는 아무도 없었다. 운전기사와 집안일을 돌보던 다른 아줌마 한 분은 벌써 1년 반 전에 그만두셨다. 할머니가 안 계신 지금, 수입이 전혀 없는 마리는 최대한 아껴야 했다.

"언니, 거기 없어? 영애 언니?"

계단을 천천히 내려가면서 마리는 또 영애의 이름을 불렀다. 대답이 없었다. 그러나 2층에서 훤히 보이는 거실을 내려다보던 마리는 비로소 미소를 지었다. 거실에 놓인 전화기를 붙들고 누군가와의 통화에 열중하고 있는 영애의 모습이 보였던 것이다.

"아, 글쎄, 모른다니까요. 없어요. 그런 사람 없다구요! 전화 끊어요."

그녀는 평소와 다르게 하이 톤의 목소리로 빠르게 말을 쏟아냈다. 언제나 여성스럽고 가느다란 목소리로 조곤조곤 말하는 언니답지 않았다. 탕 소리 나게 전화기를 내려놓으면서 씨근덕거리고 있었다. 거칠게 숨을 내쉬는 양이 꽤나 흥분한 것 같았

다. 의아했다. 느슨하게 가운 허리끈을 매면서 마리는 천천히 영
애에게 다가갔다.

"언……."

미처 부르기도 전에 또다시 요란스레 전화벨이 울리고, 받아
든 영애는 아까보다 더욱 사납게 소리를 지르고 부서져라 전화
기를 내려놓았다.

"아우, 진짜 전화 코드를 확 뽑아버리든가 해야지, 못 살겠네
진짜! 아웃!"

아침부터, 아니, 새벽부터 걸려오는 전화를 받느라 미치기 일
보 직전인 영애는 씩씩대면서 팔짱을 끼고 온갖 욕설을 웅얼거
리는 중이었다. 그러나 평생 입조심하면서 살아온 사람답게 화
난 소리가 겉으로 크게 새어 나가지 않았다.

"언니……."

"악, 깜짝이야!"

마리는 언제나처럼 느릿하고 우아한 고양이처럼 조용히 걸었
다. 그런 그녀의 발소리를 듣지 못했던 영애는 느닷없는 인기척
에 화들짝 놀랐다. 허리에 두른 하얀색 앞치마가 유난히 정갈해
보이는 영애는 화장기 없는 민낯에 찰랑이는 단발머리를 하고
있었다.

"언니, 놀랐어?"

"아, 아, 아니!"

태리즈 여사가 계셨다면 화장도 하지 않은 채 이 집 안을 돌아

다니는 것을 용납하지 않았겠지만, 그분이 안 계신 지금 영애는 갑갑하고 어색한 화장은 하지 않은 채 마음껏 활보하고 있었다.

다만, 태리즈 여사의 엄명이 아니더라도 주방일 하는 사람에게 앞치마는 필수라고 생각했다. 그래서 그녀는 양어깨에 둘러서 가슴과 무릎까지 내려오는, 너풀너풀 레이스 달린 유치찬란한 에이프런 대신 자기가 원하는 대로 허리 아래로 허벅지까지만 가리는 깔끔한 앞치마를 하고 있었다. 오랜 세월이 지나도 정말이지 태리즈 여사의 취향에는 영 적응이 안 됐다.

"마, 마리야, 일어났니? 어머나, 벌써 11시가 다 됐네. 미안해, 내가 얼른 주스 만들어줄게. 잠깐만 기다려."

자기가 깨우기 전에는 절대 일어나지 않는 마리가 직접 아래층까지 내려온 것을 본 영애는 입구 쪽에 세워져 있는 커다란 괘종시계의 작은 바늘이 11을 가리키는 것을 보자 기겁해서 주방으로 뛰어 들어갔다.

그러고는 곧 커다란 오렌지를 반으로 갈라서 얼른 즙 짜는 도구 위에 얹고는 슥슥 돌려가며 주스를 만들었다. 간단하고 편한 믹서를 사용하는 것은 결코 생각지도 않은 채, 10년 넘는 세월 동안 영애가 신선한 오렌지주스를 만든 그 방법 그대로였다.

"올라가 있어. 내가 얼른 만들어서 갖고 갈게. 늦어서 미안."

"언니, 나 나갈 거야. 윤 대표한테 전화 왔어."

"어, 그랬구나. 언제 나가?"

"두 시간쯤 후."

"준비해야겠네. 참, 욕조에 물 받아둘까?"

"응."

평소라면 윤 대표의 '윤' 자만 나와도 반색하며 무슨 일이냐, 어떻게 전화하셨냐, 오늘도 목소리가 근사하더냐 호들갑 떨면서 물었을 영애였다. 그러나 그녀는 다른 일에 신경을 빼앗겼는지 별말이 없었다. 그런 영애를 보면서도 아무 말도 하지 않은 마리는 무심히 자기 방으로 돌아갔다.

영애가 만들어준 주스와 따뜻한 크루아상에 버터까지 발라 조금 모자란 듯이 먹은 후에, 곧 욕실로 가서는 아침임에도 불구하고 이국의 꽃향기를 농축해 놓은 오일을 넣고 욕조에 몸을 담갔다. 밖에 나갈 일이 있을 때면 언제나 온몸에 은은한 꽃 향이 배도록 하는 방법이었다. 그 어떤 향수보다도 사람 몸에 배어 있는 체향이 가장 매혹적이라는 것이 할머니의 지론이었다.

침대 옆에 마련된 커다란 화장대 앞에 앉아서 마리는 천천히 화장을 하기 시작했다. 물론 그전에 오늘 입을 옷을 골라서 영애 언니에게 미리 준비하도록 부탁하는 것을 잊지 않았다.

마리가 골라놓은 옷을 들고 침실로 들어선 영애는 오늘 아침에 일어난 난리법석에 대해 마리에게 말해줘야 한다고 생각했다.

"저…… 마리야."

"응?"

"어제 있잖아."

"어제?"

"할아…… 아니, 최무진 씨 장례식장 갔다 온 거 말이야."

"그게 왜? 이런, 프라이머가 좀 밀리네. 파운데이션이 균일하게 안 발렸잖아. 언니, 저기 서랍에서 컨실러 라이트 베이지로 갖다 줘."

그렇지만 화장하는 손끝과 거울 속 자기 모습에 온 신경을 쏟고 있는 마리를 보자 그만 입을 다물고 말았다. 그녀가 화장하는 동안에는 절대 말을 걸어서는 안 되기 때문이었다. 영애는 말없이 화장품을 꺼내서 마리에게 건넸다.

"여기."

"고마워. 그런데 어제가 뭐?"

"아, 아무것도 아니야. 얼른 준비해."

무엇이든 서툴지만 열심히 하는 마리는 특히 화장을 할 때는 온 신경을 집중해서 하기 때문에 옆에서 떠들어대면 곤란하다는 것을 영애는 잘 알고 있었다. 준비를 모두 마치고 내려오면 이야기해 주리라 마음먹은 영애는 손질한 옷을 옷걸이에 걸어 두고 조용히 나왔다.

어제 한 오랜만의 외출 때문인지 목이 좀 아픈 마리는 목까지 올라오는 조금 두껍고 빳빳한 느낌을 주는 모로 된, 코트를 변형한 스타일의 오프 화이트의 원피스를 입기로 했다. 목부터 무릎까지 단추를 채우는 스타일로 허리 라인에 끈을 두르고 가슴 쪽엔 작은 주머니까지 달려 있어서 마치 외투를 입은 듯한 착각을 하게 했다.

엉덩이 곡선을 따라 샤넬 라인까지 물 흐르듯 흘러가며 여체의 곡선을 그대로 드러내는 원피스는 마리에게 꽤 잘 어울렸다.

커다랗고 까만 눈을 더욱 강조하는 세미 스모키 화장을 하고 머리를 깔끔하게 틀어 올린 마리가 마지막으로 누드 톤의 립스틱을 바르고 검은색의 클러치백을 들고 아래층으로 내려가자, 거실에는 벌써 그녀를 기다리는 사람이 앉아 있었다.

"어, 노마리!"

1시 반. 약속한 시각보다 30분을 더 기다린 윤 대표의 얼굴에 서려 있던 초조감과 짜증은 우아하게 계단을 내려오는 마리를 보는 순간 말끔히 사라졌다. 20년 동안 그를 보아온 마리는 여태껏 그렇게 환한 얼굴로 자신의 바라보는 윤 대표의 얼굴은 처음이었다. 왜 저러나 싶었지만, 아무 말 없이 계단을 내려가며 손에 들고 있던 선글라스를 썼다.

그러나 곧 어젯밤과 달리 온몸을 꽁꽁 싸맨 그녀의 옷차림을 보자, 윤 대표는 인상을 찌푸렸다.

"마리야, 옷이 그게 뭐……. 아, 아니다. 늦었다. 얼른 나가자."

목에서부터 무릎까지 빈틈없이 감싼 마리의 옷을 보고 한마디 하려던 윤 대표는 감히 여배우의 의상에 대해 이러쿵저러쿵 했다간 어떤 결과를 초래하는지 오랜 경험으로 잘 알고 있었기에 얼른 입을 다물었다. 약속한 시각이 거의 다 되어간다. 일단 시각에 맞춰 가는 것이 급선무였다.

"어머나, 벌써 가시게요?"

"네, 네. 영애 씨, 그럼 나중에 또 봅시다."

발그레한 얼굴로 소파 옆에 서 있던 영애는 자기가 정성 들여 갈아 만든 딸기주스를 한 모금도 입에 대지 않고 윤성우가 벌떡 일어서자 화들짝 놀랐다. 그가 성큼성큼 마리를 향해 걸어가자 그녀도 얼른 쟁반에 주스잔을 얹어서 들고 따라갔다. 거실과 현관까지의 거리가 2층과 연결된 계단과 현관까지의 거리보다 멀었으나 느릿하게 움직이는 마리 덕에 세 사람은 쉽게 현관 앞에 모였다. 오히려 윤성우와 영애가 먼저 와서 마리를 기다렸다. 그 짧은 순간을 놓치지 않고 영애는 다시 주스잔을 내밀었다.

"윤 대표님, 이거…… 이것 좀 드시고 가세요. 제가 직접 간 거라서 몸에……."

"아, 됐습니다. 마리야, 우리 진짜 늦었다니까. 그 감독님이 얼마나 만나기 어려운 분인 줄이나 알고 이래? 서두르라고 내가 그렇게 말했는데 지금이 몇 시냐? 아무튼 얼른 가자."

한 걸음 한 걸음 천천히, 그러나 본인은 우아하게 발걸음을 내딛고 있는 마리를 보면서 윤성우는 복장이 터질 지경이었다.

"그래서 여배우더러 아침부터 뛰기라도 하라는 거예요, 지금?"

"지금이 무슨 아침…… 됐다. 얼른 가기나 하자."

참다못한 윤성우는 겨우 현관 언저리에 다다른 마리의 어깨를 감싸 안으며 재촉했다.

"왜 이래요?"

마리는 무서우리만치 매서운 눈초리로 그를 노려보았다. 그리고 단 한 번의 몸짓으로 어깨에 얹힌 윤성우의 손을 단박에 튕겨냈다.

감히, 어디에 손을!

마리의 서슬 퍼런 노기에 윤성우는 움찔했다. 저럴 때의 노마리는 정말로 태리즈 여사와 똑같았다. 시선 하나로 좌중을 압도하던 카리스마 여배우 태리즈. 그 카리스마는 그녀가 가진 다른 매력들, 동양의 엘리자베스 테일러라 칭송받던 고혹적인 미모와 동년배 여배우들 사이에서는 견줄 사람이 없다 평가받던 인상적인 연기력을 더욱 증폭시켰다. 그래서 그녀는 당대 최고의 여배우였다.

인기와 대중성에 있어서는 그 누구도 따라오지 못할 최고의 배우. 스캔들의 여왕이었으나, 그만큼 대중적 인지도가 높아 어떤 영화든 찍기만 하면 관객을 끌어모으는 흥행의 보증수표였던 태리즈 여사.

허영기에 자아도취가 심하긴 했어도 태리즈는 분명히 대중을 매혹시켰고, 대중은 기꺼이 그녀를 숭배했다. 아, 노마리가 그것까지 자기 할머니를 닮았더라면 얼마나 좋았을까.

‘그래, 내 복에 무슨. 태리즈 여사도 한창 전성기 때는 시다바리만 하다가 내가 딱 매니저 되니까 그야말로 하향세 타서 만날 여기저기 영화제나 다니고. 저건 20년째 놀기만 하고. 그래도 꼴에 여배우랍시고 할 건 다 해요. 지 할머니보다 더하면 더했지 덜하진 않는다니까. 어휴……’

윤성우는 자기 어깨 높이까지 두 손을 들었다.

“알았어, 미안하다. 내가 잘못했어. 손 안 댄다, 안 대. 그런데 마리야, 우리 정말 늦었거든. 그러니까 좀 서두르자, 응?”

윤성우의 재촉에도 마리는 화장과 옷에 맞춰서 준비한 은색 스트링으로 포인트를 준 흰색 부티를 조심스럽게 신었다. 천천히 움직이는 그녀를 보면서 윤성우는 속이 터져 죽을 것 같았다. 그래도 꾹꾹 성질을 누르고 있는데 신발까지 신은 마리가 밖으로 나갈 생각은 않은 채 이번에는 영애를 찾았다.

“언니, 오늘 토요일 맞지?”

“응.”

“그럼 언니, 오늘 나갔다 오겠네?”

“……응? 응.”

영애는 고개를 끄덕였다. 매월 첫 번째, 세 번째 토요일은 그녀가 외출하는 날이었다. 장을 보러 가는 것 말고는 바깥출입을 거의 하지 않는 그녀였으나 매달 두 번의 토요일만은 달랐다. 일어서지 못할 정도로 아프거나, 천재지변이 일어나지 않는 한 17년 동안 한 번도 빼먹거나 거르지 않은 그녀의 중요한 일정. 그건 헌혈이었다.

영애가 어린 시절, 많이 아팠던 엄마는 빈번하게 수혈을 해야 했다. 그때 어떤 친절한 이의 도움으로 엄마는 돌아가실 때까지 필요할 때마다 수혈을 받을 수 있었다. 낯선 이들이 모아서 갖다 준 헌혈증 덕이었다. 그래서 영애는 평생 그걸 갚고자 꼬박꼬박 헌혈을 해오고 있었다.

"그럼 언니, 미안한데 내 부탁 하나만 들어줄 수 있어?"

"뭔데, 말해봐. 그리고 너하고 나 사이에 뭐가 미안해."

"있잖아, 어제 내가 입었던 할머니 드레스 수선 좀 맡겨줘. 명동에 가면 예전부터 할머니가 다니시던 샵 있는 거 알지? 보면 알겠지만 어깨끈이 떨어졌어. 그리고 허리 부분도 좀…… 아니다, 그건 됐고. 드라이할 때도 안감이 너무 얇으니까 그거 신경 써서……."

심각한 얼굴로 영애에게 꼼꼼하게 수선할 부분을 일러주는 마리를 보다 못한 윤성우가 급기야 빽 소리를 질렀다.

"야, 노마리! 너 지금 급하다니까! 그깟 옷이야 영애 씨가 알아서 잘 하겠지. 그렇죠, 영애 씨?"

"네, 네, 그럼요."

갑자기 윤성우가 몸을 홱 돌려 자기를 바라보자, 영애는 얼굴을 빨갛게 물들이며 고개를 끄덕였다. 게다가 '영애'라고 이름까지 불러주다니! 영애는 정말이지 하늘에라도 오를 듯 기뻤다.

"마리야, 내가 알아서 할 테니까 넌 걱정 말고 얼른 가봐. 다른 일도 아니고 감독님이 너 기다리신다며."

"그럼 언니가 알아서 해줘. 부탁해."

"응. 오늘 잘하고 와, 우리 마리."

"고마워, 언니."

"자자, 인사들은 그쯤 하고. 마리야, 제발 좀 가자, 쫌!"

짜증이 잔뜩 난 윤성우가 급기야 현관문을 벌컥 열며 발을 구르자, 마리는 이마를 찌푸리긴 했지만 그를 따라 밖으로 나갔다.

"저, 윤 대표님, 이거 주스……."

대문까지 주스잔을 들고 따라 나왔던 영애는 무정하게도 자신 앞에서 쾅 닫히는 문 때문에 윤성우를 놓치고 말았다. 20년 가까이 보았지만, 영애에겐 언제나 무정한 모습 그대로인 남자였다. 조금도 달라지지 않았다. 하긴 그래서 더 좋지만!

영애는 윤 대표를 처음 봤을 때 많이 놀랐었다. 엄마를 위해 헌혈증을 모아다 주던 학생회장 오빠랑 몹시도 닮았던 것이다. 키 작고 둥근 얼굴에 안경 쓰고, 피부엔 여드름 자국 잔뜩 난.

"이거 정말 몸에 좋은 건데. 좀 들고 가시지……."

달콤한 딸기향이 무색해서 중얼대던 영애는 갑작스럽게 제 머리통을 손바닥으로 치고 말았다. 깜빡한 일이 생각난 것이다.

"어머나, 그나저나 내가 마리한테 말은 제대로 해줬나? 아아, 이 정신머리하고는! 어쩌지 마리는 무슨 일인지 하나도 모르고 있을 텐데. 전화, 전화!"

퍼뜩, 오늘 아침의 난리에 대해 마리에게 전혀 말해주지 않은 것이 생각난 영애는 허둥지둥 전화기를 들고 마리에게 전화를 걸기 시작했다.

2

차에 올라타자마자 마리는 허리를 꼿꼿하게 세운 채 고개를 창밖으로 고정하고 있었다. 무엇이 그리 급한지 윤성우는 계속 수선을 떨면서 운전하는 로드 매니저를 연신 채근했다.

"야, 너는 그렇게 꼬박꼬박 신호 다 지켜서 언제 도착할래? 그리고 너, 내가 아침 일찍 와서 마리 깨우라고 했어, 안 했어?"

"제가 깨운다고 일어나나요."

"깨워보기나 했어! 그리고 이게 어디서 말대꾸야!"

"아뇨, 그게 아니라. 저 영애 씨가 아예 대문도 안 열어줘서……."

"됐고, 너 일 똑바로 해라."

"예."

룸미러로 풀죽은 로드 매니저를 노려보던 윤성우의 시선이 곧 마리에게로 향했다. 나란히 뒷좌석에 앉아 있지만 두 사람은 멀찌감치 떨어져 있었다. 정확히 말하면 그와 옷자락이라도 닿을까 봐 마리가 한껏 몸을 움츠린 채 구석에 바싹 붙어 있었다. 그들 사이에는 언제나 깊고 시퍼런 태평양이 존재했다. 좀체 건널 수 없는.

"야, 노마리 너, 그 선글라스……."

"왜요?"

"아니, 무지 잘 어울린다고. 전에 쓰던 거랑 디자인이 좀 다르다? 바꿨니?"

평소 같으면 윤성우는 아무도 알아보지 못하는 주제에, 잠자리 눈처럼 커다란 선글라스 끼고 나다닌다며 마리를 마음껏 비웃었을 터였다. 그런데 오늘은 어찌 된 셈인지 마리 비위를 맞추며 능글맞게 웃었다. 그 모습에 마리의 몸에는 가볍게 소름이 돋았다.

'저 인간이 왜 저래? 사람이 안 하던 짓 하면 죽을 때가 다 된 거라던데. 혹시 죽을병에라도 걸린 거 아냐?'

20년 전 여섯 살 난 꼬마로 한때 유명세를 탔다지만, 세월이 흘러 스물여섯 살이 된 노마리를 알아보는 사람은 이 대한민국에 거의, 아니, 아예 없었다. 그런데도 마리는 외출을 할 때면 꼭 작은 얼굴을 온통 가리는 검은 선글라스를 썼다.

하지만 그 누구도 그녀를 알아보지 못했고, 그런 마리를 보며 윤성우는 조롱하기 일쑤였다. 그러나 오늘은 그저 흐뭇하게 마리를 바라보며 손수 뒷좌석 문까지 열어주었다.

'젠장, 내가 명색이 사장인데 이런 것까지 해야 하나. 어휴, 내 신세야.'

태리즈의 로드 매니저로 시작해서 연예계에서 온갖 잔뼈가 굵은 그는 지금은 꽤 이름 있는 '윤엔터테인먼트'의 대표라는 직함을 갖고 있었다. 까다롭기만으로 따지면 우주 최강인 태리즈 여사의 온갖 비위를 다 맞춰가며, 악전고투 끝에 A급 배우 여럿을 거느린 자신만의 사무실을 갖게 된 것이다.

하지만 여전히 그의 사무실에서 가장 거물급 배우는 한물간 늙은 여배우 태리즈였고, 무리해서 끌어모은 배우들마저도 장기적인 한국 영화계의 침체 때문에 전혀 이익을 내지 못하는 상황이었다. 아니, 오히려 이런저런 명목으로 나가는 돈이 더 많았다.

게다가 야심차게 시작한 걸그룹을 연달아 세 팀이나 실패했고, 당연히 적자 폭은 더 커져만 갔다. 그 덕에 그는 예전보다 더 태리즈의 눈치를 봐야 했다. 그녀가 윤엔터테인먼트에 많은 금액을 투자하고 있었기 때문이다.

그런데 2년 전 갑자기 그리스에 갔다 오겠다던 태리즈의 행방이 묘연해졌다. 묶여 있던 족쇄가 사라지자 시원하기 짝이 없었다. 이제 그 지긋지긋한 늙은 여우하고도 끝이라는 생각에 통쾌

하기까지 했었다. 태리즈 눈치 보느라 노마리한테 없는 자리 만들어 붙이던 짓거리도 이젠 끝이라고 생각하니 그렇게 후련할 수가 없었다.

게다가 이대로 태리즈가 돌아오지 않으면 투자금을 반환할 일도 없으니 일석 삼조라고 낄낄거리며 좋아했다. 물론 친손녀인 노마리가 있다지만, 세상물정 하나 모르는 온실 속 화초보다 더한, 박물관 진열대 속의 구식 인형 같은 노마리 하나 속이기야 어린애 손목 비트는 것보다 더 쉬웠다.

게다가 어젯밤, 평생 애물단지이던 노마리가 뜻밖의 대히트를 치고 말았다.

태리즈의 남편 중 하나였던 최무진의 장례식장에 태리즈 대신 갔던 마리가 시키지도 않았는데 엄청난 사고를 치고 말았던 것이다. 마케팅은 노이즈 마케팅이 최고라는 것을 그 맹해 보이던 노마리도 꿰뚫고 있었던 것이다.

역시 괜히 연예계 밥을 20년 넘게 먹은 것이 아니었다!

"과연 노마리, 태리즈 손녀 맞구만!"

대중을 홀리고, 언론을 요리하는 데는 가히 요물이나 다름없던 태리즈의 피가 노마리에게도 흐르고 있음을 확인한 순간, 윤성우는 쾌재를 불렀다.

"그렇지! 이름값은 그렇게 올리는 거지! 잘했어, 노마리!"

그가 수억 원을 들여 홍보해도 얻을까 말까 한 효과를 노마리는 어깨끈 하나 살짝 내리는 것으로 이뤄냈던 것이다.

어젯밤부터 빗발치듯 걸려오던 전화와 인터뷰 제의를 생각만 해도 윤성우는 입이 찢어질 것 같았다. 비록 금세 사그라질 테지만, 이 얼마 만에 받아보는 관심이냔 말이다. 황홀해 죽을 것 같다! 게다가 오늘 아침에 걸려온 전화 한 통은 정말로 그를 흥분하게 만들었다. 시시껄렁한 사진 촬영이나 인터뷰 요구가 아니었다.

단발성 인터뷰나 사진 촬영은 노마리는 물론 태리즈 여사가 허락할 리가 없었다. 지금 없다고 해도 나중에 돌아와서 그가 마리를 그런 자리에 내보냈다는 것을 알면 태리즈 여사가 그의 사지를 갈가리 찢어버릴 것이다. 아직 사망이 확인되지 않았으니, 그 마녀 같은 할멈이 언제 다시 나타날지 모른다.

물론 그렇다고 해서 이 천재일우의 기회를 날려 버릴 생각은 없었다.

'할멈 나타나기 전에 뽑을 만큼 뽑아야지, 암. 크크크.'

윤성우는 좀 더 굵직한 대어를 기대하고 있었다. 그래서 아깝기 짝이 없지만, 두 눈을 꾹 감고 잡지와 스포츠 신문의 제의는 일단 거절했다. 정 안 되면, 나중에 사진집을 찍어 팔더라도 일단은 신비주의로 언론과 대중의 몸을 좀 달아오르게 하는 게 옳기 때문이다.

어젯밤에 불러일으킨 화제에다가, 태리즈의 손녀라는 사실만 밝혀져도 한동안 모든 포털 사이트의 검색어 상위는 노마리가 확실했다. 여기저기 아침 방송 자리도 줄을 이을 것이다.

‘흐흐, 처음부터 너무 여기저기 얼굴 팔릴 거 없지. 큰 거 한 방이면 가만히 있어도 벌떼처럼 몰려들 테니까. 일단 뭐라도 하나 물면 좋고, 못 물면 좀 있다가 인터뷰 좀 하고 섹시 사진집 찍어서 모바일 서비스하고, 중국 진출도 하면! 음하하하하! 대박일세, 대박이야!’

그런데 오늘 아침, 예상보다 더 빠르게 드디어 한 통의 전화가 걸려왔다.

그가 고대하던 기회였다. 무려 공영방송 DBS 예능국의 정식 캐스팅 제의였던 것이다.

물론 피디가 직접 만나서 인터뷰를 한 뒤에 최종 결정이 된다지만, 그 섭외 담당의 말로는 피디가 꼭, 빨리 만나기를 원한다나? 게다가 그 쇼 이름과 연출자가 누구인지 듣는 순간 윤성우는 속으로 외치고 또 외쳤다.

‘심 봤다아아아아아!’

현재 대한민국 최고의 흥행제조기라는 최진원이 DBS의 전폭적인 지지를 받아서 만드는 새로운 쇼라고 했다. 미국 유명 리얼리티 쇼의 포맷을 정식으로 라이센스 수입해서 만든다는 그 쇼에 마리를 고정 멤버로 출연시키고 싶다니, 윤성우는 두 팔을 번쩍 치켜들고 쾌재를 불렀다.

“만세, 만세, 만세다! 크크크크.”

감격에 겨운 윤성우는 전화기를 손에 들고 만세 삼창을 외쳤다.

아직도 그때의 그 짜릿함을 떠올리는 것만으로도 즐거운 윤성우가 키들거리며 고개를 들자, 언제나처럼 무표정한 얼굴로 창밖을 주시하고 있는 마리가 보였다. 그녀의 손에 들린 작은 가방에서 징징, 휴대전화 울리는 소리가 들렸지만, 또 정신을 딴데 파느라 마리는 그 소리를 듣지 못하고 있었다.

"거, 전화 좀 꺼라. 곧 감독님 만날 건데 그 앞에서 전화 울려대게 할래?"

표정을 가다듬은 윤성우가 자못 근엄하게 말하자, 마리는 그제야 제 가방 안의 휴대전화가 정신없이 울어대고 있다는 것을 깨달았다.

"아……."

"아아? 쯧, 네가 이러니까 밤낮 고 모양 고 꼴인 거야. 어떻게 명색이 20년차 배우라는 게 그런 기본 에티켓도 모르냐? 어? 남들이 너를 몰라주네 어쩌네 한탄하기 전에 너 자신을 좀 돌아보라고."

윤 대표의 말대로 출연을 위해 감독을 만나러 가는 길에 이런 실수를 하다니, 자신은 아직 멀었다고 생각하면서 마리는 얼른 전화의 전원을 꺼버렸다.

"노마리, 너 내 말 잘 들어라. 네 나이 스물여섯 살이면 사실 여배우로서는 환갑, 진갑 다 지난 나이다. 그러니 네가 이런 기회를 잡는다는 건 그야말로 하늘의 별 따기만큼이나 어려워. 사실 네가 얼굴이 신선하기를 하냐, 그렇다고 죽이게 연기를 잘하기를 하냐? 그런데도 이렇게 좋은 기회가 왔으니까, 이번에 아주 확실하게 잘 잡아야 해. 알았지? 감독님이 말씀하시는 거 잘 듣고, 하란 대로 다 하고. 열과 성의를 다해서 적극적으로, 엉? 아주 온몸을 다 바쳐서 네가 얼마나 이 역을 하고 싶은지 보여주란 말이야. 알았어?"

구구하게 이어지는 윤성우의 당부가 아니라도 노마리는 이번 역할을 꼭 따고 싶었다. 물론 자기가 하고 싶고, 해야 하는 역이라면.

✳

얼마 만의 캐스팅 제의인지 몰랐다.

할머니 태리즈 여사가 20년 전에 주연한 영화 〈순자(順子), 준코(順子), 안나(Anna)〉에서 할머니의 아역으로 데뷔한 것이 여섯 살 때의 일이었다.

그야말로 대작이었다. 일제 강점기에서 한국 전쟁에 이르기까지 격변의 한국 근현대사를 배경으로 한 여인의 파란만장한 인생 역정을 그린 영화였다. 감독이 자기 영화 인생을 모두 걸었다고 호언장담한 그 작품은 8년의 기획 기간을 거쳐 어마어마한 자본이 투자된 작품으로, 크랭크인 전부터 언론과 영화계의 지대한 관심을 받았다.

그 영화의 타이틀 롤이었던 태리즈 여사는 무려 10대에서 50대에 이르는 여자 주인공의 역할을 모두 혼자서 소화해 냈다.

최소 40대 중후반, 아니, 어쩌면 50대를 훌쩍 넘었을 거라는 의심이 매우 짙게 드는―본인은 극구 40대라고 우기고 있었지만―태리즈는 10대 소녀 시절부터 모두 자신이 혼자 해내겠다며 고집을 부렸다. 원숙한 3~40대의 모습이야 전성기 시절만은 못해도, 관리 잘하며 곱게 나이 먹은 덕과 화이트 필터의 힘으로 어떻게 넘긴다 해도, 10대와 20대의 모습을 직접 연기하는 것은 무리였다. 당연히 주변에서 다들 뜯어 말렸다.

하지만 여배우의 자존심을 내세우며 고집을 부린 태리즈 여사는 당시 남편이었던 영화 제작자를 구워삶아서 결국은 여주인공의 10대와 20대 시절까지 모두 자신이 해내는 추태를 부리고 말았다. 그것은 정녕 민폐요, 자기 처지를 파악하지 못한 늙은 여배우의 착각과 억지가 빚어낸 비극이었다.

태리즈 여사의 의중을 전해 들은 감독은 처음부터 난색을 표했다. 아니, 그는 기함하고 넘어갈 뻔했다. 그러나 열 편 넘는 장편 영화를 만든 노련한 감독답게 이 난관을 극복하기 위해 합의를 시도했다.

"저…… 태 여사님."

"태리즈 양!"

"……태리즈 씨, 아무래도 이 역할을 혼자 소화해 낸다는 것은 무리가 있어요. 아시다시피 10대부터 5, 60대까지를 모두 소화해 내야 하는데, 배우도 배우지만 바라보는 관객이 받아들이기 힘들다 이 말입니다. 열 몇 살하고 육십대 할머니가 같은 사람이라니, 나이 폭이 너무 크잖아요. 내가 최대한 태리즈 씨하고 닮은 여배우로, 연기 정말 잘하는 사람으로 고를 테니, 30대까지, 아니, 우리 최소한 10대 20대는 젊은 여배우 씁시다. 딱 한 명만, 예?"

"어머, 감독님! 대체 우리나라에서 나 태리즈 아니면 누가 이 역을 맡을 수 있다는 거죠? 그리고 생각해 봐요. 내가 버티고 있는데 어떤 여배우가 감히 나와 같은 역을 할 수 있겠어요? 미모면 미모, 연기면 연기. 하나같이 다 나랑 비교당하고 트집 잡힐 텐데. 그 여배우만 불쌍해질 거 아니에요. 내가 충분히 다 해낼 수 있는데 쓸데없이 배우를 한둘 더 쓴다는 건 저엉말 비효율적이라고요. 뭐 하러 돈 버리고, 그 여배우 가슴에 상처 줘. 안 그래요?"

그러나 협상은 결국 결렬되었고, 처음 제작 단계에서부터 함께했던 감독과 대부분의 스태프가 항의를 하다 그만두고 말았다. 그래도 우리의 태리즈 여사는 꿋꿋하기만 했다.

"이상한 사람들이야. 어떻게 그렇게 안목들이 없어? 나 태리즈라고, 태리즈. 날 못 믿으면 대체 누굴 믿고 영화 찍을 건데!"

그녀의 항의에 남아 있던 사람들도 기함했으나 모두 입을 꽉 다물고 버텨냈다.

결국 영화는 쫄딱 망하고 말았다. 아무리 곱게 화장하고 보톡스에, 필러를 맞아도 잘 봐줘야 40대 중후반인 태리즈 여사가 모공까지 훤히 보이는 커다란 스크린에 나타나 양 갈래 머리 나풀거리며 10대 소녀라고 우겨대 봤자, 아무도 속아 넘어가질 않았던 것이다.

할머니와 손자뻘이 확실한 남자 배우와 태리즈 여사의 애정신을 보다가 토악질이 올라온 관객이 돈 생각에 꾹꾹 눌러 참다가 급기야는 두 사람의 키스신에서 구토를 해대는 바람에 난데없이 〈순자, 준코, 안나〉를 상영하는 전국의 영화관 안에는 토사물 냄새로 가득 차기도 했었다.

"우웩! 저게 뭐야! 내 돈 돌려줘! 우웨에엑!"

그러나 인생은 예측 불가능하기에 재미있다고 했던가!

그야말로 개망신당하고 관객과 평단의 가차 없는 혹평을 받은 그 영화는 엉뚱하게도 생각지도 못한 스타를 탄생시키고 말았다.

한국 영화가 전성기였던 시절, 최고의 미모와 연기력으로 유명했던 태리즈 여사는 말년에 이르러 국제 유수 영화제에 초청받는 일이 많았다. 그럴 때마다 그녀는 주최 측에 자신의 연기 인생 최대의 걸작이라고 스스로 말하는 〈순자, 준코, 안나〉를 상영해 주기를 강력히 요청했다.

"나, 태리즈의 영화 인생을 알 수 있는 제일 중요한 작품이란 말이에요!"

주빈인 그녀의 비위를 거스를 수 없었던 영화제 당국은 어쩔 수 없이 그 '저주받은 걸작'을 상영했고, 다행히 동양 여자의 외모를 실제보다 훨씬 어리게 생각하는 서양 사람들은 그다지 큰 거부감 없이 영화를 받아들였다. 물론, 여배우의 실제 나이와 배역의 연령대 사이의 괴리를 간과한 것은 아니었으나, 그럭저럭 참을 만했던 것이다.

그리고 태리즈 때문에 가려져 있던, 아니, 여배우가 그녀 혼자라 더욱 돋보이는 한 어린 소녀의 연기에 주목하게 되었다.

노마리, 여섯 살의 어린 소녀는 앞으로 자신에게 닥쳐올 가혹한 시련 따위엔 상관없이, 깊은 산속의 한 송이 들꽃같이 해맑고 어여쁜 소녀 순자 역을 너무나 훌륭하게 해냈던 것이다.

극소수의 관계자만 제외하고는 아무도 그녀가 태리즈 여사의 친손녀라는 사실을 몰랐다. 그래서 대중들은 전성기 시절의 태리즈를 연상케 하는 어린 소녀의 아름다움과 매력에 감탄하고 열광했다. 게다가 자연스러운 연기력과 발성, 어린 나이임에도 스크린을 장악하는 카리스마와 흡입력까지 갖춘 노마리는 단박에 대중을 사로잡았다.

—시선을 뗄 수 없는 인상적인 연기. —까이에 뒤 시네마

—한국에서 날아온 작은 별(Star)! 그 누구보다 찬란하게 빛나다! —뉴욕 포스트

—금세기에 다시 볼 수 없는 아역의 명연기!! —프리미에르

―메리 픽포드의 재현! 스크린을 장악하다! ―박스 오피스 매거진

유럽의 권위 있는 한 영화제에서 원래 없었던 특별상을 부랴부랴 만들어서 준 것을 시작으로, 마리는 국내외의 온갖 영화제에 초청받아 수많은 상을 섭렵했다. 신인상에서 특별상까지, 사람들은 이 매혹적인 어린 소녀에게 어떻게든 상을 주고 싶어서 안달이었고, 노마리는 왕년의 대스타 태리즈를 잇는 또 하나의 대형스타로서 발돋움하는 듯했다.

하지만, 그뿐이었다.

이상하게도 〈순자, 준코, 안나〉 이후, 마리는 출연하는 영화마다 기대에 못 미치는 어설픈 연기를 보여주었고, 사람들은 실망하기 시작했다. 게다가 마리는 대중이 나이 어린 소녀에게 기대하는 귀엽고 깜찍한 모습도 보여주지 못했다. 어딘지 모르게 도도하고 차갑기까지 한 모습에 마리의 소녀답지 않은 과묵함은 곧 사람들을 멀어지게 했다.

아역배우에게 있어 일종의 커트라인으로 배우 생명력을 판가름하는 나이라는 마의 16세를 언급할 것도 없이, 마리는 주목받기 시작한 지 단 3년 만에 대중의 관심에서 밀려났다. 물밀듯이 들어오던 캐스팅 제의가 급격하게 줄어들기 시작했고, 하루에도 수십 통씩 걸려오던 마리를 찾는 전화가 뜸해지게 되었다.

얼마 안 있어 마리를 찾는 사람은 아무도 없게 되었다. 그렇게 한 해, 한 해 세월이 흘러 20년이 지났던 것이다.

어린 여섯 살 소녀였던 마리는 이제 스물여섯 살이 되었다.

신인 배우로 시작하기에도 너무 나이가 많다고 윤성우가 늘 투덜거리는 것을 마리도 알고 있었다.

그런데 오늘, 윤 대표가 갑자기 그녀를 꼭 만나고 싶어 하는 감독이 있다면서 데리러 왔다. 누군가 자신의 연기를 원한다는 생각만으로도 마리는 가슴이 설레었다. 어떤 영화의 무슨 역할일까 머릿속으로 혼자 상상하며 마리는 주체할 수 없을 만큼 심장이 뛰었다.

'대체 어떤 작품일까? 정말로 센스 없는 윤 대표. 어떤 감독의 어떤 작품인지 미리 귀띔 좀 해주면 얼마나 좋아? 감독님과 인터뷰하기 전에 미리 준비도 할 수 있고. 아, 그나저나 얼마나 더 가야 하는 거지? 심장이 너무 빨리 뛰어!'

하지만 겉으로 보기엔 그녀는 그저 담담하게 창밖을 주시하는 것처럼 보였다. 커다란 나무들이 옆으로 스쳐 가는 모습을 물끄러미 바라보던 마리는 옆에서 떠들어대는 윤 대표의 말을 가만히 듣고 있었다. 언제나처럼 그의 말은 이해하기가 어려웠다.

"내 말 잘 들어. 마리야, 최진원이 누군지 너도 알지? 그 사람이 너를 지목했단 말이다. 어젯밤에 널 텔레비전에서 보고 그 캐릭터에 딱 네가 적역이라고 생각했다지 뭐냐. 그러니까 넌 감독님이 하라는 대로 잘하기만 하면 돼. 알았지?"

'최진원? 누구지? 요새 새로 나온 감독인가? 이상하다. 내가 국내에서 모르는 감독은 없는데. 윤 대표의 말을 듣자면 꽤나 유명한 감독인 것 같은데……. 앞으로 좀 더 주의 깊게 영화계를 살펴야겠어. 독립영화 출신인가? 얼마 전에 단편 〈움직이는 것은 살아 있다〉로 모스크바 영화제 특별상 탔다는 그 감독 이름이 뭐였더라? 그 사람이 최진원이었나……?'

최진원이 누구인지 마리는 영 알 수가 없었다.

처음 듣는 이름이었다. 하지만 어떠랴! 처음부터 유명 감독과 작업하는 것보다는 새롭게 영화 세계를 열어가는 신인과 호흡을 맞춰가는 것도 꽤 즐거우리라고 마리는 생각했다.

얼마 만의 영화 작업인지 몰랐다.

여섯 살, 그 정신없는 난리통 같은 시기가 지나자 마리를 찾는 사람들은 점점 줄어들었다. 많게는 하루에 서너 편도 넘게 들어오던 시나리오가 한 달에 한 권도 보기 힘들어지더니, 어느 날부턴가 노마리를 찾는 캐스팅 디렉터의 연락이 아예 오지 않게 되었다.

'그리고 보니 내가 마지막으로 작품 찍은 게 한 12년, 아니, 13년 정도 됐나? 나 정말로 오랫동안 쉬었구나. 배우로서 너무 태만했어.'

단역이나마 마지막으로 영화에 출연했던 것이 열세 살 되던 무렵이었다. 한참 잘나가던 한 CF 스타의 데뷔작에서 여주인공을 매섭게 째려보는, 이름도 없는 못된 부잣집 딸내미로 얼굴을 내민 이후 마리의 출연작은 없었다.

그래도 새로운 영화의 제작 소식이 들리거나, 우연히 좋은 시나리오를 보게 되면 마리는 가슴이 설레곤 했었다. 영화 속 탐나는 캐릭터를 혼자 분석하고, 연기를 연습해 보면서 다시 스크린으로 돌아가길 바랐다.

그런데 그 꿈이 이제 현실로 이뤄지려 하고 있었다. 듣자 하니 어젯밤 자신의 모습을 보고 캐릭터에 적합하다고 좋아했다는데, 과연 어떤 면이 감독을 흡족하게 했을지 마리는 곰곰이 되짚어보았다.

'검은 드레스에서 그레이스 켈리의 우아함을 보았나? 아니면 슬픔을 절제한 처연한 표정이 잉그리드 버그만을 연상시켰나? 그도 아니면 절제된 단선 속에 숨겨진 농염한 육체가 마릴린 먼로 같은 섹시함을 풍겼나?'

마리는 이내 자신만의 생각에 골몰하느라 윤 대표가 떠들어대는 소리를 제대로 귀담아듣지 않고 있었다. 윤성우 역시 제 이야기에 열중해서 마리가 어떤지 반응을 살필 생각도 하지 않았다, 늘 그렇듯이.

3

　마리는 자신이 탄 차가 도착한 곳이 DBS 방송국의 본관이라는 것을 깨닫지 못했다. 그저 자기가 갖고 있는 다양한 모습 중에서 어떤 면이 감독의 관심을 끌었는지, 그리고 그걸 어떻게 어필할지 생각하느라 여념이 없었다. 윤 대표를 따라 엘리베이터를 타고 분주하게 사람들이 오가는 복도를 걷다가 한 사무실 안으로 들어갔다. 긴 책상 너머로 블라인드가 쳐진 창문을 등지고 한 남자가 앉아 있었다. 그와 눈이 마주친 찰나, 마리는 생각했다.

　'신인 배우인가?'

　청춘 영화의 주인공처럼 곱상하게 생긴 남자가 의자에 앉아서 마리를 뚫어지게 바라보고 있었다. 달콤한 외모와 달리 그 눈빛이 너무나 매섭고 강렬해서 마리는 조금 의아했다.

'내 상대역인가? 탐색하는 시선을 보아하니 그렇군. 촬영 전에 파트너끼리 서로 알아가는 것도 좋겠지. 그나저나 감독님은 어디 계시지?'

분명 선글라스를 끼고 있음에도 그 남자와 시선이 계속 얽혀 들었다. 태리즈 여사 표현을 빌자면 '야수처럼 생생하게 눈빛이 살아 있는' 남자는 정말로 근사했다. 자연스럽게 마리는 머릿속으로 온갖 구상을 떠올렸고, 이상하게도 저 신인 배우와 키스신은 물론 러브신까지 연기하는 장면이 자꾸 연상되었다.

'입술이 한입에 깨물기 딱 좋네. 코가 너무 오똑하니까 각도를 잘 맞춰야겠어. 프로필이 왼쪽이 더 좋나? 아니네, 오른쪽도 완벽해. 연기하기 좋겠다. 그런데 얼굴이 너무 작잖아. 내 얼굴 크게 나오면 안 되는데. 흠…… 투샷은 가능하면 클로즈업 잡지 말아달라고 해야겠다. 피부도 너무 좋잖아. 그래도 함께 있으면 그림은 되겠다. 키는 얼마나 되지? 앉아 있어서 잘 모르겠네. 풀 샷 잘 나오려면 너무 키 차이가 나도 안 좋은데. 161㎝였던 비비안 리 하고 185㎝였던 클라클 케이블처럼 24㎝ 정도면 딱 좋은데. 그래야 안고 〈바람과 함께 사라지다(Gone With The Wind)〉처럼 키스신을 할 때 카메라 앵글에 멋진 포지션이 잡히니까. 내가 163㎝니까 적어도 저 남자 배우는…….'

"마리야, 뭐 해. 어서 인사드리지 않고."

자신의 상대역을 두고 이런저런 생각을 하고 있던 마리의 팔

꿈치를 윤 대표가 슬쩍 밀었다.

'지금 누구한테 뭘 하라는 거야?'

모처럼 제대로 된 상상을 하던 중에 방해받은 마리는 조금 짜증스러워졌다. 그러나 겉으로는 평온하고 우아한 표정을 유지했다. 탁자 건너편에 앉아 있는 그 남자에게 윤성우가 넙죽 고개를 숙였다. 아쉽게도 저 남자는 배우가 아니라 아마 스태프 중의 한 명인가 보다. 마리도 함께 고개를 숙였다.

"감독님, 안녕하십니까? 윤엔터테인먼트의 윤성우입니다. 이 아이가 바로 감독님께서 찾으시던 노마립니다. 마리야, 어서 감독님께 인사드려. 최진원 감독님이시다."

윤성우는 한 번으로 모자랐는지 거듭해서 머리를 조아리고 있었다. 자신보다 한참 나이 어린 상대라 해도 힘을 쥐고 있다면 언제든지 쉽사리 굽혀지는 윤성우의 허리는 언제 봐도 비호감이지만, 오늘따라 유독 꼴 보기가 싫었다.

게다가 모처럼 자신과 비주얼이 어울린다고 생각한 저 남자가 상대 배우가 아니라고 생각하니 서운했다. 배우로서 서로 연기 합도 중요하지만, 이미지 매칭도 그 못지않게, 아니, 어쩌면 그보다 더 중요한 부분이니까.

'근데 지금 저 남자한테 윤 대표가 뭐라고 했지? 감독? 어머나, 그럼 저 남자가 감독이란 말이야! 영화 감독치곤 굉장히 젊네. 입봉작인가? 아냐, 젊은 천재 감독들이 얼마나 많은데. 나도 참, 이런 고정관념은 옳지 않아.'

물끄러미 남자를 바라보던 마리는 자신을 집요하게 바라보던 그의 눈길이 감독으로서 배우를 탐색하는 시선이었다는 것을 깨닫자 기분이 좋아졌다.

만약에 그것이 배우에 대한 감독의 시선이라면, 마리는 충분히 캐스팅 합격점이리라. 그 뜨거운 눈길이 배우로서 마리의 자존감을 높여주었다.

마리는 일부러 천천히 선글라스를 벗고, 까맣고 커다란 눈을 감싼 무거운 눈꺼풀을 나른하게 올렸다. 입가에는 그린 듯 고혹적인 미소 한 자락이 자연스럽게 피어올랐다.

언제나 여배우는 스스로 극적인 분위기를 만들어서 자신을 돋보이게 해야 하는 법이라는 것을 마리는 잊지 않고 있었다. 누구도 계산된 연출이라는 것을 눈치채지 못할 정도로 자연스럽고 우아한 모습이었다.

"노마리예요, 감독님."

들고 있던 까만 클러치백을 옆구리에 끼고, 손에 선글라스를 든 마리는 다른 손을 내밀었다. 기품이 넘쳐흐르는 몸가짐이었다. 그러나 그 젊은 감독은 자리에서 일어서지도 않은 채, 마리의 내민 손을 쳐다보지도 않고 못마땅한 얼굴로 입술을 비딱하게 끌어 올리며 말했다.

"그만, 나가시죠."

내민 손이 민망할 법도 하건만 마리는 아무렇지도 않게 손을 아래로 내렸다. 다만 〈워터 프론트(On The Waterfront)〉의 에바

마리 세인트처럼 장갑이라도 들고 왔다가 떨어뜨릴 걸 잘못했다고 생각했다. 그랬다면 좀 더 극적으로 보였을 텐데 아쉽다.

'이디랑 테리처럼 장갑을 주워주면서 이야기할 수 있다면 좋았을 텐데. 어머나, 저 남자 표정 좋네. 불량스러운 게 딱 젊은 시절 말론 브란도 같아. 아니다, 턱 선이 더 날렵하잖아. 〈이유 없는 반항(Rebel Without A Cause)〉의 제임스 딘 닮았어. 근사해라.'

아직 서 있던 마리는 고개를 숙여서 눈만 치켜올리고 있는 남자를 내려다보았다. 이마에 가로로 접힌 주름이 정말로 제임스 딘을 연상시켰다. 비딱한 표정과 냉소적인 목소리마저 꼭 닮았다.

"나가 계시죠."

"네?"

진원이 재차 말하자, 느닷없는 말에 어리둥절해하던 윤 대표는 곧 만면에 미소를 지었다.

"아, 카메라 테스트나 연기나 뭐든 시켜보십시오. 우리 마리가 마스크가 워낙 좋아서 말입니다. 그리고 세부적인 사항이나 계약 조건을 합의하시려면 당연히 제가……."

"노마리 씨가 이 캐릭터에 적임자인지 일단 면담과 테스트를 통해서 결정할 겁니다. 계약은 그 후의 문제일 텐데요."

단호한 말투가 신경에 거슬렸지만, DBS 방송국 최고의 드라마 피디 최진원에게 밉보여 봤자 하등 좋을 것 없는 윤 대표는 이내 웃는 얼굴이 되어 말했다.

"아, 예. 역시 최 감독님은 배우에 대한 철저한 이해 없이는 절대 캐스팅 안 하신다더니, 우리 마리도 이것저것 테스트하시려나 봅니다. 그럼 전 나가 있을 테니 끝나면 연락 주십시오, 감독님. 아, 그리고 이건 저희 사무실에서 가장 괜찮은 앤데, 마스크도 좋고 뭣보다 바디하고 연기가 아주 뛰어나서 말입니다. 혹시 감독님 다음 작품……."

"이태리, 문 열어드려."

"네."

어느새 들어왔는지 사무실 뒤쪽에 서 있던 영리하게 생긴 젊은 사내가 넙죽 대답하며, 얼른 문을 열어주었다. 머쓱해질 만도 하련만 윤성우는 여전히 변죽 좋은 웃음을 지으며, 자신의 윤엔터가 밀고 있는 '서유리'의 프로필 사진을 진원 가까이에 밀어넣는 것을 잊지 않았다.

"그럼, 밑에서 대기하고 있을 테니 연락 주십시오. 마리야, 잘해라. 흐흐."

연예계에 들어와 20여 년, 밑바닥 로드 생활만 10년이 넘었던 윤성우에게 있어 이 정도의 문전박대야 아무렇지도 않았다. 물론 어엿한 엔터테인먼트사의 대표가 된 지금에야 이런 대접에 화가 날 법도 하지만, 윤 대표는 기꺼이 참을 수 있었다.

저 최진원이 누군가 말이다.

그의 드라마에 조연이라도 한 자리 하게 되는 날엔 그야말로 대박 중의 대박이었다. 오늘 윤 대표가 신이 난 까닭은 노마리가 최진원 피디의 쇼에 출연하게 되어서가 아니었다. 어차피 한물 간 폐품들만 모아서 만드는 재활용 쇼라 별거 없을 게 뻔했다.

윤성우가 노리는 것은 최진원과 안면을 트고, 연줄을 대는 것이었다. 지금은 무슨 영문인지 이따위 허접한 쇼나 만들고 있지만, 곧 DBS의 간판 드라마로 복귀하리란 소문이 방송가에서 자르르한 최진원이었다.

내년을 목표로 추진 중인 DBS 창사 40주년 기념 50부작 드라마를 최진원이 연출할 거란 이야기도 심심치 않게 들리고 있는 마당이었다. 그에게 자신의 '윤엔터테인먼트'를 소개하고 얼굴을 익힐 기회를 마련하는 것. 그게 윤성우가 노마리에게 기대하는 전부였다.

'뭐야, 오늘은 차림이 왜 저래?'

윤 대표가 나가고 나자 진원은 태리마저 내보낸 후, 어젯밤 태리 녀석이 갖다 준 노마리의 프로필을 다시 들여다보았다. 화면으로 보았던 커다란 가슴은 70E, 그러나 지금 눈앞에 있는 실체는 빌어먹을 옷으로 죄 가려놔서 제대로 확인할 수가 없었다. 하지만 두껍고 빳빳한 옷감으로 가려진 절제된 선 안에서도 유독 풍만하게 솟아오른 가슴은 70E가 거짓이 아니라는 것을 웅변하고 있었다.

조명을 받지 않았는데도 속이 비쳐 보일 만큼 투명한 피부와 붉은 입술, 그리고 까맣고 긴 속눈썹으로 감싸인 아몬드 모양의 눈동자가 인상적이었다. 단순히 예쁘다거나 아름답다고 표현하기엔 모자란 색다른 매력이 느껴졌다.

대한민국이 선망하는 최상급의 여배우들만을 상대로 일해 온 진원은 여자들의 비슷비슷한 예쁘장한 얼굴에는 그다지 매력을 느끼지 못했다.

천편일률적인 성형에 메이크업까지 더해진 그녀들의 얼굴보다는 차라리 나긋나긋하면서도 육감적인 몸매가 개인적으로 진원의 관심을 끌었다. 노마리 역시 그녀의 해사한 얼굴보다는 격하게 굴곡진 몸매가 더 마음에 들었다.

그리고 감독으로서의 그에게 있어 여배우의 선택 기준이란 철저하게 배역에 맞는 외모와 분위기를 연출하고 표현할 수 있느냐가 최대 관건이었다. 연기력은 두말할 것도 없었다.

일단 노마리의 외모는 머리 텅 비고, 가슴 큰 덤 블론드의 역할에 적합했다. 게다가 어젯밤의 그 해프닝으로 대중들에게 각인된 이미지 또한 쇼에 유용할 터였다. 사람을 바라볼 때면 어딘지 멍하니 딴생각을 하는 듯한 시선도 좋았다. 시선이 마주칠 때마다 지어 보이는 미소도 딱 〈길(La Strada)〉에 나오는 백치 '젤소미나'의 미소였다.

'뭐야, 저건? 컨셉이야? 저 정도면 그럴듯하긴 한데. 인물도 줄리에타 마시타보단 낫군. 청순에 백치, 게다가 요염함이라. 꽤 괜찮은 조합이야. 오케이, 저 정도면 캐릭터는 확실한데.'

그러나 겉모습만 그럴듯하다고 해서 배역을 제대로 소화할
수 있는 건 아니었다. 진원은 정말 백치가 아니라 백치 역을 그
럴듯하게 할 수 있는 연기자를 원했다. 어릴 적 연기야 어린아이
의 재기라고 하지만, 어젯밤에 구해서 본 몇 편 안 되는 노마리
의 영화 속 모습들은 그나마 거의가 다 정형화된 모습들이라 특
별히 그녀의 연기력이 어떤지 가늠해 보기가 힘들었다.

정말 백치인지, 백치를 연기할 수 있는 능력이 있는지 알아야
했다.

등허리를 꼿꼿이 세우고 반듯한 자세로 무릎 위에 손을 올려
놓고 있던 마리는 말없이 서류만 보는 진원을 보며 정말로 제임
스 딘을 많이 닮았다고 생각했다. 찡긋거리는 눈매하며, 도톰하
게 부풀어 올라 어딘지 상처받은 듯한 붉은 입술이 특히나 그랬
다.

'아, 태리즈 여사가 말씀하신 니힐한 나르시즘이 바로 저런
건가?'

진청색의 데님에 감싸인 기다란 다리와 늘씬하지만 탄탄해
보이는 허벅지까지 죽 살펴본 마리는 상대가 눈치 못 채게 조심
하면서, 남자의 단단한 상체를 훑어보고 있었다. 지나치게 넓지
않은 어깨에 현장에서 보내는 시간이 많은 사람답게 편안해 보
이는 붉은 체크무늬 셔츠를 걸쳤지만, 상체에 달라붙는 옷 선이
제법 감각 있었다.

저렇게 이마를 덮는 스타일도 괜찮지만, 머리를 올려서 이마가 드러나게 한다면 더욱 근사할 것 같았다.

조심스럽게 탐색하던 마리의 시선이 갑자기 한순간 얽혀들었다. 어느새 최진원이 그녀를 뚫어져라 바라보고 있었던 것이다. 뜨거운 손길로 온몸을 어루만지기라도 하는 듯 오싹한 느낌이 마리의 전신에 스쳐 갔다. 이름도 들어본 적 없는 신인 감독이라도 그 열정과 카리스마가 어느 대가 못지않았다.

마리는 흡족했다. 그 만족감은 곧 기대감으로 바뀌었다. 그가 만들어낼 영화가, 자신이 해야 할 역이 너무나 궁금했다.

"오늘은 왜 그렇게 입었습니까?"

손짓도 아닌 턱짓으로 마리의 옷을 가리키며 진원이 대뜸 물었다.

'여배우의 의상 컨셉이 뭐냐고 묻다니 섬세하기까지 하네. 내 작품 해석 능력이 어떤지 가늠해 보려는 거겠지? 코스튬 드라마(Costume Drama:일정한 역사 시기를 배경으로 그 시대의 사회상을 반영해 만든 영화나 텔레비전 드라마. 주로 당대의 시대 상황과 맞는 화려한 의상과 소품들이 볼거리를 이룬다)였으면 좋겠다. 〈순수의 시대(The Age Of Innocence)〉의 위노나 라이더처럼 화이트를 소화할 수 있는 배우란 걸 보여주고 싶은데.'

못마땅한 눈초리로 대답을 기다리는 진원을 보면서 마리는 천천히 몸을 일으켰다.

"처음 감독님을 뵙는 자리라 제 이미지가 이 흰색과 같이 어떤 색으로 물드느냐에 따라 다양하게 표현될 수 있다는 걸 보여 드리고 싶었어요. 감독님이 원하는 캐릭터가 무엇이든……."

진원은 마리의 장황한 설명에 눈살을 찌푸렸다.

어젯밤 그 화끈한 옷차림과 다르게 이따위로 조신하게 입은 이유가 뭔지 그는 그것이 궁금했을 뿐이었다. 그녀는 브라운관 속에서 검은색 드레스를 걸친 채 노골적으로 몸매를 드러내고 있던 때와는 분위기가 사뭇 달라 보였다.

화장과 의상만으로도 깜짝 놀랄 만큼의 변신을 하는 것이 여배우들이니 그다지 걸리는 일이 아니긴 했지만, 그래도 진원은 제가 보았던 그 무방비하고 성적 매력 가득한 노마리의 모습을 확인하고 싶었다.

"그 단추 좀 풀고 한 바퀴 돌아봐요."

갑작스런 진원의 요구에도 마리는 당황하지 않았다. 카메라가 없는 것이 좀 아쉬웠지만, 천천히 자리에서 일어선 마리는 턱 바로 아래를 단단히 여미고 있는 단추를 하나 풀었다. 제법 두꺼운 모로 된 옷깃이 툭 소리를 내며 벌어졌다. 두 개, 세 개 가로지른 쇄골 언저리까지 단추를 푼 마리는 진원의 요구대로 천천히 제자리에서 한 바퀴 몸을 돌렸다.

어릴 적부터 발레로 단련된 덕에 목에서 등허리를 지나 엉덩이까지 이르는 곡선은 곧고 우아했다. 가는 허리와 벌어진 옷깃 사이로 슬쩍 보이는 풍만한 가슴이 유혹적이었다.

'자신감 있게 어깨를 펴고 등은 반듯하게 하기. 대신 어깨가

너무 넓어 보이면 안 되니까 팔을 살짝 빗겨 내려서 자세를 유지.’

머릿속으로 언제나처럼 정확히 계산된 포즈를 취하고 있는 마리를 바라보던 진원이 이번엔 턱이 아닌 눈짓으로 가리키며 물었다.

“머리는 늘 그렇게 올리고 다닙니까? 어제도 그렇던데.”

곧고 하얀 목, 귓불에 달린 작은 금귀고리. 세련된 느낌을 주긴 하지만, 진원이 원하는 모습이 아니었다.

“머리 좀 풀어보죠.”

진원이 무심하게 요구했다.

‘또 풀라고 하네.’

속으로 키들거린 마리가 한 손을 들어 말아 올린 머리 타래를 고정하고 있던 핀을 빼자, 삼단 같은 머리카락이 검은 폭포수처럼 마리의 얼굴을 부드럽게 감싸며 등 뒤로 흘러내렸다. 검다 못해 푸른빛을 띤 머리카락이 작고 하얀 얼굴과 가늘고 긴 목을 더욱 도드라져 보이게 했다.

진원은 이맛살을 찌푸렸다. 긴 머리카락은 그의 취향이 아니었다. 아니, 그게 문제가 아니라 긴 머리를 늘어뜨린 마리의 모습은 뭐랄까 지나치게 섹시했다, 지나치게.

‘뭐야, 저러니까 또 인상이 확 달라지네. 단순한 스테레오 타입보다야 낫지만, 저러면 덤 블론드의 이미지가 너무 희석되잖아.’

덤 블론드가 섹시한 이미지를 요구하는 것은 맞지만, 마치 팜므파탈처럼 지나치게 강렬한 성적 매력은 곤란했다. 예쁘장한 얼굴의 흔한 여배우 같던 노마리를 이토록 요염한 여자로 만든 건 저 긴 머리카락이 분명했다. 마법의 가루처럼 노마리에게 후광을 드리우는 밤처럼 까만 머리카락.

그는 두 번 고민하지 않고 바로 자신의 생각을 내뱉었다.

"머리 자를 수 있습니까?"

"네?"

"머리카락 말입니다. 너무 길어. 여기 어깨 위로, 아니, 귀 밑으로 자르죠. 이렇게."

진원은 약간 고개를 비딱하게 기울이면서, 자신의 귀와 어깨 사이에서 손을 칼날처럼 휘두르며 싹둑 자르는 시늉을 해 보였다.

무심한 그 모습을 보면서 마리의 얼굴이 점점 일그러졌다.

특별히 자기 머리카락에 대해 애착이 있거나 지나칠 정도로 집착하는 건 아니지만, 여배우에게 있어 머리 모양은 중요했다. 왜냐면 헤어스타일은 여배우의 분위기를 결정지어 주기 때문이었다.

베로니카 레이크였던가.

한때 헐리웃을 풍미하는 금발 미녀였다가 전쟁통에 넘치는 애국심을 주체하지 못해, 공장에서 일하는 일반 여성들에 동조해서 머리까지 자르고, 작업복을 입었다가 인기가 급추락해서 대중에게 철저히 외면당하고, 말 그대로 헐리웃에서 연기처럼 사라진 여자도 있었다. 그만큼 여배우의 머리카락은 중요했다. 이미지를 형성하고, 대중을 사로잡는 강력한 수단이 되기도 하기 때문이다.

마리는 똑바로 진원을 응시했다.

"역할을 하는 데 반드시 필요한 설정인가요? 그렇다면 제 대답은 주저 없이 예스예요. 하지만 감독님, 여배우의 외모를 함부로 바꿀 순 없어요. 그건 정확한 역할 분석 없이 섣불리 정할 문제는 아니란 말이죠."

어딘지 맹해 보이고 꿈꾸듯 몽롱하던 좀 전까지의 분위기와 달리 또렷한 목소리로 명쾌하게 자신의 의견을 피력하는 마리의 태도는 당당했다. 진원은 내심 흡족했다.

그러나 그는 일부러 미간을 좁게 찌푸리며 마리에게 퉁명스레 말했다. 언제나 그를 덮고 있는 위악(僞惡)이 자연스럽게 진원을 심술 맞고 불퉁한 표정과 목소리로 만들어주었다.

"어차피 배우의 연기란 감독이 사용하는 하나의 매체 아닙니까? 작품 전반의 모든 것을 결정짓는 것은 당연히 감독이고 말입니다. 그렇다면 배우는 감독 의견에 무조건 따라야 할 텐데요."

반짝, 한 위대한 배우의 말을 일부러 악의적으로 인용하면서 진원은 느긋한 눈길로 마리를 바라보았다. 저 머리 빈 바비 인형처럼 보이는 여자가 뭐라고 말할지 궁금했다.

‘어디 한번 대답해 보시지. 제법 배우답게 말하던데, 노마리 씨.’

진원이 상체를 비뚜름하게 의자 등받이에 기대고 고개를 살짝 기울이자 반듯한 이마를 덮고 서늘한 눈매까지 내려온 긴 머리카락이 우수수 쏟아지면서 섬세하면서도 남자다운 그의 얼굴 윤곽선을 자연스럽게 드러냈다.

탄력 있는 근육으로 이루어진 유연한 상체를 쭉 뻗으면서 긴 다리를 꼬아서 포개고 있는 진원의 모습은 마치 패션 화보의 한 장면 같았다. 의자 등받이 뒤로 늘어뜨린 팔과 다르게 펜을 쥔 팔은 책상 위에 올려놓아 긴장과 이완의 완급을 마음대로 조절하고 있는 진원의 모습은 지독하리만치 모든 것에 최고를 고집하는 오만한 독재자의 면모와 아직도 상처받기 쉬운 십대의 반항아가 공존하는 듯한 이율배반적인 광경이었다.

그것이 바로 최진원이었다.

그래서 결코 작위적이거나 어색하지 않은 그 모습은 호들갑스런 효진이가 보았다면 꺅 소리 지르며 두 눈에서 하트 모양 광선을 쏘았을 만큼 멋졌지만, 다른 이들이 보았다면 너무 거만하거나 성의 없다고 눈살을 찌푸릴 만한 포즈였다.

그러나 마리는 개의치 않았다. 오히려 마리의 얼굴에는 화사하게 생기가 돌기 시작했다. 저 시니컬한 마론 브란도 같은 표정의 감독이 썩 마음에 들기 시작했기 때문이었다. 그녀가 사랑하고, 아끼고, 존중하는 것들을 공유할 수 있는 존재란 마리에게 있어 언제나 반가웠다. 자주 접할 수 없기에 더욱.

'어머, 이 감독도 채플린 좋아하나 봐. 취향이 좋네.'

마리의 눈동자는 반가움으로 물들었다. 어린 시절 내내 보았던 찰리 채플린, 해롤드 로이드, 버스터 키튼의 우스꽝스런 몸짓과 익살스러운 표정, 그 연민과 우수가 깃든 웃음을 사랑하는 마리는 한껏 부드럽게 녹아 있는 크림처럼 달콤한 목소리로 말했다.

"그 말을 한 분이 아마 이런 말도 했죠? '배우는 시인이다' 라고요. 자유롭게 창조된 배우의 개성이 감독이 통제하고 전권을 행사하는 작품 안에서 자연스럽게 녹아서 어우러질 때야말로 진정 훌륭한 작품이 되겠죠."

마리는 목소리에 어울리는 매혹적인 미소를 지으며 말을 이어갔다. 사무실의 블라인드 사이로 비집고 들어온 햇살이 유독 마리 곁에만 모여든 듯, 그녀를 감싸고 있는 눈부신 빛이 찬란했다.

창을 등지고 앉아 있던 진원은 그 빛에 문득 눈을 가늘게 떴다. 좁아진 시야 사이로 더욱 또렷이 마리가 들어왔다.

"감독님이 이번 작품을 하시면서 아마추어가 아니라 저 같은 프로 배우를 선택하신다는 건, 감독님께서는 배우를 그저 화면을 구성하기 위한 물체 정도로 이용하는 것이 아니라 배우의 연기를 이용하고자 하는 분이란 뜻일 텐데요. 아닌가요? 그렇다면 배우가 갖고 있는 개성이 작품과 시너지 효과를 낼 수 있도록 이

끄는 것은 결국 감독님의 역량이겠군요."

예쁘장한 얼굴, 곱게 립스틱 바른 마리의 입에서 로베르 브레송의 연출론이 흘러나오자 진원은 깜짝 놀라서 느긋하게 기대고 있던 상체를 일으켰다. 무언가 날카로운 감각 하나가 그를 거세게 치고 지나갔다. 그 긴장감이 싫지가 않았다.

진원은 자세를 고쳐 앉고는, 다시 눈앞에 있는 여자를 바라보았다. 노마리, 그녀는 그가 여태껏 만났던 그렇고 그런 흔한 배우 지망생들과는 분명히 다른 무언가를 갖고 있었다. 철광석인지, 황금인지는 아직 모르겠지만.

마리를 바라보는 진원의 눈빛은 어느새 처음과는 다르게 깊어져 있었다.

그러나 마리의 머릿속에는 어느새 솜사탕처럼 부풀어 오른 마릴린 먼로의 굵게 웨이브 진 로맨틱한 단발머리가 떠올라 있었다.

'나한테 어울릴까? 좀 나른한 이미지로 눈 화장을 하고 입술은 붉은색보다는 핑크 계열이 낫겠지?'

뭉게뭉게 피어나는 마리의 망상을 비집으며 진원의 목소리가 들려왔다.

"좋습니다."

아직까지 확정을 내린 것은 아니었으나 그는 일단 마리에게 최소한의 기회를 줘보기로 했다. 그녀가 어떤 식으로 캐릭터를 분석할지가 궁금하기도 했다. 진원은 기다랗고 섬세한 손을 움직여 마리 앞쪽으로 책 한 권을 내밀었다. 푸른색 표지로 제본된 책 위에 큼직하게 박혀 있는 글자가 마리의 눈을 끌었다.

〈Oldies But Goodies〉

"뭐가 떠오릅니까?"

진원이 마리에게 질문을 던졌다.

지난번 대형 기획사에서 내밀었던 아역 출신이라는 애는 아예 읽지도 못했었지, 아마?

빤히 쳐다보던 마리가 저도 모르게 툭 말을 내뱉었다.

"구관이 명관?"

눈을 동그랗게 뜨고 입술을 오므린 마리의 표정이 너무나 귀여워서 진원은 하마터면 웃음을 터뜨릴 뻔했다. 아무리 여배우가 팔색조라지만, 이 여자는 정말 변화무쌍하다. 그러나 냉정한 배스킨라빈스는 곧 표정을 수습하며 말했다.

"보고 나름대로 캐릭터에 대한 생각을 들려줘요. 거기다 더 보태거나 뺄 거 있으면 말하고."

드디어 대본을 받았다는 기쁨에 마리의 얼굴은 붉게 상기되었다. 책을 가슴에 꼭 끌어안은 채 진원을 바라보는 마리의 눈동자는 검은 보석처럼 반짝였다. 그녀와 눈이 마주치는 순간 진원은 저도 모르게 마른침을 삼켰다. 어쩐지 심장 언저리가 묵직한 느낌이다.

왜 이럴까.

그때 마리의 조심스러운 음성이 들려왔다.

"감독님, 여기서 봐도 될까요?"

"지금 말입니까?"

바로 카메라 테스트를 하러 스튜디오로 옮길 생각이던 진원은 손목에 찬 시계를 보며 인상을 썼다. 하지만 의도와는 달리 여자의 요구에 선선히 응하는 자신을 스스로도 의아해하며 그는 고개를 끄덕이고 말았다.

"고마워요, 감독님."

발그레하니 달아오른 마리의 얼굴을 보는 순간, 진원은 문득 심장을 펄떡이게 하는 강한 전율을 느꼈다. 명치끝을 연타하는 둔중한 느낌. 불쾌하다.

좋지 않아, 좋지 않다구…….

"카메라 테스트하시기 전에 간단하게라도 제 캐릭터에 대해 알고 싶어서요. 시놉시스와 캐릭터 정리해 둔 거라도 읽어보고 싶은데. 괜찮을까요?"

또 저절로 진원의 고개가 움직였다, 마치 홀린 사람처럼. 평소라면 여기까지 오면서 캐릭터에 대한 설명도 듣지 못했냐고 타박이라도 했으련만, 지금은 아무런 말도 할 수가 없었다. 스스로도 그게 이상했다.

불가항력.

지금의 자기 상태를 표현할 수 있는 가장 적합한 단어였다.

'설마 내가 지금 이 여자한테 끌리는 건가?'

숨죽인 채 열심히 책을 들여다보고 있는 여자가 검고 긴 속눈썹을 깜빡거리는 걸 보면서 진원은 스스로에게 물었다.

이 무슨. 처음 만난 여자에게 설마 한눈에 반하기라도 한 건가? 이 나이에, 내가?

호르몬이 들끓던 사춘기 시절은 물론이고, 대한민국에서 가장 예쁜 여자들만 모아났다는 연예계에 몸담고 있는 지금에도 진원은 그 누구도 처음 보자마자 끌린 적이 없었다. 눈이 번쩍 뜨일 만큼 아름답거나 매력적인 여자들을 보긴 했지만 그럴 때마다 가장 먼저 든 생각은 '카메라 잘 받을까?', '연기 감각은 있겠지' 였다.

그런데 노마리, 이 여자를 보면서 그가 지금 느끼는 감정은 그것들과는 사뭇 달랐다.

독한 술을 마시고 나른하게 취해서 꽤 마음에 드는 여자와 서로를 탐색하며 기대감과 긴장감으로 달아오를 때와 같다. 혈관을 타고 흐르는 그 아찔함.

처음 이 여자를 만나는 순간부터 그랬다. 아니, 정확히는 어제 화면 속에 서 있는 노마리를 본 순간부터 자신도 모르게 그녀에게 끌렸다. 인정할 수밖에 없는 사실에 진원은 충격을 받았다.

'이 무슨……!'

스스로의 감정에 당황한 진원은 필사적으로 이성을 끌어모았다. 어째서 저 여자한테 이런 감정이 드는 거지? 요 몇 년 밤낮

구분 없이 쉬지 않고 일만 해온 것은 사실이었다. 하지만 현재 생활에 불만도 없었고, 가벼운 만남 정도야 기꺼이 즐겨왔다. 그러니 새삼스럽게 욕구불만도 아닌데 어째서 발정 난 수컷처럼 저 여자를 보면서 몸이 뜨거워지는 걸까.

그러다 퍼뜩, 예전에 대학 선배가 해줬던 말이 떠올랐다.

"야, 여배우란 말이지. 자기를 바라보는 모든 사람들이 자신과 사랑에 빠졌다고 믿게 만드는 매력이 있어야 해. 그게 바로 섹스어필(Sex-Appeal)이지. 마릴린 먼로 봐. 사실 먼로가 연기나 외모로 당대 탑은 아니었잖아. 그런데도 그녀가 헐리웃의 전설이 되어서 지금까지 두고두고 회자되는 건 전부 다 섹스어필 때문이라구. 배우, 특히 여배우는 그게 있어야 해. 그리고 그건 배워서 되는 게 아니야. 천부적으로 타고나는 거지. 물론 갈고닦기야 하겠지만. 아무튼 전설적인 여배우들치고 그거 없는 사람 드물다니까. 진원이 너도 나중에 감독 되면 절감할 거다. 연기를 잘하는 배우냐, 대중을 확 휘어잡는 배우냐, 뭐 선택의 기로에 서는 순간이 오겠지. 흐흐."

오드리 햅번이나 잉그리드 버그만 같은 지적인 연기파 배우를 더 좋아하는 진원은 그때는 선배의 말을 그냥 흘려들었다. 그러나 연예계에 종사하면서 선배의 그 궤변이 옳다는 걸 절감했다. 언제나 사람들에게 최고의 관심을 받는 여자 연예인은 가장 노래 잘하고, 가장 연기 잘하고, 가장 몸매가 빼어나거나, 가장 예쁜 사람이 아니었다.

바로 카메라를 사랑할 줄 아는, 아니, 카메라에게 사랑받는 사람이었다.

현재 대한민국 최고라 불리는 한 여가수는 그다지 특출 난 재능을 갖지 못했다. 누군가 '2등이 모여 된 1등'이라고 표현할 정도였다. 노래 실력은 그간의 경험에 비춰보았을 때 과연 가수가 맞나 싶었고, 춤을 꽤 잘 추긴 했지만, 그 정도는 흔한 연습생 수준이었다.

그러나 그녀는 누구보다 카메라를 통해 자기의 매력을 어필할 줄 알았다. 그 여가수의 쇼 무대를 본 사람들은 그녀가 마치 카메라를 사랑하는 애인처럼 본다고 표현하곤 했다. 그런 느낌은 고스란히 시청자들에게 전달됐고, 그녀 또한 대중들에게 사랑받았다.

이건 분명했다.

노마리도 그걸 타고난 것이다.

이런 매력을 브라운관 너머 시청자들에게 고스란히 전할 수만 있다면 이 여자는 분명히 엄청난 인기를 얻을 것이다. 더불어 자기 쇼에서도 유용하게 쓰일 터였다.

'하, 의외로 내가 물건 하나를 건진 걸지도 모르겠는데. 잘만 되면 서로 윈―윈(Win―Win)이니까. 좋았어.'

혼란스럽던 감정을 말끔하게 정리하자, 진원은 기분이 썩 좋아졌다.

그는 이 바닥에 몸담은 지 10년 가까이 됐지만, 연예인을 사귄 적은 없었다.

진원은 태생적으로 다른 누군가의 간섭을 질색하는 사람이었다. 그래서 남녀 관계에 있어서도 서로의 영역을 침범하지 않은 채 질척이지 않는 쾌적한 만남을 추구했다. 그러자니 처음부터 동종 업계의 사람은 그의 관심 밖이었다.

게다가 그의 드라마들이 계속해서 히트를 치면서 목적을 갖고 접근하는 여자들이 생기기 시작했고, 단순히 공적인 만남을 가져도 사람들은 색안경을 쓰고 바라봤다. 진원은 더욱 철저하게 자신을 단속했고, 원하지 않는 구설수를 피하기 위해 오히려 여자들에게는 좀 더 모질게 대했다.

그에게 여자 연예인은 여자 사람이 아니라 그저 함께 일하는 동료 그 이상도 이하도 아니었다.

그런데 갑자기 노마리가 나타났고, 느닷없이 말도 안 되게 야릇한 감정을 느꼈다. 당황스러웠다. 하지만 곧 그 감정을 실체를 깨달았다, 천만다행으로.

진원은 평상심을 찾은 자기 자신을 흡족해하며, 마리를 여유롭게 바라봤다.

마리가 가느다란 손가락으로 종이를 넘기며 만들어내는 소리만이 두 사람 사이의 공기를 가득 채우고 있었다. 처음, 천천히

넘어가던 책장이 이내 파라락 소리를 내며 급하게 쫓기듯 넘어
가기 시작했다. 그리고 소리가 급해질수록 더불어 마리의 얼굴
도 점점 창백해져 갔다.

"이, 이게 뭐죠?"

생뚱맞은 마리의 질문에 진원은 울컥 짜증이 치솟았다.

'뭐야, 이 여자 표정이 왜 저래?'

"보고도 모릅니까? 이번에 노마리 씨가 출연하게 될지도 모
르는 서바이벌 리얼리티 쇼 〈Oldies But Goodies〉의 설정집 아
닙니까. 쇼의 목적, 진행 방법, 연출 방향 그리고 노마리 씨가 맡
게 될 캐릭터를 비롯해서 그 외에 다른 캐릭터들에 대한 자세한
설명이 담겨 있잖습니까. 왜, 뭐 미흡한 면이라도 있습니까?"

마리의 표정이 만족스러워 보이질 않자 심술이 난 진원은 일
부러 '될지도 모르는' 이라는 말을 딱딱 끊어서 발음했다. 진원
의 말을 듣는 동안에도 설정집을 들고 부들부들 떨던 마리가 무
언가 무서운 것을 본 듯 커다랗게 눈을 뜨며, 평소의 계산된 여
배우의 표정을 버리고 경악한 표정으로 새된 비명을 지르기 시
작했다.

"리, 리얼리티 쇼? 그럼 영화가 아니란 말이에요?!"

4

"거…… 거짓말이죠?"

간신히 쥐어짠 목소리로 마리가 진원에게 물었다. 창백하다 못해 하얗게 질려 버린 얼굴은 핏기가 하나도 없었다. 아랫입술을 어찌나 꽉 깨물었는지 붉은 핏빛마저 감돌았다. 그 모습을 보면서 진원은 오만상을 찌푸렸다.

죽을 만큼 싫다는 건가, 지금?

"영…… 화가 아니라뇨. 그럴 리 없어요. 어떻게 내가 이런 쇼에……. 난 배우란 말이에요, 영화배우!"

"그래서요?"

"그러니까 이건 실수라는 거죠. 윤, 윤 대표가 뭔가 착오를 일으켜서 저를 이런 데 데리고 온 걸 거예요. 분명히 다른 애랑 헷

갈렸을 거야. 원래 잘 그러는 사람이니까. 그래, 이건 실수야. 착오라고! 여배우는 이런 쇼 따위에 출연하면 안 되는데, 안 된다고 했는데…….”

손을 꽉 말아 쥔 채 말끔하게 잘 정돈된 엄지손가락을 저도 모르게 입에 넣고 잘근잘근 씹으면서 마리는 불안한 어린아이처럼 떨었다. 지금 그녀의 머릿속은 텅 비어 있었다. 갑작스럽게 잘려 나간 필름처럼 순식간에 모든 사고회로가 정지해 버렸다. 덜컥덜컥 릴은 돌아가는데 까만색 테두리의 프레임 안을 채우는 것은 오로지 하얀색 무(無)뿐이었다.

그래도 마리는 필사적으로 생각하기 위해 애썼다. 그 절박함이 고스란히 그녀의 얼굴에 드러나자 그것을 바라보는 진원은 누군가 속을 득득 긁어대는 것처럼 짜증이 치밀었다.

‘뭐야, 이 여자, 지금 나한테 장난해? 리얼리티 쇼라고 무시한다 이거야!’

충격에 빠진 마리를 보면서 진원은 배알이 뒤틀리는 것 같았다.

“윤 대표가 일부러 말 안 했을까? 그렇지만 이건 여배우가 나올 수 있는 게 아닌데…… 대체 왜…….”

‘왜, 고상한 영화가 아니라 천박한 TV 쇼라고 생각하니까 그 잘나신 배우 자존심에 금이라도 가? 하, 이 여자가 정말!’

자신의 생각을 당당하게 밝히며 외모에 어울리지 않게 영민하게 눈을 반짝이던 때와는 달리 창백한 얼굴로 중얼거리고 있

는 노마리. 진원의 존재 따윈 안중에도 없는 그녀의 모습에 순
간, 자기를 조롱하고 비웃던 한 남자의 얼굴이 오버랩되었다.

“이건 뭐, 숫제 어린애잖아.”

“뭐?”

“지금 네 녀석의 결정이 성숙한 성인의 이성적인 판단이라고
말할 수 있어?”

“그렇지, 그럼! 내가 뭐 주사위라도 굴려서 결정했을까 봐!”

“차라리 그게 낫지. 하, 너 지금 파르르해서 앞뒤 안 재고 무조
건 덤비는 거 눈에 빤히 보이거든.”

“네가 무슨 독심술사야? 그런 게 보이게?”

“최진원, 거울 좀 보지 그래. 지금 네 얼굴을 보면 독심술사가
아니더라도 네 녀석이 왜 이딴 결정을 내렸는지 누구라도 알걸.”

“…….”

“넌 그저 이길 생각만 하느라 정말 중요한 건 놓치고 있는 녀석
이지. 남을 이기는 것보단 자기가 잘하는 걸, 그것보단 정말로 하
고 싶은 걸 찾아야 하지 않아? 기껏 호승심 때문에 자기 앞날을
결정한다? 하, 역시 넌 그 정도밖에 안 되는 녀석이었어. 안 그
래?”

“그래, 너 잘났다!”

벌써 십수 년도 더 지난 일이지만, 진원은 마치 어제 일처럼

또렷하게 생각나곤 했다. 그때는 그 냉정한 녀석한테 한마디 대꾸도 할 수가 없었다. 그 남자의 말이 모두 옳았기 때문이다. 하지만 그렇다고 해서 그 녀석이 용서가 되는 것은 아니었다.

언제나 자기 머리 꼭대기 위에 앉아서 내려다보며 비웃는 그놈은 정말로 재수 없었다! 그 오만한 남자 앞에만 서면 자꾸 어린애처럼 한심하게 굴게 되는 자신 때문에 더더욱 그랬다.

그런데 지금 노마리 앞에 선 진원은 그때 그 남자에게 앞에서 느꼈던 초라함을 다시금 느꼈다.

당당하고 확신에 찬 노마리를 보면서 그의 안에 있는 아직도 다 자라지 못한 어린애가 심통을 부렸다.

"소속사에서 얘기 못 들었습니까?"

숫제 부들부들 떨고 있던 여자가 힘겹게 눈을 들어 진원을 바라보았다. 상처받은 아픈 눈빛이 그의 가슴을 찌르는 듯했다. 그러나 그녀 못지않게 기분이 상한 진원은 천천히 가슴 앞으로 팔짱을 끼면서 일부러 재미나다는 듯이 빈정거렸다, 심술궂게.

"이 쇼는 말입니다. 왕년에 스타였든지, 아니면 아직까지 한 번도 제대로 떠본 적 없든지 하여간 지금 현재 제 밥값도 못하고 빌빌대고 있는 한물간 여자 연예인들만 모아서 찍는 갱생 프로그램이란 말입니다. 쉽게 말하면 쓰레기통으로 직행하려는 폐품들 모아서 자원 재활용하는 쇼란 말이죠."

이죽거리는 진원의 목소리에 마리의 눈동자가 아프게 일렁였다. 그러나 그녀는 고개를 꼿꼿하게 세운 채, 똑바로 진원을 바라보았다. 그가 원해서 풀어 내린 까만 머릿결이 검은 폭포수처럼 그녀 주위에 물결쳤다. 그 단순한 검은빛은 유난히 창백한 마리의 얼굴을 더욱 또렷이 드러내 주었다.

'뭐야, 정말 몰랐어? 소속사 대표 새끼가 언질도 안 준 모양이군. 제길, 내가 그렇다고 그런 것까지 헤아리고 이해해야 돼? 이 바닥에서 이런 일이야 비일비재지. 감독이 제대로 준비도 안 된 배우 까는 거야 당연한 거 아냐? 그리고 내가 언제 배우들 기분 맞춰가면서 일했어? 이 여자라고 뭐 별달라? 내가 왜 하고 싶은 말도 제대로 못하고 말조심해야 하는데! 프로라면 당연히 이 정도쯤은 예상하고 감수했어야지.'

흘긋 바라보자, 하는 말을 제대로 알아듣기나 한 것인지 마리가 말간 눈을 들어서는 그저 물끄러미 진원을 바라보고 있었다. 빛도 투영하지 못할 듯 새까만 눈동자에 담겨 있는 것이 무엇인지 그는 짐작할 수도 없고, 하고 싶지도 않았다. 그저 지금까지 다른 연예인들에게 하듯 그녀를 대했다. 그런데 어쩐지 마음 한 구석이 무언가 무거운 것에 눌리는 것처럼 불편했다.

왜 이럴까, 정말.

"각 소속사에서 앞다퉈 데리고 있자니 이건 오히려 적자고, 어디 내놓자니 끔찍할 만큼 한심한 연예인을 한 명씩 추천해 줬는데 말입니다, 그중에서도 노마리 씨는 윤 대표가 아주 적극적이더군요. 듣자 하니 벌써 몇 년째 할 일 없어서 놀고 있다면서요? 10년이 넘었다던가? 아무튼 이런 일이라도 모처럼 기회가 왔을 때 제대로 해야 회사에도 그렇고 노마리 씨한테도 좋지 않겠습니까?"

"난 영화배우예요."

창백한 얼굴에 기이하게 번진 붉은빛. 마리는 좀 전의 흐릿한 눈빛과는 다르게 열기 어린 눈으로 진원을 바라봤다. 갑작스럽게 닥친 두터운 안개를 헤치고 비로소 등대를 찾은 자처럼 내내 잃지 않으려 애썼던 확고한 신념이 자그마한 얼굴에 고스란히 드러나 있었다. 흔들림 없는 어조가 명쾌했다.

"난 연예인이 아니라 배우예요. 그러니 이 쇼에 출연할 수 없어요. 아니, 이런 말 나온 것 자체가 실수죠. 배우란 자신의 연기로 대중과 교감해야지 이런 진짜를 가장한 가짜 쇼에 나와서 이미지를 팔아먹진 않아요."

또박또박 자기 신념을 밝히는 노마리를 보면서 진원은 내심 감탄할 수밖에 없었다.

'이 여자도 역시 이 바닥에서 살아가는 사람답게 강하군. 제법인데.'

생기 없는 인형처럼 해쓱한 얼굴로 자기를 바라보던 것보다는 훨씬 나았다. 그러나 화가 나면서도 어쩐지 후련한 기분이던 진원은 마리가 덧붙이는 말을 들으면서 인상을 확 구겼다.

"그러니, 이번 미팅은 서로에게 시간 낭비만 된 셈이군요, 최 피디님."

피디? 영화가 아니라 TV 쇼라는 걸 알게 되자마자 감독이 아니라 바로 피디란 말이지.

이 여자가 정말!

'내가 미쳤지. 어디 TV 연출자 나부랭이 따위가 감히 여배우를 걱정해, 걱정하길. 하.'

진원은 대놓고 조롱하는 것을 멈출 수 없었다. 앞으로 뻗고 있던 긴 다리를 꼬았다. 자세를 고쳐 앉으며, 의자 등받이에 더 깊게 등을 묻었다. 한껏 거만한 포즈에 냉소를 얹었다. 그래 봤자 너는 한낱 퇴물 연예인이란 걸 온몸으로 웅변하듯.

"하, 교감? 요 몇 년 동안 영화라도 한 편 찍은 적 있으면서 그런 말 합니까? 대체 노마리 씨한테 팔아먹을 이미지 따위나 남아 있냐, 이 말입니다. 이런 가짜 쇼 나부랭이에서라도."

그러나 안하무인인 자칭 탑배우를 물 먹이거나, 거들먹거리는 외주 제작사 녀석들 콧대를 눌러 버릴 때마다 효과적으로 발휘되던 그의 제스처가 오늘은 잘 먹혀들지 않았다. 상대가 남달라서일까.

"그렇기 때문에 더욱 대중 앞에 모습을 드러낼 때 신중해야죠. 리얼리티 쇼에서 보인 내 모습을 사람들은 실제라고 믿어버릴 테고, 그렇게 되면 그들이 스크린 속에서 보게 될 내 이미지와의 간극 사이에서 혼란과 괴리를 느끼게 될 텐데. 그러면 안 되잖아요. 두 이미지가 충돌해서 만들어낼 수 있는 건 득보다는 실이 더 커요. 난 배우고 작품 속에서의 내 모습으로 사람들에게 기억되고 싶어요, 피디님."

“이봐요, 노마리 씨. 지금 당신에 대해 대중이 갖고 있는 이미지가 뭔지나 압니까? 아니, 그런 건 다 집어치우고 말입니다. 당신이 그토록 강조하는 진짜 배우라면 그때그때 작품 속 인물로 보여야 하는 거 아닙니까? 가짜로 만들어진 이미지 따위는 상관없이.”

“맞아요. 그것도 옳은 말씀이죠. 그런데 저는 아직 대중에게 있어 백지나 다름없는 배우잖아요. 첫걸음부터 신중하게 떼고 싶어요.”

피디 최진원, 그는 지금까지 한 번도 아쉬워서 그 누구를 붙들어본 적이 없었다.

감히 유명 배우들한테는 캐스팅 제의를 위해 약속도 잡을 수 없었던 초짜 피디 시절에도 그는 제아무리 거물급 배우에, 그 역할에 꼭 적임자라도 자기 드라마에 출연하길 꺼려하는 연기자는 절대로 잡지 않았다.

드라마의 기본은 좋은 대본이었다. 그리고 설사 대본이 좀 미흡하더라도 이야기를 돋보이게 하는 연출과 배우의 매력을 극대화하는 영상, 디렉팅만으로도 진원은 그저 그런 드라마를 빼어난 수작으로, 평범한 배우를 비범한 연기자로 만들 자신과 실력이 있었다. 그의 신조는 옳았고, 그는 항상 성공했다.

그 대가로 불과 한두 작품 만에 그의 책상 위에는 온갖 기획사에서 보내온 연기자들의 프로필은 물론, 작가들과 프로덕션에서 보낸 시놉으로 넘쳐 났다. 다른 이들의 제안을 검토하고 가려서 뽑는 입장이 당연하게 돼버렸던 것이다.

그런데 지금 이 여자, 이류도 아니고 삼류도 못 되는 이름만 영화배우인 노마리 따위가 그의 출연 제의를 일언지하에 거절했다, 감히.

게다가 더욱 기가 막힐 노릇은 어찌 된 셈인지 자신이 그런 노마리를 설득 아닌 설득을 하고 있다는 것이었다!

'내가 강재인이 뻗댈 때도 안 잡았는데, 대체 이 노마리가 뭐라고! 젠장!'

마음에 들지 않았다.

당당하게 치켜든 노마리의 오연한 이마와 반듯한 콧대가 신경에 거슬렸다. 거듭 배우로서 자신의 지론을 밝히는 그녀를 보면서 진원은 오기가 치솟았다.

'그래, 당신은 그렇게 당당하고, 그렇게 확신에 차 있고, 그래서 나를 마치 싸구려처럼……. 제길, 마음에 들지 않아.'

진원은 특유의 비딱한 표정을 짓고 마리를 바라봤다. 싸늘한 조롱의 시선이 마리에게 가 닿았다.

"하, 그런데 어쩌나. 지금 노마리 씨 본인의 이미지가 어떤 줄이나 압니까?"

"……."

"어젯밤에 그렇게 요란하게 언론에 등장을 했으니, 아마 앞으로 노마리 씨가 수십 편의 영화를 찍는다고 해도 사람들은 당신만 보면 최무진 장례식장에서의 그 모습을 떠올릴 거란 말입니다. 상당히 야……."

진원은 일부러 말을 끊고 마리를 위아래로 훑어보았다.

"파격적이었던 옷차림과 포즈를 말이죠."

"그건 그저 해프닝이었어요. 그 정도야 제 연기를 보면 곧 묻히게 될걸요, 뭐."

그의 의도는 명확했다. 그러나 회심의 일격을 가했음에도 상대는 태연했다.

생긋, 마리가 미소 짓자 진원은 더 이상 아무 말도 할 수가 없었다.

"그럼, 최 피디님, 오늘 만나 봬서 반가웠어요. 안녕히 계세요."

만났을 때처럼 우아한 자태로 인사를 하고 그녀가 사무실을 나가 버리자 진원은 입맛이 썼다. 정말로 달갑지 않은 기분이었다.

✽

서울의 번화가 중에서도 가장 고급스럽고 잘나간다는 한 룸살롱에 앉아 있는 진원의 표정은 딱 뭐 씹은 개의 표정이었다. 기껏 캐릭터에 적합하다고 고심 끝에 고르고 고른 여배우는 영화인 줄 알았다면서 뛰쳐나갔고, 약속한 가요 프로그램 대신 엉뚱한 쇼 프로를 떠맡겨서 진원을 복창 터지게 한 예능국의 임 부

장은 진행자 섭외를 해야 한다면서 말도 안 되게 그를 술집으로
끌고 왔다.

번번이 자신을 기만하는 임 부장 때문에 진원은 부글부글 화
가 끓어올랐지만, 동행한 드라마국의 정 부장을 봐서 간신히 참
고 있는 중이었다. 하지만 자신이 왜 이따위 자리에 나와 앉아 있
어야 하는지, 정말 화가 나고 기가 막혔다. 하긴 쇼 프로 MC 섭
외하는데 드라마국 프로듀서가 동행한 것 자체가 말도 안 되긴
했다.

애써 성기남 그 작자의 비위를 맞추고 있는 임 부장과 정 부장
한테는 안됐지만, 진원의 인내심은 이미 바닥이 나 있었다. 벌써
십 분째, 우습지도 않은 자신의 무용담을 늘어놓으며 거들먹거
리고 있는 성기남 저 작자의 느끼한 면상과 끈적거리는 목소리
를 참고 있었다.

십 분이라니! 그러고 보니 정말로 오래도 앉아 있었다. 더 이
상 아까운 내 시간을 저따위 놈의 헛소리 들어주는 데 허비할 수
는 없다.

'그나저나 높으신 양반들이 개고생이시네.'

손에 들고 있던 위스키 스트레이트를 단숨에 들이켜고 빈 잔
을 탁자 위에 소리 나게 올려놓은 후, 진원은 자리에서 벌떡 일
어섰다. 모두의 시선이 그에게 쏠렸다. 놀라서 단춧구멍만 한 눈
이 휘둥그레진 정 부장을 보자니 퍽 우습기도 하고 처량하기도
했다. 그러나 아랑곳하지 않은 채, 입꼬리를 비딱하게 끌어 올리

며 입을 열었다.

"전 이만……."

"그래, 얼른 화장실 다녀와. 아이쿠, 마침 잘됐다. 나도 급한 데 같이 가지, 최 피디."

갑자기 눈치 빠른 정 부장이 벌떡 일어서며 진원의 어깨와 팔을 감쌌다. 말이 감싼 거지, 진원이 도망가지 못하게 힘을 주어 단단히 붙들었다. 만면에 사람 좋은 웃음을 띠며 룸 안에 있는 사람들에게 꾸벅 인사를 한 정 부장이 진원을 밀며 밖으로 나갔다.

질질 끌다시피 진원의 손목을 붙들고 복도 끝으로 간 그는 혹여 다른 사람이 들을까 고개를 들어 두리번두리번 주위를 살폈다.

"아, 이거 놔."

진원이 짜증스럽게 팔을 뿌리치자, 정 부장이 순순히 팔을 놔주며 평소 습관대로 손으로 이마를 쓱쓱 문질렀다. 곤란한 일이 생기거나 스트레스를 받을 때마다 그렇게 비벼대니 머리카락이 남아 있을 리 없었다.

정 부장, 정용재는 둥글고 투박한 얼굴에 작달막한 키가 진원의 가슴팍 언저리까지밖에 안 왔다. 하지만 사람의 몸에 배어 있는 연륜이란 그런 신체적 열세 따위는 쉽게 뛰어넘는 것이었다.

넥타이를 매지 않은 셔츠 자락이 불룩한 배를 덮고, 후줄근한 갈색 양복 재킷이 그 위를 가리고 있었다. 검은 가죽 벨트를 두른 허리 위에 한 손을 얹고, 다른 손으로 삿대질해 가며 용재는 진원을 나무랐다.

"야, 최진원, 너 지금 도망가려는 거지? 자식아, 넌 그게 문제야. 사람이 말이다, 사회생활하다 보면 자기가 하기 싫은 일도 하고 좀 그래야지. 넌 어떻게 너 하고 싶은 대로만 하려고 그래. 아무리 네 마음에 안 들어도 그렇지. 엉, 피디씩이나 된 녀석이 그렇게 생각이 없냐, 없길!"

"내가 죄졌어, 도망치게? 잘못은 저 안에 계신 분이 하셨잖아, 형하고."

가만히 용재의 말을 듣던 진원이 피식, 냉소를 지으며 가소롭다는 듯이 이죽거렸다. 그 말에 용재는 움찔했다. 도둑은 언제나 제 발이 저린 법이니까.

"야, 넌 또 뭐…… 뭔 말을 그렇게 하냐?"

"아냐?"

"아니지, 그럼."

자기가 지은 죄.

드라마국 부장씩이나 되는 사람이 예능국 임 부장과 함께 손잡고 일개 피디를 실컷 부려먹고 속인 죄가 그의 등에 더덕더덕 붙어 있었지만, 용재는 자못 당당했다. 이건 다 모두를 위한 일이었다. 자기야 한낱 조직의 톱니바퀴 아니던가. 그럼에도 사랑하는 진원이를 챙기기 위해 자기가 얼마나 눈물 나는 고군분투를 벌였었나. 다른 사람은 몰라도 이 녀석은 알아줘야 할 텐데

통 그럴 기미가 없으니, 섭섭해 죽겠다.

불빛이 제대로 들지 않는 어두운 복도인데다 진원이 쓰고 있던 군청색 야구 모자챙을 잡고 더욱 깊게 푹 누르자, 가뜩이나 작은 진원의 얼굴이 거의 가려지고 말았다.

용재의 기준으로 봤을 때 진원의 얼굴은 사내 녀석치곤 작아도 너무 작았다. 저러니 방송국 드나드는 매니저들이 한 번씩 배우나 모델을 하지 않겠냐고 찔러보는 것이다. 그럴 때마다 진원이 흥분해서 날뛰는 바람에 몇 번이나 곤욕을 치렀던가.

상대의 표정이 보이질 않으니 답답하기도 하련만, 자기를 쏘아보는 싸늘한 눈초리가 보이지 않으니 용재는 되레 안심이었다.

"아무튼 지금까지 십 분이나 저 자리에 앉아서 시답지 않은 얘기 들어줬으면 난 내 할 일 다 했거든. 그러니까 그다음은 두 부장 나리께서 지지든지 볶든지 마음대로 하셔. 난 간다."

진원이 한 손을 청바지 주머니에 푹 찔러 넣으면서 다른 손을 가볍게 흔들었다.

평소 진원이라면 이런 설명도 할 필요 없이 그냥 가버렸을 테지만, 정 부장 그가 누군가. 진원에게 있어 그는 단순한 직장 상사이기 이전에 인간적으로 좋아하는 형이었고, 믿고 마음 터놓을 수 있는 측근 중의 측근이었다.

그걸 잘 아는 용재는 그놈의 친분에 다시 한 번 기대보기로 했다.

"너 지금 누구 때문에 이 자리 만들었는지 모르는 거 아니지? 임 부장이 진원이 네 쇼 팍팍 밀어주겠다고 저 성기남을 섭외한 거잖아. 그런데 지금 담당 피디인 네가 도망을 가?"

자못 무게 실린 목소리로 공영 방송 DBS의 드라마국 CP(Chief Producer:책임 프로듀서)다운 위엄을 보이며 용재가 진원을 나무랐다. 그러자 발끈한 진원이 버럭 소리를 질렀다.

그로서는 용재를 봐서 꾹꾹 눌러 참던 것이 탁 터져 버린 것이었다.

"아, 그러게 누가 이따위 쇼 한다고 했어? 난 가요 프로그램 하고 싶다고 했는데 형이랑 저 임 부장이 날 속여서 여기 밀어 넣은 거잖아. 그리고 난 성기남이랑 하기 싫다니까!"

"그래, 알았어. 네가 정 성기남 싫으면 안 해도 돼. 그런데 이 자식아, 아무리 네가 드라마국에선 날고 기는 흥행제조기라도, 가요 프로 쪽은 하나도 모르는 생판 초짜인 널 뭘 믿고 간판 순위 프로를 맡기냐, 엉? 그러니까 성기남 기용해서 이번 쇼 대박 터뜨려야……."

"아이 씨, 그러면 처음부터 가요 프로 준다고 거짓말을 하지 말던가! 그따위 거짓말로 사람 꼬드겨서 죽어라 드라마 찍게 만들었잖아. 정 부장님, 그대가요!"

진원이 화나면 터져 나오는 '정 부장님' 소리에 용재는 움찔했다.

오늘따라 순순히 말을 잘 들어서 잊고 있었다. 저놈이 얼마나 까칠한데다 안하무인, 위아래도 안 가리고 덤비는 쌈닭인지를 말이다.

진원의 말마따나 예능국 임 부장이랑 짜고, 세 개 드라마 시청률이 연속 30% 넘으면 진원이 소원하는 가요 프로그램 맡기겠다고 속여서 죽어라 부려먹은 죄가 있는 용재는 일단 진원을 달래야겠다고 마음먹었다.

"어, 거 참, 짜식, 누가 안 준다고 했냐? 임 부장이 너한테 가요 프로 그거 주려고 지금 얼마나 용빼고 있는지 몰라서 그래? 일단 네가 검증이 안 됐다고 예능국 말단 피디부터 국장에 본부장까지 반대를 해대니까, 이 쇼를 시범적으로 맡겨서 그 결과만 잘 나오면 너 확실하게 밀어준다고 안 하냐, 임 부장이. 그러니까 성기남이든 누구든 데려다가 어떻게든 이 쇼만 성공시켜라, 진원아. 응? 그러면 임 부장이랑 내가 본부장이 아니라 사장하고라도 맞짱 떠서 기필코 너 하게 해준다, 가요 프로."

동그란 얼굴로 진지하게 자신을 쳐다보는 용재를 바라보던 진원은 그의 말을 믿을 수 없었다. 하지만 한두 번도 아니고 번번이 용재의 사탕발림에 넘어가 버리는 자신이 한심하고 화나서 진원은 용재의 머리 위쪽 벽을 주먹으로 내려쳤다.

탕!

좁고 어둑한 복도에 제법 크게 주먹 내려치는 소리가 울렸다. 하지만 머리 한 개는 차이 나는 정 부장과 진원의 키 차이 때문에 진원의 주먹은 용재의 머리 한참 위를 강타했다.

진원이 자신을 위협하는 것이 아님을 잘 아는 정 부장은 씩 웃으면서 한 손을 진원의 어깨에 올리고 두드렸다.

"저리 치우시지!"

"어허, 최진원, 우리가 남이가?"

"남이지, 그럼?"

"야, 남이라도 우리는 그 뭐냐, 물이 피보다 진할 수도 있다는 걸 보여주는 좋은 케이스 아니냐. 너, 이 형이 널 얼마나 아끼고 사랑하는지 몰라서 이러냐?"

"모르겠는데!"

"에이, 몰라주면 섭하지. 진원아, 이 형이 너 정말 격하게 아낀다."

"개뿔."

"진심이라니까. 너 모르냐? 내가 내 여동생 생일은 언젠지 몰라도 우리 진원이 생일날 아침에는 말린 홍합 넣어서 미역국도 끓여줬잖냐. 너, 그때 맛있다고 세 그릇이나 먹었다."

"엄청 비렸거든."

"에이, 그래도 내 사랑이 듬뿍 들어가서 맛있다고 네가 했냐, 안 했냐?"

용재는 진원을 살살 달래면서 팔을 뻗어 그를 안으려 했다. 하지만 진원이 매섭게 그 손길을 치워 버렸다. 그러나 용재는 개의치 않고 또 손을 올렸다. 뿔따구가 나서 툴툴거리곤 있지만,

녀석이 이렇게 말을 받아준다는 건 어느 정도 풀렸다는 말이었다.

'큭큭, 귀여운 녀석. 팩 토라진 게 딱 애구만, 애.'

그러나 용재가 생각하는 것보다 진원의 상태는 훨씬 심각했다.

알코올이 더해진 진원의 혈관에서는 아드레날린이 마구 들끓었고, 정체를 알 수 없는 짜증이 치솟았다. 용재가 자신을 이런 식으로 속여먹어서가 아니었다. 비록 그가 벌인 일이 마음에 들지는 않지만, 용재 형이 진심으로 자신을 위하고 있음은 잘 알고 있었다.

그리고 그의 말이 옳았다. 예능국에서 누구 하나 반기지 않는 자신이 가요 프로그램을 맡으려면 이 정도는 당연히 감수해야 할 일이었다. 썩 마땅치는 않지만. 그래, 모두 알고 있었고 머리로도 이해했다.

그런데 이상하게도 쉽게 달아오른 화가 가라앉지 않았다.

'노마리……'

며칠째 자꾸 그 여자의 하얀 얼굴이 그의 뇌리에서 지워지질 않고 있었다. 영화가 아니라 리얼리티 쇼라는 걸 알자 놀라서는 아무 말도 못하고 그저 하얗게 질려 있던 그 여자. 나중에는 제법 야무지게 말하며 당당하게 돌아섰지만, 진원은 보고 말았다.

그에게 인사를 하기 전 고개 숙이며 작지만 깊게 심호흡하던 여자의 까맣고 큰 눈동자가 흔들리고 있었다. 창백한 얼굴은 울듯한 표정이었다.

그 모습을 목도한 순간 쿵, 심장이 내려앉았다.

다시 고개를 들었을 땐 마치 그 모든 것이 신기루인 양 노마리, 그 여자는 평온하고 도도한 여배우의 얼굴을 하고 있었다.

하지만 진원의 가슴에는 이미 그 여자의 상처 입은 까만 눈동자가 박혀 버린 후였다.

그 후로 계속 이유를 알 수 없는 초조와 짜증이 가득 가슴에 들어차서 진원을 괴롭히고 있었다.

"에잇, 제기럴!"

"너, 지금 형님한테 육두문자 질이냐?"

"누가 그렇대?"

"어허, 이것 봐라. 이러다 잘못하면 형님 한 대 치겠는데!"

"내가 못 칠 건 뭔데!"

미처 내리지 못하고 말아 쥔 진원의 주먹은 용재의 얼굴 근처에 고정돼 있었다. 화가 덜 풀린 진원은 그 주먹으로 용재 얼굴 주위의 벽을 마구 가격하기 시작했다. 탕! 탕! 탕! 진원의 주먹 소리가 좁은 복도에 크게 울려 퍼졌다. 애꿎은 벽에 분풀이하면서도 진원은 풀리지 않는 갑갑함에 진저리쳤다.

소리를 질러야 할까? 아니면 정말로 누군가를 곤죽이 되도록 패줘야 하나? 그래야 이 이유를 알 수 없는 화가 사라질까!

"너 진짜 이럴 거야?"

"내가 뭘? 애당초 형하고 임 국장이 약속만 지켰어도 이런 일

없잖아. 내가 왜 저딴 새끼 비위를 맞춰야 하고, 내가 왜 그 여자한테……!"

울컥, 갑자기 뱃속에서 뜨거운 덩어리가 올라오는 바람에 진원은 목이 메고 말았다. 그 여자……. 활활 타오르는 불덩이를 삼켰나. 속이 뜨겁다. 노마리, 당신은 대체 뭐지?

"쯧!"

아직도 잔뜩 인상 찌푸리고 있는 진원을 보면서 용재는 혀를 찼다. 아둔한 녀석도 아니고, 이 정도야 이미 예상했을 터였다. 형식적으로 얼굴 비쳐야 하는 게 못마땅하긴 할 테지만, 이쯤이라면 어떻게 하면 다른 사람들 입에서 군말 안 나오게 멋진 쇼를 만들까에만 몰두할 녀석인데 이번엔 화가 너무 길었다. 용재는 목소리를 가다듬고 두 눈에 힘을 주었다. 달랠 때는 달래고 다그칠 땐 다그쳐야 한다.

"그럼 가요 프로고 뭐고 다 포기하고 이 쇼 엎어버릴까? 그럴래, 최진원?"

성격은 지랄 맞아도, 제가 맡은 일에 대한 책임감 하나는 끝내주는 녀석이라 그럴 리 없다는 걸 뻔히 아는 용재는 괜히 진원에게 엄포를 놓았다. 예상대로 바로 반응이 왔다.

"그걸 지금 말이라고 하는 거야!"

단순한 녀석. 넌 내 손바닥 안에서 노는 오공이다, 인석아!

진원은 버럭 소리 질러놓고는, 매섭게 용재를 노려보며 으르렁거렸다. 하지만 이내 끙 하는 신음을 속으로 삼켰다. 자기가 진짜 화내고 싶은 상대는 용재 형이 아니다. 알고는 있다.

"형, 그 약속 꼭 지켜. 이번마저 거짓말이면 아주 내 손에 죽을 줄 알아. 형이고 임 부장이고 싹 다 가만 안 둬!"

잔뜩 화가 난 표정으로 진원이 용재에게 으름장을 놨지만, 용재에겐 그 모습조차 골이 난 어린애처럼 보였다. 진짜 화가 났다면 여기서 이렇게 자기랑 말을 주고받고 있을 녀석도 아니었던 것이다, 최진원은.

'어이쿠, 아주 안달이 나셨구만. 진원아, 난 네가 왜 그렇게 가요 프로에 목매는지 다 안다. 네 성격에 쉽게 포기 못할 거다. 크크.'

용재는 터져 나오려는 웃음 때문에 황급히 손으로 입을 막고 고개를 숙였다. 잡아먹을 듯이 자신을 노려보는 진원의 눈초리가 느껴졌다. 그리고 간담마저 서늘하게 얼려 버리는 목소리가 들려왔다.

"웃어? 지금? 아주 명줄을 내려놓고 싶으신 모양이지?"

이런!

으르렁거리는 진원을 보면서 용재는 다시 한 번 제 입을 틀어막았다. 어두운 밤에 으슥한 골목길에서 마주 쳤다면 온몸에 털이 쭈뼛 서고 뒷덜미가 빼근하게 저려올 만큼 무시무시하고 험악한 표정이었다.

"자식아, 여기가 불 꺼진 골목은 아니지만, 어쨌든 인적 없고 컴컴한 구석에서 그렇게 노려보니까 무섭다. 그만해라."

그러나 웃다가 갑자기 숨을 들이마신 용재는 사레가 들려서 켁켁거렸다. 미처 말을 하지 못하는 그는 그저 진원에게 눈으로 호소하고 있었다. 나이 40줄에 이마가 훌렁 벗겨진 왜소한 체구의 용재가 삐질삐질 땀을 흘리며 서 있는 모습은 딱, 불량배에게 으슥한 뒷골목으로 끌려와 목숨만 살려달라고 애걸복걸하는 불쌍한 중년 사내 그 자체였다.

"어이구, 그러게 인간아, 작작 술 마시고 담배 좀 줄이고 운동하라고 내가 평소에 귀에 못 박히도록 말했지!"

그 모양이 재밌는 진원은 장난 삼아 눈에 더 힘을 주며 부라리는 시늉을 하면서 용재의 넥타이를 손에 거머쥐고 흔들었다. 살살 움직이는데도 용재는 컥컥 숨넘어가는 소리를 내고 있었다.

볼썽사나운 용재의 모습에 피식 웃음이 터진 진원은 말아 쥔 넥타이를 손에서 풀려고 했다. 그런데 그 순간 갑자기 날카롭고 강한 목소리가 복도 맞은편에서 들려왔다.

"어이, 젊은 친구, 그 손 치우시지."

"뭐?"

용재와 진원이 동시에 소리가 나는 곳을 쳐다보았지만, 어둑한 공간이라 상대방의 모습이 잘 보이지 않았다.

복도의 맞은편 끝에 검게 뭉뚱그려진 그림자가 서 있는 것이 보였다. 짜증이 치솟을 대로 솟아 있던 진원은 퉁명스럽게 말을 내뱉었다.

“괜히 헛소리 말고 가던 길이나 가쇼.”

“아, 아무 일 아니니…….”

간신히 용재가 숨넘어가는 소리를 삼켰지만, 상대방 사내는 그 말을 간단히 뭉개 버렸다.

“그렇게는 못하지. 보아하니 새파랗게 젊은 놈이 나이 잡순 어른한테 막돼먹게 구는 것 같은데. 아무리 세상이 거꾸로 돌아도 그런 꼴은 못 봐.”

사내의 일갈에 진원이 발끈했다.

“남의 사정도 모르면서 끼지 마쇼.”

“사정은 몰라도 네놈 하는 짓이 잘못된 건 알겠는데.”

“그래서 뭘 어쩔 건데?”

“엉덩이 뿔 난 애새끼들은 원래 좀 혼나야 정신 차리거든.”

“원래 개념 없는 노땅들이 물불 안 가리고 나대다 큰코다치지.”

“어디 누가 다치는지 볼까?”

진원과 사내가 사납게 말을 주고받는 동안 용재는 공황상태에 빠져 있었다.

끙, 나이 잡순 어른…….

비록 40대 초반이라도 아직 총각인 용재는 충격을 받아서 정신이 멍해지고 귓가가 먹먹하니 아무 소리도 들리지 않았다.

아무리 겉늙어 보여도 그렇지, 내가 진원이 이 자식이랑 무슨 나이 차가 그렇게 난다고!

이마가 훤하도록 드러난 대머리와 왜소한 체구가 아무래도 그를 실제보다 더 나이 들어 보이게 하는 것은 사실이었다. 그렇지만 자세히 보면 주름도 별로 없어 탱탱하니 피부에서 윤이 나고 얼굴도 동안이었다. 주변 사람들 말로는 나이보다 대여섯 살은 어려 보인다고들 하는데.

벗겨진 이마를 벅벅 문지르며 열심히 자기 위안을 한 용재는 비로소 주변 사항을 파악했다.

"어휴, 이건 또 뭐래냐."

일이 커지기 전에 얼른 오해를 풀어야 했다. 그때였다. 용재의 머리 위에서 진원의 차가운 목소리가 들려왔다. 콧대 높은 배우들과 수십 명의 스태프, 험난하기 짝이 없는 촬영장을 단번에 주름잡는 서슬 시퍼런 목소리였다.

"귓구멍이 처막히셨나 본데. 어이, 형씨, 좋게 말할 때 그냥 곱게 가던 길 가쇼, 엉!"

"못하겠다면 어쩔 테냐? 이 개 상넘의 자식아."

평소라면 그렇게까지 말하지 않았겠지만, 하루 종일 되는 일 없이 화만 쌓여가던 진원은 거칠게 내뱉고 말았다. 보통 사람들이라면 그 사나운 기세에 눌렸으련만, 상대편 사내도 만만치 않은 자였다.

"야, 진원아, 참아. 야, 이 자식아, 진원아……!"

그러나 용재가 미처 말리기도 전에 모자를 푹 눌러쓰고 있던 진원이 그 사내를 매섭게 노려보며 거세게 걸어 나갔고, 진원보다 키는 작아도 덩치는 우람한 사내 역시 곧 진원을 향해 거친 기세로 걸어왔다.

잘 재단된 양복을 걸쳤지만, 몸 쓰는 데 퍽 익숙한 품새의 사내는 꽉 말아 쥔 주먹을 곧 내두를 기세였다. 진원도 만만치 않게 무서운 위압감을 뿜어내며 성큼성큼 걸어갔다. 곧 두 남자가 맞닥뜨렸다.

그 순간, 비좁은 복도를 간신히 비추고 있던 낮은 조도의 조명 앞으로 몸을 내민 사내의 얼굴이 드러났다. 갑자기 용재가 두 눈을 크게 홉떴다.

"어헉, 백 실장!"

사내가 누군지 알아본 용재는 얼른 진원의 이름을 불렀다.

"진원아, 인마, 안 돼!"

그러나 한발 늦고 말았다.

경악한 용재의 절규를 알아들은 사내가 주춤하는 사이, 어느새 진원의 주먹이 쉭 소리를 내며 허공을 갈랐다. 쭉 뻗은 진원의 주먹이 목적지를 향해 매섭게 날아들었다. 순식간의 일이었다.

백 실장이라고 불린 사내가 아차 하는 표정으로 눈을 질끈 감았고, 용재 역시 차마 눈앞에서 벌어질 참상을 볼 수 없어서 고개를 돌려 버렸다.

퍽! 진원의 주먹 꽂히는 소리가 매서웠다.

'저 꼴통 같은 진원이 녀석이 이제는 하다하다 폭력 사태까지 일으키는구나. 하긴 저 녀석 성질 알면서도 건드린 내 잘못도 있긴 하지만. 아흐, 그나저나 난 오늘 본부장한테 죽었다.'

이런 생각을 하며 한숨을 푹푹 내쉬던 용재는 살짝 실눈을 뜨고 눈앞에 펼쳐져 있을 상황을 살폈다. 그러나 아수라장을 예상하고 잔뜩 움츠려 있던 그의 얼굴은 금세 밝아졌다.

진원만큼이나 키 크고 건장한 젊은 남자 하나가 백 실장의 얼굴 바로 앞까지 날아온 진원의 주먹을 한 손으로 막아내고 있었다. 어린 시절부터 온갖 격투기를 섭렵한 진원의 주먹이 주는 충격에도 끄떡없이 버티고 서 있던 사내를 보는 순간, 용재와 진원의 입에서 같은 소리가 터져 나왔다.

"강제하……."

✳

"와하하하! 여기서 강제하를 만나다니, 이런 우연이 있나. 말해봐, 최무진이 조문 온 거, 그거 핑계지? 뭐야, 뭐, 또 CF 찍으러 온 거야? 그 ST텔레콤 시즌 광고 6개월 단발하기로 했다더니 그래서 온 건가? 20억 불렀다며? 휘유, 역시 헐리웃 물이 좋긴 좋아. 남들은 2, 3년 전속에도 못 받는 금액을 6개월짜리에 받고 말이야. 아주 부러워 죽겠어, 내가. 크크크."

어떻게 알았는지 아직 회사 관계자와 강제하 측만 아는 새로운 광고 계약에 대해 자세히 알고 있는 성기남이 마구 지껄여 대고 있었다. 어린 여자애들한테 더러운 수작질만 일삼는 허랑방탕, 파락호로만 보여도 대한민국 연예계에서 그 누구도 무시 못한다는 성기남의 인맥과 정보력이 새삼 느껴졌다.

하필이면 그때, 화장실에 간다면 나섰던 성기남은 진원이 휘두른 주먹을 강제하가 막아서는 장면을 보고 말았다. 성기남의 교활한 눈동자가 횡재를 맞은 것처럼 번뜩이는 것을 본 용재와 백 실장이 재빨리 행동에 나섰다.

내켜하지 않는 최진원과 강제하를 우겨 넣다시피 해서 성기남이 있는 룸에 끌고 온 두 사람은 꿔다 놓은 보릿자루처럼 뚱한 표정으로 앉아 있는 진원과 강제하를 대신해서 열심히 성기남의 말에 맞장구를 쳐주고 있었다.

왕이라도 된 양 거들먹거리는 성기남은 온갖 연예계의 추문에 대해 떠벌려 대다가 이젠 여자 연예인들에 대한 품평을 늘어놓고 있었다. 대한민국 코미디계의 막후 실력자라고 불리는 그는 탁월한 입담과 촌철살인, 상대의 허를 찌르고 약점을 꼬투리 삼아 공격하는 스타일의 개그로 큰 인기를 얻어 대성한 코미디언 출신 사회자였다.

스탠딩 코미디에선 맥을 못 추던 그는 우연한 기회에 보조 진행자로 출연했던 한 쇼에서 그 가능성을 인정받아 SBA 방송국 버라이어티 쇼의 메인 MC로서 5년 넘게 최고 시청률을 기록하기도 했다.

게다가 사업적 감각도 탁월했던 성기남은 본인 스스로 독보적인 거물급 MC이면서 기획사를 설립해 인기 개그맨들과 진행자, 배우들을 관리했다. 자신의 위치와 인맥을 활용해서 자기 기획사 소속의 연예인들을 대거 방송국에 포진시킨 그는 명실상부한 대한민국 연예계의 큰손이었다.

그러나 승승장구 잘나가던 그도 어처구니없는 무리수를 두고 말았다. 무려 20명의 아이돌 그룹을 조직해서 가요 시장까지 진출한답시고 돈을 쏟아붓다가 폭삭 망하고 만 것이다. 그 손해를 만회하기 위해 성기남은 뒷전으로 잠시 물러나 있던 MC 자리로 돌아왔다.

그러곤 자신이 진행하는 쇼 프로에 자기 기획사 소속의 개그맨들을 끼워 넣는 횡포를 부리고 있었다. 예전만 못하다 해도 여전히 성기남의 말은 방송계에 큰 입김으로 작용했다.

그런 그는 DBS의 리얼리티 쇼 계획을 듣고 처음에는 자기 소속사의 개그맨을 MC로 세우고 일부 투자를 할 예정이었다.

그러다가 최진원이 연출을 맡는다는 것을 알게 되자마자, 성기남은 자신이 진행을 맡겠다는 뜻을 예능 국장에게 내비쳤다. 그리고 본부장 측과 접선해서 자신이 먼저 나서는 것이 아니라, DBS측에서 자신을 섭외하는 것으로 하자고 했다.

그것이 모양새가 좋다는 것이 그의 주장이었지만, 그런 식으로 제 몸값을 불리고 입지를 유리하게 다지려는 속셈이라는 것을 모두 알고 있었다.

"하하, 그래, 최 피디, 출연자는 다 확정 지은 거야?"

저 자식이 언제 봤다고 반말이야!

성기남은 자신이 나이가 더 많다는 이유로 진원은 물론 예능국의 임 부장과 정 부장에게도 마구 하대하고 있었다. 그 꼬락서니를 겨우겨우 참고 보는 진원의 눈에 힘이 들어가는 것을 본 용재가 얼른 발을 툭툭 쳤다.

좀 참으라는 뜻. 아니, 꾹꾹 눌러 참으라는 무언의 부탁이다.

"근데 최 피디, 내가 캐스팅 목록 보니까 차하린인가 있던데. 흐, 개가 그건가? 가슴 빵빵하고 머리 멍청한 애?"

두 손을 제 가슴팍에 대고 커다란 젖가슴을 받치고 흔드는 시늉을 해 보이며 성기남이 천박하게 웃어댔다.

"하하, 개가 그게 되나요? 좀 빈약하잖아요, 차하린이. 그래도 개가 한때 샴푸의 요정이었잖습니까. 조신하고 밍숭한 게 차하린이 캐릭텁니다."

임 부장이 얼른 설명을 하자, 성기남이 들고 있던 술잔을 단숨에 들이켜며 낄낄거렸다.

"크크, 우리 임 부장님이 뭘 모르시는구만. 자고로 차하린이 개처럼 얼굴 곱상해서 청순한 척하는 애들이 벗겨놓으면 이건 뭐, 아주 제대로 실팍하거든. 전에 '정크맨' 할 때 차하린이가 수영복 입은 걸 내가 봤는데, 고거, 고거, 아주 속살이 뽀얀 게 가슴이 이렇게 출렁출렁해서는 색기가 좔좔 흐르더란 말이지. 그런 앨 잡아먹어야 몸보신이 되는데 말이지. 흐흐흐. 어떻게 임 부장이 이번에 자리 좀 만들어보지?”

노골적인 성기남의 요구에 노련한 임 부장이 얼른 말을 딴 곳으로 돌리려고 애쓰고 있었다.

“아, 그런 걸로 따지면 어제 그 최무진이 장례식장에서 홀라당 웃통 벗겨진 애가 더 낫지 않습니까? 그 뭐라더라? 이름이 노 뭐라고 했는데…… 그래, 노마리! 하하하! 맞다, 최 피디, 이번 쇼에 개도 나오지?”

“무슨 소리, 그렇게 무식하게 젖통만 큰 애보다는 이렇게 쥐었을 때 손안에 딱 알맞게 쏙 들어오는 정도가 더 좋은…….”

저 작자가!

듣다 듣다 더는 참지 못할 지경에 이른 진원이 자꾸 자신의 손을 끌어 내리는 용재의 손길을 물리치며 막 일어서려 할 때였다.

쾅!

갑자기 성기남의 오른쪽 편에 앉아서 의자에 깊숙이 몸을 묻은 채 술도 마시지 않던 강제하가 벌떡 일어났다. 손에 움켜쥐고 있던 투명한 크리스털 잔으로 테이블을 세게 내려치는 바람에 그의 손등으로 짙은 호박색 알코올이 흘러내리고, 테이블 위에 점점이 흩어져 있었다.

모두 놀라 그를 올려다보았다. 강제하에게서 풍겨 나오는 위압감은 그의 성공이 주는 영향력일 터였다.

신나게 음담패설을 늘어놓으며 낄낄거리던 성기남도 갑작스런 강제하의 행동에 숨을 죽였다. 성기남이 그토록 안달하며 권

해도 마시지 않고 내버려 둔 술잔을 단숨에 들이켠 강제하가 백 실장을 바라보며 말했다.

"형, 여기 계신 최 피디님하고 약속 잡아줘."

강제하는 백 실장한테 말하고 있었지만, 그건 진원을 향한 말이었다.

그리고 강제하는 좌중을 시선으로 훑었다. 떨떠름한 표정으로 바라보는 성기남을 무심한 듯 바라보았지만, 그 순간 진원은 강제하의 눈을 보았다.

그것은 시선만으로도 사람을 죽일 만큼 엄청난 살기를 담고 있는 눈빛이었다. 단순한 혐오감을 넘어선 살의를 품은 감정이 고스란히 느껴졌다. 소문대로 표정을 잘 드러내지 않고 앉아서 말도 하지 않던 그의 격렬한 반응에 진원은 놀람과 함께 의문이 들었다.

뭐지?

잠깐 고개를 숙인 강제하의 눈빛이 어둡게 빛난다고 생각한 순간, 그는 노련한 배우답게 자신의 눈빛을 감춰 버렸다. 그리고 이내 진원과 강제하의 시선이 마주쳤다.

좀 전의 흥분과 불쾌한 기운이 조금도 사라지지 않고 있던 진원은 거만하게 눈을 들어 강제하를 노려보았다. 자기만큼이나 키가 큰 강제하는 서 있고, 하체가 긴 탓에 앉아서는 별로 커 보이지 않는 자기는 오히려 앉아 있었다. 그것도 아래가 푹 꺼지는 룸살롱 소파가 아니던가.

아무리 생각해도 이 앵글 구도는 앙각 쇼트(Low Angle Shot)
였다.

카메라 위치를 눈높이보다 훨씬 아래쪽에 두어서 대상을 올
려다보는 느낌을 주게 하는 것을 앙각 쇼트라고 한다. 보통 피사
체의 역동적인 느낌을 갖게 하는 효과를 내기도 하지만, 대부분
인물을 우월하고 당당해 보이도록 했다. 제길, 젠장.

진원은 저 녀석에게 절대 지고 싶지 않았다. 그는 오히려 등
받이 뒤로 더 느긋하게 등을 기대면서 자세의 불리함 따위에 지
지 않는다는 듯이 현장의 지배자인 감독답게 오만한 표정으로
강제하를 노려보았다.

'네가 아무리 잘났어도 배우는 감독의 지시에 따르는 법이지,
이 친구야.'

용호상박. 당당하고 오만한 수컷들의 힘겨루기는 짧지만 강렬
하게 끝났다. 그러나 마무리가 아니라 다음을 기약하는 휴지(休
止)였다.

강제하가 한쪽 눈썹을 미묘하게 치켜올렸다가 내렸다.

"그럼 최 피디님, 나중에 뵙죠."

강제하는 곧 사람들에게 말없이 고개를 숙여 인사를 건넸다.
그러자 성기남이 호들갑스럽게 그를 붙들었다.

"어, 뭐야. 강제하, 가는 거야? 이제 막 시작인데? 내가 오늘
특별히 최상급 애들로 불렀으니까 좀만 기다려 봐. 텐프로라고
어디 다 같은 텐프론가? 여기 애들은 일프로라고, 일프루. 크하

하하. 어이, 어서 마담 불러, 애들……."

"저는 이만 가보겠습니다. 제 헐리웃 계약서 조항에는 배우의 품위 유지 의무도 있어서 말입니다. 많이들 즐기시죠. 그럼."

성기남을 향해 싱긋 미소를 지어 보인 강제하가 문을 열고 방을 나서고 있었다. 성큼성큼 등을 돌려 걸어 나가는 강제하를 진원은 미심쩍은 눈으로 바라보았다. 강제하가 지나간 자리에 원액을 백 년 이상 숙성해서 만드는 최고급 꼬냑, 까뮤 트래디션(Camus Tradition)의 잔향이 감돌고 있었다.

한동안 룸 안의 사람들은 모두 얼빠진 얼굴로 아무 말도 하지 못한 채 굳게 닫힌 문만 바라보았다. 그때, 진원이 킥 하고 짧은 웃음을 토했다. 그러자 성기남이 갑자기 시뻘게진 얼굴로 고래고래 소리를 질렀다.

"저, 저 건방진 새끼! 저 새끼 저거 뭐야! 지가 헐리웃 물을 먹었으면 먹었지! 여기가 어디라고 시건방을 떨어, 떨긴!"

강제하가 들을까 봐 문이 완전히 닫히고 강제하의 발걸음 소리가 들리지 않게 될 때까지 기다렸다가 이제야 찍소리하는 주제에 방방 뛰기는.

그 꼬락서니가 참 가관이었다.

진원은 강제하에게 선수를 뺏겨서 기분이 나쁜데다 성기남이 지랄하는 꼴을 보자니 더는 참기가 어려웠다. 배알이 뒤틀린다고나 할까.

고개를 비뚜름하게 기울인 채 잠시 성기남의 얼굴을 바라보던 진원이 자기 팔을 꼭 붙들고 있는 용재의 손을 쳐내면서 자리에서 일어섰다. 그리곤 유들유들 거리는 표정으로 성기남을 보며 말했다.

"저도 이만 가볼랍니다. 우리 같은 방송국 피디 나부랭이들이야 헐리웃 대스타처럼 품위 유지 조항은 없지만, 제가 원체 비위가 약해서 말입니다. 개수대 구정물 냄새도 역겨운데 행여 손끝에라도 묻으면 저 그 손가락 확 잘라 버립니다. 하하하."

강제하 때문에 열받아서 시뻘게졌던 성기남의 얼굴이 처참하게 일그러졌다. 피둥피둥 욕심이 주렁주렁 매달린 얼굴이 부들부들 떨렸다. 그러나 그는 탐욕스러운 기회주의자답게 감히 진원에게 한마디 대꾸도 하지 못했다.

"야, 진원아. 야!"

당황한 용재가 얼른 자리에서 일어나 진원을 따라갔다. 그러나 다리 길이가 다르지 않은가. 어느새 진원은 룸 출입구 앞까지 다다라 있었다. 용재의 애타는 목소리에 우뚝 걸음을 멈춘 진원이 휙 뒤를 돌아보며 무섭게 일갈했다.

"용재 형, 아니, 정용재 부장님. 다시 이런 똥통에 저 끌고 오시면 저 그때 쇼고 뭐고 싹 다 엎어버리고 부장님도 다신 안 봅니다. 아셨습니까!"

버럭 지르는 소리에 움찔한 용재가 뭐라 대꾸할 새도 없이 탕! 소리를 내며 문이 닫혔다. 그 뒤로 성기남이 용수철처럼 튀어 일어나서 내가 저놈을 죽이네 살리네 쇼를 해댔고, 또 그걸 임 부장이 말리는 시늉을 하고 있었다.

창피하고 당황스러운 용재는 망연자실 서 있었다. 그때, 백
실장이 다가와 그의 어깨를 툭툭 두드리더니 밖으로 나가 버렸
다. 그 뒷모습을 보면서 용재는 그저 깊은 한숨을 내쉴 뿐이었
다.

5

[노마리, 잘하고 와라.]

전화기 너머로 들려오는 소리에 마리는 마지못해 몸을 일으켰다. 정말로 가기 싫었다. 도살장에 끌려가는 소의 기분이 이럴까 싶을 만큼, 마리는 정말로 가기 싫었다. 하지만 어젯밤 집까지 직접 찾아와 닦달하던 윤성우의 말을 떠올리며 마리는 내키지 않는 몸을 억지로 움직여야 했다.

마치, 원하고 있는 남자를 뒤로한 채 피비린내 나는 싸움이 끊이지 않는 나라를 위해 나이 어리고 볼품없는 남자에게 시집가는 〈여왕 마고(La Reine Margot)〉의 이자벨 아자니 같은 마음이었다.

그래서 오늘 마리의 콘셉트는 비운의 왕녀였다. 긴 머리카락

은 정확히 가운데로 가르마를 갈라서 작은 얼굴 주변으로 늘어
뜨린 다음 끝 부분만 세팅기로 말아서 자연스럽게 구불거리게
했다. 그리고 다소 빳빳한 느낌을 주는 크림색 실크에 붉은색의
꽃무늬가 있는 원피스를 입었다. 순백의 눈 위에 떨어진 슬픈 혈
화(血花)가 가련한 그녀의 처지를 말해주리라.

'아, 난 너무 불행해!'

목과 어깨가 이어지는 지점에서 목을 가로지른 네크라인의
원피스는 가늘고 붉은 벨트로 잘록한 허리를 강조한 뒤, 곧 넓게
퍼지면서 무거운 느낌을 주는 종처럼 무릎 바로 아래에서 흔들
렸다. 깨끗한 피부를 강조하는 투명 메이크업에 붉은 기가 도는
틴트로 입술을 물들인 마리는 거울 속의 자신을 보면서 우울한
표정을 지우려 애썼다.

1층 거실로 내려가자 영애가 환하게 웃으며 서 있었다. 그녀
의 손에 들린 작은 장미 한 송이는 분명히 영애가 온실에서 키우
던 것이었다. 짧은 은색 체인으로 된 핸드백을 들고 있는 마리의
손에 영애가 그 장미를 건네주며 환하게 웃었다.

"마리야, 잘하고 와. 알았지? 여사님 아시면 너무 대견해하셨
을 텐데……."

영애는 깨끗한 앞치마로 어느새 눈가에 고여 있는 눈물을 찍
어냈다. 마리가 비록 영화는 아니더라도 텔레비전 드라마에 출
연하게 된 줄 알고 있는 그녀는 진심으로 따스한 미소를 지으면
서 마리를 배웅해 줬다. 그러나 당당하게 걸어가고 있는 마리의

걸음이 사지로 내몰리는 죄수의 그것과 같다는 것을 알았다면, 대성통곡했으리라.

"대견은 무슨……."

"아니야, 지금 네 모습 보셨다면 역시 내 손녀라고, 우리 마리라고 좋아하시면서 당장 파티를 열자고 하셨을걸."

대한민국 영화계의 스타 중의 스타이자 사교계의 여왕이었던 태리즈 여사는 축하할 일이 생기면 늘 화려한 파티를 열곤 했다. 평소에는 휑하니 쓸모없이 달려 있는 샹들리에에 불을 밝히고, 집 전체를 아름다운 꽃으로 장식했다. 잔디가 깔린 정원에는 최고급 이집트 면을 덮은 기다란 테이블이 놓이고 그 위에는 술과 음식들이 넘쳐 났다. 6인조 관현악단의 연주가 은은하게 깔리며 분위기를 돋웠다.

태리즈 여사에게 초대받은 각양각계의 인사들로 파티장은 넘쳐 났다. 영화계는 물론 정계와 재계, 스포츠 분야까지 태리즈 여사의 인맥은 넓었고, 모두들 태리즈 여사가 여는 파티를 좋아했다.

화려한 사람들, 유쾌한 농담과 웃음. 무엇보다 수많은 사람들 속에서도 정말로 여왕처럼 돋보이던 당당한 태리즈 여사를 보는 것만으로도 마리는 즐거웠다. 영상으로만 보던 전성기의 할머니 모습 그대로였으니까. 마리가 동경해 마지않는, 누구에게나 사랑받는 아름다운 여배우의 모습 그대로.

태리즈 여사가 잠적하기 몇 해 전부터 이미 그런 파티를 열지 않게 됐지만, 마리에겐 참으로 그립고 행복한 추억이었다.

"정말? 그렇게 생각해?"

"그럼."

마리가 조심스럽게 묻자 영애가 환하게 웃으며 선뜻 대답했다.

"사람들도 부르고?"

"아주 많이, 성대하게."

"꽃은?"

"당연히 장미를 기본 중심으로 해야지, 화려하게. 대신 촌스러운 빨간색 말고."

"음악은?"

"관현악 6중주."

"술은?"

"뭘 물어. 핑크 샴페인을 터뜨려야지!"

영애의 대답에 마리의 얼굴은 정말 달콤한 샴페인을 마신 것처럼 발그레해졌다.

좀 전까지만 해도 길로틴을 향해 가는 마리 앙뜨와네트처럼 생기 없던 모습이 밝아졌지만, 근본적인 괴로움이 사라진 건 아니었다.

"언니, 나 갔다 올게."

"그래, 우리 마리 파이팅!"

영애는 마리가 차에 올라탈 때까지 문 앞에 서서 손을 흔들어

주었다. 탕 소리를 내며 차 문이 닫히고 차가 출발하자 미소를 띠고 있던 마리의 얼굴은 다시 어두워졌다. 다행인지 불행인지 오늘 윤 대표는 그녀와 동행하지 않았다. 윤엔터테인먼트의 보물 '서유리'가 조연급으로 데뷔하는 영화의 제작발표회와 〈Oldies But Goodies〉의 제작발표회가 겹치자 윤성우는 주저 없이 전자를 택했다.

그가 보내준 로드 매니저가 운전하는 차를 타고 발표회장으로 향하면서 마리는 마음이 점점 무겁게 가라앉았다. 왈칵 울음이 터질 것만 같았다. 할머니가…… 할머니 태리즈 여사가 계셨다면 이런 처참한 수모를 당하지 않아도 되련만…….

마리는 마치 애슐리를 마음에 두고도 농장 세금을 내기 위해 어쩔 수 없이 동생의 약혼자와 결혼해야 했던 〈바람과 함께 사라지다〉의 스칼렛 오하라 같은 심정이었다. 아니, 정말로 그랬다. 어젯밤 윤성우가 질러대던 소리가 아직도 마리의 귓가에 쟁쟁하게 울리고 있었다.

✳

"뭐, 안 해?"

윤성우는 DBS 방송국 로비에서 마리의 계약을 핑계로 최진원을 만날 기회만 바라며, 이제나저제나 기다리고 있었다. 그러다 새파랗게 질린 얼굴로 마리가 내려와 쇼에 출연하지 않겠다고 하자, 그야말로 길길이 날뛰었다. 그러나 지나가던 사람들이 흘끗거리자 많은 방송 관계자가 오가는 방송국 로비라는 것을 깨닫고 가까스로 멈추었다. 대신에 충격을 받아 떨고 있는 마리를 질질 끌고 나와서는 차 안에 집어던지듯 밀어 넣었다.

그리고 돌아가는 내내 좁은 차 안에서 그야말로 생난리를 쳤다. 마리의 집에 도착해서도 윤성우는 마리를 향해 버럭버럭 소리를 질러댔다. 다행히 외출한 영애는 아직 돌아오지 않았다.

"너, 지금 그게 어떤 자린 줄이나 알고 이러는 거야?"

제 분에 못 이겨 씩씩대는 윤성우에게 곁눈도 주지 않으며 마리는 입가에 자조적인 미소를 지었다.

"알죠, 싸구려 리얼리티 쇼라는 거."

초연할 정도로 담담한 목소리로 무심히 내뱉는 마리. 그러나 그녀의 눈에 어린 경멸과 자괴의 빛은 지금 그녀가 얼마나 괴로운지 웅변하고 있었다. 리얼리티 쇼라고 말할 때 마리의 입매는 바르르 경련을 일으켰다. 여배우로서 자존심이 바닥까지 떨어져 버린 오늘의 수모를 잊지 않으리라.

노마리 인생에 있어 가장 치욕스러운 날.

"뭐? 싸구려?"

"그럼 그런 천박한 리얼리티 쇼가 싸구려가 아니면 뭐예요?"

"야, 노마리!"

"윤 대표님이 뭐라고 하셔도 전 절대 그 쇼 안 해요. 아니, 못 해요. 그러니까 이제 그 얘긴 그만하세요."

오는 내내 차 안에서 그렇게 말하고 어르고 달랬는데도 도통 듣지 않는 마리에게 화가 치솟을 대로 치솟은 윤성우는 제 분을 못 이겨서 팔팔 뛰었다.

"노마리, 네가 아주 간이 배 밖으로 나왔구나. DBS 예능국에, 히트제조기 최진원이 만드는 쇼가 싸구려야? 넌 수십 억짜리 싸구려도 있다든! 하, 그러는 넌 고급이냐?"

"그렇지만 전 배우예요. 영화배우라구요. 배우가 어떻게 그딴 쇼를 찍어요? 아무리 힘들어도 이건 아니죠."

마리는 치밀어 오르는 수치심을 간신히 억눌렀다.

"얼씨구, 네가 배우야? 야, 노마리, 툭 까놓고 우리 말해보자. 지난 10년간, 아니, 20년간 너 영화 제대로 찍은 거 하나라도 있어? 있냐고? 네까짓 게 무슨 배우야. 배우랍시고 이름만 달고 있으면 배우냐? 영화를 찍어야 배우지. 만날 그딴 레슨에 연기 연습만 해대면 뭐 하냐고, 감독들이 널 쓰질 않는데. 그래도 최진원씩이나 되는 감독이 응, 그래도 널 쓰겠다고 불렀는데 넙죽 '네, 감사합니다' 라고 감사는 못할망정, 뭐? 못해? 안 해?"

"내, 내 캐릭터가 뭔 줄이나 알아요? 머리 텅 비고 볼 거라곤 가슴밖에 없는 한물간 여배우가 제 역이에요. 그거 아셨냐구요?"

"그게 뭐? 그게 어떤데? 지금 너랑 다른 게 뭔데? 오히려 리얼리티 잘 살리고 잘하겠구만."

"흑, 천박한 창녀도 그거보다는 나아. 영화도 아닌 텔레비전 쇼에서 그딴 역 할 수 없어요, 난! 흐윽……."

가슴속에서 아프게 번져 가는 서러움을 꾹꾹 눌러 참던 마리
가 기어이 눈물을 터뜨렸다. 얼른 아랫입술을 꼭 깨물긴 했지만,
한 번 솟구친 맑은 눈물은 그녀의 상아처럼 빛나는 매끄러운 볼
을 따라 흘러내렸다.

영화라면 마리는 어떤 역도 할 수 있었다.

작품 속에서 그녀에게 필요한 역이라면 피에르 파올로 파졸
리니의 〈살로 소돔의 120일(Salo O Le 120 Giornate Di
Sodoma)〉에도 기꺼이 알몸으로 출연할 수 있었다. 할머니 태리
즈 여사는 파졸리니의 영화가 천박하다고 하셨지만, 마리의 생
각은 달랐다.

잔인하고 추악한 장면들로 범벅된 영화라고 오해할 수도 있
지만, 그녀에게 파졸리니는 '빠졸리니'였고, 그의 영화는 파시
즘을 비판한 위대한 예술 영화였다. 마리는 빠졸리니를 존경했
고 그의 예술 정신을 숭배했다. 그런 감독의 영화에서라면 마리
는 감독이 지시하는 그 무엇이라도 했을 것이다.

물론 맨몸으로 기어 다니면서 배설물을 집어 먹는 건 좀 힘들
수도 있었다. 그래도 그것이 영화 속에서 메시지를 전달하는 수
단이라면 마리는 무념무상(無念無想), 자신의 모든 것을 비우고
철저히 그 배역에 몰입해서 어떤 행위라도, 표현이라도 해낼 수
있었다. 그만큼 마리는 영화를 위해서라면 뭐든지 할 수 있는 마
음의 각오가 되어 있었던 것이다.

그러나 리얼리티 쇼에서 천박하게 커다란 가슴을 흔들면서 맹하게 구는 역은 할 수 없었다. 그것은 마리에게 있어 '리얼' 도 아니고 '영화' 도 아니었기 때문이다.

카메라 앞에서 옷을 벗고 알몸으로 연기할 순 있어도, 가짜 쇼에 나가서 웃음을 팔 순 없었다. 그게 여배우 노마리였다. 아니, 배우로서 마리가 지키고 싶은 자존심이었다.

하지만 그런 것 따윈 윤성우에게 씨알도 먹히지 않는 소리였다.

홱 고개를 돌려 윤성우를 바라보는 마리의 커다란 눈에서는 쉼 없이 눈물이 흘렀다. 하지만 평생 여배우들의 여우 짓을 보고, 당해온 윤성우는 콧방귀도 뀌지 않았다. 비록 다른 남자들이 보았더라면, 심장이 쿵 소리를 내며 떨어지고 다리가 후들거릴 정도로 마음을 자극하는 고혹적인 자태일지라도.

"그게 뭐 어때서? 그게 틀린 말이냐? 마리, 너 한물간 퇴물 배우 맞잖아. 여배우 나이 스물여섯 살에 성인 역 한 번 못해보고, 20년 동안 제대로 찍은 영화 한 편 없으면 그건 그나마 배우 소리 듣기도 황송한 거지. 그리고 네가 가진 게 그 반반한 얼굴하고 몸뚱어리밖에 더 있어! 최진원이가 그런 역에라도 써준다면 감지덕지. 네까짓 게 어디서 튕겨, 튕기길!"

윤성우의 독설에 마리는 파르르 떨리는 입술을 악다물었다. 그래도 이겨낼 수 있었다. 다른 것도 아닌 돈 때문에 자신의 영화에 대한 사랑을, 신념을 버릴 수는 없었다.

<집시의 시간(Dom Za Vesanje)>이었나.

사랑하는 페란이 너무나 가난한 탓에 어머니가 결혼을 반대하고 그마저 먼 곳으로 떠나 버리지만, 끝까지 페란을 기다리며 그의 아이를 낳았던 아즈라의 마음으로 마리는 꼭 자신의 의지를 지켜 나가리라 생각했다.

영화에서처럼 칠면조가 하늘을 날고, 포크가 내 뜻대로 미운 사람의 이마에 콕 박히는 마법적인 장면들을 떠올리며 슬며시 웃음 짓던 마리는 시끄럽게 떠들어대는 윤 대표 이마에 박힌 포크를 손으로 빼내자 피가 퐁퐁 솟아오르는 장면을 떠올리곤 저도 모르게 키득거리는 소리를 낼 뻔했다.

'아이, 고소해라.'

짝짝짝, 마리는 속으로 박수까지 쳤다.

영화가 만들어주는 황홀한 마법의 순간.

할머니 태리즈 여사가 마리에게 전수해 준 마법의 주문을 걸면 그녀는 금세 사납고 잔인한 현실에서 벗어나 안전한 영화 속 상상의 세계로 이동할 수 있었다. 우디 알렌의 재기 넘치는 영화 <카이로의 붉은 장미(The Purple Rose Of Cairo)>에서 영화 속 캐릭터인 '톰'은 실제 세상의 여인인 미아 패로우를 사랑하게 되면서 스크린을 벗어나 현실 세계로 넘어왔다. 그와 반대로 마리는 어린 시절부터 너무 힘들 때면, 감당할 수 없을 정도로 고통스러울 때면 영화 속 허구의 세상으로 들어가곤 했다.

그러면 세상은 모두 그녀에게 친절하고 다정했다.

누구도 그녀를 향해 화내지도 소리 지르지도 않았고, 그녀에게 원망 담긴 비난을 퍼붓지도 않았다.

영화 속 세상에서라면 그녀는 안전하고 또 행복하다.

늘…….

그러나 마법은 오래가지 못했다.

악귀처럼 돈에 눈 벌게진 윤성우는 거침없이 말을 내뱉었다.

"너 지금 다달이 네가 갖다 쓰는 돈이 얼만 줄이나 알아? 지난 2년 동안 네가 먹고 입고 한 거 전부 누구 주머니에서 나온 줄이나 아냐고! 내가 지금까지야 네 할머니랑 의리 봐서 참고 돈 대 줬다만, 너 이제 스물여섯 살이나 먹었으면 네 밥값 정도는 해야 하는 거 아니냐?"

치사한 자식.

모욕감으로 새파랗게 질린 얼굴의 마리가 한 음절, 한 음절 꾹꾹 누르듯 말했다.

"그건 할머니가 남기신 돈이잖아요. 아직 한참 남은 걸로 아는……."

"하, 태리즈 여사가 얼마나 사치스러운 허영덩어리였는데. 이건 뭐, 세상물정 모르긴 할머니나 손녀나 똑같구만. 〈순자, 준코, 안나〉인지 뭐시긴지 그 빌어먹을 영화 쫄딱 망해먹은 뒤에 네 할머니나 너나 어떻게 산 것 같아? 버는 돈도 없이 매일 사치만 해대는데 아무리 돈이 많으면 뭐 하나? 너네 집 은행 잔고 바닥난 지 이미 옛날이다, 노마리. 그나마 우리 윤엔터에서 네 할머니가 투자한 금액에 대해 착실하게 배당금을 드렸던 건데, 그나마도 네가 하도 물 쓰듯이 돈 써대서 원래 금액보다 당겨서 내가 해줬던 거야.”

자기 말에 아무런 대꾸도 하지 못하는 마리를 보면서 윤성우는 잔인한 만족감을 느꼈다. 오랜 세월 태리즈 여사한테 당했던 설움을 그 손녀에게 되갚아준다는 생각에 짜릿하기까지 했다.

“내가 진짜 이런 말 안 하려고 했는데, 노마리, 지난 2년간 난 할 만큼 다 했다. 그간 정 봐서 이 정도 해줬으면 됐지, 뭘 더 바라냐? 너도 양심 있으면 네 밥값은 해야 할 거 아니야. 쓸데없이 큰 집 처분하고 작은 아파트라도 들어갈래? 너 그건 싫지? 영애 내보내고 네 손으로 밥 해 먹는 건 더더욱 못하지? 그럼 일을 해야 할 거 아니야, 일을! 아주 확, 올해도 빈손으로 빈둥댈 것 같으면 이 집이라도 팔아 치울 테니까 알아서 해!”

야멸치게 쏘아대는 윤성우의 말에 마리는 숨이 막힐 것 같았다. 어째서 몰랐을까. 어떻게 몰랐을 수가 있을까. 마리는 모욕감보다는 자신의 무지함에 더 기가 막혔다. 할머니가 만날 사람이 있다고 그리스로 떠나시고 나서 갑자기 행방불명되신 지 2년. 마리는 소식을 알 수 없는 할머니 때문에 애가 타긴 했으나, 언제나처럼 곧 웃으며 돌아오실 할머니를 기다리며 자신의 생활을 충실히 하기만 하면 된다고 생각했다.

그런데 그녀는 알지 못했다. 사람이 생활을 하기 위해선 ‘돈’이 필요하다는 그 당연한 사실을. 잠시 잊은 것이 아니라 아예 생각지도 않았던 것이다. 여배우로서의 마리가 아직 제대로 된 임자와 적기를 만나지 못한 원석에 가깝다면, 생활인으로서의 마리는 정상에서 한참이나 미달, 아니, 빵점이었다.

어린 시절부터 세상과 분리된 채 할머니가 만들어준 성 안에서만 살아온 당연한 결과였다. 절대적이고 안전했던 그 성이 사라진 지금, 마리는 험한 세상에서 홀로 두 발 딛고 살아야 했다.

그렇다고 배우로서의 자긍심을 버리고 싶지는 않았다. 그래서 이깟 집이고 윤엔터고 다 버리고 신인 배우로서 다시 시작하는 것이 차라리 낫지 싶었다. 할머니도 안 계신 지금, 윤엔터의 도움 따위 없이 마리 혼자서 헤쳐 나갈 터였다.

마리는 꽉 말아 쥔 주먹에 더욱 힘을 주었다. 마치 미개한 원주민 마을에 막 도착해서 봉사와 포교를 다짐하며 의욕에 차서 눈을 반짝이는 〈흑수선(Black Narcissus)〉의 데보라 커와도 같은 모습이었다. 스스로 영화 속 클로다 수녀처럼 가슴에 주먹 쥔 손을 살며시 올려놓으면서 마리는 흡족한 기분이 되었다. 가슴속 용기가 백배 충전되는 기분이었다.

그때 현관문이 익숙한 소리를 내며 열렸다. 한 달에 두 번씩 꼬박꼬박 지키는 월례 행사를 마치고 영애가 돌아온 것이다.

"마리, 왔구나. 오늘 미팅 잘 했니? 너 좋아하는 해물스파게티 해주려고 들어오는 길에 노량진 들러서 싱싱한 해산물 잔뜩 사 왔어. 조개랑 대하……. 어머나, 윤 대표님!"

음식 재료가 잔뜩 든 가방을 들고 들어서던 영애는 윤성우를 보자 작은 감탄사를 연발하며 얼굴을 붉혔다. 그녀가 어린 소녀 시절부터 오랫동안 짝사랑해 온 그는 영애에게 있어선 언제나 근사하고 멋진 남자였다. 태리즈 여사가 사라지고 나서 이렇게 자주 보는 것은 드문 탓에 영애는 횡재라도 한 것처럼 신이 나서 떠들었다.

“언제 오셨어요? 차라도 내와야 하는데. 아, 맞다. 딸기주스 갈아드릴 테니까 잠깐 기다리세요. 마리야, 넌 허브티 끓여줄 게.”

또 딸기주스 타령을 하며 영애가 주방으로 사라지자, 평소와 다르게 그 모습을 지그시 바라보던 윤성우가 마리 쪽으로 몸을 기울이며 음흉하게 물었다.

“너, 영애 씨 월급은 주고 있냐?”

“그야, 당연하죠. 할머니 계좌에서 항상…… 그, 그러니까 매 달…….”

호기롭게 대답하던 마리는 곧 말을 더듬었다. 더 이상 말을 이을 수 없었던 마리는 곧 입을 다물어 버렸다.

하얗게 질린 얼굴로 떨고 있는 마리를 보며 빙긋, 윤성우의 입가에 떠오른 것은 분명 야비한 웃음이었다.

“너, 전에 일하던 운전기사랑 다른 도우미 아줌마 내보낸 다 음에도 영애 씨가 계속 일하는 게 이상하지 않던? 내가 우리 윤 엔터가 작년에 좀 힘들어서 배당금 지급 얼마 못했는데도 영애 씨가 이 집 살림 다 꾸렸지? 너, 세금은 내본 적 있냐? 공과금은? 그 돈 다 어디서 났을 것 같아? 넌 알면서 모른 척한 거냐, 정말 모른 거냐? 참, 영애 씨도 고생이다. 쯧쯧."

순간, 마리는 커다란 망치로 뒤통수를 맞은 느낌이었다.

그랬다. 돈 관리는 전혀 할 줄 모르는 마리는 태리즈 여사가 떠나신 이후로 생활비 관리는 전부 영애에게 맡겼고, 배당금 따위는 그저 윤 대표가 알아서 챙겨주는 걸로 알고 있었다. 집이나 기타 재산에 대해서는 태리즈 여사의 담당 변호사가 알아서 해주겠지 하면서 신경 쓰지 않고 있었던 것이다.

그런데 작년에 무모하게 아이돌 그룹을 만드네 어쩌네 하던 윤엔테는 투자금만 몽땅 날리고 쫄딱 망하고 말았다. 그래서 당연히 이익금도 생기지 않았고, 그래서 작년에 윤엔터는 대부분의 투자자들에게 제대로 배당금을 지급하지 못했다. 몇몇 굵직한 투자자들이 자금을 회수하고 빠지겠노라 엄포를 놓고 있는 지경이었다. 그래서 윤성우는 정말 요즘 딱 죽을 맛이었다.

지난 2년, 마리는 영애에게 생활비를 준 적도, 심지어는 월급을 준 적도 없었다. 사실 그녀는 영애 월급을 누가, 어떻게 주는지, 언제, 얼마나 주는지 전혀 모르고 있었다. 당연히 할머니가 주실 거라고 생각할 따름이었다. 그런데 할머니가 사라지신 게 벌써 2년 전의 일이다. 윤 대표의 말대로라면 영애의 월급은 고사하고 생활비도 제대로 없었을 텐데, 대체 영애 언니는 어떻게 버텨온 것일까.

그러나 그녀의 궁금증은 잔인한 윤 대표에 의해서 금세 풀리고 말았다.

"내가 보니까 영애 씨가 자기 돈으로 이 집 살림 전부 꾸려 나간 모양이던데. 그 사람이 무슨 죄냐, 엉? 너 먹고 입고 얼굴에 처바르는 것까지 영애 씨 돈인 거, 너 알았어, 몰랐어? 20년 넘게 고생시켰으면 됐지, 이젠 등골까지 빼먹을 거야, 노마리?"

영애가 쟁반에 주스와 차를 얹어서 나오는 모습을 본 윤성우가 마리에게 기울였던 상체를 일으켰다. 수수하지만 정갈하고 사람 좋은 영애의 얼굴에 어린 웃음을 멍하니 바라보던 마리는 영애가 윤성우가 자리에서 일어서는 모습을 보면서 안타까워하는 것을 지켜보았다.

언제나 혼자만의 세상에 빠져 있는 것 같아도 마리는 다른 사람보다 주변 반응이나 사람들의 감정에 민감했다. 그렇지 않으면 무방비로 있다가 언제 날아오는 날카로운 유리에 상처 입을지 모르기 때문에 타인과 있을 때면 늘 신경을 곤두세우고 있었던 것이다.

당연히 영애의 감정도 알고 있었다.

저 홍조 띤 얼굴, 검은 호수처럼 반짝이는 눈동자, 흥분으로 가빠진 숨결이 무엇을 말하는지, 누구를 향한 것인지…….

"이 딸기주스 정말 맛있는데 좀 드세요. 네?"

"아, 됐습니다. 나중에 마시죠. 제가 지금은 좀 바빠서요."

슈트 상의 단추를 다시 여미며 일어선 윤성우가 똑바로 서서 크림색과 금색으로 이뤄진 로코코 스타일의 화려한 소파에 앉아 있는 마리를 향해 말했다.

"너도 사람이면 내 말 알아들었을 거다. 그리고 알아들었으면 이번 일 함부로 거절하면 안 된다는 것도 알겠지. 네가 아무리 느이 할머니 밑에서 공주처럼 자라서 너만 아는 이기주의자라도. 안 그러냐, 노마리? 그럼 난 간다."

창백한 얼굴의 마리가 아무런 대꾸도 못하고 앉아 있는 모습을 보면서, 자신의 뜻대로 일이 풀리리라 윤성우는 확신했다. 그는 들어올 때와는 달리 매우 만족스런 미소를 지으며 마리의 집을 나섰다. 현관까지 주스잔을 들고 따라온 영애가 안타까워하건 말건 그는 휑하니 차를 몰고 사라졌다. 그래도 차에 올라타기 직전, 오늘 자신이 원하는 대로 마리를 몰아치는 데 저도 모르게 결정적인 역할을 해준 영애에게 한쪽 눈을 끔뻑 감으며 윙크를 날렸다.

"그럼 나중에 또 봅시다, 영애 씨."

"어머나……."

볼이 새빨개진 영애가 다시 집 안으로 들어왔을 때 마리는 여전히 거실 소파에 앉아 있었다. 아침나절 곱게 차려입고 나간 하얀 원피스 차림 그대로였다. 평소라면 벌써 자기 방으로 올라가서 거품 목욕을 하고, 저녁 먹기 전까진 절대 아래로 내려오지 않았을 마리였다.

"마리야, 오늘 미팅 어땠어? 감독님 좋은 분이야?"

마리가 평소와 다르게 굳은 표정으로 그저 고개를 끄덕였지만, 한껏 행복에 들뜬 영애는 미처 알아차리지 못했다.

"그래, 다행이다. 아무튼 윤 대표님이 정말 능력 있으시다니까. 여사님도 이 사실을 아시면 되게 좋아하실 텐데. 그치? 어쩜 그런데 윤 대표님은 그렇게 나이를 드셔도 하나도 안 변하실까 몰라. 여전히 핸섬하시고, 더 근사해지시고. 아홋."

어린 소녀처럼 얼굴을 발갛게 물들이고 깍깍거리고 있는 영애에게 마리가 물었다. 어린 시절 동그란 얼굴에 장미처럼 붉은 뺨을 가진 영애를 본 이후, 그녀는 늘 마리와 함께였고 언제나 저렇게 밝게 웃고 있었다. 어린 시절 부모님을 잃고 고아원에서 지냈다는 영애는 마리를 친동생처럼 아끼고 사랑해 주었다. 마리 역시 영애를 친언니로 여기고 있었다. 그래서 한없이 응석을 부려댄 모양이었다.

"언니, 이번 달 생활비 있어?"

마리는 가늘게 떨리는 음성을 오랜 세월 익혀온 발성법으로 간신히 컨트롤하면서 태연한 척 영애에게 물었다. 표정이나 눈빛도 마찬가지였다.

"그럼. 지난번에 윤 대표님이 작년도 배당금 적었다고 따로 더 주신 돈 있어. 그리고 매달 꼬박꼬박 윤 대표님이 생활비도 보내주시잖니."

노마리는 배우였다. 타고나길 그렇게 태어났고, 자라기를 그렇게 자랐다, 평생. 그러나 영애는 아니었다. 미묘하게 시선이 흔들리며 마리의 눈길을 피했고, 어색하게 웃느라 입가가 뻣뻣하게 굳어졌다. 아래로 내리깐 검은 눈동자에 담긴 것이 당황이라는 것을 마리는 알 수 있었다. 가슴이, 마음이 아팠다.

영애 언니…….

"언니 월급은?"

"당연히 내가 거기서 다 알아서 챙기지. 왜, 내가 월급도 못 챙길까 봐 걱정하는 거야?"

"응, 아냐. 언니, 나 올라가서 좀 쉴게."

"그래, 스파게티 다 되면 부를 테니까 넌 올라가서 좀 쉬고 있어."

그러나 평소랑 다르게 생전 묻지 않던 돈 이야기를 하는 마리가 좀 이상했던 영애는 주방으로 들어가려던 걸음을 되돌렸다. 그러곤 계단을 천천히 올라가는 마리를 조심스럽게 불렀다.

"마리야."

"응, 언니."

계단 난간을 붙잡고 고개를 돌려 내려다보는 마리의 얼굴빛이 조금 어두웠다. 영애는 가슴이 철렁 내려앉는 것 같았다.

"마리야, 너 혹시 무슨 말 들었니?"

"무슨 말?"

"아니, 그냥 뭐, 이런저런……. 혹시…… 윤 대표님이 회사 어렵단 얘기 하셔?"

"그거야 말 안 해도 알지."

"그렇지."

영애는 어색하게 웃으며 고개를 끄덕였다.

“그런데 갑자기 돈 얘기는 왜……?”

자기 안색을 살피면서 조심스럽게 묻는 영애를 보고 있노라니 마리는 마음이 너무나 아팠다. 너무 착한 우리 언니. 지금도 저렇게 내가 신경 쓸까 봐 걱정하고 조심하고……. 언니, 내가 정말 미안해. 영애 언니.

윤성우의 말 중에 하나는 옳았다. 언제까지 이렇게 영애 언니에게 모든 짐을 지워놓고 있을 순 없다는 거.

“그냥, 우리 태리즈 여사가 돌아오지 않은 지 벌써 2년이나 됐잖아. 슬슬 은행 잔고도 바닥이 나지 않았나 해서. 듣자니까 윤엔터도 요즘 좀 힘들다고 하고 그래서…….”

“어머, 애, 우리 윤 대표님이 어떤 분인데 그런 걱정을 해. 회사 아무리 어려워도 우리 수익 배당금은 꼬박꼬박 제일 먼저 챙겨주시거든. 그리고 여사님 은행 잔고도 빵빵하고.”

“그래…….”

“그래! 그러니까 넌 그런 쓸데없는 걱정은 접어두고 얼른 올라가서 쉬세요. 오늘 감독님 만나고 와서 피곤할 텐데. 언니가 얼른 맛있는 스파게티 만들어줄게요. 알았지?”

“……응, 언니.”

마리의 대답에 영애는 활짝 웃었다. 그러곤 기분 좋게 콧노래를 부르며 금세 주방으로 들어가 버렸다. 단순하고, 선하고, 사람을 잘 믿는 영애다운 모습이었다.

터덜터덜 무거운 걸음으로 계단을 오르며 마리는 뼈아픈 자괴감을 느꼈다. 방 안에 들어서자마자 할머니의 자산을 관리하는 김 변호사님에게 전화를 걸었다. 그리고 그녀가 들은 내용은 예상보다 더 참담한 것이었다.

[마리 씨, 모르셨군요. 할머니께서는 2년 전에 남아 있던 모든 자산을 처분하셔서 떠나셨습니다. 사실 남아 있는 재산도 별로 없으셨어요. 지금 그나마 수익이 되는 것이 윤엔터에 투자하신 초기 자본금 일부하고, 지금 살고 계시는 아현동 그 집이 전부입니다. 그래서 현재 태리즈 여사님 앞으로 수익이 나오는 곳은 윤엔터를 제외하고는 없습니다. 그리고 아시겠지만, 그 집도 태리즈 여사님이 예전에 담보로 은행에 대출을 받으셔서 현재 은행 이자만 간신히 갚아 나가고 있는 상황입니다.]

몰랐다.

은행 잔고가 바닥난 것도, 이 집이 은행에 담보로 잡혀 있다는 것도, 영애 언니의 월급은 물론 생활비 따위 줄 돈이 없다는 것도. 정말로 아무것도 몰랐다.

어떻게 모를 수 있었을까…….

영애가 그토록 혼자 애쓰고 있단 걸 왜 몰랐을까. 후회가, 자책이 물밀듯이 몰려왔다. 어려서는 할머니가, 할머니가 사라지신 후에는 영애가 마리를 지켜주고 있었다. 마리가 원하든 원하지 않았든 그것은 사실이었다. 할머니와 영애, 그들에게 있어 마리는 언제나 보살펴 주어야 하는 불완전한 존재였던 것이다. 혼자서는 세상에 걸음을 내밀 수 없는 어린아이.

그러나 이제 마리는 어엿한 성인이었다. 자기 스스로를 돌보고 사랑하는 사람들을 지킬 수 있는 성인. 그래서 마리는 할머니가 사랑하신 이 집과 그녀에게 할머니를 빼면 유일한 가족인 영애를 위해서 뭐든지 해야 한다고 마음먹었다. 영화가 아니라 천박하기 그지없는 가짜 리얼리티 쇼에 출연해야 하는 것이라도 말이다.

〈바람과 함께 사라지다〉의 스칼렛 오하라는 자신의 소중한 타라 농장을 지키기 위해서 사랑 없는 결혼까지 불사했다. 경제적으로 힘들어지자 커튼을 뜯어서 드레스를 만들어 입고 파티에 나서야 했지만, 결코 품위와 당당함은 잃지 않았다.

나, 노마리도 그렇게 하리라.

내 사랑하는 것들을 지키기 위해서라면 무엇이든 하리라.

그러나 스스로의 존엄성은 결코 잃지 않을 것이다.

나는 배우고, 그것은 최후의 최후까지 지켜야 할 가장 소중한 가치였다.

그것만 지킨다면 정말로 무엇이든 할 수 있었다.

아무리 천박한 리얼리티 쇼라 해도.

그러기 위해선 지금 여배우 노마리는 다른 배역으로 변신해야 하는 것이다. TV 쇼면 어떠랴. 마리는 이제 스크린이 아닌 브라운관 안에서 그녀 생애 최고의 멋진 연기를 펼치리라 결심했다. 그들이 원하는 대로 배역을 소화하면 될 것 아닌가 말이다.

제대로 된 연기를 그들에게 보여주고 말 터였다.

연기, 그것은 여배우 노마리가 존재하는 가장 큰 이유였다.

그렇게 생각을 굳히고 나자 전화기를 들고 불안정하게 방 안을 서성대던 마리의 발걸음은 한결 가벼워졌다.

그러나 온몸에 스며든 우울마저 완전히 가시지는 않았다. 형장으로 떠밀리듯 나가야 하는 자신의 처지가 슬펐다. 할머니가 계셨다면 얼마나 좋을까. 언제나 당당한 태리즈 여사만 계시면 세상에 무서울 것도, 두려울 것도 없었는데…….

마리는 남편인 커크 더글라스가 돌아오기 전까지 홀로 성을 지켜야 했던 〈율리시스(Ulisse)〉의 페넬로페 왕비가 된 듯 처연한 기분을 느꼈다. 우아하게 말아서 늘어뜨린 머리채와 끝없이 기다란 다리가 마냥 부럽던 그녀, 실바나 망가노가 된 것만 같았다.

'그래, 각다귀들처럼 덤벼드는 수많은 구혼자들의 등쌀에도 페넬로페는 당당히 버티면서 자신의 성을 지키고 남편을 기다렸잖아. 나도 그럴 수 있어. 그러니까 지금 이건 타락이나 타협이 아니야. 내 스스로 나와 영애 언니, 그리고 할머니의 성을 지키는 거야. 그래, 난 할 수 있어. 오디세이도 20년 만에 돌아왔잖아. 우리 할머니는 이제 겨우 2년인걸……. 그런데 나도 실바나처럼 머리를 그리스 여신처럼 느슨하게 땋아서 늘어뜨려 볼까?'

하지만 아무리 이렇게 자신을 다독이고, 고맙고 미안한 영애 언니를 수십 번 떠올려도 마리의 마음속 깊숙한 망설임과 우울

함은 완전히 사라지지 않았다. 평생 진정한 영화배우로 살겠노라 마음먹었던 자신에게 텔레비전 쇼라니, 그것도 한물간 퇴물들의 리얼리티 쇼라니! 정말로 쉽지 않은 선택이었다.

그래서 밤새 고민하던 마리는 마지막으로 한 번 더 그 피디를 만나자고 마음먹었다. 상처 입은 제임스 딘처럼 생겨서는 그녀에게 거침없이 독설을 퍼붓던 그 남자를.

6

DBS 방송국 본관 앞.

마리는 자기가 이곳에 왜 왔을까, 후회 또 후회를 하는 중이
었다. 그래도 도저히 집에만 가만히 있을 순 없었다. 윤성우는
그녀를 닦달했고, 자신의 처지를 알게 된 마리는 어떤 결정을 내
려야만 했던 것이다.

하지만 마리는 배우였다. 배우여야만 했다. 그래서 영화도 아
니고, 드라마도 아닌, 천박한 리얼리티 쇼 따위에 함부로 나갈
수 없었다.

일단 쇼를 만드는 피디를 다시 만나서 이야기를 더 들어야 한
다고 생각했다. 그러나 무작정 방송국 앞까지 오고 나서야 마리

는 자기가 얼마나 무모했는지 깨달았다. 벌써 여덟 시간째 방송
국 출입문 앞에서 그를 기다리고 있었지만 만날 수가 없었던 것
이다.

'아이, 이상하네. 영화 속에서는 이렇게 있으면 우연히 만나
지고 그러던데.'

출입구 쪽을 지키는 경비 때문에 방송국 안으로 들어가는 것
은 아예 불가능했다. 아침 일찍 찾아와 만나야 할 사람이 있다며
무조건 들어가야 한다고 말하는 마리에게 경비원이 퉁명스럽게
물었다.

"아가씨, 출입증 있어요?"

"아뇨, 그런 거 없는데요."

마리가 조심스럽게 대답하자 경비는 그럴 줄 알았다면서 넌
덜머리난다는 듯이 고개를 저으며 말했다.

"없으면 못 들어갑니다, 가세요."

"안에 누구 만나러 온 거예요. 그 사람만 만나면 되는데. 방송
국 피디거든요, 예능국."

하루에도 수십, 수백 번 이런 일을 겪는 경비였지만 간절하게
말하는 마리의 표정이 퍽 진실해 보였는지 그가 마지못해 물었
다.

"출입증 없으면 안에는 못 들어가요. 대신에 그 사람한테 연
락해서 나오라고 하든가. 이름이 뭡니까?"

그러나 마리는 대답을 할 수가 없었다. 지난번에 본 피디의 얼굴 생김새와 눈빛은 물론 입었던 옷까지 자세하게 묘사할 수 있을 정도로 뚜렷하게 떠올라도, 이름 따위는 조금도 생각나질 않았던 것이다.

마리가 한참을 망설이며 대답을 하지 못하자 결국 경비는 짜증을 내고 말았다.

"아, 그러니까 아가씨, 누굴 찾아왔다고요?"

"그러니까요, 그게 저, 되게 얼굴 작고 키가 큰 남잔데요…….
이름이…….”

아무리 머리를 쥐어짜도 그의 이름이 떠오르질 않았다. 그렇게 되자 경비는 아예 그녀를 상대도 해주지 않았다. 윤성우 몰래 온 거라 전화해서 이름을 물어볼 수도 없었다. 그렇다고 무작정 예능국에 전화를 해서 '저 노마리라고 하는데 어제 저 만난 피디님 좀 만나게 해주세요' 라고 말할 수는 더더욱 없는 노릇이었다.

그렇게 몇 번을 쫓겨나고 나서 마리는 어쩔 수 없이 방송국 앞에서 무작정 기다리기로 했다. 이곳에 있으니 만나게 되지 않겠는가 하는 생각이었다.

하지만 한 시간, 두 시간 시간이 흐르고 날이 점점 어둑해져 가는데도 그 영화배우처럼 잘생긴 피디의 모습은 보이질 않았다.

'그런데 나처럼 피디 만나러 온 사람들이 꽤 많네. 그런데 전부 좀 어린 거 아냐? 쟤네들은 대체 무슨 프로그램에 나오는 거지?'

다행히 방송국 앞에는 그녀처럼 누군가를 기다리는 사람들이 무척 많았다. 그래서 마리는 조금 덜 쓸쓸했다. 그런데 그 사람들을 보니 거의가 다 앳된 얼굴의 여학생들이었다. 대개 삼삼오오 무리를 지은 채, 손에 무언가를 들고 가방을 멘 소녀들. 열기에 가득 찬 얼굴로 방송국 앞에서 몇 시간이나 기다리고 있는 그녀들을 보면서 마리도 점점 호기심이 들기 시작했다.

하지만 그녀의 주변머리로는 누군가를 붙잡고 말을 걸 엄두도 낼 수 없었다.

그저 혼자서 혹은 여럿이 서 있는 그녀들을 곁눈질로 쳐다만 볼 뿐이었다. 물론 그녀들도 마리를 쳐다보았다. 여름이라 그런가? 손에 손에 부채나 영문이 적힌 폭이 좁고 길이가 긴 수건을 들고 있는 그녀들은 대놓고 마리를 노려보며 다 들릴 정도로 큰 목소리로 떠들어댔다.

"저 여자 뭐니? 아까부터 자꾸 우리 흘긋거리고, 기분 나쁘게."

"그런데 어느 쪽이야?"

"손에 아무것도 안 들었는데?"

"그럼 우리 오빠 쪽은 아닌 거네."

"야, 그럼 신경 꺼."

"어디 조공팀도 아닌 것 같지?"

"설마 조공팀이 아직까지 여기서 저러고 있겠냐?"

알아들을 수 없는 그녀들의 이야기가 마리의 귓가에까지 들렸지만, 그녀로서는 도저히 이해할 수 없을 뿐이었다. 다만 자꾸 쳐다보지 않도록 조심해야겠다고 생각했을 뿐.

처음 왔을 땐 아침이었는데 금세 점심을 지나고 어느덧 저녁이 되어가고 있었다. 아무것도 먹지 않은 채 가만히 한자리에서 누군가를 기다리는 건 정말로 힘든 일이었다.

'하아, 이상해, 이상해. 영화에서 보면 그 기다림이 아무리 길고 지리하고 고통스럽더라도 참 짧게 느껴졌는데. 그리고 충분히 할 만한 걸로 생각됐는데 말이야, 난 왜 이렇게 힘든 거지?'

영화 속에서야 편집이 돼서 그렇다는 걸 마리는 미처 깨닫지 못했다. 어디 그뿐일까. 마리는 현실의 세상과 영화의 세상이 다르다는 걸 아직도 전혀 모르고 있었다. 그러니 세상살이에 있어서 그녀는 정말로 어린아이나 다름없었다. 이제 막 걸음마를 시작한, 앞으로 무수하게 엎어지고 무릎 깨져 가며 혼자 걷는 법을 배워야 할 그런 어린애.

그때 갑자기 한 아줌마가 나타났다. 평범한 인상에 그다지 눈에 띌 것 없는 사람이었다. 그래서 처음엔 방송국 앞에 몰려 있는 사람 중 그 누구도 그 아줌마를 신경 쓰지 않았다. 하지만 충혈된 눈으로 사방을 훑던 아줌마는 곧 자신이 찾던 사람을 발견하고는 무섭게 돌변했다.

"너, 이노무 기집애 당장 이리 안 와!"

아침부터 내내 마리와 함께 방송국 앞에 서 있던 한 소녀가 그 아줌마를 보자 흠칫했다. 그러곤 아줌마가 다가오자 뒤로 주춤 물러서더니, 이내 냅다 달리기 시작했다. 그녀 손에 들린 색색의 풍선 다발이 인상적이었다. 그 소녀도 방송국 앞에 몰려 있는 여느 여학생들처럼 손에 몇 개의 부채와 수건 따위를 들고 있었다. 그것들은 가슴팍에 소중하게 끌어안은 채 소녀는 전력을 다해 질주했다.

"너, 거기 안 서! 안 서지!"

아줌마도 뒤쫓아 같이 달리기 시작했다.

"이년아, 학교도 안 가고 아침부터 입때껏 어디서 뭘 한 거야!"

"아이 씨, 내버려 둬!"

"이 우라질 년이 그걸 말이라고 해!"

"아, 내 인생 내가 마음대로 하겠다는데 뭔 상관이야!"

"그래도 저년이! 너 잡히기만 해봐, 다리몽둥이 부러질 줄 알아!"

"누가 잡힌데!"

아줌마의 입에선 속사포처럼 육두문자가 쏟아졌고, 만만치 않은 소녀도 끊임없이 맞받아쳤다. 모녀로 보이는 두 여자의 고함 소리가 쩌렁쩌렁하게 울렸다. 그러나 주변에 있던 사람들은 익숙한 광경인 듯 덤덤하게 그녀들의 필사적인 추격씬을 바라보고 있었다. 하지만 마리는 아니었다. 눈앞에서 그런 광경이 펼쳐진 건 처음이라 깜짝 놀랐다. 영화 속 그 어떤 스펙터클한 추격신보다도 더 생생하고 자극적이었다.

"어머나, 어머나!"

손으로 입을 가린 채 연방 탄식만 쏟아내고 있을 뿐이었다.

방송국 앞을 왔다 갔다 하던 딸로 보이는 교복 차림의 여학생이 보도블록 끝의 길모퉁이까지 재빠르게 달려가 버리자, 그 뒤를 따라서 아줌마도 달려갔다. 그리고 얼마 후 두 모녀는 마리의 시야에서 완전히 사라졌다. 그들이 사라지고 난 뒤에도 마리는 심장이 벌렁거렸다.

'와, 정말 놀랐다. 진짜 처절한 추격전이었어.'

마리는 생전 처음 보는 낯선 광경에 몸을 부르르 떨었다. 여름이 지나가고 있는 때라도 아직은 더웠다. 하지만 엄청난 에너지를 분출하는 두 사람을 봤더니 저도 모르게 오싹했던 것이다.

그렇게 두 모녀가 사라지고 나서야 마리는 자기의 본래 목적에 집중할 수 있었다.

'그나저나 그 피디님은 대체 언제 오시는 걸까? 방송국에서 일하는 사람이니까 분명히 오겠지? 아니다, 이미 왔나? 아, 그러면 나오긴 할 테니까. 아, 그런데 방송국 사람들이 매일 출근하는 건 맞나?'

정확하게 알 수가 없으니 답답한 노릇이었다. 그러나 그녀는 꼭 피디를 만나야 했다. 이대로 그냥 돌아갈 수는 없었다.

잠시 후 마리는 더 놀라운 광경을 목도했다.

방송국 앞에 까만색 밴이 등장하자, 그녀처럼 진을 치고 방송국 앞에서 있던 사람들이 일제히 몰려들었다. 그리고 어디선가 그보다 더 많은 수의 사람들이 나타나서 그 차를 에워싸기 시작했다. 인파가 얼마나 삽시간에 많이 몰렸는지 그 검정 밴은 곧 사람들에 둘러싸여 오도 가도 못하는 처지가 돼버렸다.

"꺄아아악! 오빠!"

"아아악! 오빠! 오빠!"

그 차를 둘러싼 사람들이 질러대는 환호와 비명 소리에 마리는 넋이 나갈 것 같았다. 귀가 얼얼할 정도였다. 무슨 오빠라고 연호하는 것 같긴 한데 도저히 앞말을 알아들을 수 없었다. 그녀의 귀에는 그저 비명, 오빠, 비명, 오빠. 이렇게만 들릴 뿐이었다.

그야말로 광란의 시간이었다.

무슨 일인지 몰라서 우두커니 서 있는 그녀를 사람들이 마구 밀치고 떠밀었다.

"어머나, 전 거기로 가는 거 아닌데요. 어머나, 아닌데!"

마리는 그만 인파에 휩쓸려 앞으로 떠밀려 나아갔다. 사람과 사람에 치여서 옴짝달싹도 할 수 없었고, 팔다리조차 자유롭게 움직일 수 없었다. 가슴이 눌려서 숨 쉬기 어려울 정도로 압박감을 느껴야 했다. 누군가 휘두른 주먹에 머리를 맞기도 했고, 머리채를 잡아당기는 손길에 고개가 뒤로 꺾이기도 했다.

이대로 어떻게 될지도 모른다는 공포감에 마리는 저도 모르게 소리를 질렀다.

"사, 사람 살려주세요!"

저도 모르게 눈을 꼭 감은 채 필사적으로 소리를 질렀다. 그 순간 누군가의 손이 그녀의 팔과 허리를 붙들었다. 커다랗고 단단한 몸이 그녀를 감싸 안는 것이 느껴졌다. 무섭게 휘몰아치는 격랑 속에서 비로소 안전한 보호막을 찾은 느낌이었다.

그 든든한 보호막은 자신의 몸을 방패 삼아서 사납게 휘몰아치는 인파의 흐름에서 마리의 몸을 빼주었다. 그러곤 어딘가 조금 한산한 곳으로 데려가 조심스럽게 그녀를 앉혔다. 비로소 사방에서 죄어오던 사람들의 장벽에서 가까스로 빠져나온 마리는 놀란 가슴을 부여잡으며 가쁜 숨을 몰아쉬었다.

"하아, 하아……."

머리가 어지럽고 구토가 나올 것 같아서 감은 눈을 뜨지도 못한 채 호흡을 진정시키려 애썼다.

"괜찮습니까?"

그녀를 구해준 고마운 손길이 걱정스럽게 물었다. 그러나 마리는 눈을 뜨고 대답할 기력이 없었다. 기진맥진해서 늘어져 있는 마리에게 그 다정한 목소리가 말했다.

“잠깐 기다려요. 뭐 마실 거라도 사올 테니까.”

간신히 고개만 끄덕인 채 늘어져 있던 마리는 얼마 되지도 않아서 깜짝 놀라 눈을 퍼뜩 떴다.

“꺄아아아악!”

어마어마한 괴성이 들려왔던 것이다.

‘대체 뭐지?’

움직이는 검정 밴을 둘러싼 채 함께 움직이던 사람들은 그 차의 문이 열리고 그녀들이 그토록 원하던 ‘오빠’가 분명한 젊은 남자들이 내리자 좀 전과는 비교할 수 없을 정도로 어마어마한 환호성을 질러대기 시작했다. 사실 그 소리는 비명, 아니, 절규에 가까웠다.

완전히 얼이 빠진 상태로 마리는 방송국이 흔들릴 정도로 소리를 질러대던 여자들이 처음 나타날 때처럼 또 그렇게 순식간에 사라지는 걸 멍하니 지켜보았다. 더러 여전히 방송국 앞을 지키는 사람들도 있었지만, 대부분의 사람들은 그 검정색 밴이 사라지자 함께 없어졌다.

그때였다.

마리는 갑자기 옆에서 들린 인기척에 깜짝 놀랐다.

“헉, 헉……”

소리가 나는 곳을 보니 한 여학생이 고개를 숙인 채 가쁜 숨을 몰아쉬고 있었다. 아까 풍선과 여러 개의 부채와 수건을 들고 있던 그 여학생이었다. 엄청난 속도로 전력질주를 하던. 그녀는 붉게 달아오른 얼굴에 연신 땀을 흘리며 서 있었다. 여름날 오후의 열기에, 힘차게 내달린 탓에 온몸이 달아올랐을 테니까. 그렇게 굵은 땀을 뚝뚝 흘리고 있는 여학생을 보면서 마리는 저도 모르게 이렇게 말했다.

"그걸로 땀 닦아요. 부채도 있네."

여학생의 손에 들려 있던 풍선들은 사라지고 없었다. 그러나 여전히 둥근 부채 여러 개와 폭이 좁고 긴 수건을 들고 있었다. 그걸로 이마와 목덜미에 흘러내린 땀을 닦고, 시원하게 부채질을 하면 될 텐데 어떻게 된 건지 그 여학생은 씩씩 가쁜 숨을 몰아쉬고, 손등으로 계속 땀을 닦아내고, 손부채를 만들어서 저으면서도 정작 그 수건과 부채는 사용할 생각을 안 했다.

"뭐라구요?"

마리의 말을 들은 여학생이 매서운 눈초리로 그녀를 노려보았다. 그녀가 자기에게 하는 말이란 걸 깨달은 순간, 마리는 깜짝 놀랐다.

'어머, 내 말을 들었나 봐.'

자기를 쳐다보는 여학생의 눈초리가 심상치 않았다.

"아줌마, 지금 뭐라고 했어요?"

"아, 아니에요. 난 그냥 안 덥냐고…… 더우니까 손에 든 부채로 부채질하면 좋겠다 싶어서……."

"어머, 웃겨. 이건 우리 오빠들 수건이랑 부채거든요. 어디서 감히 이걸로 부채질을 해요! 그리고 뭐? 땀을 닦아?"

날카롭게 쏘아붙이는 어린 여학생의 기세에 눌려서 움찔하던 마리는 문득 그녀가 손에 들고 있는 부채 속 남자들을 본 기억이 났다.

"아까 그 검정색 밴에 탔던 사람들이네."

또 저도 모르게 중얼거린 마리는 아차 싶었다. 아니나 다를까, 무서운 여학생이 득달같이 달려와 그녀에게 물었다.

"그게 무슨 말이에요? 검정 밴이라니? 설마 우리 오빠들 벌써 왔다 갔어요? 아, 말 좀 해봐요. 아줌마, 우리 오빠들 봤어요?"

속사포처럼 쏟아지는 여학생의 말 때문에 마리는 어안이 벙벙할 지경이었다.

"난 그냥 그 부채 속에 있는 사람들이랑 비슷한 남자들이 검정 밴 타고 와서 방송국 안으로 들어가는 걸 봐서……."

"왔어요? 언제? 언제? 아, 어떡해! 난 몰라. 못 봤잖아."

여학생은 흥분해서 다다다 말을 쏟아냈다.

"아줌마, 우리 오빠들 갔어요? 안 갔죠?"

"……그건 모르겠고, 그냥 조금 있다가 차는 돌아가는 것 같던데요."

그녀의 말에 눈동자가 커진 여학생은 얼굴이 더 시뻘게지더니 갑자기 사람들이 있는 곳으로 달려갔다. 그리고 좀 전보다 더 흥분한 모습으로 돌아와서 큰 소리로 화를 내더니 급기야는 바닥에 주저앉아 울기 시작했다.

"아앙, 어떡해! 오빠들 가버렸잖아! 내가 우리 오빠들 보려고 얼마나 애썼는데. 이게 뭐야, 보지도 못하고, 흐어어엉! 난 망했어! 망했다구!"

얼굴을 찡그린 채 아이처럼 목 놓아 울고 있는 그 여학생은 마치 세상이 끝나기라도 한 것처럼 절망스러운 모습이었다.

"내 평생 꿈이었는데, 엄마 때문에 망쳤어. 어떡해, 어떡해! 엉엉!"

오빠들. 꿈. 그리고 엄마.

소녀의 말이 어쩐지 마리의 가슴에 와 박혔다.

비로소 마리는 이 여학생의 정체를 명확히 알 수 있었다. 처음 보고 겪는 거라 얼떨떨했지만, 그녀가 보았던 무수한 영화 속에서 본 적 있는, 이 소녀와 같은 사람들. 그건 바로 '팬'이었다. 스타를 동경하고 열렬히 사랑하는 존재들.

저렇게 무서울 정도로 몰려다니는 건 상상도 못한 일이었지만, 그래도 누군가를 몹시 사랑하는 마음은 마리도 잘 아는 것이었다. 그래서 그녀는 아직도 기운 없는 몸을 조심스럽게 움직여서 그 소녀 앞으로 다가갔다.

"저 오빠들 만나는 게 평생 꿈이었니?"

마리의 질문에 소녀는 쳐다보지도 않았다. 그렇지만 마리는 그녀를 보며 말을 이어갔다. 누군가 낯선 사람에게, 이런 식으로 이야기를 하는 건 노마리 평생 처음 있는 일이었다.

그러나 왠지 안타까움에 울고 있는 어린 여학생이 퍽 사랑스러워 보인 마리는 난생처음으로 오지랖이란 걸 떨어보기로 했다.

"있잖아, 〈더 팬(The Fan)〉이라고 명배우 로버트 드니로가 나오는 영화가 있어. 클린트 이스트우드가 디제이로 나오는 〈어둠 속에 벨이 울릴 때(Play Misty For Me)〉라는 영화도 있고. 본 적 있니? 아, 맞다. 제임스 칸이 소설가로 나오고 캐시 베이츠가 정말 어마어마한 간호사로 나오는 〈미저리(Misery)〉도 있어. 그건 알지?"

대성통곡을 하던 여학생은 생뚱맞은 영화 얘기에 비로소 마리에게 시선을 주었다. 다른 건 몰라도 〈미저리〉란 말은 어디서 들어본 것 같았기 때문이었다.

그런데 그게 좋은 뜻은 아니었던 것 같은데. 이 아줌마가 대체 무슨 소리를 하려는 걸까?

소녀는 눈물이 맺힌 눈동자를 가늘게 뜬 채 이맛살을 찌푸리고 마리를 쳐다보았다.

"그 영화들이 어떤 내용이냐면 한 사람이 어떤 스타를 너무너무 사랑해, 매일 그의 시합을 보고 라디오 프로그램을 듣고 하면서 자신의 모든 시간과 정열을 쏟아붓지. 그 사람들의 생활은 온통 그 스타로 가득 차는 거야. 그 스타 때문에 행복하고, 기쁘고, 살아갈 의미를 찾을 수 있으니까."

마치 자기가 그 영화 속의 팬인 것처럼 마리는 기쁘고 들뜬 미소를 지어 보였다.

"그 스타를 너무 좋아하다 보니까 어떤 사람은 그가 자신과 실제로도 친하다고 착각하기도 하고, 그 스타가 나만의 것이라고 믿어버리기도 하고 말이야. 그러다 결국엔 그 스타를 직접 만나."

"정말요?"

소녀는 자기가 사랑하는 스타를 직접 만난다는 말에 귀가 솔깃해졌다.

"그럼. 만나기만 하는 줄 아니? 만나서 친해지기까지 해. 왜 아니겠어. 그 사람들은 스타 자신보다 그 스타에 대해 더 잘 알고 있는 사람인데. 취향이니 뭐니 딱딱 맞히는데 당연히 금세 친해지지 않겠어? 처음에야 호감을 느끼게 되지."

"그래서요? 그래서 어떻게 되는데요? 나중에 결혼해요?"

그 여학생은 눈동자를 반짝이고 있었다. 자기가 사랑하는 스타와 친해지는 팬이라니! 어떻게든 오빠들을 만나서 결혼하겠다는 그녀의 꿈도 아주 허황된 것은 아닌 것이다! 아니, 결혼까진 아니더라도 스타와 팬으로 만나 가까워지고, 그러다 보면 사랑도 하게 되지 않겠는가.

소녀는 꿈에 부풀어서 마리의 다음 이야기를 기다렸다. 그러나 부드러운 미소를 지으며 마리가 들려주는 이야기는 잔혹 동화였다.

"어떻게 되긴. 셋 다 자기가 좋아하는 스타한테 너무 집착해서 마음대로 하려다가 안 되니까 결국은 납치하고 뭐, 그러다가 해치고 결국은 죽는 거지. 한마디로 스타에게 집착하는 광팬들의 말로를 보여주는 전형적인 작품이랄까?"

전혀 예상하지 않았던 대답에 그 여학생의 얼굴은 무참하게 일그러졌다. 그녀의 얼굴에 나타난 표정은 명확했다.

이 아줌마, 지금 뭐래니?

그러나 마리는 아랑곳하지 않고 소녀에게 말했다.

"나도 누군가를 엄청 사랑해 봐서 네 열정을 알지만, 스타한테 너무 집착하는 건 안 좋아."

"그, 그건 영화잖아요!"

발끈한 소녀가 반박하자, 마리는 여유롭게 웃으며 말했다.

"있잖니, 인생이 영화고 영화가 인생이야."

결국 그 소녀는 화를 내면서 가버렸다. 씩씩거리는 여학생의 뒷모습을 보면서 마리를 고개를 갸우뚱거렸다. 대체 왜 저러는 거지?

"그렇게 남의 일에만 상관하지 말고 자기 앞가림이나 잘하지 그래요."

그 정열적인 소녀가 막 떠나자 갑자기 퉁명스러운 목소리가 들려왔다. 고개를 돌리자, 그곳에 마리가 그토록 만나길 고대했던 진원이 서 있었다. 버릇인지 짙은 눈썹 한쪽을 추어올리며 그녀를 바라보는 키 크고 근사한 남자는 바로 최진원 피디였다.

최진원!

놀랍게도 그의 얼굴을 보는 순간, 마리의 머릿속에 이름 석 자가 단숨에 떠올랐다. 몇 시간 동안이나 이름이 떠오르지 않아서 고생한 걸 생각하면 참으로 허무할 지경이었다. 저녁 햇살을 등에 지고 서 있던 그는 그녀에게 다가오며 손을 내밀었다. 차가운 생수가 들려 있었다.

"이거나 받아요."

뭔가 싶어서 마리가 멍하니 바라보자 직접 생수통의 뚜껑을 열어서 건넸다. 받아 든 마리는 반사적으로 물을 마셨다. 시원한 물줄기가 입안으로 들어가 목을 타고 내려가는 순간, 그녀는 자기가 몹시도 목이 말랐다는 걸 깨달았다.

그런데 갑자기 진원이 그녀의 물통을 빼앗아가 버렸다. 놀람과 원망의 눈초리로 그를 쳐다보자, 진원이 엄격한 얼굴로 단호하게 말했다.

"그만 마셔요. 아무리 물이라도 그렇게 갑작스럽게 마시면 탈 납니다."

하지만 마리는 아직도 지독한 갈증에 시달리고 있었다. 물이 필요했다, 물이!

"자, 이거 마셔요. 이번에는 천천히."

그런데 이번에는 진원이 그녀에게 이온음료를 건네주었다. 마리가 다급하게 손을 뻗치자 진원이 엄한 목소리로 경고했다.

"아까처럼 그렇게 벌컥벌컥 들이켜면 뺏을 겁니다."

기갈 해소가 급했던 마리는 세차게 고개를 끄덕였다. 그리고 그녀는 비로소 지독한 갈증에서 벗어날 수 있었다.

"대체 거기서 뭐 하고 있었던 겁니까?"

진원이 건네준 시원한 물티슈로 달아오른 얼굴을 식히고 나서야 마리는 겨우 제정신이 돌아온 느낌이었다. 하루 종일 땡볕에 있었던 그녀의 몸은 생각보다 더 지쳐 있었다. 벤치 등받이에 몸을 기대고 있던 마리는 가까스로 고개를 들어서 자기 앞에 우뚝 서 있는 남자를 보며 말했다.

"피디님 만나려고요."

"나를? 그럼 바로 연락을 하지 그 앞에서 그 빠순이들하고 어울려서 대체 뭘 하고 있었던 겁니까, 그것도 하루 종일."

"제가 아까 온 거 어떻게 아셨어요, 피디님?"

겨우 제정신을 차렸는지 눈을 동그랗게 뜨고 묻는 노마리를 진원은 빤히 쳐다봤다.

아침에 회의실로 들어온 태리가 방송국 앞에서 노마리를 봤다고 했다. 출근하면서 봤는데 아무래도 경비 아저씨랑 말하는 여자가 노마리 같더라고.

처음엔 무시하고 흘려들었던 진원은 그의 심부름 때문에 외주 프로덕션으로 가던 태리가 차에서 한 전화 한 통 때문에 밖으로 나오고 말았다.

[어? 감독님, 설마 했는데 노마리 진짜 맞는데요. 계속 방송국

앞에 있었나 봐요. 아까 보니까 경비 아저씨한테 뭐 묻는 것 같더니 못 들어간 모양이네요. 감독님한테는 연락 안 왔죠? 그런데 왜 왔나 몰라요? 누구 만나러 온 건가?]

아무래도 신경이 쓰여서 나왔더니 노마리는 요즘 대한민국 소녀들을 들었다 놨다 한다는 한 아이돌 그룹의 팬들 무리에 섞여 있었다. 그러다 그 아이돌들이 도착하자 미친 듯이 몰려가는 사람들에 휩쓸려서 허우적대고 있었다. 간신히 건져 놨더니 잠깐 음료수를 사러 갔다 온 사이에 한 소녀 팬을 붙들고 인생이 영화고, 영화가 인생이라는, 저런 정신 못 차리는 지독한 빠순이에겐 씨알도 먹히지 않을 소리를 하고 있었다.

레몬빛의 단순한 민소매 원피스에 가벼운 샌들을 신고, 옅은 화장을 한 채 머리를 하나로 묶어 올린 노마리는 무척이나 싱그러워 보였다. 비록 지금은 심신이 파김치처럼 처져 있지만. 처음 브라운관으로 보았을 때와도, 어제 인터뷰를 하기 위해 왔을 때와도 다른 느낌이었다.

뭐랄까, 배우로 가면을 쓰지 않은 인간 노마리의 민낯을 본 기분이랄까?

그리고 진원은 그런 노마리의 맨얼굴이 퍽 마음에 들었다. 아마도 이게 노마리라는 여자의 본모습일 것이다.

"작품 얘기 하러 온 겁니까?"

"네, 그 쇼에 대해서 묻고 싶은 게 있어서요. 대답해 주실 수 있죠?”

“뭡니까? 말해요, 들어줄 테니까.”

“피디님은 왜 절 그 쇼에 캐스팅하고 싶으신 거예요?”

“내가 언제 노마리 씨 캐스팅한다고 했습니까? 그냥 인터뷰 한 거지. 내가 그 역 때문에 지금까지 몇 명이나 만났는지 알기나 해요?”

그중에서도 노마리, 당신이 가장 적임자라는 건 말 안 할 거야.

“그래요, 많이 만나셨겠죠. 아무튼 저를 보자고 하셨을 땐 어떤 이유가 있으니까 그러셨을 거 아니에요.”

“지난번에 말했잖습니까. 노마리 씨가 최무진 장례식장에서 보여준 그 이미지가 내 쇼에 어울린다고.”

“단지 그게 다예요?”

“그게 다면 되겠습니까? 거기에 그 이미지를 실제로 구현해서 연기를 해줄 수 있는 연기력도 필요합니다, 난.”

“피디님 보시기엔 제게 그런 연기력이 있나요?”

“글쎄요. 그날 본 것만으론 뭐라 대답하기 어려운데요. 왜요, 할 생각 있습니까?”

“아뇨.”

너무나 쉽게 나온 마리의 대답에 진원은 눈썹을 꿈틀거렸다. 뭐야, 이 여자!

“그럼 대체 오늘 여기엔 왜 온 겁니까? 이 땡볕에서 몇 시간씩이나 고생해 가면서?"

"묻고 싶었어요, 피디님께. 영화는 아니지만 그래도 저를 본인의 쇼에 쓰려고 하셨다는 건 어떤 면이든 배우로서 저 노마리가 마음에 든 게 있으셔서 그런 줄 알았거든요."

진원은 뭐라고 대꾸할 말이 생각나지 않았다. 아니라고, 사실은 당신 작품 다 봤는데 연기 좋았다고, 진짜 마음에 들었다고, 사실은 카메라 테스트를 하고 싶었노라고 말해주고 싶었다. 그러나 그는 그러지 않았다.

"그날 말했잖습니까. 그 최무진 장례식장에서 보여준 모습이 내가 찾던 덤 블론드의 외양하고 잘 맞는다고."

"그게 전부예요?"

"뭐, 어릴 적에 나온 작품 보니까 센스도 좀 있어 뵈고. 대사가 너무 짧아서 잘 모르겠지만 발성도 나쁘지 않았고."

진원의 대답은 퍽 고무적이었다. 내 연기를 보고 마음에 들었다는 소리가 아닌가! 마리는 신이 나서 그에게 물었다.

"지금은요?"

그러자 태양을 등지고 서 있던 진원이 두 손을 바지주머니에 찔러 넣으며 심드렁하게 대꾸했다.

"지금이라니, 요즘 뭐 찍은 거 있어요? 없잖아요."

기대감에 차서 눈을 반짝이던 마리는 금세 풀이 죽었다.

"그렇죠, 없죠. 제가요, 열세 살 때 찍었던 작품을 끝으로 뜻하지 않게 오래오래 쉬고 있거든요."

낙담한 마리가 고개를 떨어뜨렸다. 둥근 뒤통수와 하나로 묶은 머리채, 그리고 하얀 목덜미가 한눈에 들어왔다. 그 뒤태만으로도 그녀의 감정이 고스란히 느껴졌다. 본인은 꽤 심각한데도 진원은 지금 이 순간이 즐겁게 느껴졌다. 뭐랄까, 퍽 사랑스러운 느낌이었다. 그의 입꼬리에 잔잔한 웃음이 어리고 검은 눈동자는 따스하게 빛났다.

진원은 문득 마리의 머리를 쓰다듬어 주고 싶단 생각이 들었다. 화들짝 놀란 진원은 바지주머니 안에서 움찔거리는 손을 꺼내서 얼른 팔짱을 꼈다. 그러곤 마리에게 이렇게 제안했다.

"그럼, 어디 지금이라도 노마리 씨 연기를 한번 봅시다."

그 말에 마리가 고개를 발딱 치켜들었다.

"정말요? 여기서요?"

"왜요, 싫습니까?"

"아뇨, 아뇨."

마리가 두 팔을 들어서는 얼른 손사래를 쳤다. 이게 텔레비전 쇼 프로그램의 오디션이라는 것도 잊은 채 그저 자기 연기를 보고 싶어 하는 누군가가 있다는 사실만으로도 기쁘고 들떴던 것이다. 마리의 눈동자가 유난히 반짝거렸다.

"정말 제 연기 보고 싶으신 거죠?"

"그렇다니까요."

원래는 방송국 안으로 들어가서 스튜디오에서 정식으로 해보라고 할 생각이었다. 그러나 진원은 마음을 바꾸었다. 어쩐지 지금 이 순간을 깨뜨리고 싶지 않았다.

"지금 생각나는 거 있으면 아무거나 해봐요."

그러자 마리가 갑자기 그에게 손을 내밀었다. 진원은 흠칫 놀랐다.

"뭐, 뭡니까?"

저도 모르게 말을 더듬었다. 목 안으로 마른침을 간신히 삼키는데 마리가 손을 더 뻗어서 그의 손을 잡았다. 그 순간, 진원은 가슴이 떨렸다, 놀랍게도. 온몸의 감각이 모두 손으로 몰린 것처럼 짜릿했다.

"그 음료수통 저 주시고, 피디님은 여기 앉아주세요."

마리가 자기 옆자리를 가리켰다.

"뭐 하자는 겁니까?"

당황스러운 진원의 물음에 마리가 생긋 웃으며 대답했다.

"〈기쁜 우리 젊은 날〉이오."

한 남자의 바보 같을 정도로 한결같고 아름답던 사랑을 그린 영화의 제목을 들으면서 진원은 한쪽 눈썹을 밀어 올리며 물었다.

"황신혜?"

"네, 혜린이요."

마리는 지금 그 영화 속의 한 장면을 연기하려는 것이었다.

미국에서 이혼하고 돌아온 황신혜와 다시 만난 안성기. 대학 때 연극을 하던 황신혜는 누구보다 화려하고 아름다웠고, 안성기는 그런 그녀를 내내 짝사랑했었다. 그러나 결혼과 함께 미국으로 갔던 그녀는 몇 년 후 귀국하고, 우연히 조우하게 된 두 사람은 드디어 처음으로 데이트를 하게 된다.

하필이면 그녀의 생일이기도 한 그날, 고궁 벤치에 앉아서 음료수와 찐 달걀을 건네는 안성기에게 황신혜는 자신이 사실은 결혼에 실패한, 더없이 초라한 여자라는 걸 고백한다. 그리고 여전히 자기를 사랑하고 있는 안성기를 밀어낸다.

짧은 씬이었다. 하지만 복잡하고 미묘한 여인의 심리를 드러내야 하는 장면이라 배우의 수준 높은 연기력이 필요했다.

"그럼 나더러 안성기를 하라는 겁니까?"

"아뇨. 피디님, 거기 그렇게 서 계시면 제 연기가 잘 안 보이잖아요. 그러니까 일단 앉으시라구요, 눈높이에 맞게."

진원은 마리가 이끄는 대로 그녀 옆에 앉았다. 그러자 그녀는 곧바로 영화 속 혜린이 되어 연기를 시작했다. 새치름하게 앉아서 살짝 고개를 숙인 채 한쪽 팔로 자기 머리카락을 만지작거렸다.

"저한테 원하시는 게 뭐죠? 혹시 저한테 결혼을 원하신다면 단념하세요. 전 한 번 결혼에 실패한 사람이니까요. 전 다신 결혼하고 싶은 생각 없어요. 그 어느 누구하고도요. 전 그럼 약속이 있어서 먼저 가봐야겠어요, 그럼."

그러곤 자리에서 일어나 앞으로 걸어갔다. 그 순간 마리를 향해 진원이 외쳤다.

"그래도 혜린 씬 아직 젊고 아름답습니다!"

영민의 대사였다. 그러나 영화 속 안성기처럼 눈도 마주치지 못한 채 하는 조용한 고백이 아니었다. 그는 영민처럼 몇 년을 자기 마음을 표현도 하지 못한 채 바라만 보는 소극적인 남자가 아니었으니까. 더더군다나 배우도 아니고.

"제가 미국에서 뭘 했는지 아세요? 식당의 웨이트리스, 베이비시터, 캐셔!"

그러나 노마리는 배우였다. 진원이 대사를 맞춰주자 금세 격앙된 목소리로 혜린의 대사를 이어갔다. 그리고 그녀의 연기는 썩 훌륭했다.

진원은 마리를 보면서 혜린을 자신의 여신으로 여기고 평생 그녀만 사랑했던 영민의 마음을 알 것 같단 생각이 들었다. 그만큼 마리의 연기는 좋았고 또 사랑스러웠다. 그것이 연기인지 실제인지 헷갈릴 만큼.

그날, 지하철까지 그녀를 데려다 주고 돌아오면서 진원은 확신했다. 자기 쇼에서 덤 블론드 역을 할 수 있는 건 노마리밖에 없다고. 그러나 마지막 마리의 말은 끝끝내 진원의 화를 돋우고 말았다.

"그래요, 어쩔 수 없이 해야겠죠? 텔레비전 쇼라도? 하지만 아직도 잘 모르겠어요……."

　도무지 결정을 내릴 수 없다며 침울하게 말하는 마리를 보면서 그는 결국 심술을 부렸다.
　"누가 노마리 씨 캐스팅한다고 그랬습니까? 아직 완전하게 안 정했다니까요."

7

제작발표회 아침, 진원은 기자들에게 돌릴 보도 자료를 다시 한 번 들여다보고 있었다. 최종 우승자에게 주어지는 상이 DBS 드라마 주연에서 강제하가 5년 만의 국내 복귀작으로 선택한 영화 〈갈망(渴望), 그 여름의 잔해〉의 여주인공 역으로 바뀌어 있었고, 상대역의 자격으로 중간부터 심사위원으로 참여하게 되는 것도 드라마의 남자 주연 배우인 황동건이 아니라 강제하로 바뀌어 있었다.

강제하, 그의 참여로 인해 진원의 쇼는 갑자기 DBS 예능국뿐만 아니라 DBS 방송국에서 심혈을 기울여 만드는 초대형 리얼리티 쇼로 둔갑했다. 별다른 제작발표회 없이 보도 자료만 돌리고 말 예정이었던 것이 갑자기 임페리얼 호텔 그랜드볼룸에서

100여 명의 예능부 기자들을 모아놓고 거창한 제작발표회까지 갖게 되었다. 강제하의 쇼 참여는 불과 며칠 전에 전격적으로 이루어진 일이라 아직 외부에 노출되지 않은 상태였다. 강제하 측에서도 언론은 물론 다른 출연진들과 스태프들에게도 비밀로 해줄 것을 요구했다.

그런데도 어떻게 알았는지 오늘 아침부터 일부 기자들이 전화를 해대기 시작했다. 곧 벌떼처럼 기자들이 몰려들 것은 뻔한 일이었다. 그래서 DBS 측은 부랴부랴 거창한 제작발표회를 갖기로 한 것이었다.

진원은 물끄러미 종이를 바라보며 눈살을 찌푸렸다.

강제하…….

꿍꿍이를 알 수 없는 그의 이 돌출 행동에 기분이 좋지 않았다. 그는 왜 갑자기 이러는 것일까? 백 실장의 방문과 그, 아니, 실은 강제하가 했던 제안을 생각하면서 진원은 오만상을 찌푸렸다. 자신이 모르는 곳에서 벌어지고 있는 온갖 뒷거래와 암약들이 짜증 났다.

그리고 그럼에도 불구하고, 이놈의 빌어먹을 쇼를 찍어야 하는 자기 자신의 처지가 더욱 짜증스러웠다.

용재 형, 이번에도 약속 안 지키면 정말 내 손에서 장사 치를 줄 아쇼!

✻

극적인 만남이 있은 다음날 백 실장은 DBS 방송국으로 진원을 찾아왔다.

"그러니까, 지금 그 강제하 씨가 우리 쇼에 출연하기를 원한다, 이 말입니까?"

"그렇습니다. 최 피디님께서 승낙만 해주신다면 우리 로열엔터에서도 전폭적인 지지를 할 예정입니다."

룸살롱의 좁은 복도에서 주먹다짐으로 액션활극에 연예계 치정을 적나라하게 그린 드라마까지 쓸 뻔했던 두 남자는 말끔한 얼굴로 밝은 빛 속에 앉아 이야기를 나누고 있었다.

"조건이 뭡니까?"

진원은 고개를 비뚜름하게 기울이며 연예계에서 잔뼈 굵은 백전노장의 얼굴을 바라보았다. 어제도 느낀 거지만, 산만 한 덩치와 다혈질적인 성격에 안 맞게 의외로 포커페이스인 백 실장이었다. 하긴 그러니 이 험난하고, 말 많고, 탈 많은 연예계에서 그만큼 성공했겠지.

무명이었던 모델 출신의 강제하를 발굴해서 헐리웃 스타로 키워낸 백 실장의 로열엔터가 내민 조건은 분명히 진원의 쇼에 절대적으로 유리한 것이었다. 헐리웃에서 한참 주가를 올리고 있는 강제하의 상대역을 찾는 리얼리티 쇼라는 이유만으로도 진원의 〈Oldies But Goodies〉의 주가는 하늘을 찌르고도 남을 것이며, 시청률은 걱정 안 해도 될 터였다.

그러나 진원은 찜찜한 기분을 떨칠 수가 없었다. 막말로, 도대체 강제하가 뭐가 아쉬워서 이따위 리얼리티 쇼에 참여하겠다는 것일까? 왜?

"아무것도."

"장난합니까?"

"하하, 설마요."

"백 실장님, 피차 괜히 힘 빼고 시간 낭비하지 마시죠."

"제안서에 쓰여 있는 대롭니다. 쇼의 최종 우승자에게 주는 혜택을 DBS 드라마가 아닌 이번에 강제하가 들어가게 될 영화의 주연 캐스팅으로 하자는 겁니다. 이 건은 제작사 측하고 감독 쪽과는 이미 합의가 깨끗하게 끝났습니다. 방송국 측에서도 최 피디님만 오케이하시면 긍정적으로 검토하겠다는 반응이었습니다. 그리고 초반 합류는 여러 가지로 무리겠지만, 최종 4인 정도쯤 남았을 때부터 강제하가 심사위원으로 참여하자는 거죠. 그렇게 되면 강제하가 직접……."

제작비 투자까지 하겠다는 로열엔터에서 다른 누구도 아닌 강제하가 직접 출연하는 쇼의 해외 판권에 대해서 어떤 권리도 요구하지 않았다. 투자에 따른 통상적인 지분 지급 말고는 다른 조건도 달지 않았다. 보통 웬만큼 이름 있는 스타급의 경우 줄줄이 달게 마련인 추가 조항 따위는 아예 없었다.

그게 더 진원을 기분 나쁘게 했다.

대체 무슨 꿍꿍이속을 숨기고 있는 거지?

"제가 뭐라고 했습니까?"

"네?"

"제가 말입니다. 방송국에 매여 일하는 몸이라 그렇게 한가하 질 않습니다. 이렇게 노닥거리실 거면 그만 가보시죠."

진원이 탁자 위에 있던 제안서를 백 실장 쪽으로 슥 밀어내면 서 자리에서 일어섰다. 묵묵히 듣고 있던 진원이 싹둑 말을 자르 고 들어오자 백 실장은 잠시 멈칫했다. 그러나 곧 만면에 미소를 지으면서 진원을 바라보았다.

"물론 최 피디님께서 한 가지 양해해 주셨으면 하는 점이 있 긴 합니다."

"……."

우뚝 선 진원이 말없이 백 실장을 내려다보았다.

"최종 우승자를 가리는 파이널 테스트를 저희 측에서 마련한 대로 해주시길 바랍니다. 구체적인 사항은 조율해야 하겠지만 기본적인 사항은 저희 측 의견을 따라주십시오. 당연히 감독님 이 반대하신다면 안 되겠지만 말입니다."

"내가 반대하면 어쩔 겁니까?"

백 실장에게 질문을 던지는 진원의 말투는 날카로웠다. 그 순 간, 조심스럽게 사무실 문이 열리며 당황한 이태리가 들어섰다.

"가, 감독님."

"뭐야?"

아무도 들이지 말라고 했는데 불쑥 문을 열고 들어온 이태리를 보면서 진원이 인상을 찌푸렸다.

"……오, 오셨는데요."

"누가?"

짜증 난 진원이 문을 향해 고개를 돌리자, 성큼 안으로 들어선 키 큰 남자의 모습이 보였다. 강제하였다.

"늦어서 죄송합니다, 최 피디님."

쓰고 있던 검은색 선글라스를 벗으며 진원에게 인사를 건네는 강제하의 오른손에 흰 붕대가 감겨 있었다. 진원이 흘긋 쳐다보자, 그의 시선을 느낀 강제하가 슬쩍 쓴 미소를 지으면서 말했다.

"실금이 가서 말입니다. 손가락을 움직일 수 없어서 병원 가서 엑스레이를 찍었더니 그렇다더군요. 곧 회복하겠지만, 당분간은 움직이지 말랍니다, 의사가."

"그런데 왜 여기까지 행차하신 겁니까? 요양이나 하시지."

"아무래도 제가 직접 최 피디님께 말씀드리는 게 맞지 싶어서 말입니다. 바쁘시겠지만 시간을 좀 더 내주시죠."

입매를 끌어 올리며 씩 미소 짓는 강제하를 보면서 진원은 오만상을 찌푸렸다.

✻

자기가 살던 아늑한 방에서 초라한 다락방으로 쫓겨난 어린 소공녀 세라의 슬픔이 이보다 깊었을까? 마리는 자신의 비참한 처지를 슬퍼하며 자신의 감정에 푹 빠져 있었다.

스칼렛 오하라나 페넬로페 왕비 그리고 어린 소공녀 세라보다 더하면 더했지, 결코 적지 않은 현실의 문제가 마리를 이리 비참한 지경으로 내몰았음이었다. 기꺼이 견딜 수 있다고 생각하면서도 마리는 저도 모르게 젖어드는 그 참담함을 이기기가 너무나 힘들었다. 달리는 자동차 창에 어리는 자신의 모습은 그녀가 알고 있는 모든 비련의 여주인공들과 하나였다.

이윽고 차가 멈추고 마리는 로드 매니저가 이끄는 대로 차에서 내려 그를 뒤따라 걷기 시작했다. 그러다 문득 마리는 뭔가 이상하다는 것을 깨달았다.

"여기가 어디야?"

당연히 DBS 방송국으로 가는 줄 알았던 마리는 로드 매니저 현석이 앞장서는 대로 두툼한 갈색 카펫이 깔린 복도를 걷다가 퍼뜩 고개를 들고는 깜짝 놀랐다. 그들이 멈춰 선 곳은 어느 문 앞이었다. 그러고 보니 좀 전에 지하주차장에 차를 세우고 엘리베이터를 타고 곧장 올라왔던 것 같다. 문에 새겨진 황금빛 숫자…….

그, 그렇다면 이곳은 호텔방?

놀란 마리가 경악과 두려움, '너 이 녀석, 설마!' 하는 표정을 고스란히 드러내며 바라보자, 로드 1년차인 현석이 한숨을 내쉬며 말했다.

"아까 차에서 나 전화 통화하는 거 못 들었어요? 끝나고 분명히 말했잖아요. 그 쇼 스태프가 DBS 별관 말고 임페리얼 호텔로 오라고 한 거. 엘리베이터 타기 전에 보안요원한테 신분 확인까지 했잖아요!"

한껏 짜증 난 현석의 목소리를 들으면서 마리는 아직도 반신반의하는 표정으로 고개를 가로저었다.

못 들었다, 이놈아!

"아우 씨, 암튼 난 발표회장까지 데려다 줬으니까 얼른 들어가요. 난 현보라 지방 촬영 있어서 거기 데려다 주러 가야 하거든요. 알았죠? 난 분명히 데려다 줬습니다. 그러니까 사장님한테 나중에 딴소리하지 마요. 나는 갑니다."

무슨 짐짝 부리듯 마리만 덩그마니 남겨둔 채 현석이 후다닥 돌아가 버리자, 마리는 차라리 안도의 한숨을 내쉬었다.

'어째 저놈이 평소 날 바라보던 눈빛이 능욕 그 자체였어. 〈욕망이라는 이름의 전차(A Streetcar Named Desire)〉에서 블랑쉬를 핥듯이 바라보던 그 짐승 같은 스탠리의 눈빛이랑 똑같았지 뭐야. 내가 네놈 흑심을 모를 줄 알고!'

그나저나 정말이지, 마음에 들지 않는 쇼였다. 왜 하필이면 제작발표회를 이곳에서 하는 걸까? 임페리얼 호텔이라니…….

문득 어린 날의 슬픈 그림자 하나가 마리의 마음속에 떠올랐다 사라졌다.

많은 사람들, 그중에서도 돋보이던 아름다운 사람, 그녀를 바라보던 싸늘한 눈초리. 그리고 어린 자신으로서는 이해할 수 없던 독설.

너무나 차갑기만 했던 그 사람, 나의 엄마.

그리고 함께 떠오르는 그리운 얼굴 지미…….

갑자기 숨이 갑갑해진 마리는 어제 윤성우가 했던 말을 곱씹었다. 그러곤 애써 깊게 심호흡을 하면서 마음을 가다듬었다. 그가 사정없이 쏟아낸 모멸스러운 말들과 힐난 중에서 그래도 희망적인 말이 있었다.

이 쇼의 우승자에게 주어진다는 혜택이 바로 24부작 미니시리즈의 여자 주인공 역할이라고 했다. 비록 영화는 아니지만, 연기를 할 수 있게 된다는 생각에 마리는 가슴속에 다시 희망을 품어보기로 했다.

✳

김 변호사에게 자신과 할머니의 재정 상황을 듣고, 직접 방송국으로 가 진원을 만나고 온 마리는 곧장 집으로 돌아와 내내 영상실에 박혀 있었다. 밤낮을 가리지 않고, 식사도 거르면서 최진원이 연출한 작품들을 보았다.

방송국 앞에서 최진원을 만나고 난 다음날 퀵으로 배달되어 온 상자 안에 있던 DVD.

그건 여태껏 드라마 감독 최진원이 연출한 모든 작품이 담겨 있었다. 누가 보냈는지 발신자 이름도 적혀 있지 않았다. 하지만 그 안에 들어 있는 쪽지에 적힌 문구를 본 순간, 마리는 누가 보냈는지 알 수 있었다.

─어느 쪽을 원합니까? 에이젠스타인? 히치콕?

그 자신만만한 남자다웠다.

그의 질문에 답하기 위해서, 아니, 스스로의 답을 찾기 위해서 마리는 드라마를 보기 시작했다. 영화 외에는 잘 보지 않는 터라 드라마의 흐름을 따라가는 것이 쉽지는 않았다. 그래도 지하에 있는 영상실 스크린에서 눈을 떼지 않은 채 몰입했다.

"정말 잘 찍는구나, 최진원 피디님."

마리는 솔직히 감탄했다.

시간이 넉넉했다면 그가 연출한 여섯 편의 드라마를 모두 봤겠지만, 여유가 없었다. 그래서 입봉작인 〈그대라서 다행입니다〉라는 단막극과 실질적인 첫 인기작인 통속 멜로 〈그녀를 위해〉, 그리고 가장 최근에 찍었던 〈코드 블루(Code Blue)〉라는 의학물까지 단 세 편만을 보았다.

하지만 충분했다, 최진원의 감독으로서의 역량을 알기에는.

그는 정말로 빼어난 감독이었다.

초창기의 미켈란젤로 안토니오니를 떠올리게 하는 유려한 카메라 워킹과 영상 구성이 인상적이었다. 섬세한 내러티브는 허우 샤오시엔 같았고, 탁월하지 않은 배우라도 그의 내면을 끌어내 연기에 융화시키는 솜씨는 비토리오 데 시카 못지않았다.

아아, 이런 감독과 영화를 찍는다면 얼마나 좋을까!

보는 내내 황홀할 지경이었다. 가슴이 뛰기 시작하고 흥분으로 얼굴이 달아올랐다.

그러나 불행히도 최진원이 노마리에게 원하는 것은 여배우로서의 연기가 아니라, 한물간 무명 연예인으로서의 천박한 모습일 뿐이었다.

그래도 그걸 잘 해내면 연기를 할 수 있다고 했다. 비록 텔레비전 드라마지만.

아아, 열기가 다시 그녀의 심장을 뛰게 했다. 그것은 희망, 그리고 갈망이었다. 연기에 대한 지독한 갈망.

그래, 힘을 내자!

마리는 허리를 똑바로 펴고 고개를 들었다.

난 여배우다, 배우 노마리.

내 안에서 나를 잃지만 않는다면 어떤 진흙 속에서도 연꽃은 피는 법이다.

힘내자, 노마리!

＊

마리는 자세를 반듯하게 하면서 똑똑, 호텔방 문을 두드렸다.

그러자 안에서 사람 목소리가 들려왔다. 뭐라고 하는지 소리는 나는데 알아들을 수가 없다. 그때 문득 마리의 머릿속에 한 가지 생각이 스쳤다.

'어, 발표회를 하는데 왜 프레스룸 같은 데서 안 하고 호텔방에서 하지? 나 혹시 그 이상한 접대…… 혹, 혹시 그거 아냐? 그 이상한 프랑스 영화 〈소파 승진(Promotion Canape)〉? 뭐, 그딴 거에 바쳐진 거 아니야! 아흑, 할머니 몰래 볼 때도 참 이해 안 가는 짓거리다 했는데. 세상에, 진짜 그런 일이 존재하는구나. 그럼, 영화는 현실의 반영이니까. 하지만 아무리 내가 돈을 못 벌어와도 그렇지. 윤성우, 너무하잖아!'

마리가 주먹을 꼭 말아 쥐며 서러움에 입술을 깨물고 몸을 돌리려는 순간, 갑자기 벌컥 하고 호텔방 문이 열렸다. 놀란 마리의 눈에 입구에 버티고 선 최진원의 모습이 들어왔다. 잔뜩 못마땅한 표정을 짓고 팔짱을 낀 채 마리를 노려보는 진원의 눈초리가 매서웠다.

"뭐, 뭐예요?"

"뭡니까?"

두 사람의 입에서 동시에 같은 말이 튀어나왔다. 처음처럼 강렬한 눈길로 마리의 아래위를 훑어보던 진원이 빠르게 말을 내뱉었다.

"이제 오면 어쩌자는 겁니까? 발표회가 한 시간밖에 안 남았는데. 아무튼 이 방에서 의상이랑 메이크업 다 하고 나서, 바로

1층 안쪽에 있는 그랜드볼룸으로 오십시오. 그리고 괜히 로비 쪽으로 가로질러서 기자들 눈에 먼저 띄지 말고, 저 끝에 비상계단으로 해서 내려와요. 알았습니까?"

얼떨결에 마리가 선선히 고개를 끄덕이자, 어쩐지 만족스러운 표정을 지은 진원은 안쪽을 향해서 고개를 돌리더니 냅다 소리를 질렀다.

"어이, 이태리! 여기 노마리 씨한테 보도 자료랑 보충 설명 자료, 그리고 예상 질문이랑 답변서 주고 읽으라고 해. 난 먼저 간다. 너 이 자식, 뒷마무리 제대로 하고 꾸물대지 말고 시간 맞춰서 내려와. 알았어?"

"어, 노마리 씨 왔어요? 와아!"

이태리가 마리를 보며 호들갑을 떨자, 진원이 인상을 쓰고 노려보았다. 태리가 찔끔하는 것을 보면서 진원은 마리의 몸을 스치듯 비켜 지나서는 호텔 복도를 성큼성큼 걸어가기 시작했다. 고급스런 카펫이 그의 발소리를 감춰주었지만, 훤칠한 키와 호리호리한 몸에서 풍겨 나오는 활력은 가릴 수 없었다.

'저 남자 뭘 먹고 저렇게 힘이 넘쳐?'

아직 어리둥절한 마리가 아직 문가에 서 있었다. 갑자기 우뚝 걸음을 멈춘 진원이 휙 고개를 돌리더니 한 가지 당부를 덧붙였다.

"알겠지만, 코디나 매니저는 그랜드볼룸 밖에 대기실 따로 있으니까 거기서 기다리라고 하십시오."

또 탐색하듯 바라보는 진원의 시선이 느껴졌다. 벽으로 차단된 좁고 긴 공간을 울리는 매력적인 저음을 듣고 있던 마리가 멍하니 고개를 끄덕였다.

'나 코디랑 매니저 없는데.'

블랙 슈트 차림의 진원은 무척 근사해 보였다. 긴 다리와 늘씬한 몸매를 돋보이게 하는 검은색과 흰 셔츠의 앙상블이 매력적이었다. 게다가 늘 덥수룩하게 이마를 덮고 있던 앞머리를 자연스럽게 위로 올려서 더욱 세련되어 보였다. 마치, 〈태양은 가득히(Plein Soleil)〉에서 치명적인 매력을 발산하던 젊은 날의 알랭 들롱 같다고나 할까.

멀어져 가는 진원의 뒷모습을 보면서 마리는 황홀한 눈길을 거둘 수가 없었다. 정말로 텔레비전 피디로 두기에는 아까운 미모였다.

마리에게 등 돌리고 걷던 진원은 비상구를 내려가기 시작하면서 목 바로 아래까지 잠갔던 단추 하나를 신경질적으로 풀어냈다. 어쩐지 그녀를 만나기만 하면 신경이 곤두서는 느낌이었다. 왜 그럴까. 무엇 때문에 그러는 걸까.

아무리 작업이 힘들고 캐스팅에 골머리를 썩어도 이렇게까지 신경이 쓰이고 예민해지는 경우는 별로 없었다. 그런데 노마리의 경우는 예외였다. 저 여자 행동 하나하나가 다 신경 쓰이고, 그녀가 하는 말 한마디, 한마디를 그냥 넘겨 버릴 수 없었다.

스스로도 이해할 수 없었다.

'제길, 지나쳐. 너무 지나쳐, 너무 지나치다구……'

탁탁, 힘찬 걸음으로 복도를 지나 계단을 내려가면서 진원은 고개를 절레절레 흔들며 지난밤 갑자기 걸려왔던 노마리의 전화를 떠올렸다.

그녀는 의례적인 인사도 없이 그에게 곧장 물었다.

[감독님이 제게 원하시는 건 배우 노마리인가요, 아님 인간 노마리인가요?]

"그거야 당연한 거 아뇨. 나한테는 배우로서의 노마리가 필요합니다. 캐릭터를 제대로 이해하고 연기해 줄 배우."

수화기 너머로 잠시 침묵이 흘렀다. 그러나 곧 그 침묵을 가르며 노마리 특유의 가느다랗게 비음 섞인 달콤한 목소리가 들려왔다. 문득, 붉고 촉촉한 입술 사이로 한숨을 내쉰 후, 입을 앙다물고 있을 마리의 영상이 눈앞에 떠올랐다.

[감독님은 둘 중 누구예요?]

"히치콕."

[알았어요, 감독님.]

조금의 망설임도 없이 진원이 대답하자, 마리는 짧게 대답하고 전화를 끊었다.

극중 캐릭터에 맞추어서 배우를 캐스팅했던 에이젠스타인 감독과 달리 히치콕 감독은 캐스팅은 성격 창조라고 말했다. 즉,

배우가 한 역에 캐스팅되면 그 순간부터 그 배우는 배우 자신이
아니라 역할 속 인물이 되어 그 캐릭터로 새로 창조된다는 것이
다.

연출가 최진원이 배우 노마리에게 원하는 것은 명백했다.

가슴 크고 머리는 빈, 덤 블론드 역할을 연기해 줄 연기자.

그리고 지금의 통화로 진원은 노마리가 그것을 받아들였다는
것을 알 수 있었다.

진원은 노마리를 만나고 난 이후 더 이상 다른 여배우들을 알
아보지 않았다. 그의 책상에 가득하게 쌓인, 온갖 프로덕션에서
갖다 바친 그 어떤 사진도 더는 들춰보지 않았다. 너무나 불쾌하
고 자존심까지 상한 만남이었지만, 그는 자기가 원하는 캐릭터
를 완벽하게 연기해 줄 사람은 노마리밖에 없다는 확신을 갖게
되었던 것이다.

그리고 방송국 앞에서 마주친 후, 묘한 오기까지 생겼다. 어
떻게든 저 여자를 내 쇼에 쓰고 말리라는. 그것은 상대방을 자기
앞에 무릎 꿇리고자 하는 호승심은 아니었다. 뭐랄까, 저 여자한
테서 인정받고 싶은 마음이 컸다.

나 최진원이라면 자기가 아무리 영화밖에 모르고 영화에만
미쳐 있는 천상 영화배우일지라도 믿고 선택할 수 있다는 그런.

그날, 더위에 지치고 사람들한테 치여서 몸을 못 가누는 노마
리가 겨우 정신을 수습하는 걸 보고 다시 방송국으로 들어온 진

원은 이태리가 외부 일을 마치고 방송국으로 돌아오자마자 바로 호출했다. 그리곤 지시를 내렸다.

"너, 가서 노마리 작품 다시 샅샅이 찾아와. 그리고 내 것도."

어제 노마리한테 속된 말로 완전히 '까여서' 평소처럼 진원이 절대로 노마리를 다신 언급하지 않을 줄 알았던 태리는 뜻하지 않은 진원의 명령에 놀라서 어안이 벙벙했다.

"그런데 감독님 작품은 왜요?"

"모아서 노마리한테 보내."

"네, 알았습니다. 조연출 때 것도 보낼까요?"

"그건 됐어."

마지막 덤 블론드 역의 캐스팅이 난항에 난항을 거듭하고 있어서 진원의 계속 저기압이었다. 게다가 어제 노마리가 왔다 간 이후론 완전 최악의 상태였다. 그래서 태리는 엄한 불똥이 자신에게 튀지나 않을까 그야말로 살얼음판 위를 걷는 것처럼 조심, 또 조심하고 있는 상황이었다.

그런데 진원이 다시 노마리를 찾는 것을 보니 그녀를 적임자라고 생각하는 모양이었다. 그렇다면 그 길고도 고단했던 덤 블론드 찾기의 여정의 끝이 보이는 것이 아닌가!

기쁨에 신나서 달려 나가던 태리는 문득 깨달았다.

'가만있어 봐, 이게 지금 어떻게 된 거지? 헐, 우리 감독님이 자기를 깐 노마리한테 다시 러브콜을?'

이건 그야말로 놀라운 사건이었다. 천하의 최진원이 배우에게 자기 작품을 보내다니!

그건 명백하게 연출가로서의 자기를 보여주고, 자신의 역량을 배우에게 확인시키려는 의도였다. 천상천하 유아독존 오만한 최진원이 처음으로 여배우에게 러브콜을 보내는 것이다. 그런데 그 상대가 다른 누구도 아닌 노마리라니!

'와우, 대박! 화면으로 볼 때도 대단하더니, 그 여자 진짜 뭔가 있구나!'

여태껏 그런 이름의 여배우가 존재하는지 아무도 모를 정도로 미미한 존재감에, 기껏해야 헐벗은 가슴팍으로 이제 겨우 인지도 조금 올린 그 노마리한테 현재 대한민국 드라마 피디 중에서 가장 잘나가는, 그야말로 자타공인 흥행보증수표 최진원이 말이다!

대체 왜?

도저히 충격과 의문이 가시질 않았다. 그래서 태리는 해서는 안 될 말을 입에 올리고 말았다.

"노마리한테요? 왜요? 방금 노마리가 감독님 깠잖아요."

그리고 곧 입 한 번 잘못 놀린 대가로 이태리의 이마에 진원의 운동화 자국이 선명하게 찍히고 말았다.

태리의 의문은 사실 진원이 자기 스스로에게 던지는 질문이기도 했다.

'나는 왜 노마리를 굳이 캐스팅하려고 이런 짓까지 하는 것

일까?'

정말로 최진원, 그답지 않은 행동이었다.

그동안은 아무리 대배우라 해도 진원은 그쪽에서 한 번 제의를 거절하면 두 번 다시는 염두에 두지 않았다. 반드시 흥행보증수표인 배우를 출연시켜야 한다면서 아무리 드라마국 국장이 압력을 주고, 매니지먼트사에서 예의상이라도 감독님이 한 번 더 말씀 좀 드려달라 부탁을 해도 일언지하에 거절했다.

"됐습니다. 내가 필요 없다지 않습니까. 그 배우가 얼마나 유명하고, 얼마나 대단한지 몰라도 드라마의 기본은 언제나 좋은 각본과 연출입니다. 그것만 있으면 길거리 지나가는 사람 데려다 발성 연습 시키고 찍어도 충분히 히트작 만들 수 있거든요, 난!"

필요 없었다. 자기를 신뢰하지 않고, 자기 작품에 이런저런 불만과 요구를 해대는 배우는 이쪽에서 먼저 사양이었다. 진원은 절대로 캐스팅 때문에 배우에게 머리 숙이지 않았다.

그러나 그는 이번에 처음으로 자기가 원하는 배우를 캐스팅하기 위해서라면 대본을 고치는 일도 마다하지 않았던 빌리 와일더를 조금은 이해할 수 있었다. 물론 그렇게까지 할 생각은 절대 없었지만, 그래도 배역에 딱 맞는 적임자를 발견했고 그 이상은 없다는 생각에 탐이 났다. 그 배우 말고 다른 배우로는 절대로 만족할 수 없다는 것을 분명하게 알 수 있었다. 그래서 최진원의 방식대로 노마리를 설득했다.

그러나 며칠이 지났지만 노마리의 대답은 없었다. 윤성우는 걱정하지 말라고, 반드시 할 거라고 설레발을 쳐댔지만 진원은 그의 말을 믿지 않았다. 그렇게 갑작스럽게 정해진 제작발표회의 전날까지도 노마리는 묵묵부답이었다.

아직까지 덤 블론드 역이 정해지지 않은 것을 안 예능국 국장이 난리를 쳐대면서 들들 볶고, 무슨 엔터에서 추천했다면서 댄스 가수 출신이라는 여자 하나를 들이밀었다. 그러나 진원은 요지부동이었다. 오로지 그 역에는 노마리였다. 만약에 그녀가 끝끝내 싫다고 한다면 덤 블론드 역을 빼고 가겠다는 생각까지 했다. 당연히 예능 국장은 불같이 화를 냈다.

그러나 진원의 한마디에 더는 뭐라 말도 못하고, 혼자 벌게진 얼굴로 씩씩대면서 뒷덜미를 붙들어야 했다.

"그 역에 노마리 말고 다른 사람 쓸 생각 없습니다. 노마리가 안 하면 그 역 뺍니다. 만일 제 뜻대로 연출 못한다면 저도 빠지겠습니다. 그리고 징계받을 각오는 다 하고 있으니까 걱정 마시죠."

그리고 오늘 제작발표회 현장에 드디어 노마리가 나타났다.

그녀의 하얀 얼굴을 보는 순간, 진원은 기쁘기도 했지만 화가 나기도 했다. 왠지 알 수 없지만 그냥 불쑥 뜨겁고 강한 기운이 그를 휩쓸었다. 진원은 그게 너무나 못마땅했다. 슈트 차림에 맞

춰 말끔하게 빗어 올렸단 생각은 까마득하게 잊은 채 진원은 습
관적으로 이마 언저리의 머리카락을 쓸어 올렸다.
　　그리고 한숨을 토하듯 중얼거렸다.
　　"노마리, 대체 당신이 뭔데 나를 이렇게까지 만들지?"

8

진원이 비상구 쪽으로 완전히 사라진 후에야 마리는 널찍한 호텔방 안으로 들어섰다. 눈앞에 펼쳐진 모습을 보는 순간, 마리는 갑자기 머릿속이 텅 비면서 멍해지는 기분이었다. 전혀 예상하지 못했던 광경이었다. 꽤 넓은 방 안에는 수많은 사람들이 섞여서 저마다 분주하게 움직이고 있었다. 그야말로 아수라장이었다.

〈화니 걸(Funny Girl)〉 속, 매부리코의 촌스럽기 그지없는 바브라 스트라이샌드가 되어 처음으로 무대 뒤편을 훔쳐보는 느낌이었다. 방 안에는 늘씬한 직펠트 걸이 나와서 춤추고 노래하는 보더빌(Vaudeville) 무대의 분장실처럼 예쁘장한 얼굴의 여자들이 곳곳에 앉아 있었다. 화려한 옷을 입고 전문가의 손길에 몸을 내맡긴 채, 얼굴과 머리를 매만지고 있는 여자들은 분명 마리처럼 이 가짜 리얼리티 쇼에 나오는 출연진일 터였다.

하지만 마리로서는 도통 낯선 사람들뿐이었다. 하긴 이 쇼 자체가 한물간 연예인들의 갱생 몸부림 쇼이니 오죽할까 싶었다. 곱게 화장한 얼굴로 제 손에 들린 설정집과 질문서를 바라보는 그들의 눈에 어린 것은 쇼에 대한 기대와 다시 재기하고 말리라는 강렬한 의지였다.

'난 스타가 될 거야!'

언젠가 저 밤하늘에 빛나는 별들 중의 하나가 되고 말리라는, 그 누구보다 밝고 환하게 빛나고 말리라는 열렬한 욕망들이 뿜어내는 찬란한 빛에 마리는 압도당하고 말았다. 눈부시고 강렬한 빛이었다. 싫지 않았다. 그 적나라하도록 솔직한 빛은 그녀를 편안하게 해주었다.

이름 없는 가수든, 아니면 한물간 탤런트이든 얼굴에 분칠하고 대중 앞에 서는 사람들의 무대 뒤 부산한 모습들을 보고 있자니 문득 익숙하고, 그리운 영상 하나가 머릿속에 떠올랐다.

그것은 마리가 자라는 내내 보았던 친숙하고 정겨운 장면이었다.

자기 이름이 새겨진 검은 캔버스 천으로 만든 의자에 앉아 테스트 영상을 보고 고개를 절레절레 내저으며, 거대한 메가폰에 대고 버럭버럭 소리 지르던 굵은 주름 잡힌 얼굴의 감독 아저씨.

그 옆에서 자기 의자에 앉아 분장사의 다급하면서도 세심한 손
길을 받으며 무심히 대본 리딩을 하는 할머니 태리즈 여사. 인상
박박 긁으며 서서 무어라 할머니에게 말하던 양복 차림의 제작
부장 아저씨. 카메라에 눈을 대고 연출부 보조 아저씨들이 열심
히 밀어주는 레일 위 촬영용 수레에 앉아 있던 촬영 감독님과 곱
은 손가락을 입으로 호호 불어대며 열심히 제작 일정을 기록하
던 스크립터 언니까지.

마치 지금 바로 영화 촬영장에 있는 것 같은 기분이었다. 조
명팀 막내 오빠가 반사판을 어린 마리의 얼굴에 기울이며 장난
치다 조명 감독님께 혼나고도 빙긋 웃어주던 그 웃음이 그리웠
다.

자그마한 마리가 긴 머리를 나풀거리면서 자박자박 돌아다니
면, 자기들 일에 숨이 막힐 정도로 바쁘면서도 예쁘다 머리를 쓰
다듬어 주고, 웃어주고, 감춰뒀던 맛난 사탕을 손에 들려주던 그
다정한 사람들이 너무나 그리웠다. 그들의 입에서 흘러나오던
마치 암호처럼 신기하기만 하던 이상한 말들도 떠올랐다.

"그 필름 혼깡이야?"
"야, 바닥에 히로시 해놓으라고 했지!"
"바사리합시다. 모두 이동차에 올라가세요!"
"자, 오사마리 캇트 갑니다!"
"아유, 촌스럽게 오사마리가 뭐야. 감독님, 마티니 컷(Martini

Cut:영화 촬영장에서 마지막 촬영을 의미하는 은어)이라고 해요, 마티니 컷! 그리고 절대 두레나시(재촬영을 의미하는 일본식 속어) 없는 거예요."

의식적으로 헐리웃 여배우처럼 우아하게 영어를 쓰면서도 불쑥불쑥 튀어나오곤 하던 태리즈 여사의 영화판 속어들. 할머니는 아무렇지 않게 고개를 들고 계셨지만, 주변 사람들은 모두 고개를 돌리며 큭큭대곤 했다.

마리는 할머니와 스태프들이 내뱉는 모든 말들을 작은 머릿속에 고스란히 입력시키고 있었다. 영화판에서 쓰이는 온갖 일본어 잔재들에 익숙했던 마리는 저도 모르게 그 말들을 자연스럽게 일상생활에서 쓰곤 했다. 그래서 잠시 다니던 유치원의 선생님과 다른 친구들을 어리둥절하게 만들기도 했었다.

유치원에 간 첫날, 나무로 만든 울퉁불퉁한 유치원 마룻바닥에 발을 비비면서 마리가 하는 말을 듣던 아이들은 그녀가 자기들과는 무언가 다르다는 걸 본능적으로 알았다.

"와아, 네루가 데꼬마꼬 해. 발바닥 간질간질하다."

심술 맞은 아이 몇이 마리가 꽂고 있던 분홍색 핀을 빼앗고 발로 밟아서 부숴버리자, 제 것을 찾으려고 애쓰던 마리는 그예 울고 말았다. 하얗고 통통한 볼 위로 눈물이 툭툭 흘러내리자, 아이들은 고소해하면서도 어린 마음에 무섭기도 하고 미안하기도 했다. 그런데 조막손으로 눈물을 훔치던 마리가 갑자기 제 하얀 손등을 바라보며 생긋 웃었다.

"눈에서 눈물 나니까 꼭 뽀까시 준 것 같다. 손이 눈처럼 하얘. 너네들도 참 예쁘게 보여."

아이들은 소스라치게 놀라고 말았다. 말만 이상한 아이가 아니었던 것이다. 아이들이 마리에게 느끼는 감정은 이질감에서 오는 불편함이었다. 그러나 아이들은 그런 걸 인지하기에는 너무 어렸고, 낯설고 다른 것은 무조건 싫은 것이었다.

그래서 유치원 아이들은 마리가 자기들이 모르는 말을 할 때마다 선생님께 일러바쳤다. 자기들의 괴롭힘에도 아랑곳하지 않는 노마리를 상대하기엔 역부족이란 걸 깨달았던 것이다.

"선생님, 노마리가 또 이상한 말 써요!"

그러나 어른들도 마찬가지였다. 유아교육과를 졸업하고 이제 막 유치원 교사가 된 선생님은 잘 웃고 다정한 사람이었으나 마리를 이해하기는 어려웠다. 그리고 그녀도 마리가 하는 낯선 말들이 불편했고, 보통 아이들과 다른 반응을 보이는 그녀가 껄끄러웠다.

"마리야, 너 무슨…… 말 하는 거니?"

"왜요?"

"그런 말은 나쁜 말이에요. 어린아이가 그런 말 쓰면 못 써요. 앞으론 고운 말 쓰세요."

"왜요? 우리 할머니도, 감독 아저씨도, 조명 오빠도 다 쓰는 말인데요. 선생님, 이 꽃 좀 보세요. 혼방 예뻐요.”

타이르고 있는 선생님 말씀은 듣는 둥 마는 둥 창가에 놓인 화분을 보며 까르르 웃는 마리를 선생님은 좋아하지 않았다.

“노마리, 너 선생님 말 안 듣고 뭐 하는 거야? 벌 받아야겠구나.”

“왜요? 마리는 잘못한 거 없는데. 할머니가 마리는 착한 아이랬는데요.”

“착한 아이는 그런 나쁜 말도 안 쓰고, 어른들 말도 잘 듣는 거야. 그런데 마리는 아니잖아.”

선생님이나 같은 유치원 아이들은 물론, 그녀를 아는 대부분의 사람들은 마리를 별난 아이 취급했고, 그녀의 말과 행동이 잘못된 거라 했다. 엄마도 아빠도 없이 할머니랑 살면서 영화판에만 따라다녀서 제대로 보고 배운 게 없다고 했다.

모두 가여운 아이, 이상한 아이라며 뒤에서 수군거리고, 앞에서는 동정하거나 나무라기만 했다.

마리는 영화 촬영장이 좋았다.

그녀에게 가장 친근하고 편한 곳이었다. 리마이(주연급 연기자)든, 싼마이(단역 연기자)든 열심히 연기하는 배우들이 있고, 자신의 모든 열정을 불태워 작품을 만드는 사람들이 있는 그곳에서 마리는 정말로 행복했다.

자기처럼 오로지 영화에만 미쳐서 영화만 생각하고, 영화를 위해 사는 사람들이 있는 그곳에서 마리는 엄마, 아빠 없이 이상

한 말만 내뱉는 계집아이 취급을 당하지 않아도 됐다. 그녀는 대
배우 태리즈 여사의 손녀딸이자 깜찍한 연기를 선보이는 연기자
로 촬영장의 모든 스태프에게 사랑받는 노마리였다.

행복하고, 행복하고, 행복했다.

그러나 그 즐거운 에너지로 충만하던 곳에서 멀어진 노마리
는 지금 연기가 아닌 춤과 노래, 코미디와 예쁘장한 외모로 관객
들을 웃기는 보더빌 쇼에 출연하게 된 것이다.

빙글빙글, 가운데 서 있는 그녀를 중심으로 360도 회전하는
트랙 샷을 연속으로 돌리고 있는 것만 같은 어지러움이 마리를
찾아들었다. 어지러운 세상이 한 덩어리로 뭉뚱그려져서 마리
주변에서 휘돌고 있었다.

그리고 마치 후시녹음의 왈라(Group Walla)처럼 웅성대는 사람
들의 소리가 마리의 귀에 스며들었다. 웅성웅성. 소곤소곤······.

바쁘게 오가며 이야기를 나누던 몇몇 여자들이 입구에 서 있
는 마리를 알아보고 저희들끼리 수군거리기 시작했다. 한국의
자넷 잭슨, 노마리를 바라보는 그녀들의 시선은 곱지 않았다. 가
슴 노출 한 번으로 단박에 세인의 관심을 끌어모은 그녀에 대한
시기와 질투.

"쟤, 걔지?"

"응, 맞네."

"그런데 오늘은 어쩐 일이라니. 옷 말이야."

"어머, 그러게. 그 큰 가슴이 하나도 안 보이네."

"저러다 뭐 하나 또 풀어 헤치는 거 아냐?"

"맞다, 맞다. 척 봐도 내세울 건 가슴밖에 없게 생겼다야."

어느덧 여자들의 말은 마리에게도 똑똑히 들렸다. 그러나 그 말들은 의미 없는 소음이 되어 마리의 귓전에 흘러들어 왔다가 다시 나갈 뿐이었다. 그러나 그녀들에게서 느껴지는 선명한 적의들. 노골적인 시선에 담긴 그 끈적끈적한 감정 덩어리가 마리에게 엉겨오고 있었다.

'괜찮아. 〈스테이지 도어(Stage Door)〉의 테리도 처음엔 이랬어. 모두가 뒤에서 수군대고 험담하고. 그래도 포기하지 않았고, 결국엔 주인공 역을 따냈잖아. 나도 테리처럼 할 수 있어. 캐서린 햅번처럼 당당하게 내 역할에 충실하면 되는 거야.'

마리는 스스로에게 다짐하며 결의에 찬 눈빛으로 주먹을 꼭 쥐었다. 그때 분주한 사람들 틈바구니에서 혼자 오도카니 서 있는 마리에게 한 젊은 남자가 성큼성큼 다가오더니 종이 뭉치를 건넸다.

"안녕하세요? 최진원 감독님의 영원한 오른팔 이태리입니다. 지난번에 방송국에서 만났었죠?"

마리가 고개를 끄덕이자, 그는 입이 찢어져라 웃었다. 태리는 진심으로 마리만 보면 기뻐 죽을 지경이었다. 자신이 겪은 그 처참한 고통의 시간을 끝내준 것이 노마리 아니었던가 말이다. 덤 블론드 역을 정하지 못해 자신을 들들 볶던 진원의 만행이 주마

등처럼 그의 뇌리를 스쳐 갔다.

고마워요, 마리 씨!

"같이 일하게 돼서 정말 반가워요. 시간이 좀 있으면 제대로 인사할 텐데, 보다시피 지금 좀 바빠서요. 일단 자, 여기 보도 자료랑 기타 등등 기타 등등 있으니까 잘 읽어두세요. 나중에 혹시라도 엉뚱한 답변 하지 마시고, 여기……. 아, 거기! 옷을 그걸 입히면 어떡해요? 누구 감독님한테 죽는 꼴 보고 싶어서 그래요? 잠깐 기다려요! 에잇, 사람을 좀 가만히 쉬지를 못하게 하네. 어휴. 노마리 씨, 그럼 나중에 봐요."

〈왕과 나(The King And I)〉의 율 브린너처럼 기타 등등 기타 등등 재미난 가락을 만들어 말하던 유쾌한 남자는 무언가 잘못됐는지 황급히 자리를 뜨고 말았다. 돌개바람처럼 정신 사납게 태리가 사라진 후, 자신의 손에 들린 종이 뭉치를 바라보던 마리는 작게 한숨을 쉬었다.

'피할 수 없다면, 즐겨라!' 누가 한 말인지 생각나진 않지만, 지금 마리에게는 너무나 금과옥조 같은 말이었다. 기왕 하기로 했으니 온 힘을 다해서 〈스테이지 도어(Stage Door)〉의 테리처럼 꼭 우승을 하고 드라마 주인공 역을 따내고야 말리라, 마리는 다시 한 번 다짐했다.

도떼기시장 같은 방 안을 둘러본 마리는 발끝을 조심하고 다른 사람들과 부딪치지 않게 애쓰면서 넓은 스위트룸의 한쪽 구석으로 가 문을 열었다. 그러나 그곳도 이미 다른 사람들이 차지

하고 있었다.

"아…… 난……."

적당한 말이 떠오르지 않은 마리는 말을 잇지 못했다. 분주하게 움직이는 메이크업 담당자의 손놀림에 얼굴을 맡기고 있던 여자가 예쁘게 웃으며 말했다.

"그냥 들어오세요. 어차피 여긴 우리들 대기실 겸 분장실인데요, 뭐. 우리가 먼저 와서 자리 차지한 것뿐이니까 아무 데나 편하게 앉으세요."

마리가 침대 발치의 의자에 조심스럽게 앉자, 사근사근한 목소리의 여자가 웃으며 자기소개를 했다.

"전 이번에 OBG에서 세상 물정 모르는 공주과 역을 맡은 차하린이에요. 노마리 씨죠?"

하얀 이를 드러내며 웃는 여자의 모습이 참 예뻤다.

'괜찮은 얼굴이네. 여배우로서의 카리스마는 좀 떨어지지만 카메라 잘 받겠다.'

마리는 스크린에 투영될 차하린의 모습을 머릿속으로 그리고 있었다. 그러다 자신을 바라보고 있는 진짜 차하린과 눈이 마주치자 저도 모르게 고개를 까딱이고 말았다. 그러고는 조감독 태리가 건네준 설정집과 인터뷰 예상 질문과 답변을 읽기 시작했다.

남들이 보면 건방지다고 충분히 오해할 만한 행동이었다. 그러나 상상 속에서 그리고 있던 사람이 실제로 자기를 쳐다보자 당황하고 말았던 것이다. 게다가 무대에 등장하기 전에 배우는 완벽하게 준비가 끝나 있어야 하는 법이었다. 자기의 배역을 이해하기 위한 시간이 부족했던 마리는 잠시의 시간이라도 허비할 수가 없었다.

하지만 그런 마리의 모습을 보면서 다른 사람들은 눈살을 찌푸렸다. 차하린의 얼굴을 매만지던 메이크업 담당자와 그 보조는 노골적으로 마리를 째려보며 험담을 늘어놓기 시작했다. 목소리를 낮췄다고는 하지만, 같은 공간에 있는 마리에게는 충분히 들릴 만한 소리였다.

"쟤, 뭐야? 지가 뭐라고 인사도 안 받아? 아우, 재수 없어. 안 그래요, 하린 씨?"

"선생님, 저 여자 모르세요? 왜, 최무진 장례식장에서 엎어지는 바람에 가슴 홀라당 드러낸 그 여자잖아요."

"어머, 어머, 정말? 그러면 쟤도 이번에 이 쇼에 나오는 거야?"

"그거겠죠. 그 가슴만 크고 머리 빈 캐릭터. 큭큭, 맞죠? 딱이네."

"아우, 정말 어중이떠중이 다 모였구나. 이대로라면 우리 하린 씨가 우승은 따 놓은 당상이네, 호호."

"하린 씨, 좋겠어요. 다른 사람도 아니고 최진원 감독님이랑 일하시게 됐잖아요."

"그러게. 하린 씨, 이번엔 꼭 대박 하나 터뜨려요."

두꺼운 속눈썹을 살짝 내리깐 채 메이크업 담당인 유 선생과 그 보조의 행태를 바라보는 하린의 눈동자에는 경멸의 빛이 서려 있었다. 하지만 뒷말 많고 인맥이 얽히고설킨 연예계 스태프들에게 밉보여서 좋을 것이 하등 없다는 것을 잘 아는 그녀는 자신의 감정을 그들에게 들키지 않도록 조심했다. 유 선생의 말에 가볍게 고개를 끄덕이며 미소를 지은 하린은 얼른 그녀들의 화제를 돌렸다.

"유 선생님, 이제 시간 다 된 것 같은데 나가서 옷 좀 골라주실래요? 나름대로 서너 벌 골라서 갖고 오긴 했는데 제 안목으론 도저히 적당한 걸 선택하지 못하겠어요. 좀 도와주세요, 네?"

"그럴까?"

"코디가 하나 따라오긴 했는데 영 스타일 감각이 없네요. 유 선생님이야 이 바닥에서 알아주는 스타일링 감이잖아요. 부디 가서 제 옷 좀 봐주세요."

"그래, 그러지 뭐. 애, 재희야, 얼른 가방 챙겨라."

하린의 입 발린 말에 한껏 고무된 유 선생은 거들먹거리며 앞장서서 방 밖으로 나섰다. 그녀의 조수도 온갖 화장품과 도구가 든 커다란 메이크업 박스를 들고는 쫄레쫄레 따라나섰다. 그 뒤를 따라 걸어 나가며 차하린은 거울 속으로 마리의 모습을 바라보았다.

다른 사람들의 말소리는 귀에 들리지 않는 듯 오로지 대본만 바라보고 있는 마리의 온전한 몰입을 차하린은 느낄 수 있었다.

하린은 그녀 자신이 좋은 배우가 되기 위해 부단히 애쓰는 사람
이었다. 그리고 비록 경쟁 상대라고 해도 상대방의 그런 열정을
존중해야 한다고 생각했다. 그래서 마리를 방해하고 싶지 않아
서 하린은 조용히 방문을 닫고 나갔다.

　사람들의 소리에도 마리는 눈 한 번 들지 않았다.
　지난밤 진원에게 전화를 하고 난 후, 마리는 일부러 골디 혼
과 마릴린 먼로의 영화들을 다시 찾아 보았다.
　특히 마릴린 먼로의 코미디들.
　그 속의 마릴린은 카메라와 교감하는 그녀만의 아름다움을
유감없이 드러내고 있었다. 금발에 가슴 크고 멍청하지만, 카메
라와 관객들이 미치도록 사랑했던 그 매력을 마리, 자신도 살려
내리라 다짐했다. 그러자면 먼로의 그 유명한, 엉덩이를 흔들면
서 살짝 엇박자로 기우뚱하게 걷는 '먼로 워킹'이나 눈을 동그
랗게 뜨고 입을 벌리는 골디 혼의 표정처럼 자신에게도 뭔가 특
징이 필요하지 싶었다.
　'그녀들처럼 얼굴에 점을 그려볼까?'
　그때 누군가 그녀의 어깨를 톡톡 건드렸다. 반사적으로 고개
를 돌린 마리 앞에 서 있는 것은 차하린이었다.
　"시간 다 됐다고, 그랜드볼룸 옆 대기실로 이동하래요."
　자기만의 세계에서 미처 빠져나오지 못한 마리는 멍하니 차
하린을 바라보았다. 그녀가 무슨 말을 하는지 명확하게 알 수가

없었다. 그런 마리를 바라본 차하린이 다시 웃으며 말했다.

"제작발표회 시간 다 됐어요, 마리 씨."

그제야 마리는 그저 작게 고개를 끄덕였다.

그렇지, 제작발표회. 나 그러려고 여기 온 거였지…….

자기를 향해 화사하게 웃는 차하린을 보면서 마리는 이럴 땐 뭐라고 답해야 할지 얼른 말이 떠오르지 않았다. 어릴 적부터 보고 또 보아온 수천, 수만 편의 오래된 흑백 영화와 고전 영화의 장면들과 대사를 떠올리며, 적당한 장면을 골라내려고 고심했다.

'〈스미스 씨, 워싱턴 가다(Mr. Smith Goes To Washington)〉에서처럼 먼저 손을 내밀고 환하게 웃으면서 인사해야 하나. 아니면 〈자이언트(Giant)〉의 엘리자베스 테일러처럼 매력적인 눈웃음을 지을까? 아니야, 그것보다는 〈초원의 빛(Splendor In The Grass)〉의 나탈리 우드가 반 친구들한테 한 것처럼 조금 차분하게. 그래, 그게 좋겠다.'

머릿속으로 장면을 구상한 마리는 얼른 작게 심호흡을 하며 하린을 쳐다보았다.

'자연스럽게 인사해야지.'

하지만 필름 속이 아닌 현실의 인간과 얼굴을 맞대고 이야기하는 것은 마리에게 쉽지 않은 일이었다. 그녀가 머뭇대는 사이 차하린은 처음처럼 싱그러운 미소를 지으며 먼저 방을 나섰다.

마리는 또 타이밍을 놓치고 말았다.

잠시 후, 작게 한숨을 내쉰 마리가 방문을 열고 나가자 사람들로 그득했던 넓은 공간에는 서너 명의 사람들만이 남아서 뒷정리를 하고 있을 뿐, 아무도 없었다.

진원이 시킨 대로 비상계단을 이용해서 대기실에 다다른 마리가 문을 열고 들어가자, 많은 사람들이 웅성대고 있었다. 그러나 좀 전의 방처럼 혼잡스러울 정도로 소란스럽지는 않았다. 조심스럽게 안에 들어선 마리는 고개를 돌리다가 문득 자신을 바라보고 있는 시선 하나와 눈이 마주쳤다.

최진원이었다.

몸 전체를 검은색 슈트로 감싼 남자는 정말로 근사했다. 몸에 잘 맞게 재단된 고급스러운 슈트가 그의 늘씬하면서 탄탄한 몸매를 더욱 멋지게 드러내고 있었다. 양복처럼 검은색 셔츠에 타이는 매지 않고, 단추를 다 잠그지 않아 목 언저리의 깃이 벌어져 있었다. 늘 이마를 가리던 머리카락을 말끔하게 빗어 넘겨서 샤프한 이미지가 더 부각됐다. 젊고 재기 넘치며 매력적이고 위험한 남자, 마치 영화 속 세련된 갬블러가 연상됐다.

보통 남자들보다 얼굴이 작은 편이라 그런지 8등신이 아니라 9등신 정도는 되어 보였다. 발아래 윤기 흐르는 검은 구두까지 눈으로 쭉 훑어보면서 마리는 감탄 또 감탄했다.

'어, 그런데 아까는 흰색 셔츠 아니었나? 아무튼 정말 아깝다. 저 정도 비주얼에, 사람들 끄는 매력에 카리스마까지 갖췄는데 배우가 아니라니. 뭐, 감독 중에 배우 겸하는 분들도 많으니까

언젠가 꼭 작품 하나 같이하자고 해야겠다. 근사해, 정말.'

다른 사람들보다 머리 하나는 더 큰 그의 모습은 혼잡한 와중에도 쉽게 눈에 띄었다. 꾸벅, 서로 머리를 숙여 인사한 두 사람은 서로에게서 눈을 떼지 못하고 있었다. 그런데 하얀 마리의 얼굴을 보던 진원의 얼굴이 어쩐 일인지 점점 찌푸려지고 있었다.

하얗고 고운 피부 결을 그대로 드러낸 투명 메이크업에 입술만 살짝 붉게 물든 마리는 청초한 아이리스 꽃처럼 고결해 보였고, 붉은 꽃이 점점이 수놓인 하얀 원피스는 그 정갈함을 더하고 있었다.

시선을 마리의 얼굴에서 점점 아래로 향하던 진원의 인상이 삽시간에 험악하게 일그러졌다. 그러더니 옆에 있는 사람들을 헤치며 성큼성큼 큰 걸음으로 마리를 향해 걸어오기 시작했다. 마치 지옥 불을 등에 지고 적군을 향해 돌진하는 성난 장수 같은 모습이었다. 그러나 마리는 그가 런웨이 위를 유유하게 걷는 모델 같다고 생각했다.

압도적인 진원의 시선에 눈을 떼지 못하고 그 모습을 고스란히 지켜보던 마리 곁에 어느새 진원이 다가와 우뚝 서 있었다. 마리는 저도 모르게 여배우의 세련된 미소가 아니라 그저 반가운 마음만 가득한 천진한 얼굴로 진원을 바라보며 다시 인사했다.

"안녕하세요, 피디님?"

좀 전에 봤다는 것도, 인사했다는 것도 상관하지 않고 마리는 그저 진원을 향해 솔직한 그녀의 마음을 드러내고 있었다. 이 남자를 보는 것이 기뻤다. 왜인지는 알 수 없지만, 마리는 그저 좋았다. 그러나 무서운 눈길로 다시 한 번 마리의 아래위를 훑어보던 진원이 갑자기 사람들이 모여 있는 쪽으로 고개를 홱 돌리더니 소리를 질렀다.

"이태리!"

사람들이 가득 찬 넓은 방 안, 가장 끄트머리에 서 있던 태리에게도 단박에 들릴 만큼 커다랗고 힘찬 소리였다. 버럭 소리를 지른 진원은 다시 마리를 쳐다보았다. 그리고 진원이 마리를 향해 고개를 숙였다. 오뚝한 마리의 작은 코에 선이 분명하고 날렵한 진원의 조각 같은 코가 맞닿을 만큼 아주 가까운 거리까지 진원은 얼굴을 바싹 갖다 붙였다.

두 눈을 동그랗게 뜨고 그 모습을 고스란히 바라보고 있던 마리는 문득 귓가에 이 남자의 목소리가 들려온다는 것을 깨달았다. 잔뜩 성난 얼굴임에도 그의 매력적인 저음은 변함이 없었다.

"내가 지금 안녕해 보입니까, 노마리 씨?"

자신의 화를 전혀 감추지 않으면서도, 또 애써 억누르고 있는 묘한 진원을 마리는 말끄러미 바라보았다.

'이 남잔 어떻게 만날 때마다 이렇게 감정이 격렬하게 요동치고 있을까? 신기해.'

씩씩거리는 남자의 거친 숨소리가 마리의 피부를 간질였다. 참지 못한 화가 새어 나오는 모양인지 너무나 뜨거운 열기였다.

여전히 진원을 쳐다보고 있던 커다란 눈을 깜빡이며 입술을 오므린 마리가 느릿한 어조로 되물었다.

"아뇨. 왜 그러시는데요?"

마리의 말간 얼굴에서 시선을 떼지 않은 채 진원이 다시 냅다 소리를 질렀다.

"이태리! 태리, 너 이 자식, 빨리 안 튀어와!"

무시무시할 만큼 커다란 고함 소리에 일순 대기실 안은 정적이 감돌았다. 사람들의 눈과 귀가 몰린 가운데 태리가 허겁지겁 달려오고 있었다. 대기실 바로 옆의 그랜드볼룸에 마련된 회견장에서 음향 기사와 마지막으로 오디오 시스템 상태를 점검하고 있던 태리는 자신을 찾는 진원의 목소리가 들려오자마자 헐레벌떡 뛰어왔다.

"부, 부르셨습니까, 감독님?"

그러나 그의 눈앞에 있는 매력적인 검은 슈트의 악마는 엄청나게 화가 나 있었다. 이글이글 타오르는 눈 속의 불길이 태리를 태워 없앨 것만 같았다.

마치 다른 극의 자석에 이끌리듯 마리에게서 시선을 돌리지 않던 진원이 천천히 고개를 돌려 태리를 바라보더니, 갑자기 마구 구타를 하기 시작했다. 비록 손에 들린 종이를 돌돌 말아서 머리와 어깨, 등 따위를 때리는 것이었지만, 그 거친 기세에 태리는 정신을 차릴 수가 없었다.

"너 이 새끼, 지금 발표회까지 시간이 얼마나 남았다고 이따

위로 행동해? 너, 내가 빈틈없이 스탠바이 시키라고 말했어, 안
했어!"

"말, 말씀하신 대로 다 준비를 끝냈……."

"준비를 끝내? 너 이 자식, 출연자들 상태 점검한 거야, 안 한
거야? 엉? 너 하는 일이 뭐야! 출연자가 자기 콘셉트도 제대로
이해 못해서 이따위 옷 입고 오게 해? 그러고도 뭐? 다 끝냈어?"

그제야 진원이 가리키는 손끝을 따라 마리를 바라본 태리는
그야말로 기함을 할 뻔했다. 섹시함이 철철 넘쳐흐르는 가슴 크
고 멍청한 덤 블론드가 있어야 할 자리에, 웬 양가집 규수 하나
가 조신하게 자신을 바라보고 있었던 것이다. 화장이나 머리 모
양은 그렇다 쳐도, 저 목에서부터 무릎까지 꽁꽁 싸맨 옷은 뭐란
말이냐!

태리는 바닥에 털썩 주저앉으면서 진원에게 빌었다, 두 손 모
아 싹싹.

"얼른 갈아입히겠습니다. 아, 아마 의상 바꿔 입는 걸 깜빡한
모양입니다. 노마리 씨, 의상 챙겨온 거 있죠?"

살려달라는 애원의 눈초리로 자신을 바라보는 태리를 응시하
며 마리는 짧지만 분명하게, 고개를 가로저었다.

"너 이 새끼, 죽었어!"

진원이 고함을 지르며 태리를 밟을 기세로 길길이 날뛰자, 음
향 기사 영식이가 간신히 뜯어말렸다. 사람들은 말로만 듣던
'배스킨라빈스 31'의 그야말로 지옥에서 온 야차처럼 화내는 모

습을 보면서 그 대상이 제가 아니라 다행이라는 데 그저 안도하
고 있었다.

그러나 드라마가 아니니 별로 감독과 부딪힐 일 없겠다고 안
심하고 있던 일부 출연자들은 속으로 바짝 긴장했다. 쇼가 시작
한 것도 아니고, 겨우 제작발표회장에서 의상 하나 잘못 입었다
고 불같이 화내는 진원을 보니 과연 소문이 헛것이 아니지 싶었
던 것이다.

완벽주의자 최진원. 냉철하고 성격 더러운 싸가지 최진원.

앞으로 고생문이 훤히 열린 듯했다.

"야, 최 감독, 지금 발표회까지 30분도 안 남았어. 화는 나중
에 내고 일단 준비부터 해야지."

영식이가 다시 한 번 상황을 주지시키자 진원은 겨우 진정하
는 듯했다. 그러나 여전히 분을 삭일 수 없었던 진원은 매서운
눈초리로 마리를 노려보며 말했다.

"코디 불러요, 코디! 가서 당장 의상 구해오라고 해요. 매니저
든 뭐든 어서 부르란 말입니다!"

아무리 자신이 원하지 않던 허접한 리얼리티 쇼 따위라고는
해도 최진원, 그의 손끝에서 나오는 프로인 이상 이따위로 허술
하게 일하는 것을 진원은 참을 수 없었다. 내세우는 명목은 리얼
리티 쇼라지만, 이것은 정해놓은 콘셉트 안에서 움직이는 일종
의 상황극이나 마찬가지였다.

그러므로 출연자는 자신이 맡은 캐릭터를 콘셉트에 맞게 충

분히 표현해 내야 했다. 그러므로 처음으로 언론과 대중에 얼굴 내미는 자리에서부터 이렇게 어울리지 않는 옷을 걸치고 나서는 건 용납할 수 없었다.

그러나 하얀 얼굴에 아무런 동요도 없이 진원을 말끄러미 바라보던 마리는 참으로 심플하게 대답했다.

"저 코디 없는데요."

"뭐요?"

"아무것도 없다고요."

"뭐라고 했습니까, 지금?"

억지로 내리눌렀던 최진원의 화가 급속도로 재점화되는 것과 달리 폭풍의 눈 노마리는 너무나 담담하기만 했다.

"갖고 온 다른 의상도 없을뿐더러 코디도 없고, 매니저도 없어요."

진원과 마리를 바라보고 있던 사람들의 불안한 시선이 화를 힘껏 참느라 파르르 볼 경련을 일으키고 있는 진원에게로 쏠렸다. 저 입에서 또 무슨 독설이 터져 나올까, 다들 숨죽이고 있었다.

아직까지는 인내심이 바닥나지 않은 것인지, 진원은 악다문 입술 사이로 소리를 밀어내듯 한 자, 한 자 힘주어서 말을 뱉었다.

"이태리, 당장 다른 코디들한테 가서 의상 모아와, 당장!"

"네, 네."

재빠른 대답과 함께 태리가 득달같이 사람들을 헤치고 뛰어

나갔다. 이런 때는 그저 일단 눈에 보이지 않게 몸을 피하고 나서 뒷수습을 도모하는 것이 최선책이다.

다른 출연자들의 코디와 매니저들이 대기하고 있던 곳으로 뛰어 들어간 태리는 전후 사정을 설명할 틈도 없이 눈에 뜨이는 대로 대여섯 벌의 의상을 모아서 다시 진원에게로 달려갔다. 태리가 들고 온 의상을 빠르게 훑어본 진원은 빨간색의 홀터넥 드레스를 골라서 마리에게 내밀었다.

"어서 이걸로 갈아입고 나와요."

잔뜩 인상을 찌푸리고 있는 진원을 묘한 눈으로 바라보던 마리가 의아한 표정으로 옷을 바라보았다.

자기한테는 저렇게 새빨간 색은 어울리지 않았다. 전혀 고급스럽지 않고 깊이 없는 가벼운 선홍색. 게다가 가슴과 등을 훤히 드러내는 건 그렇다 쳐도, 촌스럽게 가슴에서 이어지는 옷자락을 목에 두르는 스타일이라 마리는 절대 입고 싶지 않았다.

그래서 마리는 진원에게 물었다.

"왜요?"

진원과 마리를 제외한 주변의 모든 사람들이 소스라치게 놀랐다. 왜라니! 이 상황에서 어떻게 저런 말을 할 수 있는지 도무지 이해할 수가 없다는 표정으로 모두 노마리를 바라보았다. 그들의 얼굴에 떠오른 표정은 모두 한결같았다.

'백치 콘셉트라더니, 사실 얘 진짜 백치 아냐?'

무서운 표정으로 마리를 바라보던 진원이 삽시간에 마리의 손목을 낚아채고는 밖으로 끌고 나갔다. 모두들 숨죽이고 그 장면을 바라보고 있었지만, 어느 누구 하나 말리거나 나서는 사람은 없었다.

갓 입봉한 신임 피디 시절에도 당시 가장 잘나가는 흥행보증 수표라 자부하던 김하은마저 눈물 쏙 빠지게 혼냈다는 전설의 최진원이었다. 자신의 일에 철저하고 완벽한 만큼 다른 사람들에게도 가혹하기 그지없는 최진원 피디에 대해 잘 알고 있는 사람들은 그저 노마리의 멍청함이 가여울 뿐이었다.

마리를 끌고 나간 진원이 질풍처럼 몰아닥친 곳은 코디와 매니저들이 모여 있는 대기실이었다.

"모두 나가 있어요."

단단하고 차가운 얼음처럼 낮게 깔리지만 지독히도 화가 난 그 목소리와 싸늘하기 짝이 없는 진원의 분위기에 뭐라 이유를 물을 생각도 못한 채 사람들은 모두 우르르 밖으로 몰려 나갔다. 아니, 쫓겨났다. 대기실 밖으로 밀려난 사람들과 뒷일이 궁금해서 진원과 마리를 몰래 따라온 사람들로 대기실 밖 복도가 혼잡할 지경이었다. 그들은 모두 한마음 한뜻으로 숨을 죽인 채, 대기실 문을 바라보고 있었다.

"당신 뭐 하자는 거야, 지금!"

버럭, 천둥치는 것 같은 진원의 고함 소리가 문 밖으로 터져 나오자, 숨죽이고 문가에 귀대고 있던 사람들이 화들짝 놀라서 지레 겁먹고 문에서 몸을 떨어뜨렸다. 가슴이 덜컹 내려앉을 만큼 무시무시한 소리였다.

"노마리, 당신은 이 쇼가 그렇게 우스워? 그래서 배우란 여자가 자기 역할에 대해 이따위로 준비를 해와? 아니면 이 쇼에 참여할 생각 따위 아예 없는 거 아냐? 그러면 당장 때려치워! 알았어? 제대로 못할 바엔 아예 하지도 말라고!"

흥분해서 마구 떠들어대는 진원의 모습이 마리의 눈에는 흑백 무성영화 시절 슬랩스틱 코미디 배우처럼 보였다. 본인은 너무나 진지하고 심각하게 달리고, 구르고, 화내고, 소리 지르지만, 정작 소리가 지워진 영상을 보는 사람들에겐 그의 고군분투가 그저 우스울 뿐이었다.

'어머, 이 사람은 찰리 채플린이나 해롤드 로이드보다는 버스터 키튼에 더 가깝네. 잘생긴 얼굴로 심각한 표정 짓는 것도 똑같아. 검은 양복까지 입어서 더 근사하다.'

어릴 적부터 마리는 그랬다. 감당할 수 없는 낯선 사람들의 말이 그녀를 괴롭힐 때면, 마리는 태리즈 여사와 지하 영상실에서 보던 무성영화를 보던 그때처럼 그들의 소리를 귓가에서 지워 버렸다.

알아들을 수 없는, 듣기 싫은 그 소리들은 모두 지워 버리고 그저 그들의 모습만을 바라보았다.

그러면 세상은 다시 그녀에게 친절해졌다.

무서운 얼굴로 화내는 사람들도, 욕심을 숨긴 탐욕스러운 목소리도 모두 그저 슬랩스틱 코미디 속의 배우들처럼 보였던 것이다.

그날, 피로 범벅이 된 아빠와 하얀 가운을 입은 의사와 간호사, 알아들을 수 없는 말로 질문을 퍼붓던 경찰과 싸늘한 표정으로 자신을 노려보던 엄마가 하던 말들도 모두, 마리는 자신의 귀에서 지워 버렸었다.

그래서 그녀가 기억하는 한 어린 시절의 마리는 늘 행복했다, 할머니 말씀처럼.

"아가, 그냥 다 지워 버리렴. 넌 그저 지독하게 재미없는 저질 코미디를 보고 있는 거야. 그런 것들은 영화로서 가치가 없잖아. 그러니까 싹 다 무시하고 아름다운 영화들만 보는 거야. 떠올려 봐. 루돌프 발렌티노, 더글러스 페어뱅크스, 마릴린 먼로, 몽고메리 클리프트, 록 허드슨, 클라크 게이블, 게리 쿠퍼, 마를레네 디트리히, 캐리 그랜트, 장 가방, 그레타 가르보! 오, 애야, 세상엔 너무나 아름답고 잘생기고 매력 넘치는 배우들과 그들의 영화가 잔뜩 있단다. 뭐 하러 저렇게 추잡하고 재미없는 인간들 때문에 상처받니? 아가, 그럴 필요 없어. 알았니? 넌 그저 아름다운 것만 보고 행복한 것만 생각하렴. 더러운 소리들은 듣지도 마. 그러면 돼. 그러면 아무도 너를 아프게 하지 못한단다. 아가, 내 가여운 아가, 마리야……"

마리는 그렇게 언제나처럼 소리를 지워 버린 채 진원을 바라보았다. 그런데 이상했다. 우스꽝스럽게만 보이던 진원의 모습에 점점 마리의 마음이 야릇하게 변하기 시작했다.

아무것도 보이지 않는 컴컴한 공간, 하얀 스크린에 펼쳐지던 빛과 그림자의 황홀한 마법이 마리의 안에서 다시 되살아나는 것 같았다. 그 흑백 영상 속에서 치명적인 매력을 소유한 한 남자 배우를 처음 보고 반해서 잠 못 들던 어린 시절처럼 진원을 바라보는 마리의 마음이 설레기 시작했다.

'자기 말을 듣지 않아서 위험에 처한 여자한테 마구 소리 지르며 화내다가 갑자기 허리를 확 끌어당기면서 정열적으로 키스하던 루돌프 발렌티노 같아. 비꼬듯 위로 치켜 올라간 입매하며, 화낼 때면 색이 더 짙어지는 저 눈동자가 어쩜 이렇게 닮았지? 이 남자, 버스터 키튼이 아니라 루돌프 발렌티노네.'

화내고 소리 지르는 이 남자가 마리는 점점 멋있게 느껴졌다. 자기 일에 대해 열정을 갖고 있는 남자는 멋지다. 그리고 섹시했다. 그 누구도 숨길 수 없는 짜릿한 화학 작용. 온몸을 무력하게 하면서도 황홀한 쾌감을 선사하는 그 열기가 진원을 바라보는 마리에게 피어오르고 있었다.

궁금했다. 이 남자도 자기 같을까? 영화 속 연인들처럼 우리는 서로에게 끌리고 있는 걸까?

얼굴 한 번 보지 않고, 오로지 함께 나눈 이야기만으로도 남자를 사랑하게 된 여자도 있었다.

〈상하이 블루스(上海之夜)〉의 그 눈 커다랗고 예쁜 여배우 실비아 청이 그랬지. 포탄이 터지는 급박한 상황, 바로 눈앞의 상대도 보이지 않을 만큼 어두운 다리 밑에서 잠시 종진도와 이야기를 나눈 것만으로도 그녀는 그와 사랑에 빠져 버렸고, 십 년 세월 그 남자만을 기다렸다.

마리는 지금 그 꿈결 같은 사랑이 자기에게 일어날지도 모른다는 생각에 가슴이 설레었다. 내가 좋아하는 상대가 날 좋아할 확률은 100만분의 일이라고 했던가?

마리는 진원의 잘생긴 얼굴을 들여다보았다. 약간 냉소적으로 보이는 비딱한 표정도 멋지다.

어쩐지 속이 간질간질하는 것 같다. 은근하게 스며드는 이 낯설고도 감미로운 느낌이 제발 혼자만의 것이 아니길 빌면서 마리는 진원을 향해 활짝 웃어 보였다.

"피디님."

"왜요, 뭐 할 말 있습니까?"

진원은 아직도 화가 풀리질 않아서 여전히 가슴과 어깨를 들썩이고 있었다. 자기가 말하는 걸 제대로 듣긴 했는지 노마리의 표정이 어쩐지 이상했다. 이럴 경우 여배우들의 반응은 대개 둘 중 하나였다. 파랗게 질려서 파르르 떨든지, 생전 처음 당하는 모욕이라면서 훌쩍이든지.

그런데 이 여자의 반응은 영 종잡을 수가 없었다. 무슨 재미난 구경이라도 생긴 것처럼 빤히 쳐다보면서 실실 웃다니, 아주

진원의 속을 뒤집으려고 작정한 것처럼 보였다.

진원은 좀체 가라앉을 생각을 안 하고 여전히 부글부글 끓고 있는 속을 간신히 억누르면서 마리를 바라보았다.

'그래, 너무 놀라서 얼이 빠진 게 틀림없어. 그렇지 않고서야 날 보고 웃다니, 이게 제정신이야?'

마리가 보기에 진원은 귀청이 떨어질 정도로 버럭 질러대는 목소리마저 감미롭진 않았지만, 그래도 여전히 근사한 모습이었다. 마리를 노려보지만 않는다면.

결국 마리는 자꾸만 속에서 스멀거리는 궁금증을 이기지 못하고 결국은 진원에게 해서는 안 될 말을 하고 말았다.

"피디님, 저한테 관심 있어요?"

청천벽력, 갑자기 전기에 감전된 것처럼 깜짝 놀란 진원의 모든 동작과 말소리가 멈췄다. 마리가 한 말을 제대로 듣지 못한 것인지 얼떨떨한 표정을 짓고 있는 진원을 보면서 마리가 다시 말했다.

"난 있는데."

내 천(川) 자를 긋고 있던 진원의 이마가 삽시간에 형체를 알 수 없게 일그러지고 있었다.

9

"지금 뭐라고 했습니까?"

유독 반짝이는 검은 눈동자, 노마리의 하얀 얼굴을 쳐다보는 진원의 머릿속은 그야말로 공황 상태였다. 살면서 그다지 놀란 적도 없고, 스스로 강심장이라 자부해 왔건만 저 붉은 입술에서 흘러나온 짧은 문장 하나가 그에게 무시무시한 폭탄을 안겼다. 33년 인생에 있어서 가장 큰 충격을 준.

모든 사고회로가 정지하고, 그저 멍한 상태가 한동안 계속되었다. 그러다 부글부글 화가 끓어오르기 시작했다.

'이 여자가 지금 나랑 장난하자는 거야, 뭐야!'

진원이 똥 씹은 것처럼 오만상을 찌푸리며 노려봤지만, 상대는 천연덕스럽기만 했다. 그게 더 화를 돋우었다. 그의 눈에서

형형한 열기가 쏘아져 나왔지만, 철갑을 두른 여자의 안면을 뚫
지는 못했다.

강적이로구나.

"저 정말로 감독님한테 관심 있다구요. 아무리 생각해도 이건
단순한 호감은 아닌 것 같아요. 감독님 볼 때마다 정말로 마음이
이상해요. 뭔가 여기, 여기 제 심장 근처에서 막 오글오글 거려
요. 간지럽고, 웃음도 나고, 두근거리기도 하고, 싫지만 기대되
기도 하고. 정말, 정말로 막 이상해요. 정말로 태어나서 이런 기
분 처음이라니까요!"

이 여자가 '정말' 이라는 말을 도대체 몇 번이나 갖다 붙인 건
지. 진원의 머릿속에는 정말이라는 글자가 자음과 모음으로 낱
낱이 분해되어 세탁기 속의 빨래처럼 빙글빙글 돌아다녔다.

ㅇㅈㅓㅁㄹㅏㅓㅁㅇㅈㄹㅏㅇㅓㅁㅏㅈㄹ…….

어지러웠다. 무언가에 취한 듯 몽롱해지는 의식 속에서 웃고
있는 여자의 하얀 얼굴만이 유독 또렷했다. 손을 내밀면 흩어져
버릴 연무에 휩싸인 것처럼 비현실적인 여자의 모습을 보면서
이러다 미칠지도 모른단 생각이 들었다.

진원은 혼미해지는 정신을 간신히 가다듬고, 짧게 심호흡을
했다. 그러곤 특유의 버릇대로 눈을 가늘게 뜬 채 마리의 얼굴을
빤히 들여다보았다. 눈이 마주치자 여자가 생긋 웃었지만, 개의
치 않고 그녀의 얼굴을 샅샅이 훑어보았다.

사뭇 들뜬 표정과 진지한 어조는 지금 그녀가 그 잘난 연기를

하시는 건지, 못마땅한 감독 하나 조롱하자는 건지 가늠을 불가능하게 했다. 게다가 정말로 사랑에 빠진 여자처럼 두 뺨에 홍조를 띤 채 해사하게 웃는 게 예쁘기까지 했다. 빌어먹을.

그러나 이성은 그에게 냉소를 흘렸다.

'나름 이 바닥에서 밥 먹고 산다는 놈이 얼굴에 분칠한 존재를 그렇게 몰라, 최진원? 거짓 웃음이나 사랑 따위야 자기 출세의 발판이 된다면야 아무렇지 않게 흘리는 게 그들이라고. 너 같은 감독 하나 구워삶는 거야 일도 아니잖아. 하, 너 아직 멀었구나.'

문득 그에게 진실한 사랑을 호소했던 한 여자의 얼굴이 떠올랐다.

입봉작인 단막극 〈그대라서 다행입니다〉에서 탁월한 연출력을 인정받고, 다음 작품인 〈그녀를 위해〉에서 초보 연출자로서는 이례적으로 엄청난 시청률과 센세이셔널한 인기를 구가하면서 그에게 거는 방송국의 기대는 무한대로 치솟았다. 진원은 그 다음 작품도 잇달아 연타를 날리는 것으로 그 기대에 부응했다. 그러자 그에 상응하는 영향력을 갖게 되었고 거칠 것 없이 승승장구했다.

그때 한 여자가 진원에게 다가왔다.

정희수.

그의 인생에서 만난 야심가들 중에서도 가장 야심 찼던 여자.

그녀는 진원이 조연출이던 시절부터 알던 무명의 여배우였다. 한때 같은 작품을 작업하면서 스태프와 배우 사이 이상의 호감을 갖기도 했지만, 곧 흐지부지되고 말았다. 두 사람 다 젊었고, 감정보다는 일이 더 중요했다.

그러나 진원이 놀라운 성공을 이뤄가는 동안에도 여자는 지지부진했다. 그러다 기회가 오자 그녀는 전혀 예상하지 못한 방법으로 그에게 자신을 각인시켰다, 아주 확실하게.

그때 그 일이 우연한 사고였는지 아닌지 진원은 지금도 판단할 수가 없었다.

4년 전, 진원이 처음으로 주말극을 찍게 되었을 때였다. 밤샘 촬영이 한참인 가운데 느닷없이 메인 조명기구가 넘어가는 꽤 큰 사고가 벌어졌다. 조연도 아니고 비중 없는 단역으로 출연 중이라 마침 현장에 있었던 여자는 바로 그 쓰러지는 조명 밑에 있던 진원을 밀쳐 내고 자기가 대신 깔렸다.

조명 파편이 여자의 얼굴에 흉터를 만들고 말았다. 눈썹 바로 위의 상처는 꽤 깊었지만, 그리 크진 않았다. 하지만 여자였다, 더군다나 여배우.

병원에서 정희수의 상태를 확인한 진원은 경악했다.

"상처는 어떻습니까?"

"여섯 바늘 꿰맸습니다. 다행히 안구 부위를 비켜가서 시력 손상은 없겠네요."

"흉터…… 남을 가능성 있습니까?"

걱정으로 하얗게 질린 진원과 다르게 까만 피부에 넉살 좋아 보이는 의사는 태연자약했다. 빌어먹을 의사놈들.

"상처가 크지 않아서 그렇게 크게 흉이 남진 않겠네요. 다행히 단순 열상이라서 시간이 좀 지나면 괜찮아질 겁니다. 아, 그러고 보니 아까 환자분이 자기가 켈로이드 체질이라고 했는데, 제가 보니까 다리에 난 상처는 켈로이드보다는 비후성 반흔 같더군요. 이번 것도 좀 지켜봐야겠지만……."

"그게 뭡니까? 비후성 반흔이라니?"

의사의 설명을 듣고 있던 용재가 질문을 던졌다. 담당 프로듀서였던 그는 진원과 함께 정희수를 데리고 병원으로 뛰어왔다. 방송국을 대표해서 사고를 수습하는 것이 그의 몫이었다.

"상처가 쉽게 안 낫고 흔적이 오래가는 걸 비후성 반흔이라고 합니다."

"……."

의사의 대답을 들은 용재는 진원의 안색을 살폈다. 아까부터 심상치 않았다. 자기가 다친 것도 아닌데 죽을상이다. 연출자로서 자기 현장에서 벌어진 일이니 책임감을 갖고 있을 터였다. 게다가 자기를 구하려다 다친 거니 더할 테고. 하지만 진원은 그보다 더 복잡한 표정이었다. 저 녀석도 자기 형을 닮아서 쓸데없이 책임감만 강한 건 아닌지, 용재는 사실 그게 더 걱정이었다.

진원과 용재, 두 사람의 침묵을 오해한 의사는 한층 신나서 떠벌리기 시작했다.

"그게 켈로이드랑 비슷하면서도 좀 다른데, 일반적으로 상처가 오래가다가 좀 흔적이 옅어지면 비후성 반흔이고 그게 더 불룩하게 튀어나오면 켈로이드라고 하죠. 이 환자는 비후성 반흔일 수도 있고 켈로이드일 수도 있어요. 아무튼 아직까지 확실하진 않은데, 만일 켈로이드라고 해도 위치가 나쁘지 않잖아요. 뭐, 앞머리 내려서 가리면 하나도 안 보이니까 그 정도면 뭐, 괜찮죠."

"……뭐가 괜찮습니까?"

"예?"

"저 여잔 배우란 말입니다. 그런데 뭐가 괜찮아!"

화가 난 진원은 의사에게 윽박지르고 말았다. 그런데 그때 다급한 간호사의 목소리가 들려왔다. 진료실 문틈 사이로 정희수의 모습이 보였다.

"아, 보호자분 흥분하지 마시고, 그러니까 제 말은…… 어? 환자분!"

"꺄아아악!"

어디서부터 어떻게 대화를 들었던 건지 정희수는 몸부림치며 주저앉았다. 실의에 빠진 여자를 달랠 수 있는 방법은 없었다. 그녀는 배우로서의 자기 인생은 모두 끝났다며 처절하게 울부짖었다.

정희수를 간신히 달래서 병실로 데려갔다. 그녀가 신경안정제를 맞고 잠든 모습을 보며 돌아선 진원이 어떤 결심을 했는지 용재는 금세 알 수 있었다. 말없이 웅크리고 있는 굳은 어깨는 전에도 보았던 것이다. 빌어먹을 최씨 형제들, 저 미련퉁이.

"야, 의사가 괜찮다잖아. 어떻게 못 믿겠으면 민준이한테 연락해 볼까?"

"됐어."

"방송국에서 치료비는 당연히 전액 부담할 거고, 위로금도 내가 두둑하게 챙기게 할게. 그리고 원하면 다른 드라마에 하나 꽂아주라고 할 테니까 제발 그 죽상 좀 풀어. 야, 인마, 최진원!"

입을 꾹 다문 채 성큼성큼 걸어가는 진원을 용재는 총총거리며 쫓아갔다. 팔을 붙들었지만 진원은 멈출 생각을 안 했다.

"까놓고 말해서 네가 잘못한 것도 아니고, 아니, 물론 너 구해준 건 고맙지만 우연한 사고잖냐. 의사 말이 그렇게 심한 것도 아니라고 하고. 그러니까 너는 일단 현장으로 복귀하고 내가 정희수 찾아가서 다시 얘기해 볼게. 걔도 지금 흥분해서 그렇지 일단 가라앉으면 괜찮을 거다. 그리고 그 켈로이드인지 비후성 반흔인지는 확실한 것도 아니잖아. 우선 상처가 어떤지 좀 지켜보고 그다음을 생각해도 안 늦어. 그러니까 일단은……."

"누가 뭐래?"

다다다 쏟아내는 용재의 말이 끝나기도 전에 진원이 어깨 너머로 고개를 돌려 대꾸했다. 피식, 비틀린 입가에서 웃음이 새어나왔다. 그런데 눈은 웃지 않고 있었다. 그게 용재를 더 불안하게 했다.

　　용재의 불길한 예감대로 젊고 야심만만했지만 아직 미숙했던 진원은 그녀에게 보답을 해야 한다고 생각했다. 그것도 상대가 가장 원하는 형태로. 진원은 빚지고는 못 사는 자신의 더러운 성격 때문이라고 두고두고 말했지만, 그의 지인들은 의외로 모질지 못하고 약해빠진 진원이 얼마나 마음에 큰 짐을 지고 있었는지 잘 알고 있었다.

　　그래서 그는 주변의 만류와 기획사의 난색에도 불구하고 데뷔 6~7년째 단역밖에 맡지 못하던 여자에게 기회를 주었다. 정신적 안정을 취하기 위한 얼마간의 입원이 끝나고 정희수가 다시 촬영장에 복귀했을 때, 스쳐 가는 역으로 존재감 없던 그녀의 배역은 주연에 버금갈 만큼 비중이 커져 있었다. 싫다고 거부하는 작가를 진원이 며칠간 집요하게 어르고 달래다 나중엔 협박까지 했다는 소문이 나돌 정도였다.

　　"어차피 작가가 새로운 캐릭터 하나 더 투입하자고 했었어. 그걸 걔 캐릭터에 합친 것뿐이야. 그리고 걔, 그래도 연기력은 괜찮은 편이야. 그 여잔 못 믿어도 내 안목은 믿지? 아무리 내 생명의 은인이라고 해도 나, 내 작품에 연기 못하는 배우 따윈 절대 안 써. 알잖아. 게다가 그 여자, 이거 간신히 잡은 일생일대의 기회거든. 절대 실패 안 할 거야."

　　그 후 정희수가 보인 모든 행보를 되짚어보건대, 역시나 진원의 안목은 정확했다.

　　그가 장담한 대로 그녀는 주어진 기회를 성공적으로 살려냈다. 뒤이어 캐스팅된 진원의 다른 작품에서도 주조연급이었지만 임팩트 있는 연기로 명성을 쌓았다. 그리고 곧 정희수는 진원이 아닌 다른 감독이 연출하는 미니시리즈에서 단박에 주연 자리를 꿰차게 되었다. 꽤 좋은 시청률과 연기력에 대한 호평, 연말 시상식에서의 수상까지 일련의 일들이 예정된 절차처럼 초스피드로 펼쳐졌다.

특히 공식석상에서 잇달아 선보인 우아한 드레스 차림은 삽시간에 대중들에게 여신 칭호를 붙이게 만들었고, 오랜 경력에도 불구하고 스캔들 하나 없는 깨끗한 이미지란 평 덕분에 얻은 화장품 광고 또한 빅 히트를 쳤다. 명실상부 그녀는 스타가 되었다. 텔레비전 드라마 몇 편을 더 하면서 인기와 명성을 더욱 견고하게 쌓은 여자는 곧 영화계로 진출했고, 곧 은막의 여신이 되었다.

과연 그가 본바, 연기력 하나는 꽤 쓸 만한 여자였다.

그런데 지금 자기 눈앞에서 재잘대고 있는 여자는 과연 어떨까?

배우로서 그만큼 야심 있고 그만큼 빼어날까? 아니면 그저 자존심만 내세우고, 눈치 없는 여자일까?

"저요, 처음엔 〈사운드 오브 뮤직(The Sound Of Music)〉에서 마리아가 폰 트랩 대령을 볼 때처럼 그저 최 피디님이 신경 쓰이는 건 줄 알았거든요. 피디님 저 보실 때마다 엄한 표정 지으시고 딱딱하게 말하는 투도 딱 대령 같잖아요. 꼭 내가 싫은 사람처럼, 아니, 나한테 화난 사람처럼. 그래서 저도 그런 건 줄 알았어요. 줄리 앤드류스처럼 피디님 눈치 보느라 그런 줄 알았다구요. 그런데요, 아니에요. 이건 딱 그 느낌이에요. 〈나인 하프 위크(Nine 1/2 Weeks)〉에서 킴 베신저가 미키 루크랑 마주칠 때의 그 느낌! 아시죠? 킴 베신저가 얼마나 혼란스러워했는지. 자기도 모르게 손이 떨리고 입술이 마르고, 심장이 제멋대로 뛰어서……."

처음으로 이성에게 끌리는 여자의 마음을 알아버린 마리는 그 운명적 상대에게 자신의 마음을 조잘조잘 잘도 털어놓았다. 하지만 그 진지한 고백을 끝맺진 못했다.

"노마리 씨!"

"네."

자신을 설레게 하는 남자의 목소리로 자기 이름이 불리는 게 좋았다. 그래서 마리는 단 한 마디로 말허리를 싹둑 잘라 버린 진원이 오만상을 찌푸린 채 자길 노려보고 있단 것도 깨닫지 못하고 천진하게 대답했다.

검고 짙은 눈썹을 찌푸린 채 그녀를 무섭게 노려보던 남자가 홱 몸을 돌려서 걸어가 버렸다. 성큼성큼 걷는 걸음걸이가 시원하고 멋졌다. 정말로, 정말로 런웨이에서 모델들이 워킹하는 것보다 더 근사했다. 이 남자, 랄프 로렌 모델 하면 좋겠어.

'나랑 작품 할 때는 계속 슈트 입어달라고 할까? 영국 신사처

럼 목깃까지 올려서 보타이 매고, 조끼까지 입어도 멋질 거 같
다. 20세기 초 콘셉트로 파티 드레스 입고…… 그래그래, 〈위대
한 개츠비(The Great Gatsby)〉처럼. 아, 거기에 재즈까지 있으면
완벽하지. 좋네, 정말 좋아.'

그렇게 마리가 여러 가지 상상으로 즐거운 동안, 진원의 심기
는 매우 불편했다. 벌컥 문을 열더니 밖을 향해 버럭 소리를 질
렀다.

"이태리! 10분 안에 당장 노마리 다시 메이크업하고 옷 갈아
입혀서 내 앞에 데려다 놔! 이번에도 잘못되면 너 오늘 내 손에
죽을 줄 알아!"

문밖에 모여 몰래 숨죽여 듣고 있던 이들은 누구랄 것도 없이
후다닥 재빠르게 흩어졌다. 행여나 진원과 눈이 마주칠까 몸을
사리고 도망치는 품새들이 무척이나 날랬다. 그리고 잠시 후, 진
원의 말이 떨어지자마자 곧바로 사라졌던 이태리가 메이크업 박
스를 들고 있는 한 여자의 손목을 잡고 헐레벌떡 나타났다.

"……헉헉, 감, 감독님, 데려왔습니다."

이태리의 얼굴은 그새 땀으로 흠뻑 젖어 있었다. 여기저기 뛰
어다니느라 흘린 땀보다도, 제대로 일을 해내지 못하면 조만간
온갖 무술을 섭렵한 진원의 손에 죽을 거라는 두려움 때문에 흘
린 식은땀이 더 컸다.

진원은 태리를 쳐다보지도 않은 채 마리가 있는 방문을 손가
락으로 가리키며 말했다.

"8분 남았어. 메이크업에 드레스까지 모두 마쳐서 백 스테이지로 데려와. 알았어? 그리고 너, 앞으로 일 이따위로만 해."

"죄, 죄송합니다. 앞으론 다신 안 그러겠습니다."

"죄송은 필요 없으니까 일이나 똑바로 하란 말이야. 내가 몇 번을 말해. 이따위로 하면 앞이고 뒤고 다신 없다 그랬지?"

"……네."

"아유, 최 감독님, 걱정 마세요. 제가 눈앞에다 당장 덤 블론드 대령시킬 테니까요. 제 실력이면 금세예요. 호호호."

호들갑스러운 여자의 말엔 일절 대꾸하지 않은 채 진원은 다시 문을 닫더니 안으로 들어가 버렸다. 사람들은 재빨리 다시 문 앞으로 모여들었다. 온갖 촉을 세우고 닫힌 문 안을 주시하는 그들은 단 한 가지 목표로 대동단결되어 있었다.

'천하의 배스킨라빈스 31이 어떻게 저 멍청한 여자를 요리할 것인가 궁금하다, 궁금해!'

진원은 입을 한일자로 다문 채 마리에게 걸어갔다. 그러곤 아직 사태 파악을 제대로 못했는지 순진무구한 눈길로 자길 쳐다보는 그녀의 얼굴을 죽 훑어보았다. 커다란 눈과 하얀 살결이 정말로 순결한 처녀 같다. 짜증이 확 치밀어 올랐다.

진원은 애써 화를 누르며 냉랭한 목소리로 그녀의 이름을 불렀다.

"노마리 씨."

“네, 최 피디님.”

그러나 진원과 다르게 마리는 여전히 달콤한 아이스크림을 입에 물고 있는 아이 같은 표정이었다. 좋아서 어쩔 줄 모르는.

'어쩜 좋아. 이 남자가 내 이름을 불러주는 거 너무 좋다.'

마리는 자기 이름이 단 석 자라는 것이 정말로 안타까웠다.

그러나 진원은 지금 막 폭발하기 일보 직전이었다. 제작발표회까진 얼마 남지 않았다. 어떻게든 일단 잘 마무리 지어야 했다. 최진원 사전에 실수나 실패는 아예 등재조차 안 된 단어니까. 진원은 어금니를 꽉 깨물었다.

“난 말입니다. 멍청한 인간이 정말 싫습니다. 눈치 없는 인간이랑은 상종하지도 않죠. 그중 최악은 바로 당신처럼 주제 파악이 안 되는 부류죠.”

“나…… 눈치 없어요?”

“눈치만 없는 것 같습니까?”

“…….”

진원이 한 걸음 더 마리 앞으로 다가갔다. 그러곤 그녀의 눈을 똑바로 바라보며 입꼬리를 끌어 올렸다. 평소처럼 무척이나 근사한 미소였지만, 오싹할 정도로 소름 끼치게 차가운 미소였다. 마리는 그 기세에 눌려서 아무런 대꾸도 하지 못했다.

“난 적어도 노마리 씨가 보기보다는 제법 머리가 돌아가는 여잔 줄 알았습니다. 그런데 오늘 보니 당신, 정말 최악이야. 노마리 씨는 자기가 이 쇼에서 맡은 캐릭터가 뭔지 이해도 하지 못한 상태로 오늘 이 자리에 온 겁니까? 아니면 그렇게 자기 입으로 강조해 놓고는 정작 프로 의식 따윈 개뿔도 없는 겁니까? 그래서 이따위로 하고 온 겁니까, 그래요? 어떻게 프로라는 사람이 제대로 콘셉트도 이해 못해서 이렇게 일에 지장을 줍니까? 그리고 뭐? 내가 좋아?”

진원의 목소리는 점점 커졌고, 나중에는 숫제 버럭버럭 소리를 질렀다. 문밖에서 귀를 대고 있던 사람들이 화들짝 놀라서 몸을 뗄 정도였다. 그런데 쏟아지는 진원의 비난에 한마디도 못하고 있던 마리가 크고 검은 눈동자를 깜빡이더니 이렇게 대꾸하고 말았다.

“……정말이에요. 정말 좋아요.”

“하……!”

삽시간에 호텔방 안팎에는 싸늘한 정적이 감돌았다. 곧 사람들이 웅성거리기 시작했다. 귀 기울이지 않아도 뚜렷하게 들리는 진원의 목소리와는 다르게 마리의 대답이 잘 들리지 않았던 것이다.

“누가 좋다고?”

“쟤, 뭐래?”

“지금 저 여자가 뭐라고 한 거야?”

“거 좀, 조용히 해요. 안에서 듣겠네.”

“그런데 최 감독 시간 없다더니 왜 아직도 안 나와?”

“아이고 걱정도 팔자셔. 최 감독님이 어련히 알아서 하실까.”

사람들이 걱정하지 않아도 시간이 얼마 없다는 건 진원이 가장 잘 알고 있었다. 기다란 손가락으로 자기 머리를 갈퀴질하듯 쓸어 올리던 진원은 깊게 한숨을 내쉬었다.

이 대책 안 서는 여자를 어쩌면 좋을까 싶다.

"그런데 최 피디님은 어떠세요? 저한테 관심……."

"없습니다."

"정말요? 그래도 우리가 함께 일하다 보면 어떻게 될지 모르잖아요."

"정말로 일할 생각은 있습니까?"

"그럼요, 그러니까 왔죠."

"그렇다면 지금 당장 결정해요. 이 옷 입어요. 그리고 화장 다시 하십시오."

"이런 걸 어떻게 입어요? 그리고 화장도……."

"덤 블론드 빼고 갈까요?"

"네?"

"지금 당신 모습에선 우리 쇼가 원하는 덤 블론드의 이미지를 찾을 수 없습니다. 난 지금의 당신을 저 제작발표회장에 세울 생각 없어요. 자, 그러니까 대답해요. 당장 이 옷 입고 화장 다시 할 수 있겠습니까? 못하겠다면 이 쇼에서 당신 빼고 갑니다. 덤 블론드 역을 다시 찾든가, 못 찾으면 그냥 가도 상관없습니다, 난."

"……."

눈만 깜빡이는 마리를 보면서 진원은 손목에 찬 시계를 보며 말했다.

"제작발표회까지 앞으로 정확하게 17분 남았고, 내가 당신한 테 줄 수 있는 시간은 7분입니다. 그중 대답할 수 있는 시간은 앞으로 딱 5초입니다. 자, 대답해요, 노마리 씨. 덤 블론드 못하 겠습니까?"

진원이 주었던 시간이 다 흘러도 마리는 대답하지 못했다. 아 니라고 말하고 싶었다. 안 하겠다고. 그러나 그 순간 영애 언니 의 얼굴이 떠올랐다. 그리고 태리즈 여사의 모습도. 할머니가 언 제 돌아올지 모른다. 윤 대표의 말대로 자기가 일을 하지 않으면 계속해서 영애 언니에게 부담을 주는 꼴이었다. 순하게 웃는 영 애의 모습이 떠올랐다. 우리 착한 언니…….

단호하게 몸을 돌리려는 진원의 등에 대고 마리가 다급하게 대답했다.

"할게요, 해요."

결연한 의지가 느껴지는 마리의 대답에 비로소 진원의 표정 이 조금 풀어졌다. 그는 다시 한 번 시계를 들여다보며 말했다.

"좋습니다. 정확히 7분 후에 스탠바이 완벽하게 하고 발표회 장으로 오십시오."

"그런데요, 저 최 피디님 정말로 좋아하거든요."

마리는 또다시 고백했다. 이 특별한 감정을 감출 수는 없으니 까. 그러나 이번 고백 역시 지독하게 타이밍이 나빴다. 아니, 상대방의 상태가 나빴다고 해야 하나. 여태껏 간신히 화를 누르고 있던 진원은 결국 마리를 향해 화를 터뜨리고 말았다.

"이봐요, 노마리 씨! 당신 정말 형편없는 사람이군. 적어도 당신이 배우라면 일이 우선 아닙니까? 어떻게 이 상황에서 또 그 소리가 나와? 그리고 난 당신 같은 여자한테 관심 없습니다. 당신 절대로 내 타입 아니야. 눈치 없고, 주제 파악도 안 되고!"

이보다 더 확실한 거절은 없었다. 진원의 단호한 말에 마리는 아무런 대꾸도 할 수 없었다.

"이제 6분 남았습니다. 메이크업 아티스트 들여보낼 테니, 빨리 준비해서 나와요. 알겠습니까?"

"……네."

"그리고 내가 분명히 경고하는데, 앞으로 행여나 당신 감정놀음 때문에 일에 지장 주면 가만 안 둘 테니 명심해요."

쾅, 진원이 문을 닫고 나가자마자 메이크업 아티스트라는 여자가 들이닥쳤다. 그러곤 정신없이 그녀에게 옷을 입히고 화장을 하기 시작했다. 생애 최초의 실연 때문에 슬픔에 잠긴 마리는 아무런 생각도 할 수가 없었다.

'이게 실연의 상처라는 걸까? 〈사브리나(Sabrina)〉의 오드리 햅번이 왜 차고에서 자살하려고 했는지 알 것 같아. 너무 아프다, 너무 슬퍼. 나 앞으로 어떻게 하지? 아니야, 그래도 결국 사브리나 차일드페어는 다시 멋진 여성이 돼서 윌리엄 홀든의 사랑을 받잖아. 게다가 험프리 보가트와 진정한 사랑에도 빠지고.

나도 그럴 수 있을 거야. 그래야 해. 이번 일 잘해내서 어떻게든 최 피디님이 날 다시 보도록 할 거야. 그래, 그래야지.'

정확히 진원이 말한 시간에 마리는 스테이지 뒤에 서 있을 수 있었다.

그녀가 분장하는 내내 밖에서 기다리고 있던 이태리는 나오자마자 숨 쉴 틈도 주지 않고 달리라고 재촉했다. 그와 함께 도착했을 때 진원은 다른 출연자들과 함께 대기 중이었다. 무대에선 기자들을 상대로 쇼의 내용을 알리는 영상을 틀어주고 있어서 전체 조명이 꺼져 있는 상태였다. 어둑한 공간, 희미하게 번지는 불빛 사이로 진원의 얼굴을 보면서 마리는 심장이 아팠다.

아무리 마음을 다독였다곤 하지만, 좋아하는 사람한테 거부를 당하는 것은 쉬이 극복되지 않는 아픔이었다. 어쩌면 좋을까. 실연의 극복이 정말로 어렵다는 걸 마리는 절감했다.

보기만 해도 가슴이 따끔거리고 자꾸 눈물이 북받칠 것 같아서 마리는 내내 고개를 숙이고 있었다.

잠시 후, 소개 영상이 끝나고 제작발표회를 진행하는 사회자가 등장했다. 화려한 언변을 자랑하는 개그맨답게 쇼를 소개하는 그의 말 한마디 한마디에 객석에선 와~ 하고 웃음이 쏟아져 나오고 있었다.

곧 무대 뒤에 서 있던 출연진들이 차례차례 호명되었다. 한 사람씩 등장할 때마다 요란스런 플래시 소리와 과장된 멘트를 읊어대는 사회자의 목소리가 시끄럽게 울려 퍼졌다. 한 명, 두 명 차례차례 소개되고 이제 남은 것은 차하린과 마리 그리고 연출자인 진원뿐이었다.

그때였다. 머리에 헤드셋을 쓴 채 스테이지 뒤편을 왔다 갔다 하며 뒤탈 없이 잘 진행되도록 현장을 뛰어다니던 태리의 얼굴이 사색이 되었다. 그의 다급한 목소리가 쏟아졌다.

"어? 뭐라고요? 안 돼요? 예, 알았습니다. 아, 일단 알았다고요! 감독님께 말씀드린다니까요!"

"뭐야?"

곤란한 표정으로 진원을 본 태리가 그의 눈치를 보며 말했다.

"저…… 음향팀 형식이 형이 지금 라이트 사운드가 안 잡힌다는데요."

"그래서?"

"음향 콘솔 쪽의 문제인 것 같은데 음향 감독님이 고치는 동안 사운드 끄고 가신다고……."

"당장 스테이지 쪽에 신호 주고 가급적이면 출연자들 왼쪽 편으로 세우라고 해. 뭐 해? 당장 달려!"

"네, 네!"

쇼의 연출은 진원이 하더라도 제작발표회를 연출한 피디는 따로 있었다. 물론 거의 대부분을 진원의 주도하에 진행했지만 말이다. 그래서 문제가 터지자 음향 감독은 당연하다는 듯이 무대 위로 올라가야 할 진원에게 상황을 알린 것이다.

진원의 지시를 받은 이태리가 뭐 마려운 강아지처럼 부리나케 사라지자 곧이어 차하린을 호명하는 소리가 들렸다. 그녀가 무대로 올라가고 나자, 문과 단상을 잇는 좁고 어둑한 공간에는 진원과 마리 두 사람만이 남았다.

두꺼운 커튼 너머로 무대 위 사회자가 유쾌한 목소리로 차하린을 소개하는 멘트가 들려왔다. 팡팡팡 플래시가 일제히 터지자 주변이 일순 밝아졌다. 그러자 진원의 시야에 마리의 모습이 고스란히 드러났다.

어깨는 물론 하얀 가슴골까지 훤히 드러낸 상의와 허벅지가 보일 만큼 짧은 미니스커트 그리고 천박할 정도로 진한 화장을 한 채 마리는 생기 잃은 백조처럼 한쪽으로 고개를 치우치고 있었다.

하얗고 기다란 목과 가슴까지 이어지는 우아하고 아름다운 곡선이 그의 시선을 단박에 사로잡았다. 명치끝이 묵직해지는 느낌이었다. 그리고 얇고 신축성이 있는 소재로 만든 짧은 상의는 마리의 상체에 밀착되어 조금의 상상의 여지도 없이 그녀의 몸매를 고스란히 드러내고 있었다. 순간 아찔한 감각이 전신을 기습했다.

이건 정말 말도 안 된다!

"대체……."

딱딱하게 굳은 얼굴의 진원이 갑자기 마리를 다그쳤다. 냉기가 뚝뚝 떨어지는 목소리는 화난 사람 같았다.

"누가 이따위로 해놓은 겁니까?"

"네?"

"내가 덤 블론드라고 했지 언제 창녀라고 했습니까? 마릴린 먼로하고 줄리아 로버츠 차이도 몰라요? 아까는 그레이스 켈리처럼 하고 오더니 이젠 〈프리티 우먼(Pretty Woman)〉 찍습니까?"

"전…….."

"됐고. 진짜 프로라는 사람들이 이렇게 감각이 없어."

이렇게 짙은 화장에 벌거벗은 차림이라니! 이것들이 요부(妖婦)를 만들어오라고 했더니 창녀(娼女)를 만들어왔다.

진원은 갑자기 자기가 입고 있던 검은색 재킷을 훌쩍 벗더니 마리의 어깨에 걸쳐 주었다. 반사적으로 마리가 소매에 팔을 꿰었다. 하지만 그녀의 모습을 훑어보는 진원의 표정은 여전히 탐탁지 않아 보였다.

남자의 선에 꼭 맞게 잘 재단되었다지만, 그의 재킷은 여자의 몸에는 아무래도 컸다. 진원은 잠시 주위를 둘러보다가 곧 자기 허리에 두르고 있던 가죽 벨트를 풀어서 마리의 허리에 매어주었다.

"최 피디님, 지금 뭐 하세요?"

"잠자코 있기나 해요."

벨트가 마리의 잘록한 허리를 더욱 강조했다. 처음 진원이 의도한 대로 너무 많이 드러난 그녀의 속살은 감추었지만, 남자의 재킷을 입고 벨트를 맨 매니쉬한 차림은 오히려 여체의 굴곡을 더욱 도드라지게 했다. 직선 속에 은근히 드러나는 여체의 부드러운 곡선과 목선이 깊게 팬 재킷 사이로 슬쩍 보이는 가슴의 곡선. 그리고 허벅지 위를 덮은 재킷 아래로 드러난 가느다랗고 흰 다리. 감췄지만 감춰지지 않는 그녀의 아름다운 여체가 묘하게 섹시했다.

"이런 젠장."

"어? 이러면 핏이 안 살잖아요."

진원이 재킷을 당겨서 벌어진 목선 사이를 감추려고 하자 마리가 항의했다.

"가만히 있으라고 했습니다."

치솟는 화를 억지로 누르며 진원이 잇새로 소리를 밀어내자, 움찔한 마리는 더 이상 항의하지 못했다. 무대 위에서 성기남이 차하린을 상대로 되도 않는 저질스러운 질문을 날리고 있었다. 제작발표회를 진행하는 사회자가 따로 있지만, 거만하기 짝이 없는 성기남은 이미 자기가 무대를 장악해 버린 후였다. 어쨌든 이제 차하린의 순서가 거의 끝나간다는 의미였다.

초조해진 진원은 마리의 올림머리를 고정시키고 있던 커다란 핀을 빼버렸다. 재빠르게 작은 고정 핀들도 제거하고 기다란 손가락으로 마리의 머릿결을 훑어 내렸다. 머리카락을 가슴 위로 흘러내리게 했다. 지나치게 드러나 있던 하얀 살결을 가릴 수 있었다.

"헐벗은 것보단 낫군."

진원은 마리를 전체적으로 다시 훑어보았다. 내뱉은 말과 다르게 그의 얼굴은 더 딱딱하게 굳어 있었다. 지금도 노마리의 모습은 위험스러웠다. 지나치게 많이 드러내고 있었다. 하의 실종이란 말이 유행어가 된 요즘 시대에 이 정도라면 파격적인 노출은 아니다. 방송국에서, 레드 카펫에서, 길거리에서 이보다 더한 차림의 여자들을 흔히 볼 수 있었으니까.

하지만 발가벗은 여자들 사이에 서 있는다 해도 지금 노마리의 모습이 더 유혹적이고, 더 치명적일 거라고 진원은 확신했다.

이 여자는 확실히 사람의 시선을 사로잡고 홀리는 매력을 타고났다. 얼마나 벗느냐가 아니라 누가 얼마큼 보여주느냐가 더 중요하단 사실을 진원은 다시 한 번 깨달았다.

아무튼 도저히 옷차림은 더 어떻게 손댈 방법이 떠오르지 않았다. 그러다 자기를 빤히 바라보고 있는 마리의 시선과 마주쳤다.

이렇게 위험할 정도로 요염한 매력을 풍기고 있는 주제에 저 까만 눈동자는 순진무구한 처녀처럼 순결하고 아름답다. 진원이 아는 한 이렇게 이율배반적이고 모순적인 매력으로 뭉친 여자는 단 하나였다.

한 시대를 풍미했을 뿐만 아니라 지금도 전 세계 사람들 마음 속에 영원한 섹스 심벌로 남아 있는 그 여자, 바로 마릴린 먼로.

그런데 지금 보니 노마리는 그 천사와 요부를 섞어놓은 여배우를 능가하는 매력을 지니고 있었다.

'그래, 이 여자의 매력만 잘 어필해도 우리 쇼는 성공할 거야.'

진원은 연출자로서 자기가 제대로 된 물건 하나를 건졌다는 생각에 기뻤다. 그러나 왜 자꾸 화가 나고 짜증이 치솟는지는 알 수 없었다.

그의 눈은 신경질적으로 마리의 얼굴을 살피고 있었다. 지나치게 짙은 화장도 못마땅했다. 짙은 군청색을 바른 눈두덩과 유난히 새빨간 입술을 보며 진원은 인상을 확 구겼다. 굵은 아이라인은 요즘 유행하는 스모키 화장 정도로 봐줄 수 있다지만, 입술에 칠한 선홍빛은 그 모든 걸 덮어버릴 정도로 너무 강렬했다. 천박하다고 느낄 정도로.

무대 위에서 다시 사회자의 멘트가 들렸다. 곧 노마리의 등장이었다.

"감독님, 음향팀에서 라이트 사운드 살렸답니다!"

그때 마침 이태리가 뛰어 들어왔다. 갔던 일이 잘 마무리되었는지 신이 난 그를 보자마자 진원이 바로 지시했다.

"너, 지금 스테이지에 신호해서 사회자 보고 멘트 30초, 아니, 1분만 더 하라 그래."

"네?"

"어서!"

"네, 네!"

진원의 말에 태리가 본능적으로 명령 수행을 위해 달려 나갔다.

그가 사라지자마자 진원이 갑자기 고개를 수그렸다. 그러곤 마리의 입술에 자기 입술을 포갰다. 부드럽고 말캉거리는 여린 살결 위에서 뜨거운 남자의 입술이 천천히 움직였다. 사고회로가 정지한 마리의 심장은 폭발 직전이었다.

갑작스럽게 입을 맞출 때처럼 진원이 입술을 떼는 것도 삽시간이었다. 놀라서 숨도 내쉬지 못하고 커다란 눈만 깜빡이는 마리를 바라보는 그의 눈동자가 유독 짙었다.

'나한테 저 남자가 키스했어…….'

얼떨떨한 마리와 달리 진원은 침착하기만 했다. 그녀를 무덤덤하게 바라보더니 건조한 어조로 말했다.

"아직 모자라는군."

그리고 진원이 다시 입술을 겹쳤다. 조심스러운 것 같으면서도 거침없는 남자의 입술이 그녀의 것을 감싸고 정묘하게 움직였다. 가슴이 설렐 정도로 촉촉하고 부드러웠다. 그러나 곧 입맞춤이 깊어졌다. 처음, 아니, 이제 겨우 두 번째 입맞춤을 하고 있지만 마리는 본능적으로 알 수 있었다. 지금 이 남자의 키스는 처음보다 더 뜨겁고, 더 달콤하고, 더 강렬했다.

자신의 모든 숨을 진원이 전부 앗아가 버린 것처럼 마리는 숨을 헐떡였다. 그녀의 머릿속에서는 이제 댕댕댕 정신없이 종이 울려 퍼지고 있었다.

'아, 〈누구를 위하여 종은 울리나(For Whom The Bell Tolls)〉에서 잉그리드 버그만이 게리 쿠퍼와 처음으로 키스했을 때 이런 기분이었겠지? 그런데 정말로 키스할 때 코는 어느 쪽으로 둬야 하는 걸까?'

하릴없이 늘어뜨려져 있던 마리의 두 팔이 처음과는 다르게 진원의 커다란 손을 붙들었다. 영화에서처럼 허리를 감싸 안고 품에 끌어안진 않았지만, 마리는 그와 한 치의 틈도 없이 밀착된 느낌이었다. 정말로 키스는 육체와 영혼을 모두 교감하고 하나로 이어주는 특별한 행위인 게 틀림없다. 그녀에겐 진원과 하는 키스만이 이 세상에서 유일한 그 무엇처럼 느껴졌다.

하지만 세상은 그들과 상관없이 빠르고 번잡하게 돌아가고 있었다.

"자, 이번에는 이번 OBG에서 가장 특색 있는 분입니다. 아직도 기억하시는 분들이 많을 겁니다. 20년 전에 그야말로 영화계에 혜성처럼 나타난 아역 스타였죠? 대종상영화제 최연소 여우주연상에 빛나는 노마리 씨! 그동안 대중에게 모습을 드러내지 않고 있었는데요, 이번에 이 쇼에 출연하게 되셨습니다. 자, 성기남 씨, 한마디로 어떤 분이라고 할 수 있을까요?"

"보시면 알겠지만 뭐랄까, 아주 화끈한 육체파 여배우죠. 한국의 자넷 잭슨이라고 하면 아실까요? 다들 보면 깜짝 놀라실 겁니다. 하하하."

사회자가 그녀의 이름을 언급하며 소개 멘트를 시작했고, 성기남이 그 옆에서 천박하게 싸구려 멘트를 날리고 있었다. 그제야 진원의 입술이 떨어졌다.

간신히 입술을 떼고 마리를 바라보는 그의 눈동자는 흐려져 있었다. 가쁜 숨만 내쉬며 얼이 나간 사람처럼 멍하니 있던 진원은 퍼뜩 정신을 차렸다.

'이 미친놈!'

자기가 여태 무얼 하고 있었나 깨달은 진원은 당황하고 말았다. 광대 언저리가 붉어졌다. 그러나 다행히 어둠이 그걸 가려주었다. 방금 무슨 일이 일어났던 것인지 알 수가 없었다. 처음에는 그저 마리의 립스틱을 조금 닦아내려던 것뿐이었다. 그것은 지나치게 붉었다.

그래서 닦을 걸 찾았지만, 당장 쓸 만한 게 없었다. 그때 퍼뜩 떠오른 생각이 입술이었다. 그랬는데, 그래서 그저 그것뿐이었는데…….

문득 촉촉하게 젖은 눈동자로 자기를 올려다보는 마리의 눈동자와 마주쳤다. 저도 모르게 진원은 어깨를 으쓱거리며 말했다.

"닦을 게 없어서 말입니다."

그래, 처음엔 분명히 그런 의도였어.

"……"

"입술…… 말입니다, 립스틱이 너무 진해서."

자기가 생각해도 궁색한 변명이었다. 첫 번째는 그렇다 치지만 두 번째도? 그래서 그렇게 떨어질 줄 모르고 키스했던 건가? 혼란스럽기 짝이 없었다.

그러나 사실 진원은 알고 있었다. 그의 마음속 깊은 곳에 가릴 수 없는 진실이 있었다.

생각지도 못했다. 노마리와의 키스가 이렇게, 이렇게 달콤할 줄은.

그래, 처음에는 몰랐다. 하지만 두 번째는 알고 있었다. 그래서 한 번으로 만족하지 못하고 다시 그녀에게 입술을 겹쳤으니까. 스스로에게 창피하고 화가 나서 미칠 것 같았다. 그리고 무엇보다 노마리에게 뭐라 해야 하나! 미친놈, 비겁한 놈. 입에서 마구 욕지거리가 솟구친다.

그러나 마리는 여전히 아무런 대꾸가 없었다. 진원은 헛기침을 하며 목을 가다듬었다. 사과해야 했다. 아니, 솔직하게 말해야 한다. 단순히 립스틱, 그것 때문만은 아니었노라고.

"자, 그럼 이제 모셔보도록 하죠. 노마리 씨!"

그런데 무대 위에서 마리의 이름을 호명했다. 시간이 다 된 것이다. 진원은 마리의 어깨를 붙들고 있던 손을 풀면서 가볍게 그녀의 몸을 밀었다. 일단은 쇼가 먼저다.

"노마리 씨 차렙니다. 올라가요."

제작발표회가 끝나면 말해야 한다. 당신처럼 나는 그쪽에 어떤 관심이 있는 건 아니지만, 그래도 당신과의 키스가 정말로 좋았다고. 그러니 내가 나쁜 놈이라고, 미안하다고.

파렴치한 놈. 스스로도 욕이 나온다. 하지만 그로서는 지금 이게 최선의 답이었다. 그녀한테 헛된 희망을 심어줄 순 없었다. 그렇다고 아무런 사과도 없이 넘어가는 건 그의 성격상 용납할 수 없는 일이었다. 너무 찜찜하다. 하긴 평소의 그라면 여자한테 이런 실수 따윈 하지 않았을 테지만.

아무튼 노마리한테 욕을 먹고 뺨을 맞는 한이 있어도 꼭 말해야 했다.

그런데 막 무대로 향하던 노마리가 고개만 살짝 돌려 그를 보더니 생긋 웃으며 말했다.

"최 피디님."

"네?"

"이 키스, 나 오해 안 해요. 그러니 걱정 마세요."

"이봐요, 노마리 씨……."

진원이 미처 뭐라 대꾸하기도 전에 마리는 무대 위로 올라가 버렸다. 뒤에 남겨진 그는 주먹으로 벽을 치며 애꿎은 대상에게 분풀이를 하고 있었다.

"이런, 제기랄, 젠장!"

진원은 정말로 화가 나 죽을 것만 같았다.

10

마리는 한 번도 낯선 사람들과 한집에서 지내본 적이 없었다. 어린 시절부터 줄곧 그녀는 할머니 태리즈 여사 그리고 영애와 함께였다. 한데 그녀를 남들과 다르다, 이상하다 말하지 않고 받아들여 주는 사람, 그녀를 사랑하고 이해해 주는 사람들을 떠나서 낯선 이들과 9주간을 지내야 한다. 아니, 그것은 최종 결선까지 올라갔을 때의 이야기고 첫 번째 과제에서 탈락하게 되면 숙소에서 단 1주만 머무르다 떠날 수도 있다고 했다.

하지만 마리의 목표는 무조건 우승이었다. 최후의 1인이 되어 드라마의 여자 주인공이 되는 것. 그래서 모든 수모를 감수하고 지금 〈Oldies But Goodies〉에 참여한 것이다.

처음엔 영화가 아닌 리얼리티 쇼에 출연하게 되었다는 충격에 그 사실을 간과하고 있던 마리는 제작발표회장에서 사회자가 던진 질문에 당황했다.

"자, 노마리 씨, 앞으로 몇 주간 다른 사람들, 그것도 일생일대의 기회를 걸고 치열하게 다퉈야 할 경쟁자들과 함께 지내게 됐는데 각오가 어떠신가요? 합숙 생활이 결코 쉽진 않겠죠. 아무래도 여자들끼리만 있다 보면 별의별 일들이 다 있지 싶은데요. 노마리 씨, 앞으로 합숙소에서 지내면서……."

질문이 끝나기도 전에 갑자기 성기남이 툭 끼어들었다.

"어디어디 나는 누구랑 가장 많이 싸울 것 같은지, 그 멤버를 한 번 콕 집어보시죠."

기름진 얼굴 가득히 느끼한 웃음을 지으며 마리를 바라보는 그의 눈동자가 번들번들 거렸다.

"고민하지 말고 딱 하고 제일 먼저 머릿속에 떠오른 이름을 말해요. 그 사람이 아마 여기서 노마리 씨의 최고 경쟁자이지 싶은데. 안 그래요? 뭐, 그냥 라이벌은 아니지만 그냥 보는 순간부터 싫은 사람도 있을 테고. 흐흐."

사회를 맡고 있는 조태용의 인상이 확 일그러졌다. 그러나 얼른 표정을 수습했다. 억지로 웃자니 얼굴 근육이 아플 정도로 땅겼다. 속에서는 천불이 부글부글 끓어올랐다.

'아, 진짜! 성기남 이 작자가! 여기 메인이 자기야, 뭐야? 오늘 쇼케이스는 분명히 내가 진행이잖아. 아, 진짜 아까부터 대체 왜 이러는 건데!'

오늘 도대체 몇 번째인 지 모른다. 자기가 출연자에게 질문을 하고 멘트를 할 때마다 번번이 성기남이 끼어들어서는 흐름을 탁탁 끊어놓았다. 아무리 같은 코미디언 출신의 대선배고, 거대 기획사의 사장이라지만 이건 너무 심한 횡포였다. 어디 가서 인기 없단 소리 들어본 적 없었다. 자기도 공채 개그맨으로 시작해서 이미 경력도 10년이 넘었고, 이런 진행도 전문적으로 오래 해왔다. 그런데 이런 취급이라니!

하지만 성기남이 어떤 작자인지 이 바닥에서 모르는 사람이 있던가. 태용은 치밀어 오르는 분노를 꾹꾹 눌렀다.

그렇게 조태용이 성기남 때문에 끓어오르는 화를 간신히 달래고 있는 동안 마리는 생각에 골몰해 있었다.

뭐, 합숙?

앞서 다른 출연자들처럼 전작에 대한 이야기나 쇼에 출연하는 각오 따위를 물을 줄 알았는데 그녀에겐 다소 엉뚱한 질문이 주어졌다. 그러고 보니 예상 질문집에 '앞으로 합숙 생활을 하게 되면 어떤 어려움이 있겠는가' 라는 질문이 있었던 것 같다. 그러나 마리는 전혀 생각해 보지 않은 일이었다.

대체 왜 텔레비전 쇼를 찍는데 출연자들이 꼭 한데 뭉쳐서 먹고 자면서 지내야만 하는 걸까? 마리는 OBG의 토대가 된 원조 방송을 한 번도 본 적이 없었다. 아니, 아예 텔레비전 프로그램은 보질 않았다. 태리즈 여사와 그녀가 사는 집의 지하에 수천

편의 영화 필름이 보관된 영사실은 있어도, 집 안 그 어디에도 그 흔한 텔레비전은 없었다. 영애 언니도 라디오 듣는 걸 좋아했다.

전에 운전하던 장씨 아저씨 식구들이 지하에 살 땐 그 집에 텔레비전이 있었다. 가끔 그 앞을 지날 때면 온 식구들이 모여서 밥을 먹고 텔레비전 프로그램을 보면서 하하호호 웃는 소리가 문밖으로 흘러나오곤 했다. 구수한 된장 냄새, 김치찌개 냄새와 함께 흘러나오는 그 소리가 정말 좋아서 마리는 주말에 오락 프로그램이 나오는 시간대가 되면 그 앞에 가만히 서서 그 웃음소리를 몰래 듣곤 했다.

아무튼 그러다 보니 마리로선 윤성우의 설명과 카메라 테스트하러 갔을 때 진원에게 받은 설정집만으로는 도저히 쇼의 내용이 짐작되질 않았다. 게다가 학교 다닐 때도 수학여행이나 야영 같은 단체 활동도 가본 적이 없었다. 하긴 중학교도 미처 마치지 못하고 검정고시로 졸업한데다, 대학을 입학하자마자 바로 중퇴한 이후로 정규 학업과 거리가 멀었던 마리. 다른 사람들과 어울려 생활해 본 경험이 거의 없는 그녀였다.

그런데 합숙 생활이 어떨 것 같냐니? 장님이 코끼리 뒷다리 만지고 그림 그리는 거랑 다를 게 하나도 없었다.

마리는 계속해서 생각했다.

'합숙? 아마 기숙사랑 같은 거겠지? 〈품행 제로(Zero De Conduite)〉에서 코사와 브루엘이 다니던 데는 정말 감옥 같았는데. 삭막하기 그지없는 커다란 방에 똑같은 작은 침대들이 죽 늘어서 있고, 매일 같은 시간에 일어나고, 잠들고, 밥 먹고. 아무런 개성도 없는 천편일률적인 교복을 걸치고, 생기 없이 메마른 얼굴로 책을 들고 교실을 왔다 갔다 하는. 아, 기숙사 사감은 완전히 폭군이었는데!'

부르르 몸을 떨던 마리는 곧 다른 영화를 떠올렸다.

'맞다. 〈연인(L'Amant)〉에서 보면 제인 마치도 베트남에서 기숙사 생활을 하잖아. 그래도 친구들이랑 선생님들 흉도 보면서 쪽지도 주고받고 무서운 사감 선생님 눈 피해서 침대에 누워서 잠들 때까지 소곤소곤 비밀 이야기도 나누고 그랬지? 사랑하는 연인을 만나러 몰래 나가기도 하고. 아, 그런 거 정말 재미있겠다. 그런데 한 방에 침대는 몇 개나 있을까? 나더러 2층 침대 위에서 자라고 하면 어쩌지? 내가 잠버릇이 얌전하긴 하지만 그래도 떨어져서 다치면 안 되는데. 처음엔 안 된다고 해도, 바꿔달라고 하면 바꿔주겠지? 같은 방을 쓰게 된 룸메이트가 착해야 할 텐데. 나중에 헤어질 땐 작은 선물도 하면 좋겠다. 뭐로 하지?'

화려한 리얼리티 쇼를 소개하는 제작발표회장에 수십 초간 정적이 흘렀다.

노마리의 대답을 기다리고 있던 사회자도, 그 대답을 듣고 바로 기사로 쓰려고 노트북 위에 손을 올리고 있던 기자들도, 다음에 자기 차례엔 어떤 질문이 올까 긴장하고 있던 다른 출연자들도. 모두 가만히 노마리만을 주시했다. 성기남은 노골적으로 싫은 표정을 짓고 서 있었다.

마리의 침묵이 길어지자, 노련한 조태용이 얼른 다른 질문을 던졌다. 그래, 아무래도 이미지 생각하는 여배우한테 저런 질문은 무리다. 그리고 너무 무례하지 않은가.

"……네, 노, 노마리 씨, 아무래도 대답하기 곤란하시죠? 하하. 그렇다면 질문을 바꿔보죠. 노마리 씨는 이번 출연자들 중에서 누구랑 가장 친하게 지내고 싶으신가요? 아홉 명 중에 딱 한 명만 골라주시겠습니까?"

이번에도 역시 질문을 받은 마리가 마이크를 손에 쥔 채 아무런 대답도 하지 않자 사회자인 조태용은 긴장해서 식은땀을 흘리기 시작했다. 게다가 마리가 혼자 무슨 생각을 하는지 얼핏 입꼬리가 올라가는 걸 보노라니 어쩐지 무섭기까지 했다. 마리가 태용의 질문에도 대답을 하지 않자 성기남은 쯧 하고 혀 차는 소리를 냈다.

"아무래도 다 싫은 모양이구만. 크크."

성기남이 툭 한마디를 던졌다. 평소라면 그 말에 호응하며 다들 와 하고 웃었을 테지만 어찌 된 일인지 이번에는 그 누구도 반응하지 않았다. 기자들 누구도 카메라 셔터를 누르지도 않았다.

주변 반응에 화가 난 성기남은 낯빛이 검붉어졌다. 그러나 눈치가 빠른 자답게 다시 입을 열지는 않았다. 그는 오랜 세월 방송을 하며 익힌 감으로 알 수 있었다. 지금 이 장소에 있는 모든 이가 기다리는 것은 오로지 노마리의 대답이란 것을.

검고 기다란 속눈썹을 깜빡이며 명백하게 혼자만의 생각에 골몰해 있는 마리를 바라보는 태용은 목이 타기 시작했다. 그때 똥줄이 타기로는 자기와 막상막하인 이태리가 얼른 다른 출연자에게 질문을 하라고 신호를 보냈다.

무대 아래서 현장 진행을 위해 이리저리 뛰어 다니는 이태리의 얼굴은 누렇게 변해 있었다. 어찌 아니 그렇겠는가. 태용은 자기와 같은 '태'자 돌림이라 어쩐지 더 측은한 이태리를 보면서 진행 멘트와 순서를 보여주는 프롬프터 박스에 막 올라온 다음 질문을 읽기 시작했다.

"자, 그럼 정신애 씨……."

그런데 갑자기 그 앞에서 이태리가 세차게 손을 흔들었다. 질문을 중지하란 의미였다. 간신히 숨통이 트이는 것 같던 태용은 무대 아래의 태리를 보며 무언의 질문을 날렸다. 신경질적으로 이마가 찌푸려졌다.

'왜 그래?'

그러자 역시나 진땀을 빼고 있던 이태리가 다급하게 눈짓으로 무대 위를 가리켰다. 그 시선을 따라가자, 노마리 옆에 서 있는 진원의 모습이 보였다. 한 명씩 개별 사진 촬영이 끝나고, 모든 출연진과 감독인 진원까지 한꺼번에 무대에 올라와 있었다.

마리의 침묵이 길어지자 다들 당황했고, 다른 출연자들은 억지로 미소를 지으면서 속에서 끓어오르는 짜증을 꾹꾹 누르고 있었다. 단 한 사람 진원만은 정말로 진심에서 우러나는 미소를 입가에 띠고 있었다.

마리를 바라보는 사람들의 반응을 살피며 만족스러운 미소를 머금고 있던 진원은 태용과 눈이 마주치자 다시 한 번 지시했다.

'가만히 있어.'

진원이 가만히 손가락을 자기 입에 댔다가 떼었다. 명백한 메시지였다.

태용은 일단 입을 다물기로 했다. 이렇게 되면 진행이 매끄럽지 못했다고 질책받을 일은 없었다. 왜냐하면 최진원이 그를 막았으니 말이다. 어쨌든 이 쇼는 최진원의 것이고, 자기는 그의 지시를 따랐을 뿐이니까.

속으로 안도하면서도 다시 무대 위를 바라본 태용은 나란히 서 있는 열 명의 여자들 중에서도 유독 눈에 띄는 마리를 바라보며 생각했다.

'그나저나 노마리 쟨 진짜 뭐냐? 무슨 말을 하려고 저러는 건데! 아니, 대체 생각은 하고 있는 거야?'

진원은 지금 마리의 모습이 대중들에게 어떻게 비칠지 짐작할 수 있었다.

간단한 질문에 제대로 대답도 하지 못한 채 그저 멍하니 서 있는 노마리. 십중팔구 잔뜩 얼었다고 생각하거나, 제대로 대답도 외우지 못할 만큼 투미하다고 여기겠지. 아니면 저것도 콘셉트인가 싶을 것이다.

아무튼 지금 사람들은 노마리에게 집중하고 있다.

우선은 그녀의 몸매를 그리고 얼굴을 볼 테지. 짙은 화장과 묘하게 언밸런스한 옷차림은 고혹적인 아름다움을 뿜어내고 있었다. 그리고 확실히 시선을 끌 만큼 예쁜 얼굴.

딱 3초면 끝날 관심과 집중이다.

어차피 이 바닥에 얼굴 예쁘고 몸매 좋은 여자 연예인들이야 흔하게 깔려 있었다. 그러니 마리가 인상적인 대답을 하거나, 뭔가 돌발적인 행동을 하지 않는다면 인내심 없고 변덕 심한 대중들은 그녀에게 더는 관심을 보이지 않을 것이다. 일반적인 경우라면 말이다.

그러나 진원은 잘 알고 있었다.

사람들이 잠깐이라도, 아니, 단 1초라도 노마리를 바라보게 된다면 자신도 모르게 그 매력에 빠지리란 걸 말이다. 그것은 절대로 거역할 수 없는 강력한 주술과도 같으리라.

진원 그 자신이 걸려든 것처럼…….

거기까지 생각이 미치자 갑자기 목구멍이 콱 막혔다. 어둠 속에서 그의 키스를 받던 붉은 입술이 그리고 쏟아지는 빛을 등지고 서서 그를 바라보던 검은 눈동자가 떠올랐다. 가슴 언저리가 욱신거렸다. 뾰족한 창끝으로 쿡쿡 쑤셔대는 것만 같았다.

‘제기랄! 제기랄!’

손을 말아서 주먹을 쥐자 손가락이 아프도록 손바닥을 파고 들었다. 어금니를 깨물며 끓어오르는 열기를 내리눌렀다. 대체 왜 이렇게 화가 나는지 모르겠다. 아니, 누구에게 화를 내고 있는지도 알 수가 없었다. 그저 미치도록 화가 난다는 것밖엔.

그때 진원의 이성이 그에게 명령했다.

‘지금 네가 이러고 있을 때야? 정신 차려, 최진원!’

진원은 얼른 홀 안에 가득한 기자들의 얼굴을 재빠르게 훑었다.

이 바닥에서 닳고 닳아 연예인에 대한 판타지 따위는 아예 씨가 말라 버린데다, 건조하고 냉정하기 짝이 없는 저 취재진들조차 그저 홀린 듯 마리를 바라보고 있었다.

인터넷과 스마트폰이 발달한 시대, 정보는 그 어느 시대보다 더 속도가 중요해졌다. 사실 여부와는 상관없이 일단 먼저 써서, 많이 보게 하는 것이 좋은 기사와 기자의 미덕이 된 지 이미 오래였다.

그렇다 보니 요즘 기자들은 대부분 어떻게든 자극적인 기사를 써서 클릭질을 유도하려고만 했다. 한창 방영 중인 드라마 내용을 보고 엉뚱한 제목을 붙여서 기사라고 부르기도 민망한 내용 요약하기를 실시간으로 내보내기 일쑤였고, 이런 쇼케이스 같은 데서는 바로바로 현장에서 여배우들의 노출이나 출연자들의 실수 따위를 앞다투어 빠르게 전달하곤 했다. 어쨌든 이 시대에 가장 좋은 기사는 많은 사람들이 보는 기사라고들 여겼으니까.

그러니 기자라면 이렇게 좋은 기삿거리를 그냥 넘길 리 없었다. 얼마나 좋은 먹잇감인가. 최무진의 장례식장, 전 국민 앞에서 자기 속살을 고스란히 보여줄 뻔했던 여자가 알고 보니 왕년에 잘나갔던 아역배우였다. 게다가 20년 만에 재기하겠다고 나온 프로그램이 한물간 퇴물들만 모아서 하는 갱생 쇼. 더군다나 그녀의 캐릭터는 백치미 철철 흘러넘치는 덤 블론드.

처음으로 대중에게 인사하는 제작발표회 현장에서 간단한 질문에 대답하지 못해서 멍하니 서 있는 모습이라니, 이보다 더 좋은 기삿거리는 없으리라. 정말로 백치이던가, 한없이 영악하게 계산된 행동을 하고 있다는 게 빤히 보이니까.

그런데 어찌 된 일인지 그들의 손은 전부 멈춰 있었다. 아마 바쁘게 돌아가던 그들의 머릿속도 정지했으리라. 기삿거리를 찾기 위해 예리하게 빛나던 눈동자로 오로지 무대 위에 서 있는 한 여자만을 가만히 바라볼 뿐이었다.

그러니 대중은 어떨 것인가. 그 반응을 상상하는 것만으로 진원은 짜릿했다.

그렇게 길고 긴 시간이 흐르는 동안—실제로는 수십 초에 불과했지만—가만히 숨죽인 채 노마리를 주시하는 취재진들의 모습을 만족스럽게 바라본 진원은 가만히 고개를 숙여 마리에게 말했다.

“노마리 씨.”

“……..”

“노마리 씨.”

진원이 재차 부르자 그제야 마리가 몽롱한 눈길을 들어 그를 바라보았다. 그 짧은 시간에 그녀는 꿈을 꾸고 있었던 것일까? 자기를 바라보는 나른한 눈길에 진원은 숨이 막힐 것 같았다. 여름날 온갖 열대의 꽃들이 가득한 온실 문을 열었을 때 느껴지는 그 압도적인 압박감, 짙은 향기, 어지러운 밀향.

이 세이렌에게 가장 먼저 홀린 것은 아마 진원, 자신이리라.

자신을 가만히 올려다보는 마리를 내려다보고 있자니 어쩐지 목이 메어왔다. 목소리가 갈라지지 않도록 조심하면서 진원이 나직하게 말했다.

“저 뒤의 카메라를 봐요.”

“……..”

여전히 말없이 서 있는 노마리는 정말 젤소미나보다 더한 백치미를 뿜어내고 있었다. 무슨 생각을 하는지, 아니, 과연 생각이나 하고 있는지 부푼 입술을 살짝 벌린 채 가만히 허공 어딘가를 주시하는 모습은 정말로 정말로 한없이 덤 블론드에 가까웠다. 그러다 살며시 마리의 얼굴에 미소가 떠올랐다. 그리고 그 염염한 미소를 입에 띤 채 가만히 앞을 응시했다.

그 순간, 진원은 회심의 미소를 지었다.

바로 저거다!

노마리의 가장 강력한 무기는 바로 저 표정이었다.

아이처럼 순수하고 아무 걱정 없는 것처럼 깨끗해 보이는, 그래서 보는 사람을 무장해제시키는 미소를 짓다가 검고 긴 눈꺼풀을 한 번 깜빡이며 나른한 시선으로 바라보는 순간, 그녀는 천진한 소녀에서 유혹적인 여인으로 변신하고 말았다. 사람들의 머릿속으로 바로 직격해 들어오는 치명적이고 뇌쇄적인 아름다움. 그리고 그 아름다움을 넘어선 그 이상의 무엇.

한 번 걸려들면 절대 그 매력에서 헤어 나올 수 없으리라.

고요한 침묵 속에 노마리의 미소를 집중해서 바라보는 그 몇 초가, 그 어떤 대답보다 더 확실하고 강력하게 그녀의 존재를 대중들의 뇌리에 확실하게 새겨놓으리라고 진원은 확신했다.

'좋았어.'

이제 마무리로 연타를 날리면 된다.

진원은 가만히 손을 들어 발표회장 맨 뒤에 설치된 녹화용 카메라를 가리켰다.

"노마리 씨, 저기 카메라를 보십시오."

꿈꾸는 듯 몽롱한 시선으로 그의 손가락 끝을 따라가던 마리는 자기를 찍고 있는 카메라를 발견하자 본능적으로 턱을 살짝 들어서 화면에 잘 나올 수 있는 가장 좋은 각도와 포즈를 취했다. 화면에 비친 그녀의 모습은 더할 나위 없이 완벽했다. 카메

라맨이 저도 모르게 줌을 당겨서 노마리의 얼굴을 클로즈업했
다.

카메라를 사랑하는, 카메라가 사랑하는 여배우. 그녀는 늘 약
물에 찌들어 있으면서도 카메라 앞에만 서면 이슬을 머금은 장
미꽃처럼 싱그럽고 아름다웠다던 그 전설의 여배우처럼 카메라
렌즈 너머를 바라보며 뭐라 형언할 수 없이 아름다운 미소를 지
었다. 그리고 달콤한 한숨처럼 새어 나온 그녀의 대답.

"……좋아요."

그 순간, 일제히 플래시가 터졌다. 그리고 타닥타닥 자판 두
드리는 소리가 시끄럽게 울렸다. 가장 매혹적인 모습의 노마리.

카메라 렌즈와 눈이 마주친 순간 마리는 벅찬 행복을 느꼈다.

나를, 나만을 찍고 있는 카메라.

기쁘다.

세상에서 유일하고 특별한 존재가 된다는 느낌에 마리는 행
복했다.

진원이 마리를 향해 몸을 기울였다. 은은하게 남자의 체취가
풍겨왔다. 그녀의 심장이 조금 빠르게 '두근' 소리를 냈다. 그리
고 들려오는 남자의 음성.

"노마리 씨."

그녀의 이름을 부르고 있었다. 마치 술에 취한 것처럼 나른한
두근거림이 찾아들었다.

"……노마리 씨."

거듭거듭 자기의 이름을 불러주는 남자의 목소리를 들으면서 마리는 조금 전 무대 뒤에서 있었던 일을 떠올렸다. 지운 줄 알 았는데…….

아까 어둠 속에서 마리와 최진원, 두 사람은 입술을 겹쳤다. 이 남자와의 키스는 정말로 근사했다. 잉그리드 버그만처럼 그 리고 영화 속에서 첫 키스를 하며 황홀한 표정을 짓던 수많은 여 배우들처럼 마리의 머릿속에서 종이 울렸다. 구름 위에 뜬 것처 럼 온몸이 두둥실 떠오르고 심장이 간질간질했다.

말로는 형언할 수 없는 야릇하고 특별한 기분에 취해 버릴 것 같았다. 힘차게 달리지도 않았는데 가슴이 벅차 터질 것 같았고, 행복해서 지금 이 순간 죽어도 좋아라고 생각했다.

세상 사람들이 말하던 세상에서 가장 아름다운 행위는 단연 코 키스라던 그 말을 마리는 단박에 이해할 수 있었다.

'아, 〈사랑하다면 이들처럼(Le Mari De La Coiffeuse)〉에서 마 틸드가 앙뜨완과 가장 행복한 그 순간에 왜 자살했는지 알 것 같 아. 영원히 이 기분을 간직하고 싶다. 정말 행복해…….'

그런데 이 남자는 말했다. 단지 닦을 게 필요했을 뿐이라고.

그의 입술이 그리고 나의 입술이 단순히 닦기 위해 필요한, 그리고 닦아내야 할 물건인 것처럼 말했다.

그토록 특별하고 황홀했던 감각은 그렇게 한순간에 휴지조각 으로 그리고 더러운 그 무엇으로 전락해 버렸다. 이루 말할 수 없이 슬펐다. 몹시 행복했던 만큼 더 아프고 쓰렸다.

이 남자는 나를 좋아하지 않아.

자기의 고백을 단칼에 거절했을 때도 마리는 믿지 않았다. 감정의 속도가 조금 다를 뿐이라고 여겼다. 그저 이 남자가 자기보다 조금 느릴 뿐이라고 생각했다.

그러니 언젠가 진원이 자신의 감정을 깨닫고, 반드시 그녀를 좋아하게 될 거라고 믿었다. 처음 키스하고 다시 또 입술을 겹쳤을 때 그녀는 확신했다. 이 남자의 마음속에도 자기처럼 작은 불씨가 심어져 있다고. 아직은 미약하지만 확실하게 타오르고 있다고.

그런데 아니라고 했다. 진원의 목소리가, 표정이 그것이 이 남자의 명백한 진심임을 확연하게 보여주고 있었다.

마리는 그대로 주저앉고 싶었다. 두 다리에 힘이 빠지고 온몸이 후들후들 떨렸다.

심장이 쿵 하고 내려앉았다. 가슴에 커다란 구멍이라도 생겼는지 찬바람이 서걱서걱 불어대고, 숨을 쉴 때마다 아파서 견딜 수가 없었다.

영화를 떠올렸다. 아름다운 영화들. 머릿속으로 수십, 수백 편의 영화들이 스쳐 갔다.

〈단 하나뿐인 삶(You Only Live Once)〉, 〈무기여, 잘 있거라(A Farewell To Arms)〉, 〈천사만이 날개가 있다(Only Angels Have Wings)〉, 〈백만장자와 결혼하는 법(How To Marry A Millionaire)〉 등등……

모두가 영화 속 등장인물들이 결국엔 아름다운 사랑을 이루는 영화들이었다. 그녀가 늘 꿈꾸는 대로 멋지고 근사한.

그러나 그 어떤 것도 그녀에겐 위로가 되진 못했다. 충격이었다. 영화가 그녀를 치유해 주지 못하다니!

게다가 그 아름다운 영상들 위로 자꾸만 사랑에 아파하던 연인들의 모습이 오버랩되었다.

〈카사블랑카(Casablanca)〉의 험프리 보가트와 잉그리드 버그만, 〈밤의 문(Les Portes De La Nuit)〉의 나탈리 나티에와 이브 몽땅, 〈젊은이의 양지(A Place In The Sun)〉의 몽고메리 클리프트와 엘리자베스 테일러. 그리고 비록 불륜이었지만 〈밀회(Brief Encounter)〉 속 실리아 존슨과 트레버 하워드까지.

너무나 사랑하지만 결국은 헤어질 수밖에 없었던 절절한 연인들이, 그들이 흘리던 눈물과 아픈 눈빛이 가슴 아프게 스며들었다. 그러다 문득 〈마음의 행로(Random Harvest)〉에서 기억을 잃어서 자신을 알아보지 못하던 남편을 애달프게 바라보던 그리어 가슨의 쓸쓸한 눈빛이 떠올랐다.

그토록 사랑했는데 한순간에 그녀를 잊은 남자. 그런 남편의 곁에서 맴돌며 그를 아프게 바라보던 그녀의 슬프고 아픈 마음이 처음으로 절절하게 공감이 갔다.

사랑하는 사람에게 외면당하는 것은 그 어떤 고통보다 슬프다. 그리고 아프다……

마리는 어찌할 바를 몰랐다. 외면하고 싶은, 아니, 없애 버리고 싶은 감정이 점점 더 커져만 갔다. 어떻게 해야 하나, 어떻게 해야 하나……. 자꾸 눈가가 시큰거렸다. 꾹꾹 울음을 삼키는 목 안이 타들어갔다.

울면 안 돼, 안 돼!

울음이, 감추고 싶은 아픔이 터질 것 같아서 필사적으로 방법을 찾는 그녀의 귓가에 문득 그리운 음성이 들려왔다.

"아가, 절대로 세상 사람들한테 네가 아프다는 걸, 상처받았다는 걸 보여주면 안 돼. 그러면 그들은 금세 승냥이 떼로 돌변해서 너를 물어뜯으려고 덤벼들 거야. 그리고 고통이 너를 잠식하고 말 거란다. 세상은 비정하고 냉혹한 거야. 그러니까 절대 드러내지 마. 내색하지 말렴. 그래야 너를 지킬 수 있어. 그러니까 마리야, 울지 마. 아파하지도 마. 이렇게 심장이 쥐어뜯기는 것처럼 아플 땐 아름답고 우아한 클래식 무비를 보는 거야. 그리고 잊어버려. 현실 따위는 다 지워 버리렴. 그래도 정말로 견딜 수 없이 힘들다면 그땐 너를 아프게 한 장면 따위는 싹둑 잘라 버려. 그리고 앞뒤 신을 이어 붙여. 그렇게 그 일 따윈 애초에 없었던 걸로 만들어 버리면 돼. 오, 몽타주는 정말로 훌륭한 편집 기술이란다. 조각조각을 이어 붙여서 아름다운 미장센을 만들어내잖니. 네 인생도 그렇게 해. 안 좋은 건 얼른 잘라 버리고 새롭고 행복한 기억을 이어 붙이는 거야. 그럼 넌 아프지 않단다. 오히려 더 행복해질 거야. 알았지? 아가, 우리 예쁜 마리야. 행복하게 살려무나. 아프지 말고, 다치지 말고, 늘 행복하게……."

어린 시절 잠들지 못한 채 울고 있는 그녀를 품에 안고 침대에서 속삭이던 할머니의 목소리였다.

'그래, 나는 행복해야만 해. 즐겁고 아름다운 기억들만 남기는 거야. 그러니까 아까 이 남자가 했던 말들과 표정은 전부 지워 버리면 돼. 잘라 버리면 되는 거야. 내가 이 남자에게 했던 고백도 모두 없애 버리고. 그리고 그냥 처음에 이 남자를 봤을 때, 나한테 노마리 씨라고 불러주던 목소리하고 미소만 남겨두는 거야. 그리고 그 키스……'

마리는 그렇게 자신을 추슬렀다.

이 남자와의 달콤했던 키스만을 기억했다. 자기를 보며 곤란한 표정을 짓고 있던 남자의 모습은 지워 버렸다. 그가 했던 말도. 그러자 비로소 그녀의 심장박동이 평소로 되돌아왔다.

'맞아, 립스틱을 닦아내는 데 입술보다 더 좋은 게 어딨어?'

그리고 진원이 가리키는 대로 쳐다보았다. 카메라를 보는 순간 마리는 자기가 왜 이곳에 왔는지, 이 무대에 서 있는지 기억해 냈다.

'난 다시 배우가 될 거야!'

마리는 그 어느 때보다 환하게 웃었고, 자기를 향해 명멸하는 플래시 불빛들을 보면서 그녀는 가슴 깊은 곳에서 기쁨을 느꼈

다. 그녀는 대중과 호흡하며, 대중의 관심과 인기를 받고 사는
배우였다. 지금은 아닐지라도 곧 진정한 그녀의 연기를 세상에
선보이게 될 것이다. 그러니 지금은 그것만을 위해 달려가야 할
때였다.

11

제작발표회가 끝난 대기실 뒤는 무척 혼잡했다. 스태프들과 참가자들, 그들의 매니저와 코디와 소속사의 누군가와 방송국 사람들이 한데 엉켜서 정신이 없었다. 진원은 그들 사이를 누비며 얼굴 도장을 찍어야 하는 몇몇 기자에게 인사를 하고, 소속사 대표들과 이야기를 나누고, 국장에게 지원이나 잘해달라고 엄포 아닌 엄포를 놓았다.

그리고 그가 극구 만류했음에도 굳이 여기까지 온 본부장을 따로 만나고 돌아오자 번잡스럽던 그 공간은 을씨년스러울 정도로 고요했다. 안을 환하게 비추던 조명도 군데군데 꺼져서 어둑했다.

안으로 들어서며 진원은 태리에게 전화를 걸었다.

"다 이동했지? 어, 거기에 모여 있어. 그래? 알았어, 지금 갈 테니까, 따끈따끈한 아이디어들 잔뜩 뽑아놓고 기다리라 그래. 어, 당연하지. 그래, 금방 가. 끊는다."

다시 몸을 돌려 나가려는데 문득 컴컴한 구석에서 그림자 하나가 움직였다. 반사적으로 몸을 돌리며 큰 소리로 물었다.

"누구야?"

그늘에서 흐릿한 조명 아래로 걸어 나와 몸을 드러낸 것은 진원이 잘 아는 사람이었다.

"뭡니까?"

노마리였다. 그 순간 또 전화벨이 울렸다. 진원은 액정 화면도 확인하지 않는 채 전화기에 대고 말했다.

"알았어, 나 지금 지하주차장으로 내려간다. 곧 갈 테니까, 거기서 기다려."

그러곤 상대방의 말도 듣지 않은 채 전화를 꺼버렸다.

"이거……."

마리가 팔을 앞으로 뻗었다. 그녀의 손에 들린 것은 자신의 재킷이었다. 아직 화장도 지우지 못하고 옷도 갈아입지 못한 노마리를 보면서 진원은 인상을 찌푸렸다. 왜 그럴까. 짙은 화장을 한 그녀의 모습이 어쩐지 서글퍼 보였다.

"나 기다린 겁니까?"

"네, 옷 드리고 가려고요."

진원은 나중에 줘도 되는데, 란 말을 입안으로 삼키며 걸음을

옮겼다. 뚜벅뚜벅 걸어가는 그의 뒷모습을 물끄러미 바라보는
마리의 시선이 느껴졌다. 뒤돌아보고 싶었다. 하지만 막연하게
그래선 안 된다는 생각이 들었다. 하지만 결국 문을 열려고 손잡
이를 잡으면서 저도 모르게 고개를 돌렸다. 대기실 한가운데 노
마리가 오도카니 서 있었다.

짧은 치마 아래 긴 다리와 고스란히 드러난 곧은 목과 조붓한
어깨가 유난히 애처로웠다. 검은 머릿결이 물결처럼 찰랑거리며
그녀의 하얀 얼굴을 감싸 흐르고 있었다. 마치 터너의 그림 속,
순결하지만 정열적이었던 오필리어의 모습 같았다. 손을 내밀면
꺼져 버릴 아스라한 환상처럼 보이는 마리를 보면서 진원은 어
쩐지 목이 메는 느낌이었다.

"매니저 기다립니까?"

"아뇨."

"그럼, 누가 옵니까? 코디? 로드?"

진원의 거듭된 질문에 마리는 아무런 대답도 하지 못했다. 아
니, 대답할 게 없었다. 그녀의 반응을 통해 충분히 사정을 짐작
한 진원이 미간 사이를 더욱 좁히며 다시 물었다.

"아무도 안 옵니까?"

"……"

"올 때는 어떻게 왔어요?"

"로드하는 현석이가 아침에 와서……."

마리가 검은 눈썹을 깜빡이며 기억을 되살리는 걸 보자니 진

원은 조급증과 함께 신경질이 치밀었다. 아무리 한물간 배우라도 자기 소속사 연예인인데 이따위로 취급하는 윤성우를 생각하자니 괘씸하기 짝이 없었다.

하지만 어쩌랴. 지금 윤 엔터테인먼트에서 노마리의 위상이란 게 있는지 없는지 모르겠지만, 그저 사고나 안 치고 있다가 어떻게든 뭐 하나 걸려서 우연히 잘 터지면 천운이다 싶은, 그런 전혀 기대감 없는 존재일 테니까. 그러게 이 바닥에서 내려오는 명언은 정말로 만고불변의 진리 중의 진리였다.

'억울하면 출세하라!'

진원은 자기 재킷을 다시 마리의 어깨에 둘러주며 말했다.

"그럼 갑시다."

"네?"

"나도 집에 가는 길이니까 데려다 줄게요."

진원이 마리의 어깨를 커다란 손으로 감싸곤 망설이고 있는 그녀의 몸을 살짝 밀었다. 호텔 복도를 걷는 내내 곤란한 표정을 짓던 마리가 그에게 중요한 질문을 했다.

"우리 집 어딘지 아세요?"

"모릅니다."

마침 도착한 엘리베이터에 올라타며 진원에 대답했다. 그러자 마리가 난처하다는 듯이 말했다.

"나 길 설명 잘 못하는데……."

"그건 내비 양이 해줄 테니 주소만 알려줘요."

진원은 가볍게 말했지만, 마리는 어리둥절했다. '내비 양'이
라니, 대체 무슨 소릴까? 나비 양도 아니고. 문득 투명하게 빛나
는 아름답고 가벼운 날개를 펼치고 날아다니는 아름다운 요정을
상상하자, 환상적인 세상을 여행하던 우스꽝스러운 콧수염을 한
남자의 얼굴이 문득 떠올랐다.

'어릴 적엔 정말로 〈바론의 대모험(The Adventures Of Baron
Munchausen)〉에 나오는 문하우젠 남작처럼 열기구를 타고 세
상을 여행하고 싶었는데. 달나라도 불의 나라도 가고, 터키 왕과
내기를 해서 어마어마한 보물을 가질 수 있다면 행복할 것 같았
지. 아니, 정말은 그런 보석보다는 단 하나라도 소원을 들어줄
수 있는 지니를 갖고 싶었어. 진짜로 소원을 이뤄줄 수 있는. 내
가 빌고 싶은 소원은 정말로 단 하나였는데……'

어느새 엘리베이터가 지하주차장에 도착하자, 진원은 그녀를
자기 차로 데려가더니 조수석의 문을 열어주며 물었다.

"주소가 뭡니까?"

"주소요?"

"주소를 알아야 내비 양이 친절하게 길을 알려줄 거 아닙니
까."

진원이 자기 차의 내비게이션을 톡톡 건드리며 말했다.

"아……"

"일단 여기서 잠깐만 기다려요."

차 문을 닫은 진원은 차에서 몇 걸음 떨어져서 태리에게 전화

를 걸었다.

"오늘 회의 취소한다고 다들 가서 푹 쉬고 내일 일찍 모이라 그래."

[네? 하지만 감독님이 작가들이랑 최종적으로 점검한다고 다 가지 말라고 하셨잖아요. 안 오시는 거예요?]

"그랬지. 그런데 그거 취소하니까 내일 다시 시간 잡아서 모이라고."

[왜요? 오늘 어디 가실 데 있으세요? 좀 전까지만 해도 그런 말씀 없으셨잖아요.]

"이태리."

[네.]

"쉬라니까 불만이냐?"

[아, 아닙니다. 제가 책임지고 다들 가라고 하겠습니다. 내일은 몇 시에 모이라고 할까요?]

"8시."

[물론 아침이겠죠?]

"그럼 저녁이겠냐."

[네, 알겠습니다. 그럼 감독님, 편안히 들어가십시오.]

수화기 너머에서 허리를 90도로 꺾으며 인사하는 이태리의 모습이 보이는 것 같았다. 아니, 다음부터는 이 녀석이 어떤 표정인지 한 번 영상 통화를 하자고 할까 싶었다.

"삼촌! 삼촌! 작은삼촌!"

그때였다. 갑자기 뜻밖에도 너무나 반가운 목소리가 그를 불렀다. 고개를 돌리자 그가 세상에서 가장 사랑하는, 하나밖에 없는 조카 예나가 그를 향해 달려오고 있었다.

"최예나!"

그는 얼른 무릎을 굽히고 앉아서 달려오는 조카를 가슴으로 안아주었다. 아이의 겨드랑이에 팔을 넣고 번쩍 들어 올리자, 까르르 웃음소리가 사랑스럽게 터져 나왔다.

"너 뭐야, 언제 이렇게 컸어?"

"삼촌이 그 아무짝에도 쓸모없는 쇼 만든다고 집에도 안 올 때."

진원이 일부러 무거운 척하며 너스레를 떨자, 여덟 살 난 깜찍한 조카의 입에서 상상하지도 못할 대답이 나왔다. 기함한 진원은 얼굴을 딱딱하게 굳히며 물었다.

"최예나, 누가 너한테 그런 말 가르쳤어?"

"큰삼촌이."

"내 이 인간을 그냥!"

진원이 버럭 소리를 지르는데 그때까지 옆에 서서 두 사람을 보며 웃고 있던 진원의 누나가 한마디를 던졌다.

"너, 그 말도 애한테 할 말은 아니다."

"뭐야, 누나까지 온 거야? 형수님, 오셨어요."

그제야 진원은 예나 뒤에 있던 자신의 형수와 누나에게 인사를 건넸다.

"막내 너, 솔직히 말해봐. 너 나랑 새언니는 눈에 보이지도 않았지?"

"뭔 소리야? 당연히 누나는 안 보이고 형수님은 보였지."

동생의 대답에 재인은 주먹을 흔들어 보이며 몸을 부르르 떨었다.

"너! 이리 와봐. 내가 이 주먹으로 내 존재를 아주 확실하게 각인시켜 줄 테니까."

"어허, 왜 이러세요, 최 검사님. 우리 폭력 말고 말로 해결합시다, 말로."

시동생들을 보고 웃던 미연이 말했다.

"죄송해요, 도련님. 큰형은 회사일 때문에 못 왔어요."

"알겠지만, 네 작은형이자 내 영혼의 데칼코마니인 최민준은 응급 수술 들어가서 못 왔다."

형수와 누나의 말에 진원은 차례대로 응대했다.

"누나, 그 인간이야 안 오는 게 나 도와주는 거거든요. 형수님, 큰형하곤 오전에 통화했어요. 유럽 출장 중이라면서요. 만날 그렇게 일만 한다고 얼굴도 제대로 못 보는 남편 안 미우세요?"

"설마요. 매일 전화도 해주고, 안 바쁠 때는 늘 같이 있는걸요."

진원의 너스레에 진원의 형수인 미연이 예쁘게 웃었다.

"그런데 뭐 대단한 거라고 매번 다들 이렇게 총출동하시는 겁니까? 그리고 나 여기 있는 건 어떻게 알았어? 최 검사님, 혹시

나한테 위치추적기 달았어?”

“최진원, 넌 무슨 전화를 그렇게 받냐?”

“뭐?”

“아까 전화했더니 너 네가 할 말만 쏙 하고는 딱 끊어버리더라.”

“아, 그 전화가 누나였어?”

“그래!”

진원은 모처럼 사랑하는 가족들과 함께하자 무척 기분이 좋았다. 그의 얼굴에 미소가 떠나질 않았다.

마리는 그 모습을 자동차 백미러로 바라보고 있었다.

진원이 오지 않아서 사방을 둘러보던 그녀는 그가 아름다운 여자들에게 둘러싸여 있는 걸 발견했다. 단발머리를 한 늘씬하고 세련된, 지적인 분위기의 미인과 여성스럽고 호리호리하면서 웃는 게 사랑스러운 여자였다.

어쩐지 심장 한구석이 칼에 찔린 것처럼 욱신거렸다.

날 좋아하지 않는다고 했다. 자기를 좋아하지 말라고.

그 말을 할 때의 진원의 차갑고 냉정한 얼굴이 떠올랐다. 심장에 박힌 칼이 더 깊숙하게 파고들어 왔다.

그러나 저 아름다운 여자들과 이야기를 나누면서 진원은 내내 웃고 있었다. 보는 사람에게 그 마음이 고스란히 전해질 정도로 환하고 기쁜 웃음이었다. 자기도 저렇게 진원과 마주 보고 이야기를 나누면서 웃고 싶었다.

"피디님 저렇게 웃으시기도 하는구나. 처음 본다⋯⋯."

자기에게 보여주었던 차가운 냉소나 비틀린 웃음과는 전혀 달랐다. 정말로 기뻐서 진심으로 우러나오는 그 미소를 보면서 마리는 마음 깊은 곳에서 바람이 부는 것처럼 쓸쓸하고 아팠다.

차로 돌아오자 노마리가 무슨 구체관절 인형처럼 생기 없는 표정으로 정면을 주시한 채 앉아 있었다. 무릎 위에 올려둔 팔과 마디가 긴 손가락이 가냘프다.

"벨트 매요."

운전석에 올라탄 진원이 안전벨트를 매면서 마리에게 말했다. 가만히 고개를 돌린 마리가 그를 보더니 그제야 깨달았다는 듯이 가볍게 아, 하고 탄식을 하며 안전벨트를 맸다. 지하에 있던 주차장을 벗어나 밖으로 나가자 창밖으로 부슬부슬 비가 내리기 시작했다. 여름도 가을도 아닌 시간. 마치 계절의 틈새로 스며 나와 뒤엉킨 것처럼 여름의 비와 가을의 냉기가 섞여 스산한 날씨였다. 이미 꽤 늦은 시간인데다 유동 인구가 적은 지역이라 도로는 한산했고, 저녁 어스름이 내려앉은 텅 빈 거리는 어둡고 삭막해 보였다.

마리는 울적했다.

아무리 힘을 내려고 해도 돈을 벌려고 텔레비전 쇼에 출연하려는 자신이 한심해서 죽을 것 같았다. 하지만 반드시 해야만 하는 일이었다. 태리즈 여사가 없으니 자신의 생활을, 그리고 영애 언니를 지키는 것은 온전히 자기의 몫이었다. 그동안 영애 언니에게 무리하게 지워두었던 그 짐은 원래 그녀의 것이 아니던가.

'잘할 수 있잖아. 그래, 잘할 거야. 노마리, 잘해야 해.'

마리는 속으로 다짐하고 또 다짐했다.

그리고 자꾸만 다른 여자들을 보며 웃고 있던 진원의 모습과 싸늘하게 자신을 거절하던 그의 모습이 겹쳐서 생각났다. 이러면 안 되는데 하면서도 마음이 아팠다.

[다음 삼거리에서 우회전하십시오.]

차창에 어린 빗물을 닦아내기 위해 움직이는 와이퍼 소리만이 가득하던 차 안에 내비 양의 친절한 목소리가 낭랑하게 울렸다. 물끄러미 거리의 풍경을 주시하던 마리는 문득 가슴 깊은 곳에서 아름답지만 슬픈 영상 하나를 떠올렸다. 흐릿하게 안개가 낀 거리. 신들이 산다는 그리스의 그 어디쯤을 담은 애달픈 로드 무비였다.

〈안개 속의 풍경(Topio Stin Omichli)〉 같다. 아이들이 아빠를 찾으러 다니면서 헤매던 그 거리 같아. 나는 지금 어디로 가는 거지? 어디에 있는 거지? 막막하고 두렵던 그 아이들 곁에는 함께 길을 찾아주는 남자가 있었는데. 이 자동차에는 내비 양이 있는데. 나한텐 누가 있지? 아니, 뭐가 있지? 과연 내가 이 쇼를 하는 게 옳은 걸까? 배우의 길에서 너무 멀어지는 건 아닐까? 정말 모르겠어……. 아, 내가 〈안개 속의 풍경〉 생각하는 거 알면 또 할머니한테 혼나겠다.'

간혹 태리즈 여사가 마리에게 보지 못하게 하는 영화들이 있었다.

엄마 없이 아빠와 혼자 살던 금발 머리 꼬마 리키 슈로더가 그 귀엽고 사랑스러운 연기로 사람들 눈물샘을 쏙 빼놓는다는 〈챔프(The Champ)〉, 태리즈 여사 전성기 때 아역들이 떼거지로 나온다는 최루성 영화 〈엄마 없는 하늘 아래〉, 엄마가 병들어 죽고 서로 의지하며 살던 어린 남매와 그 아이들이 맑은 목소리로 부르던 등려군의 노래가 인상적이던 〈로빙화(魯冰花)〉, 버림받은 아이와 떠돌이의 애틋한 이야기를 그린 찰리 채플린의 명작 〈키드(The Kid)〉, 그리고 주근깨 빨간 머리의 고아 소녀가 행복해지는 〈애니(Annie)〉.

그런 영화들은 사전에 내용 검열을 한 태리즈 여사에 의해 그녀들의 지하 영사실에 들어오지 못했다. 그리고 혹시나 마리가 다른 곳에서라도 그 영화들을 접할까 싶어 태리즈 여사는 신신당부를 하곤 했다.

"그런 영화들은 너한테 아무런 도움이 못 돼. 그러니까 절대 보지 마렴. 알았지? 내 아가?"

〈안개 속의 풍경〉도 그중 하나였다. 그 감독의 전작이었던 〈율리시즈의 시선(To Vlemma Tou Odyssea)〉이 무척 마음에 들었던 마리는 영화가 개봉된다는 사실을 알고 할머니 몰래 빠져나가 영화를 보고 왔었다. 그리고 그날 내내 침대에 누워 앓아야 했다. 왜 아픈지는 알 수 없었다. 그저 그 밤 내내 열에 들떠 꿈인지 생시인지 모를 환각 속에서 자꾸만 한 사람의 얼굴을 떠올렸다.

그리고 그녀의 가방에서 영화표를 발견한 태리즈 여사는 아픈 그녀의 어깨를 꼭 붙들며 말했었다.

"아가, 내가 말했지? 이 세상은 아름답고 황홀한 영화들로 가득해. 그런데 뭐 하러 그렇게 어둡고 칙칙한 영화를 찾아 보는 거니? 그런 어리석은 짓은 절대 하지 마. 알았니? 오, 게다가 그리스라니! 빌어먹을 〈페드라(Phaedra)〉! 빌어먹을 멜리나 멜로쿠리! 젠장할, 재클린 오나시스!"

어린 두 남매가 존재 자체가 부정확한 아버지를 찾아 나서는 그 로드 무비를 태리즈 여사는 몹시도 싫어했다. 심지어 그리스라는 말에 이를 갈면서 부르르 몸을 떨었다. 마리의 과거 때문에 그럴 법하다곤 생각했지만, 할머니 입에서 '빌어먹을 멜리나 멜로쿠리!' 라는 말이 나왔을 때 마리는 충격을 받았다.

어릴 적에 그녀가 주연한 〈일요일은 참으세요(Pote Tin

Kyriaki)〉를 보면서 할머니와 함께 춤을 추며 즐거웠던 기억이 생생하다. 그런데 몇 년 사이에 왜 저러시는 걸까? 여배우로서 그리스의 문화부 장관에까지 오른 그녀를 보며 태리즈 여사가 뭐라고 하셨던가.

"왕비, 장관, 모두 문화와 예술을 사랑하는 여배우만이 할 수 있는 일이지. 오호호호."

그래서 좋아하는 영화는 두고두고 다시 보는 마리였지만, 그 영화는 딱 한 번 보고는 더 보지 못했다. 하지만 이상하게도 가슴속에 영화의 장면 하나하나가 뚜렷하게 새겨졌고, 어린 소녀가 흐린 하늘을 보며 힘겹게 토로하던 대사가 잊히질 않았다.

"……내가 하늘을 향해 소리친다 해도 수많은 천사들 중 어느 누가 내 소리를 들을까."

내내 마음속에 남아 있던 구절을 가만히 읊조렸다. 그때였다. 갑자기 진원이 룸미러를 통해 그녀를 바라보며 물었다.

"뭐라고 했습니까?"

"네?"

운전하는 내내 말 없던 진원이 갑작스럽게 반응을 보여서 마리는 깜짝 놀랐다.

"방금 천사가 어쩌고 하지 않았어요?"

"아……."

마리는 손을 들어서 벌려진 입을 가렸다. 아마 자기도 모르게 소리 내서 말한 모양이었다.

"영화 대사예요."

"영화? 음…… 그거 누구더라? 그래, 릴케의 시 아닌가?"

"그게 시였어요?"

"뭐, 난 잘 모르지만, '내가 이렇게 소리친들 천사의 대열 중 그 누가 대체 내 목소리를 들어줄까' 뭐, 그런 시구가 있는 것 같은데. 아닙니까?"

"비슷해요. 피디님, 시 좋아하세요?"

마리가 조심스럽게 되물었다.

차를 타고 오는 내내 너무 조용한 그녀가 진원은 계속 신경 쓰였다. 말없이 앉아서 창밖만 바라보는 마리를 몰래 훔쳐보며 몇 번이나 한숨을 내쉬었는지 모른다. 진원은 자기가 잘못했다곤 생각하지 않았다, 실수는 했지만. 게다가 노마리가 뭐라고 했던가, 오해하지 않는다고? 자기보다 더 태연하게 말하는 여자의 덤덤한 얼굴을 보면서 얼마나 화가 났는지 모른다. 그 순간을 생각하자 다시 짜증이 치솟았다.

어찌 되었든 실수에 대한 사과를 하지 못했다는 게 내내 마음에 걸리긴 했다. 어떻게든 말을 꺼내야 하는데 쉽지가 않았다. 여태 살면서 누구한테도, 어떤 경우에도 말문이 막힌 적은 없는데 노마리하곤 벌써 두 번째였다.

그러다 그녀의 입에서 숨결처럼 흘러나오는 작은 단어가 그에게 기회를 만들어주었다. 아니, 정확히는 말을 걸 수 있는 빌미를 제공해 준 셈이다.

"그건 아니고, 전에 할까 했던 드라마 대본 속에서 남자 주인공이 여자 주인공한테 쓴 편지에 저 구절이 있었습니다. 릴케가 쓴 시라고 작가가 그러더군요."

"그래요, 그게 시였네요."

"〈두이노의 비가〉라고 하는데 그게 릴케가 10년에 걸쳐 완성한 시라더군요."

작가는 그 시를 통해 십 년이 넘는 두 사람의 사랑에 대해 은유하고 싶다고 했었고, 진원은 그런 빤한 클리셰 따위 자기 작품에 쓸 수 없다며 단호하게 반대했었다. 게다가 〈두이노의 비가〉는 절절한 남녀의 연정 따위에 어울리는 작품이 아니었다.

아무튼 그래서 그때 작가가 이를 갈면서 '다시는 당신이랑 작품 안 해!' 라고 해서 엎어졌던 그 작품이 얄궂게도 영화 시나리오가 돼서 다시 진원에게 돌아왔다. 그것도 강제하라는 엄청난 배경을 등에 업고 말이다.

〈갈망, 그 여름의 잔해〉는 아무래도 그에게 모질고 질긴 인연인 듯싶다.

'뭐, 어차피 영화야 내가 감독하는 거 아니니까.'

진원이 가볍게 어깨를 으쓱거리며 물었다.

"어떤 영화에 그런 구절이 나옵니까? 설마 남자와 여자가 죽네 사네 하는 장면에 나오는 건 아니겠죠? 그런 영화라면 감독 머릿속을 한 번 뒤집어봐야 할 텐데."

가볍게 질문을 던지곤 진원은 젖은 도로를 주시했다. 평소엔 이렇게 주절주절 말을 많이 하진 않는다. 그런데 오늘은 이상했다. 민망했다. 거리에 깔린 어둠이 자동차 안에 스며 있지 않았더라면 그의 표정이 적나라하게 드러났으리라.

노마리가 참 낯설었다.

처음 보았을 때 자기 앞에서 그토록 당당하던 여배우도, 가만히 그를 올려다보며 말도 안 되는 고백을 하던 여자도, 그와 키스를 나눈 후에 냉정하게 선을 긋던 노마리도 아닌, 그저 조용하고 나약한 것 같으면서도 어딘가 슬퍼 보이는 노마리. 전혀 예상하지 못했던 모습이다.

"아니면 무슨 장례식장에서 추모사로 읊던가요?"

마리가 대답을 하지 않자 진원이 다시 물었다. 어쩐지 멍청이가 된 기분이었다. 그러자 고개를 조금 옆으로 기울인 채 생각에 잠겨 있던 마리가 도톰한 입술을 열며 말했다. 부드러운 한숨처럼 흘러나오는 목소리가 감미롭다.

"아뇨. 그건 아니고. 음…… 한 소녀가 있어요. 그녀한텐 동생이 있구요. 두 아이 곁에는 아무도 없어요. 어머니도 없고 아버지도 없죠. 돌봐주는 할머니도 없어요. 그러다 아이들은 독일 어딘가에 있을지도 모른다는 아버지를 찾아서 길을 떠나요……"

대부분의 사람은 마리가 하는 이야기를 중간에 잘라 버리곤
했다. 남들보다 좀 느리고 장황하게 늘어지는 그녀의 이야기를
인내심을 갖고 들어주는 사람은 없었다.

특히 영화라면 마리는 할 말이 너무 많았다. 인상적이었던 장
면, 내용을 설명하는 데 꼭 알아야 하는 장면, 배우나 감독에 관
한 이야기, 그 영화와 연관된 에피소드 등. 말할 게 너무 많았던
것이다.

그런데 진원은 마리의 말을 끝까지 들어주고, 관심을 갖고 자
연스럽게 응수해 주었다.

"마지막에 강이 나오고 잠깐의 암전이 있어요. 그리고 마지막
신은 두 아이가 언덕 위에 보이는 나무를 향해 달려가서 꼭 끌어
안으면서 끝나죠."

"어디 영화입니까?"

"그리스요."

"그리스의 현대사를 은유하고 있는 영화군요."

"네."

"감독 기억해요?"

"테오도로스 앙겔로풀로스요."

"테오도로스 앙겔로풀로스라. 영화는 본 적 없는데 이름은 들
은 적이 있는 것 같군요. 낯설지가 않아요."

"그분 전작이 〈율리시즈의 시선〉이라고 하비 케이텔이 나오
는 영화예요. 엄청나게 커다란 레닌 동상이 공중에 둥둥 떠 있는

장면이 인상적이었죠."

감독의 이름을 되뇌던 진원이 퍼뜩 생각난다는 듯이 말했다.

"아, 작년엔가 교통사고로 죽었다는 그 감독인가 보네."

"……?"

"영화 제작하다가 오토바이 사고로 죽었다는 기사를 본 기억이 납니다. 그리스 경제난에 관한 영화라고."

"죽…… 었어요?"

교통사고, 죽음.

감당할 수 없는 과거의 기억이 갑자기 되살아나 마리를 덮치기 시작했다. 부서진 차체, 붉은 피, 고통스러운 신음 소리, 살갗이 타들어가던 냄새…….

끔찍하고 끔찍한…… 그래서 지워야만 하는 그 기억의 편린들이 한꺼번에 마리를 점령했다. 발밑에 고여 있는 검은 늪이 그녀를 빨아들이고 있었다. 어서 마법의 주문을 외워야 했다. 아름답고 황홀한 영화를, 배우들을……. 그러나 마리는 단 하나도 떠올리지 못했다. 어쩌지, 어쩌지…….

"몰랐습니까?"

그때 진원의 목소리가 귓가에 스며들었다. 마리는 간신히 고개를 끄덕였다.

'뭐야, 엄청 좋아하는 감독이었나? 그렇다고 뭐 저렇게 심하게 충격받을 거까지야 없잖아. 하여간 독특한 여자야. 어, 어, 저러다 울겠네.'

진원은 얼른 화제를 돌렸다.

"그러고 보니 대학 때 그 감독 작품을 영화제에서 본 기억이 납니다. 제목이 참 특이했는데. 무슨 새가 나오는 거였는데."

"……."

혼자만의 슬픔에 잠긴 마리가 고개를 숙인 채 아무런 말도 하지 않았다. 그래서 진원은 목소리를 조금 더 높였다. 창밖으로 내리는 빗줄기가 점점 더 굵어지고 있었다. 사방이 검은 물빛으로 가득했다.

"어, 뭐더라? 황새가 어쩌고였는데……."

말꼬리를 흐리면서 슬쩍 옆을 쳐다보자 마리가 가방에서 손수건을 꺼내 눈 밑을 꾹꾹 누르고 있었다.

"〈황새의 멈추어선 걸음(To Meteoro Vima Tou Pelargou)〉이요."

"맞아요, 진짜 뭐랄까, 특이했죠. 새 나오는 제목은 〈새는 폐곡선을 그리며 난다〉도 그렇고 다들 너무 현학적이라 나 같은 사람은 당최 알 수가 없다니까. 또 뭐가 있더라."

"〈학은 날고 있다(Letjat zhuravli)〉, 〈갈가마귀 기르기(Cria Cuervos)〉, 〈수정 깃털의 새(L'Uccello Dalle Piume Di Cristallo)〉, 〈말타의 매(The Maltese Falcon)〉 그리고 〈새(The Birds)〉요."

마리의 입에서 영화 제목들이 줄줄 흘러나왔다. 그리고 죽은 귀신이라도 본 것처럼 굳어 있던 표정이 조금씩 풀리고 있었다.

정말로 영화를 좋아하는 여자다.

"제목만 봐도 감독 성향이 딱 드러난다니까. 〈새〉 봐요. 얼마나 간결하면서도 확 오는 제목입니까? 역시 히치콕은 케이크를 정말 먹고 싶게 파는 방법을 아는 감독이라니까."

'내게 영화란 한 조각의 케이크. 관객들이 맛있게 먹어주면 그뿐'이라던 감독의 말을 인용하는 진원을 보면서 마리는 저도 모르게 고개를 돌려 운전하는 진원을 바라보았다.

"피디님도 영화에서 가장 중요한 건 결국 오락성이라고 생각하세요?"

"대중이 보지 않는 예술 놀음 따위는 나랑 안 맞습니다. 방송국에서 드라마나 쇼 나부랭이 만드는 거 보면 모르겠습니까? 뭐, 히치콕 그 양반 정도 되면 단순히 오락 영화 만드는 분이라고 할 순 없지만, 어쨌든 영상물의 본질은 보고 즐기는 거라고 믿습니다."

마리는 가만히 고개를 끄덕였다. 이렇게 영화 이야기를 나눌 상대가 있다니 즐거웠다. 평생 태리즈 여사와 영화와 배우들에 관한 이야기를 나누긴 했지만, 그 편안함과는 또 다른 기분이었다.

"아무튼 난 제목 특이한 영화들 보면 일단 이거 재미없겠구만 하는 생각이 가장 먼저 듭니다. 〈사랑은 죽음보다 차갑다(Liebe Ist Kalter Als Der Tod)〉, 〈불안은 영혼을 잠식한다(Angst Essen Seele Auf)〉 근사하긴 한데 너무 길잖아. 사람들 머리에

팍팍 꽂히질 못한다 이거죠."

"하지만 그런 시적인 제목 때문에 더 보고 싶어지고 또 인상에 많이 남고 그러는데요."

"뭐, 나같이 즉물적인 인간한테는 안 먹힙니다."

"그래도 길다고 다 현학적이고 어렵진 않잖아요, 재밌는 것도 있고."

그리고 마리는 눈을 동그랗게 떴다. 머릿속에 재미난 것이 떠올랐다. 진원도 입술을 실룩거렸다. 그러다 두 사람의 시선이 룸미러 안에서 딱 마주쳤다. 그 순간 갑자기 두 사람이 동시에 외쳤다.

"〈얼지 마, 죽지 마, 부활할 거야(Zamri Umri Voskresni)〉"

"〈얼지 마, 죽지 마, 부활할 거야〉"

그리고 웃음이 터졌다.

"하하하, 정말로 그 제목이 최고죠."

"네, 정말로요."

마리가 환하게 웃으며 고백했다.

"내용은 안 그런데, 제목만 보고 전 코메디라고 오해했었잖아요. 참 슬퍼서 두고두고 많이 생각나고 많이 울었던 영환데 말이에요."

"그거 참 미안한 일이군요."

"……?"

"감독한테 말입니다. 아니, 영화한테라고 해야 하나."

“맞아요.”

마리가 다시 작게 소리 내서 웃었다. 눈물이 그렁하던 검은 눈동자가 밝게 빛났다. 그 모습을 룸미러로 바라보던 진원이 잠깐 목을 가다듬더니 말했다.

“미안합니다.”

“네?”

“미안했습니다, 아까.”

“뭐가요?”

“그게 그러니까, 아무리 상황이 그래서 방법이 없었다지만 그러는 게 아니었는데 미안했습니다.”

마리는 생각지도 못한 진원의 말에 아무런 대꾸도 하지 못한 채 물끄러미 그를 바라만 보았다. 진원의 광대 언저리가 어쩐지 붉게 보인다. 하지만 잠깐 고개를 돌려 그녀를 바라보았다. 마리도 시선을 피하지 않은 채 가만히 눈을 맞췄다. 진원의 눈빛은 그의 말이 진심이라는 걸 확인시켜 주는 것 같았다. 마리는 심장이 두근거렸다.

진원이 다시 전방을 주시하기 위해 시선을 돌렸다. 그의 옆모습을 보면서 마리는 자신의 심장 고동이 더 커지는 걸 깨달았다.

'나한테 왜 이러지? 내가 싫다고 했는데……. 이런 건 좀…… 이상해. 〈첫사랑〉에서 김혜수가 사랑했던 선생님은 결국 유부남이었잖아. 울었고 아파했지만 정리했어. 나도 그럴 수 있는데 이렇게 나오면 난 어떻게 해야 하는 걸까? 뭐라고 대답해야 하는 거지? 아, 그러고 보니까 지금 이건 마치 〈천사만이 날개를 가졌다〉에서 진 아서와 캐리 그랜트 관계 같다. 남자한테 호감 갖고 있는 여자, 그 여자한테 내내 관심 없던 남자……. 진 아서는 냉정한 캐리 그랜트를 포기하지 않았어. 그러다 마지막에 화를 내고 떠나려고 했었고. 그때 캐리 그랜트가 앞뒤가 똑같은 동전을 주면서 던지라고 했었지. 앞이 나오면 가지 말라면서. 그 장면 정말 멋졌는데.'

그리고 문득 마리는 생각했다.

'그런데 나한테는 웃어주질 않는구나, 아까 그 여자들한테처럼……'

그때 내비 양이 다시 또 친절하게 말했다.

[목적지 도착입니다.]

"흠, 흠, 다 온 모양입니다."

"네."

"잠깐만."

진원이 안전벨트를 풀면서 말했다. 마리가 뭐라 대답하기도 전에 운전석 문을 열고 나간 그는 차의 뒤편으로 성큼성큼 걸어갔다. 투둑투둑 자동차 트렁크를 때리는 굵은 빗방울이 그의 머리에, 넓은 어깨에 후드득 떨어지고 있었다. 주룩주룩 빗물이 내리는 부옇게 흐린 창문 너머로 보이는 진원의 모습이 어쩐지 영화 속 배우 같았다.

하지만 그와 자신은 서로 다른 영화 속에 있었다. 그는 분명히 말했다. 마리를 좋아하지 않는다고, 그녀의 마음을 받아들일 생각 없다고. 그래, 그랬다.

그때 달칵 문이 열렸다. 마리는 갑작스러운 냉기에 부르르 몸을 떨었다.

"이거 써요."

진원이 우산을 펼쳐 들고 조수석 문을 연 채 그녀를 내려다보고 있었다.

"아뇨, 됐어요. 그리고 이거."

마리가 입고 있던 진원의 재킷을 벗으려고 하자, 그가 만류했다.

"됐습니다. 비도 오고 쌀쌀합니다. 그냥 입고 가요."

고개를 끄덕인 마리가 밖으로 나오자 진원이 그녀의 머리에 우산을 씌워주었다.

"감사합니다."

대문 앞에 이르러서 마리가 고개를 숙여 인사하자, 진원이 머쓱한 표정을 짓더니 그녀의 손에 우산을 들려주려고 했다.

"됐습니다. 이거나 받아요."

"아뇨. 다 왔잖아요."

"보아하니 대문에서 현관까지 꽤 걷는 것 같은데 아무튼 쓰십시오."

"안에 영애 언니 있으니까 우산 갖고 나와 줄 거예요."

"그건 난 모르는 일이고, 쇼 얼마 안 남았는데 비 맞고 감기라도 걸리면 어쩝니까? 그러니까 그냥 써요.”

진원이 기어이 그녀의 손에 우산을 들려주며 말했다. 굵은 빗줄기가 진원의 넓은 어깨를 삽시간에 젖게 만들었다.

‘윤 사장 말대로 정말 일에 철저한 사람이구나. 출연자들 컨디션까지 이렇게 챙기는 거 보니까.’

마리는 더 이상 거절하지 않고 선선히 우산을 받아 들었다.

“네, 그럼. 고맙습니다.”

마리가 운전석까지 데려다 주려고 하자 진원이 거절했다. 팔을 높이 치켜든 마리가 그의 머리에 우산을 씌워주며 한 걸음 진원에게 다가섰다. 좁은 우산 안, 두 사람의 몸이 맞닿을 듯 가까워졌다. 그 순간, 진원이 숨을 들이켜며 긴장하는 게 느껴졌다.

“돼, 됐습니다.”

좀 전과는 다르게 딱딱한 목소리였다. 어쩐지 화난 것 같기도 했다.

“빗줄기 굵어요.”

“됐다니까요.”

진원이 우산 손잡이를 잡고 있는 마리의 손을 밀어내더니 차를 향해 뛰어갔다. 단 몇 걸음에 도착한 그는 늦지 말고 방송국으로 오라는 말을 남긴 채 재빨리 자동차에 올라탔다. 그리고 곧 작은 물보라를 일으키며 검은 물체가 골목을 빠져나갔다. 그 뒷모습을 보며 마리는 나직하게 말했다.

“저 사람은 내가 참 싫구나.”

손에 맞닿았던 피부의 온기가 채 사그라지기도 전에 떠나 버린 남자를 생각하며 그녀는 힘든 여정, 유일하게 힘이 되어준 첫사랑과 헤어진 소녀가 했던 대사를 가만히 되뇌었다.

“사랑하는 아빠, 나는 낙엽처럼 여행하고 있어요.”

12

"자, 여기가 이제부터 여러분이 묵게 될 숙소입니다. 어떤 분은 단 일주일 만에 이곳을 나가시겠지만, 또 어떤 분은 9주 동안 이곳에 있게 되겠죠. 누가 제일 먼저 탈락할지 대한민국 국민 모두가 궁금해하고 있습니다! 그러나 걱정 마세요. 오늘 밤은 여기에 있는 모든 분이 다, 이곳에서 잘 수 있으니까요. 그럼 우선 각자 묵을 방을 정해야겠죠? 이 집에는 총 다섯 개의 방이 있습니다. 그러나!"

바지폭이 넓은 흰색 양복바지에 짙은 색 상의를 걸친 성기남이 한쪽 손을 바지주머니에 넣은 채 OBG 출연자들이 묵게 될 숙소를 소개하고 있었다. 그가 이 쇼에서 맡은 역할은 메인 MC, 매회 쇼가 시작될 때마다 출연자들과 인터뷰를 하고, 경연의 진행을 하는 것이 그의 역할이었다.

성기남은 자기를 찍고 있는 카메라 앵글을 바라보며 자못 극적으로 말을 끊었다. 그러나 그것은 의도된 연출이 아니었다.

"각 방에 두 명씩 묵게 되는 게 아닙니다. 그러면 영 재미가 없겠죠? 그래서 음, 한 방에 세 명씩 자고, 아, 그러니까……."

그러곤 더 이상 말을 잇지 못했다. 왜냐하면 그는 지금 현장에 와서 대본을 보고 대충 읊는 중이었기 때문이다. 미리 나와서 스태프들과 회의를 한다거나 대본을 숙지하는 일 따위는 그의 안중에 전혀 없는 일이었다.

NG!

평소라면 진원의 입에서 당장 이 말이 튀어나왔을 것이다. 그러나 진원은 카메라 뒤에 서서 그저 가만히 지켜만 볼 뿐이었다. 그는 이번 쇼를 연출하면서 가능한 세부적인 디렉팅을 하지 않기로 마음먹고 있었다. 큰 틀을 주고 그 안에서 일어나는 일들을 될 수 있는 한 자연스럽게 담고자 했던 것이다.

물론 쇼를 기획하고 전체적인 내용을 설정하고, 정해진 각 캐릭터에 맞는 인물들을 캐스팅해서 제작발표회를 한 것까지 그 모든 것은 완벽하고 치밀하게 짜인 각본대로였다. 그리고 방영을 위해 진원의 손을 거쳐 편집을 하게 되면 그가 원하는 내러티브에 따라 그림이 그려질 터였다.

하지만 일단은 우선 가능한 '자연스럽게 내버려 두는 것'이 그의 연출 방침이었다. 그래서 지금도 카메라 너머에서 벌어지는 일들을 그저 아무 말 없이 그대로 담아내기만 할 뿐이었다. 성기남 저 작자가 쇼 호스트로서 제대로 역할을 해주든 못해주든 상관없이.

"일단 그러면 이 집에 어떤 방들이 있는지 그것부터 볼까요?"

그래도 그의 유명세가 허명은 아니었는지 성기남은 오랜 세월 방송계에서 MC로 인기를 얻은 사람답게 순발력을 발휘했다. 그는 출연자들을 데리고 집 안 곳곳을 다니면서 방을 구경하기 시작했다.

도심과 떨어진 시골, 야트막한 산을 뒤로한 채 세워진 2층짜리 전원주택은 수영장과 유리 온실, 테니스장에 커다란 차고까지 구비한, 자못 규모가 있는 건물이었다. 꽤 넓은 곳이었지만 집 안 곳곳, 건물 안팎 구석구석에는 카메라가 설치되어 있었고, 진원을 필두로 한 메인 카메라는 물론 출연자 개개인을 담당하는 ENG 카메라까지 배치돼서 안에서 벌어지고 있는 모든 일들을 담아냈다. 화장실을 제외한 침실과 욕실에까지 설치된 카메라는 출연진들의 일거수일투족을 모조리 담아낼 예정이었다.

"방마다 다 특색 있게 꾸며져 있군요. 이렇게 아름답고 젊은 아가씨들이 9주 동안 이곳에 모여서 산다고 생각하니, 전국에 있는 남성 여러분들, 이곳으로 오고 싶지 않으십니까? 흐흐흐, 그러나 포기하십시오. 여기가 어딘지는 이 쇼의 관계자들과 저 성기남을 빼고는 아무도 알 수가 없으니까요."

성기남이 카메라를 향해 손가락 하나를 흔들어댔다.

"심지어 여기에 있는 출연자들도 숙소가 어디에 있는지 모른답니다. 이동할 때 버스 창을 다 가리고 와서는 어딘지도 알려주질 않았거든요. 어쩐지 제가 비밀스런 하렘의 주인이 된 기분입니다. 흐흐."

열 명의 젊은 여자들이 모여 있었다. 처음에는 아무래도 어색한지 별로 말도 없고 얌전빼는 것 같던 그녀들은 곧 각자의 개성과 본성을 드러내기 시작했다.

1층과 2층에 있는 싱글베드 세 개가 나란히 있는 세 개의 방을 보고선 아무런 반응도 보이지 않던 그녀들은 2층 안쪽에 있는 호화롭게 꾸며진 방을 둘러보고는 저마다 탐을 내며 한마디씩 하기 시작했다.

"괜찮네."

"내가 원래 다른 사람이랑 방을 같이 써본 적이 없거든."

"난 누가 옆에 있으면 신경 쓰여서 잠을 못 자."

"침대 하나니까 한 명 쓰는 거 맞겠지?"

모던한 디자인의 깔끔하고 널찍한 침대, 자쿠지가 있는 개인 욕실에다 붙박이식으로 된 옷장을 겸비한 피팅룸까지 마련돼 있고, 한 켠에 작은 바와 테라스까지 있는 이 방을 보며 다들 눈에 불을 켰던 것이다.

물론 모두가 그런 것은 아니었다.

"2층 침대가 아니네."

더블베드가 분명한 침대를 보면서 노마리는 생각에 빠져 있었다.

'왜 2층 침대가 없지? 원래 합숙하면 그런 데서 자는 거 아닌가? 그래야 다른 사람이랑 같이 이야기도 하고 그럴 텐데. 〈제인 에어(Jane Eyre)〉에 나왔던 것처럼…….'

마리는 아쉬움에 실망스러운 표정을 지었다. 그녀를 전담하는 카메라맨이 그 모습을 고스란히 담아내고 있었다.

그사이 은근하게 방에 대한 욕심을 드러내며 신경전을 벌이던 여자들 사이에서 제일 먼저 점유권을 주장한 이가 나타났다.

"내가 여기 쓸래."

가장 먼저 침대 위에 자기 가방을 올려놓으며 당당하게 선언한 이는 슈퍼모델 출신으로 한때는 꽤 주목받는 유망주였으나 이제는 한물가서 모델로는 설 자리가 없는 권예지였다. 177㎝가 넘는 훤칠한 키에 오리엔탈적이라는 평가를 받았던 마스크. 자신의 신체적 조건만 믿고 세계적 모델이 되기 위해 뉴욕으로 건너갔으나 독특한 매력도, 근성도, 끈기도 없던 권예지는 미국에서 쇼에 몇 번 서보지도 못하고 제대로 된 에이전시도 구하지 못한 채 3년을 허송세월하다 한국으로 돌아왔다.

그러나 스물일곱 살이라는, 모델로선 꽤 많은 나이의 그녀가 설 수 있는 자리는 없었다. 그래서 그녀는 배우로 전향했고, 어떻게든 인지도를 쌓기 위해 애쓰는 중이었다. 그리고 지금 그녀는 일생일대의 기회가 될 쇼에 출연하게 되었다.

"무슨 소리야? 내가 먼저 찜해놨는데."

"방은 각자 마음대로 정하는 게 아니지 않아요?"

"그러게, 정하는 방법이 따로 있다잖아."

"그런 소리 난 못 들었는데."

"어, 나도."

그러나 권예지의 점유 선언은 곧 강력한 반대에 부딪쳤다. 영화와 드라마를 종횡무진하며 여자 주인공 친구 역으로 잔뼈가 굵은 강신이가 항의하자, 조상미와 정신애도 거들었다. 다들 선선히 물러날 기세가 아니었다. 특히 한때 CF의 요정으로 불렸던 정신애는 자그마한 몸집에 커다란 눈으로 대한민국 남성들의 보호 본능을 불러일으키던 장본인이었다. 그러나 세월이 흘러 국민여동생 자리를 내놓고, 혀 짧은 소리 때문에 연기도 제대로 하지 못해서 추락에 추락을 거듭한 그녀는 지금 한물간 퇴물들의 갱생 쇼에서 살아남기 위해 발버둥 치는 중이었다.

"방법이 뭔데? 없잖아. 그러면 내가 제일 먼저 말했으니까, 내가 쓰는 게 당연한 거 아니야?"

"뭐야? 그럼 나도 여기다 가방 놨으니까, 나한테도 권리 있어요. 왜 혼자서 마음대로 정하고 그래요?"

권예지의 말에 발끈한 정신애가 옷장 문을 확 열어젖히더니 자신의 파우더 핑크빛 가방을 옷장 안에 내려놓으며 대들듯 말했다. 그러자 다른 사람들도 여기저기 방 구석구석에 영역 표시하는 강아지처럼 자기의 가방을 갖다 놓기 시작했다.

그 소란스러운 자기 영역 확보에 참여하지 않는 사람은 마리
와 차하린, 박세미 단 세 사람뿐이었다. 십대 시절, 우연히 유명
한 공포 영화 시리즈의 여주인공으로 발탁돼서 영화계에 데뷔한
박세미는 무척이나 성실하고 진지한 연기자였다. 그러나 여배우
치고 그다지 아름답지도, 빼어나게 훌륭한 연기력을 갖지도 못
한 그녀는 곧 대중에게 잊힌 존재가 되었고, 현재는 작은 단역만
을 전전하고 있는 중이었다. 박세미도 이 쇼의 출연을 원하지 않
았다. 하지만 영화배우로서 그녀의 입지를 다지기 위해선 대중
들에게 인지도를 높여야만 한다는 소속사의 설득 때문에 억지로
참여한 참이었다.

마리는 그녀가 출연한 영화를 딱 한 번 본 적 있었다. 전형적
인 십대 슬래셔 무비 퀸의 모습이라 그다지 강한 인상을 받진 못
했다. 오랜만에 본 지금은 십대 소녀의 풋풋함 대신 완고함이 느
껴졌다.

그리고 차하린. 유일하게 마리가 개인적으로 안면이 있는 멤
버였다. 그렇다고 해도 따로 친분이 있는 건 아니지만, 그래도
몇 번 마주치는 동안 그녀는 줄곧 마리에게 친절했다. 웃는 모습
이 예쁘긴 했지만 너무 흔했다. 그런데 웃음기 없이 가만히 상대
를 바라보는 표정은 어쩐지 강한 힘이 느껴졌다. 차가운 것 같으
면서도 매혹적이었다. 밋밋하고 개성 없다고 생각했는데 의외였
다.

'어쩐지 무표정하게 바라보는 표정이 젊은 시절의 베티 데이

비스를 닮았어. 생김새가 닮은 건 아닌데 느낌이 그러네. 눈동자가 예뻐서 그런가 보다. Her hair is Harlow gold, Her lips sweet surprise, Her hands are never cold, She's got Bette Davis eyes.'

마리는 속으로 노래를 흥얼거렸다. 그 유명한 베티 데이비스의 아름다운 눈동자에 관한 노래였다.

'아, 진 할로우의 머리카락이 정말 예쁘긴 해. 완전히 플래티넘 블론드잖아. 얇고 가느다란 눈썹도 꽤 감각 있고. 〈레드 더스트(Red Dust)〉에서 클라크 케이블하고 포옹했을 때 짜릿했는데. 키스했을 땐 숨이 멎을 것 같았지. 그 표정이라니……'

문득 날카로운 감각이 마리의 심장을 찔렀다. 머릿속에 떠오르던 두 배우의 아름다운 영상이 삽시간에 차갑게 얼어버렸다. 왜 이럴까. 마리는 일부러 다시 노래를 흥얼거리려고 했지만, 뜻대로 되지 않았다.

그녀는 계속해서 같은 구절만 반복했다.

'She got Bette Davis eyes. She got Bette Davis eyes……'

아름답지만 차갑고 거만했던 여자, 아무나 감히 범접할 수 없었던 그 눈동자를 떠올리면서 마리는 심장의 통증이 서서히 가라앉는 걸 느꼈다.

'그러고 보니 〈베이비 제인에게 무슨 일이 일어났는가?(What

Ever Happened To Baby Jane?)〉에서 조앤 크로포드를 다정하게 챙기는 동생으로 나왔었지. 어, 거기서 베티 데이비스는 겉으론 잘해주면서 뒤에선 언니를 막 구박했는데……'

그렇게 마리가 자기만의 세상에 빠져 있는 동안 방의 우선권을 주장하던 여자들 사이에서는 급기야 큰 소리가 오가기 시작했다.

"이게 무슨 짓이야! 내가 먼저 가방 놨잖아!"

"못 봤거든."

화장대 위에 올려둔 자신의 가방을 민은아가 밀어서 떨어뜨리자, 임세은이 버럭 소리를 질렀다. 그러나 민은아가 새침하게 시치미를 떼자 그녀는 화가 치밀었다.

미스코리아 출신으로 영화계에서 글래머 스타로 이름 날리다 결혼과 동시에 은퇴했던 임세은. 그녀는 이혼을 하면서 다시 업계에 복귀했다. 그러나 30살이라는 나이에 아이까지 있는 이혼녀가 여배우로 서는 건 힘들었다. 전에도 연기력보다는 풍만한 육체미로 사랑받았던 그녀라 섹시한 이미지를 살려서 어떻게든 이런저런 프로그램에 나오곤 있지만, 예전 같은 대우는 아니었다. 그래서 그녀는 이번 쇼에서 어떻게든 튀어서 자기 몸값을 올릴 예정이었다.

"뭐? 너, 지금 그걸 변명이라고 해?"

"변명이 아니고 사실이거든. 나이 많으면 다야? 어디서 소릴 질러!"

임세은은 쇼에 참여한 멤버 중에서 가장 나이가 많았다. 민은
아는 물론 그걸 잘 알고 있었다.

"내가 언제 소릴 질렀다고 그래?"

"네가 방금 버럭버럭 질렀잖아. 아니야?"

"너? 어따 대고 너야? 이게 진짜, 너 몇 살이야?"

"하! 너, 언제 데뷔했어? 내가 이 바닥에서 몇 년 선배인 줄이
나 알아?"

갓난아기 적 유명한 감기약 광고에 출연해서 전 국민의 폭발
적인 사랑을 받은 이후 깜찍한 외모와 연기로 큰 사랑을 받았던
민은아. 그녀는 십수 년 동안 거의 독보적인 아역배우였다. 그러
나 그녀는 마의 16세를 제대로 넘기지 못했다. 둥글고 사랑스럽
던 얼굴선은 턱이 발달하면서 완전히 바뀌어 버렸다. 그녀의 각
진 턱이 커질수록 인기는 급락했고, 대중들은 금세 그녀를 잊어
버렸다. 그리고 스물세 살이 된 그녀는 목숨을 걸고 양악 수술을
감행했다.

그러나 수술로 잃어버린 턱 선은 찾았지만, 예전의 사랑스러
움을 되찾을 수 없었던 그녀에게 대중은 무관심했다. 그저 많고
많은 성형 수술한 여자 연예인 중 하나였을 뿐이었다.

아무튼 그녀 말대로 데뷔 햇수로만 따지면 임세은보다 선배
인 건 확실했다. 한 살 때 데뷔해서 현재 스물세 살이니까. 이 쇼
에 모인 열 명 중에 가장 대선배였으며, 수상 경력도 가장 화려
했고, 필모그래피도 가장 길었다. 그게 전부 16세 이전에 몰려

있긴 했지만.

"천박하게 이게 뭐 하는 짓들이야. 입 좀 다물어, 다들."

두 사람의 싸우는 꼴을 못마땅하게 보고 있던 조상미가 한마디 하자 분위기는 더 험악해졌다. 급기야 세 사람이 한데 엉켜서 설전을 벌이기 시작했다.

성기남은 여자들 싸움이 재밌는지 그 옆에서 실실 웃고 있었다. 가끔 추임새를 넣듯이 '아가씨들, 여기서 이러면 안 되지' 라고 말리는 시늉을 하긴 했지만, 눈은 싱글거리고 있었다. 다투는 여자들의 목소리는 점점 더 커지고, 험한 말들이 마구 오갔다.

그 모습을 카메라 옆에서 지켜보던 이태리가 불안한 표정으로 진원에게 귓속말을 건넸다.

"감독님, 저거 말려야 하지 않나요?"

"내버려 둬."

"그래도 첫 회에 나갈 분량인데, 아무리 편집한다고 해도 이러면 건질 게 너무 없잖아요."

이태리는 조마조마했다. 출연자들을 섭외할 때 그들이 맡아야 할 캐릭터에 대해서 충분히 설명하고 인지시켰다. 일단 캐릭터에 맞는 후보라고 생각되면 진원과 작가들이 심층 면담을 통해서 그녀들의 실제 성격을 파악하고는 캐릭터를 수정하기도 했다.

그 모습은 실제 그녀들의 이미지와 성격을 고려해서 설정한 것들이었지만, 가장 큰 틀은 역시 연출자인 진원이 의도한 콘셉트를 위한 설정이었다.

물론 그녀들 모두가 탁월한 연기자들이 아니고, 리얼리티라는 쇼의 특성상 곧 멤버들의 진짜 모습이 드러나서 섞이리란 건 충분히 예상한 바였다. 그러나 이렇게 첫날부터 잔뜩 날을 세우고 서로를 할퀴면서 '성깔'을 드러낼 것이라곤 생각도 못했다.

더군다나 어릴 때부터 연예계에만 몸담고 있어서 세상 물정 어둡고 순진하다는 설정의 민은아가 드센 언니 역할을 맡은 임세은에게 조금도 지지 않고 대거리하는 걸 보면서 태리는 진땀이 죽 흘렀다. 진원이 어떻게 보고 있을지 정말로 걱정됐다. 그러나 예상외로 진원은 매우 흡족한 모습이었다.

"왜 없어. 지금 아주 흘러넘치는구만."

"네?"

"700년 평화로운 스위스에서는 고작 뻐꾸기시계 하나를 만들었지만, 전쟁이 이어지던 이탈리아에서는 미켈란젤로와 다빈치가 있었어."

"……네?"

진원의 말을 못 알아들은 태리가 눈을 동그랗게 뜨고 되묻자, 진원이 그의 이마에 가볍게 손가락을 튕겼다. 예전 같으면 호두 껍데기 박살 나는 딱 소리가 났을 텐데, 오늘은 시늉만 했는지 그냥 조금 아프기만 했다.

"잠자코 있기나 해."

태리는 이마를 문지르며 어리둥절한 표정을 지으며, 진원이 옆에 서 있는 메인 작가와 이야기 나누는 걸 지켜봤다. 주로 진원이 말을 하고 메인 작가는 연신 고개를 끄덕이며 종이에 무언가를 받아 적기 바빴다. 기분 좋게 웃고 있는 진원을 보면서 태리는 뭔가 일이 잘 풀려가나 보다 하고 생각했다. 그런데 대체 뭐가? 그로서는 도대체 짐작이 되질 않았다.

야단스러운 소음 속에서도 진원의 목소리가 귓가에 또렷하게 들려왔다. 〈제3의 사나이(The Third Man)〉에서 오손 웰스가 했던 명대사가 그의 입에서 흘러나오는 걸 들은 순간, 마리는 저도 모르게 고개를 돌렸다. 그러나 곧 시선을 거두었다. 보면 안 돼, 눈이 마주치면 안 돼. 또 심장 언저리에 뻐근한 통증이 느껴졌다. 이상하다, 아프면 안 되는데. 강력한 주문을 걸었으니 그럴 리 없는데 왜 이럴까? 날숨을 내쉬는데 유리 조각을 토해내는 것처럼 아팠다. 저도 모르게 신음이 흘러나왔다.

"아……."

문득 그녀의 안색을 살펴보던 차하린이 걱정스럽게 물었다.

"괜찮아요? 어디 불편해요?"

마리는 하린의 예쁘장한 얼굴을 바라보았다. 다른 사람의 친절, 아니, 관심 자체가 낯설고 부담스러웠다. 이런 때에는 어떻게 대해야 할지 알 수가 없었다. 삶의 경험이 마리에게 알려준 커다란 교훈은 다른 사람들은 그녀를 별로 달가워하지 않는다는 것이었다. 태리즈 여사의 안전한 성안에서 산 덕에 낯선 이들과 많이 접하진 않았지만, 간혹 접했던 세상은 확실히 그녀에게 불친절했다.

처음에 호의를 갖고 다가왔든, 아니면 그냥 일상적인 친절이었든 곧 그녀를 질려 했다. 게다가 지금은 모두들 경쟁자로 만난 자리였다. 제작발표회장에서, 오늘 숙소에 오는 차 안에서 멤버들 사이에 맴돌던 긴장감과 어색함 그리고 경쟁자에 대한 견제의 날카로움을 마리는 생생하게 느꼈다. 그녀들의 미소 짓는 눈동자가 차갑게 빛나는 걸 보면서 치열한 여배우들의 세계에 자신이 드디어 뛰어들었단 생각에 짜릿하기도 했다. 하지만 어떻게 대해야 할지 감을 잡을 수가 없었다.

그래도 한 가지는 확실했다. 최진원이 요구했던 대로, 자신은 이 리얼리티 쇼에서 덤 블론드라는 캐릭터를 연기해야 된다는 점이었다.

'난 여배우야. 이 쇼에서 내가 해야 할 몫만 제대로 하면 돼. 그리고 경쟁에서 우승해서 주연 자리를 따내는 거야. 난 할 수 있어.'

마리는 가만히 차하린의 눈동자를 들여다봤다. 베티 데이비스의 그것처럼 아름다웠다. 가식이나 조롱, 은근한 무시 따위는 담겨 있지 않았다. 경쟁자로서 탐색하는 빛도 없었다. 정말로 선한 사마리아인이거나 탁월한 연기력을 가진 배우일 것이다.

"……괜찮아요, 난 불편하지 않아요."

“그래요, 다행이네요. 마리 씨 안색이 좀 창백한 것 같아서
요.”

“불편한 건 저 사람들이죠.”

마리가 손가락을 들어서 아직도 말싸움을 벌이고 있는 멤버
들을 가리켰다.

“그러게요. 첫날이라 다들 긴장했나 봐요.”

“긴장하면 저렇게 사나워지는 건가요? 난 눈을 감고 명상을
하거나 핑크 샴페인을 마시면서 우아한 영화를 보고 거품 목욕
을 해요. 그게 긴장을 푸는 가장 좋은 방법이니까요.”

마리가 검고 긴 눈썹을 깜빡거리며 말했다. 말끝이 조금 늘어
지는 낮고 매혹적인 목소리에 차하린의 입가에 살며시 미소가
걸렸다.

“다들 절실할 테니까요.”

“저런 말싸움은 힘만 빼잖아요. 대체 왜 저러는 거죠?”

“글쎄요, 그냥 나도 그렇고 마리 씨도 그렇지만 우리 모두 절
실한 마음으로 이곳에 온 거잖아요. 배우로 설 수 있는 마지막
기회는 아니겠지만, 그래도 놓칠 수 없는 찬스인 건 확실하죠.
그래서 다들 지나친 경쟁심 때문에 저러지 않을까요? 처음부터
무엇 하나 뒤지고 싶지 않은 거죠. 그 누구에게라도.”

마리는 하린의 말에 깊게 공감했다. 그렇다고 저렇게 소리 지
르면서 싸우는 게 이해가 되는 건 아니었지만 모두의 마음속에
서 활활 타오르는 불길을, 그 뜨거운 불덩이를 그녀도 잘 알고

있었다. 스타가 되고 싶다는, 진짜 배우가 돼서 세상에 내 연기를 보이고 싶다는 열망을 그녀도 가슴에 품고 있었으니까. 그래서 이 자리에 그녀가 있는 거니까.

자기와 차하린의 모습을 찍고 있는 카메라의 존재를 의식한 마리가 덤 블론드의 모습으로 하린에게 물었다.

"어서 목욕했으면 좋겠어요. 향긋한 꽃향기가 나는 거품에 몸을 담그고 오늘 피로는 다 지울래요. 여기 욕조를 써도 되겠죠?"

＊

잠시 후, 성기남에게 큐시트가 전달되었다. 진원의 지시에 따라 메인 작가가 재빨리 글을 썼다. 갑작스럽게 바뀐 내용을 쓱 훑어본 성기남은 어깨를 으쓱거렸다. 이렇게 돌발적인 상황을 좋아하진 않지만, 어쩐지 최진원이 어떤 그림을 그리려는지 흥미로웠다. 곧 성기남이 자못 극적인 목소리로 그 내용을 전달하기 시작했다.

"자, 여러분! 지금부터 이 방을 쓸 멤버를 뽑도록 하겠습니다."

그의 말 한마디에 모두의 이목이 집중되었다. 감정 과잉으로 흥분해 있던 멤버들의 얼굴은 새빨갰다.

"지금 이 순간, 여러분은 OBG에서 첫 번째 과제를 수행하게 됩니다. 그건 다름이 아니라 여러분 스스로가 이 쇼에서 가장 강력한 우승자라고 생각하는 멤버와 그 반대라고 생각하는 멤버를 한 명씩 정하는 겁니다. 그리고 여기에서 가장 많은 표를 얻은 멤버는 이 방에서 지내게 될 거고, 반대인 경우는 집으로 돌아가면 됩니다."

갑작스런 과제 발표에 모두들 깜짝 놀랐다.

원래 이 OBG는 모태가 된 쇼의 포맷대로 매주 하나의 큰 도전 과제를 주고, 그걸 전문적인 심사위원들이 심사해서 최하점을 얻은 멤버가 탈락하는 형식이었다. 제작발표회에서도 엄선된 전문가 여섯 명이 심사위원으로 내정돼 있다고 분명히 말했었다.

그런데 숙소에 도착한 첫날, 바로 그 밤에 갑작스럽게 첫 번째 과제가 발표된 것이다. 그것도 멤버들 스스로가 탈락자를 정하라니.

소란스럽던 공기가 삽시간에 냉랭해졌다. 모두의 얼굴에 당황한 기색이 역력했다. 그리고 곧 숨 막히는 긴장감이 느껴졌다. 적어도 하루 정도는 이 쇼에 출연하며 마음 편하게 지낼 수 있을 거라고 생각했던 그녀들의 예상이 보기 좋게 빗나간 것이다. 아니, 무참하게 깨졌다고 하는 게 가장 맞으리라.

"자, 그럼 지금부터 아래층으로 이동해서 한 사람씩 개별 인터뷰 겸 투표를 하도록 하겠습니다. 대신 그전에 서로를 파악할 수 있도록 각자 자기소개하는 시간을 갖도록 하죠."

2층에서 1층 거실로 이동하는 짧은 시간에 모두 자신을 소개

할 멘트를 점검하느라 분주했다. 쇼에 참가하게 됐을 때부터 미리 준비를 해온 사람들이 대부분이었다. 그러나 마리는 그런 준비를 하지 않은 터라, 이동하는 내내 생각에 골몰했다.

'나를 어떻게 소개해야 하지? 나 노마리를 한마디로 나타낼 순 없을까? 그러고 보니 〈왕자와 무희(The Prince And The Showgirl)〉에서 마릴린 먼로는 로렌스 올리비에 앞에서 절하다가 어깨끈이 끊어지고, 그래서 그에게 강한 인상을 남겨주잖아. 거기서 마릴린이 입었던 하얀 이브닝드레스 참 예뻤는데. 머리도 이렇게 감아올리고……. 어머, 참, 나도 하얀색 옷 입었지.'

1층 거실에 자리를 잡자 열 명의 OBG 참여자들은 순서대로 한 명씩 자기소개를 시작했다. 이것은 일반적인 자기소개와 달랐다. 다른 아홉 명에게 자신이 너무 강력한 라이벌이란 인상을 줘도 분명히 탈락할 것이고, 그렇다고 밋밋한 모습으로 보였다간 시청자들이 참여하는 인터넷 투표와 전화 투표에서 표를 얻기 힘들 터였다. 그러니 그 완급을 어떻게 조절하느냐가 무엇보다 관건이었다. 모두 노마리와 다른 의미로 각자 열심히 머리를 굴렸다.

"이렇게 무대 위를 걷는 순간에도 전 항상 배우가 되겠다는 열망에 목이 말랐습니다."

가장 먼저 권예지가 자기소개를 했다. 그녀는 거실을 런웨이 위처럼 걸으며 카메라 앞으로 다가와 그녀 특유의 매혹적인 표정을 지었다. 늘씬한 몸매와 뚜렷한 마스크가 인상적이었지만,

배우로서의 장점이 두드러진 자기소개는 아니었다.

뒤를 이어 조상미와 강신이, 박세미 등이 차례대로 자기가 했던 연극이나 영화의 한 장면을 연기했다. 전부 다 무난한 편이었다. 곧 CF에서 짓던 깜찍하고 다양한 표정 연기를 펼쳐 보인 정신애를 거쳐서 전직 걸그룹 출신의 뮤지컬 배우인 최고은이 자기소개를 시작했다.

출연했던 뮤지컬의 한 장면을 노래, 춤을 곁들여서 대사까지 친 그녀는 꽤 매력적이었다. 팔다리가 길어서 시원시원한 춤동작에 안정적인 발성까지 갖춘 터라 듣기 좋은 목소리에 실린 노래는 꽤 일품이었다.

그런 최고은을 바라보는 수많은 눈동자들이 냉정하게 번뜩였다. 겉으로 웃으면서 속으로는 열심히 계산하고 있었다. 과연 그녀가 자신의 적수가 될 것인지 아닌지. 그리고 매끄럽게 표정 연기를 마무리 짓는 그녀를 보며 그들은 속으로 탈락자 제1순위에 최고은이라는 이름 석 자를 올려놓고 있었다.

마침내 마리의 순서가 되었다.

"전 노마리라고 해요."

검은 눈꺼풀이 무거운 듯이 나른하게 시선을 내리깔며 카메라 앞에 선 노마리는 우아하게 손을 뻗었다가 손목을 굽혀 자기 자신을 가리켰다.

"왜 흰색 옷을 입었냐고요? 그야 저랑 가장 잘 어울리는 색이니까요."

솜사탕처럼 아래를 부풀려서 부드러운 곡선을 이루고 있는
단발머리를 찰랑거리며 고개를 좌우로 흔들었다.

"네? 뭐라고요? 오, 아뇨. 난 그녀처럼 음악을 몸에 걸치고 자
진 않아요. 호호호."

무언가 곤란한 질문을 받은 것인지 하얀 얼굴에 슬쩍 홍조를
띠며 까르르 웃기도 했다. 그러다가 곧 진지하게 눈동자를 빛내
며 자신의 연기관을 피력했다.

"내가 연기에서 가장 중요하게 생각하는 건 나를 통해 사람들
이 꿈을 꿀 수 있는가 하는 거예요. 난 배우니까요."

그녀는 마치 누군가 가상의 인터뷰어와 인터뷰를 하듯이 연
기를 하고 있었다. 처음에 그걸 어리둥절하게 바라보던 사람들
이 마리가 '그럼 노래를 불러볼까요?' 라면서 가볍게 엉덩이를
흔들며 오래된 영화 음악을 부르자 키득거리기 시작했다.

"어머, 저게 뭐니?"

"그러게요. 호호."

"노래며 춤이며 뭐, 제대로 되는 게 없네."

"연기도 밋밋하지 않아요?"

언제 그렇게 으르렁거리며 싸웠냐는 듯이 임세은과 민은아는
서로의 말에 맞장구를 치고 있었다. 그 옆에서 자기 차례를 기다
리고 있던 차하린은 처음에는 엷은 미소를 띤 채 그걸 바라보고
있었다. 신선한 시도라고 하긴 어려웠으나, 천편일률적으로 대
뜸 노래하고 연기하는 다른 참가자들보다는 제법 센스가 있다고

생각했다.

'최 감독님이 끝까지 고집 세워서 참가시켰다고 하더니, 괜찮네.'

무심히 마리를 지켜보던 하린은 문득 어떤 사실 하나를 깨달았다. OBG에서 노마리가 맡은 캐릭터가 덤 블론드 역할이란 걸 모르는 사람은 아무도 없었다. 지금 그녀의 손동작 하나하나에 작은 몸짓은 천진하지만 어딘지 요염하면서 가냘픈 표정까지 정말로 딱 아름답지만 백치미가 흐르는 덤 블론드였다.

그리고 그걸 깨닫는 순간 하린은 등에서 한줄기 식은땀이 흘렀다. 지금까지 노마리에 앞서 자기소개를 했던 사람들은 모두 자기 자신 그대로를 드러냈다. 아역배우 출신으로서, 전직 가수로서, 한때 사랑받던 글래머 스타로서 이 쇼에 참가한 그녀들의 모습을.

하지만 최종 미팅 때 최진원이 분명히 뭐라고 했던가. 자기가 이 쇼에서 원하는 것은 그녀들의 발가벗은 민낯이 아니라 캐릭터를 뒤집어쓴 배우로서의 모습이라고 하지 않았던가.

"도전 과제에서 우승하거나 탈락하는 것은 엄연히 당신들의 실력에 달렸습니다. 그러나 이 쇼가 원하는 방향성은 명확합니다. 그리고 전 그걸 제대로 해내지 못한다면 가차 없이 솎아낼 생각입니다."

이런 쇼에서 출연자의 매력을 극대화하거나, 반대로 무미건조한 모습으로 몇 번 화면에 비치다 분량이 줄어드는 건 어디까지나 편집의 힘이 컸다. 그리고 그 편집의 전권을 갖고 있는데다 이 쇼를 지휘하는 수장은 최진원이었다.

그런데 첫 회부터 자기 캐릭터의 중심을 잃고 흔들린 모습을 보인 출연자들을 진원이 어떻게 할 것인지 하린은 어렵지 않게 예측할 수 있었다. 조심해야 한다.

막 자기 차례를 마치고 자리로 돌아오는 노마리를 쳐다봤다. 몸에 꼭 맞고 무릎까지 내려오는 흰색 원피스를 입고 가볍게 살랑거리며 걷는 발걸음, 얼굴에서 떠나지 않는 아름다운 미소. 전에 보았을 때는 꽤 길었던 머리를 턱 선에 맞춰 잘라서 하얗고 가느다란 목이 고스란히 드러나 있었다.

그러고 보니 어깨에서 팔뚝까지 살짝 내려오는 넓은 어깨 끈에 가슴 부분은 셔링이 잡혀 있고, 상상의 여지 없이 몸의 굴곡을 고스란히 드러내 주는 원피스는 제작발표회 날 대기실에서 보았던 노마리가 입을 법한 옷은 아니었다.

그녀의 옷차림 때문에 진원과 작은 실랑이가 벌어졌을 때 노마리의 모습을 하린은 똑똑히 기억하고 있었다. 우아하고 아름다웠지만, 섹스어필한 매력을 풍기는 덤 블론드에겐 적합하지 않았다.

그런데 오늘 드디어 합숙을 위해 숙소에 도착했을 때 처음 노마리를 보고 하린은 적잖이 놀랐었다. 커다란 캐리어를 끌고, 가볍게 엉덩이를 흔들며 걸어오는 그녀에게선 그날의 단아한 아름다움 따윈 찾을 수 없었던 것이다. 붉은 입술로 요염하게 웃으며 가볍게 윙크를 날리는 몸짓을 보고 단 며칠 동안 꽤 많은 준비를 했다 생각했었다.

'그날 감독님한테 많이 혼났으니까 더 바짝 정신을 차렸을 테지.'

지금의 모습도 그 노력의 연장이라면 노마리는 정말 제법 괜찮은 연기자임이 틀림없었다. 그러다 최무진의 장례식장에 나타났던 그녀의 모습이 생각났다. 대배우의 빈소를 찾기엔 너무나 부적절한 옷차림을 한 채 육감적으로 걷던 노마리. 그리고 급기야 옷 끈이 흘러내리는 사고까지. 그것이 의도된 것이든 아니든 그녀는 확실히 언론과 대중의 관심을 끌어냈다. 그리고 지금 이 자리에까지 온 것이다. 그 모든 것을 계산해서 행동했다면 꽤 야심만만한 상대일 테지만, 제작발표회 날에 있었던 일을 생각하면 그런 것 같지도 않았다. 옷차림은 단정했을지언정 최진원 감독의 분노에 대한 그녀의 반응은 정녕 백치, 그 자체였으니까.

덤 블론드와 철저하게 계산된 연기를 하는 여배우.

과연 어느 쪽이 진짜일까? 하린은 혼란스러웠다. 그러나 곧 결론을 냈다.

'그래, 저게 원래 노마리라는 여자의 모습일 거야. 날 처음 만났을 때도 반응도 느리고 어딘지 멍한 모습이었어. 그러니 지금 저건 내가 생각했던 것처럼 계산된 연기가 아닐지 몰라. 정말로 최 감독님이 그토록 찾던 덤 블론드의 완벽한 현신일지도 모르지. 그래, 그럴 거야. 그런데 왜 이렇게 개운하지 못한 걸까?

차하린은 자기가 너무 오버하는 것이라고 생각하며 애써 노마리의 존재를 의식하지 않으려고 했다. 그러나 그녀의 타고난 육감이 자꾸 경고했다. 이 쇼에서 노마리를 눈여겨봐야 한다고 말이다.

그때 박세미의 차례가 되었다. 하린은 얼른 정신을 집중했다. 그녀가 OBG에 참여하면서부터 염두에 두고 있던 경쟁자는 바로 박세미와 정신애였다. 오랫동안 한 분야에 있다 보면 굳이 개인적인 친분이 없어도, 같은 작품에서 일하지 않아도, 어느 정도 동종 업계 종사자들에 대해 알게 되는 법이었다.

박세미는 그녀가 본바 연기에 대한 열정이 참 뜨거웠다. 그리고 엄청난 노력을 기울여서 실력을 키우기 위해 애썼다. 그 결과로 박세미의 연기는 나날이 좋아지고 있었다. 비록 큰 역할을 맡지 못해 그 역량을 제대로 펼치는 걸 본 적은 없지만, 하린은 박세미가 정말로 만만치 않은 존재라는 걸 잘 알고 있었다.

그리고 정신애는 타고난 재능이 매우 뛰어났고 센스도 좋았다. 초반에 인기를 얻을 때 콘셉트가 너무 제한적이라 그 한계를 넘지 못해서 지금은 침체기이지만, 그걸 극복할 수만 있게 된다면 엄청난 힘을 보여줄 것이라고 생각했다.

그런데 느닷없이 노마리라…….

아니다, 오늘은 자신이 너무 과민하게 받아들인 것이 맞으리

라. 그리고 그녀를 통해서 잘못을 깨닫고 바로잡을 수 있는 기회
가 생겼으니 좋은 것이다.

그렇게 생각하면서도 하린은 내내 개운하지가 못했다. 그러
다 문득 한 여배우가 했던 영화 속 대사가 떠올랐다.

"나는 중요한 순간에 똑똑해질 수 있는데 남자들이 그걸 원치
않아."

마리를 바라보는 차하린의 눈동자가 가늘어졌다.

13

낮 더위가 한풀 꺾이고 어둠살이 켜켜이 내려앉을 무렵, 태리는 DBS 편집실로 들어섰다. 절기상으론 입추가 지났다는데 한낮은 여전히 숨이 막힐 만큼 뜨겁기만 했다.

"감독님, 여기 갖고 왔습니다."

진원이 지시한 대로 숙소 곳곳에 설치된 카메라에 녹화된 내용을 적당히 편집해서 갖고 온 참이었다. 등장인물들이 촬영되지 않았거나, 어떤 포인트도 집어낼 수 없는 행동들은 일단 모두 잘라냈다. 그렇다곤 해도 OBG가 시작되고 첫날부터 녹화된 분량은 어마어마했다. 합숙소에 도착해서부터 첫 번째 탈락자가 선정될 때까지 메인 카메라 세 대가 나눠서 찍은 것과 출연자들을 전담하는 카메라맨들이 찍은 분량에, 곳곳에 설치된 고정 카메라에 찍힌 것까지 엄청나게 많은 분량이었다.

그걸 진원은 매일 밤마다 편집실에 틀어박혀서 새벽까지 가 편집을 하고 있었다. 일단 일주일에 4일을 촬영하고 이틀 동안 편집을 한 후에 내보내기로 돼 있었다. 그리고 진원뿐만 아니라 예능국의 신인 피디 몇이 함께 일하고 있어서 굳이 매일 그가 직접 편집을 할 필요까지는 없었다.

듣자 하니 어떤 감독들은 비디오자키가 촬영부터 편집까지 모두 한 테이프를 적당히 이어붙이기만 하는 경우도 있다고 했다. 그러나 완벽주의자 최진원의 성격상 그건 절대로 용납할 수 없는 일이었다.

그는 어떻게든지 최종적으로 종합편집을 제작편집국에 맡기기 전까진 자기 손으로 마무리를 지으려고 했다. 그러다 보니 벌써 사흘째 편집실에서 밤을 새고 있는 진원을 보면서 태리가 걱정스럽게 말했다.

"감독님, 앞으로 쇼 끝나려면 적어도 두 달은 걸릴 텐데, 좀 쉬엄쉬엄 하세요. 게다가 나중에 생방송 가면 더 정신없을 거 아니에요. 쇼 시작까지 아직 열흘은 남았잖아요."

"이태리."

"네."

"첫 주에 원래 예정했던 1, 2회차 분량 같이 내보낸다."

"네. 네?"

"탈락자가 누구인지 언론에서 알게 되기 전에 바로 편집해서 내보낼 거야. 아무리 철저하게 입들을 막아도 스포 피하는 건 어려워. 그러니까 첫 번째 탈락한 최고은하고 두 번째 탈락자가 언론에 노출되기 전에 빠르게 방송해야 해."

처음 예정했던 9주간의 계획이 고스란히 지켜질 거라곤 생각하지 않았다. 시청자들 반응에 따라 유동적으로 얼마든지 흐름에 변동이 있을 수 있다고 진원은 처음부터 모두에게 천명했었으니까.

그래도 그건 쇼가 시작하고 어느 정도 탄력을 받아서 몇몇 캐릭터들이 뚜렷하게 부상하고, 내러티브의 가닥이 잡힌 다음의 일일 줄 알았다. 그런데 시작하자마자 바로 급변경이라니. 설마 뭔가 더 있을까 싶어 태리는 조마조마했다.

아니나 다를까, 그가 걱정한 대로 청천벽력이 떨어졌다.

"앞으로 무조건 테스트는 금요일에 하고 탈락자 선정은 토요일 아침에 한다."

"토요일이오! 하지만 감독님 저, 우리 쇼는 토요일 저녁 방송인데요."

"그래서?"

"그러니까, 그게…… 시간이 너무 촉박하면 그러니까, 어떤 사고가 벌어질지도 모르잖아요. 그래서 저는, 그게……."

"왕 작가하고 다른 피디들이랑은 이미 의논 끝났어. 우리가 한꺼번에 9주 다 찍어서 내보내는 것도 아니고 거의 실시간으로 매주 내보내야 하는데, 이건 현장성이 떨어지면 끝이야. 그러니까 토요일에 탈락자가 선정되면 바로 편집 들어가서 마무리할 거야, 내가 직접.”

“종편도요?”

“그건 당연히 제작편집에 넘겨야지. 여차하면 내가 해야겠지만.”

“그, 그럼 촬영 일정은요?”

“예정대로 방송 다음날 하루 회의하고 4일 찍고, 이틀 편집이야. 아, 물론 숙소에 설치된 카메라하고 ENG팀은 교대로 풀로 찍는다.”

그렇다는 건 태리는 일주일 내내 하루도 못 쉬고 OBG 합숙소와 방송국 편집실을 날아다녀야 한다는 말이었다.

“잊지 말고 매일 촬영된 건 1차 가편집해서 나한테 갖고 와.”

“……네.”

진원이 기어이 확인 사살을 해주자 태리는 풀이 죽어서 고개만 끄덕였다.

“목소리 봐라, 대답 똑바로 못해? 왜, 일하기 싫어?”

“아, 아닙니다.”

“넌 매주 탈락자 생기면 무조건 방송 끝날 때까지 그 장소로 데려가서 잘 데리고 있어. 외부랑 일체 연락 못하게 하고. 걔네 회사도 안 돼. 어차피 처음에 쇼에 출연하기로 했을 때 다 합의하고 계약된 사항이지만, 어디서 어떤 꼼수 쓰는 놈들이 있을지 모르니까 우리가 철저히 막아야 해. 알았어?”

‘그 장소’란 보안 유지를 위해서 생방송이 끝날 때까지 그 주의 탈락자가 가 있어야 하는 일종의 안전가옥 같은 거였다. 방송국 인근에 은밀하게 마련된 원룸으로, 진원은 행여 장소가 발설될까 싶어서 꼭 ‘그 장소’라고 부르곤 했다. 태리는 크게 고개를 끄덕였다. 모니터로 몸을 돌리던 진원이 무슨 생각이 났는지 다시 고개를 틀어 태리를 바라봤다.

“참, 최고은한테 가봤어?”

“그렇지 않아도 이것만 전해 드리고 가려구요. 보안팀에서 연락받았는데 잘 있답니다. 자기도 처음으로 떨어진 거 알려져서 좋을 건 없으니까 별말 없나 봐요. 뭐, 자신이 제일 위협적인 멤버라 밀려났다고 기세등등하긴 했지만요.”

“최고은네 사장이 임태만이지?”

“네, TM엔터 임 사장이요.”

“호락호락한 사람 아니니까 이걸 어떻게 써먹으려고 할지 몰라. 그러니까 어떻게든 알지 못하게 하고, 합숙소에 대한 정보도 새지 않도록 해라.”

“당연하죠.”

“알았어. 그리고 첫 번째 도전 과제 나가기 전에 심사위원 명단 돌면 골치 아파지니까, 전에 내가 말한 대로 일단 연락은 하지 말고 있어.”

“그렇지만, 날짜가 얼마 안 남았는데요.”

“내가 모를 것 같냐?”

“아뇨…….”

“쓸데없는 걱정 말고 얼른 가서 네 일이나 해. 다시 한 번 말하지만, 너 스탭 카페에 올라간 글 절대 외부에 안 새게 해. 인터넷에 단 한 줄이라도 돌면 그땐 제일 먼저 너부터 잡아들일 거야.”

“그, 그럼요.”

“경합 결과, 숙소. 그 두 가지는 절대로 외부로 새면 안 된다. 특히 숙소는 최소 몇 주간은 비밀에 부쳐야 해.”

친히 모든 스태프들을 모아놓고, 만약 쇼의 내용이나 참가자들의 숙소 위치가 외부로 유출될 경우 자신의 이름을 걸고 모든 불이익을 주겠다고 협박했을 뿐만 아니라 변호사한테 가서 모든 법적, 금전적 책임을 지겠다는 서류에 사인까지 하게 했다. 그러고도 진원은 다시 한 번 태리에게 신신당부했다.

그로서는 처음으로 맡게 된 예능이었다. 드라마가 아니었기에 몇 배 더 긴장됐고, 더 잘해야 한다는 압박감이 심했다. 무엇보다 제대로 해내지 못할 경우, 자기 자신을 용서 못할 게 분명했기 때문에 어느 것 하나 소홀함 없이 철저하게 쇼를 만들어가고 있었다.

진원은 다시 편집 중이던 화면을 바라봤다. 편집용 기계의 키보드를 두드리는 그를 보면서 태리는 어깨를 축 늘어뜨리며 밖으로 나왔다. 조용히 문을 닫는데 편집실 내 십여 개의 모니터에 노마리의 모습이 보였다. 태리는 문틈 사이로 진원이 편집하는 걸 숨죽인 채 지켜보았다.

“2층 침대가 아니네.”

숙소에 당도한 이후 침실들을 보고, 노마리가 처음으로 한 말이었다. 그리고 그 뒤에 이어지는 차하린의 대답.

“괜찮아요? 어디 불편해요?”

그 사이로 임세은과 민은아가 말다툼하는 장면 인서트. 그리고 다시 노마리.

“어서 목욕했으면 좋겠어요. 향긋한 꽃향기가 나는 거품에 몸을 담그고 오늘 피로는 다 지울래요. 여기 욕조를 써도 되겠죠?”

그리고 침대의 점유권을 주장하며 싸우느라 흥분한 멤버들의 모습이 몽타주로 이어지는 걸 보면서 태리는 조용히 문을 닫았다.

진원이 어떤 줄기를 세워서 편집하고 있는지 대충 감이 잡혔다. 상황 파악 못하고 엉뚱한 말을 하는 노마리와 그런 노마리를 다정하게 챙겨주는 차하린, 자기의 강한 성격을 드러내는 권예지나 임세은 등. 처음에 진원이 의도했던 캐스팅대로 그들의 캐릭터적인 면이 잘 드러나고 있었다. 그리고 그 속에서 시청자의 관심을 끌게 되는 건 아마 그녀들의 몫일 것이다.

태리가 돌아간 이후에도 진원은 계속해서 촬영된 내용을 살펴보고 있었다. 자기소개가 끝난 후에 가장 강력한 경쟁자와 탈락자 선정에 대해 인터뷰하는 장면이었다. 인터뷰는 별도로 마련된 공간에서 서브 카메라를 담당하고 있는 정윤희 피디가 진행했다.

성기남은 자기가 하겠다고 했지만, 진원은 은밀하고 사적인 감정을 토로하는 자리엔 같은 여자가 낫다면서 일대일 인터뷰는 전부 피디가 직접 진행하고 질문은 자막으로 처리하겠다고 했다. 성기남은 뭐 씹은 표정을 지으며 싫은 기색을 드러냈지만, 진원은 까딱도 하지 않았다.

"노마리 씨는 누굴 가장 강력한 우승 후보라고 생각하세요?"

"가장 빛이 나는 사람이요."

"빛나는 사람이라면?"

"스타라면 눈부시게 빛나는 사람이잖아요. 그러니까 이 중에서 가장 밝게 빛나는 사람이 가장 강력한 우승 후보겠죠."

"그렇다면 이 중에 누가 가장 빛나고 있죠?"

질문을 받자, 모니터 속의 마리가 내리깔았던 눈을 뜨며 카메라를 주시했다. 마치 화면 너머의 누군가를 바라보는 것처럼 또렷한 시선이 진원에게 와 닿았다. 그리고 도톰한 입술을 살며시 벌리고 말했다.

"저요."

"하. 하. 하."

정 피디의 허탈한 웃음소리가 화면 밖으로 울렸다. 지금까지 인터뷰한 일곱 명 중에 우승 후보로 자신이 아닌 다른 사람을 꼽은 사람은 정신애 하나였다. 그녀는 기다란 머리카락을 손가락으로 감아올리면서 이렇게 말했지. '강신이 씨요. 언제나 자기는 별로 튀지 않으면서 연기하는 상대방을 참 편안하게 해주는 것 같아요'. 그건 절대 칭찬이 아니었다.

아무튼 그 정신애를 제외하곤 모두 자기 자신을 우승 후보자로 꼽았다. 그만큼 우승에 관한 욕망이 크다는 거겠지. 이 인터뷰에서는 별로 건질 게 없다는 생각에 진원은 속으로 가볍게 한숨을 내쉬었다.

"노마리 씨의 진심이 느껴지는 대답이군요. 하지만 정확한 질문은 이거랍니다. 저 아홉 명 중에 누가 가장 강력한 라이벌인가 하는. 그러니까 아쉽지만 자기 자신은 빼고 대답을 해주셔야 해요."

잠시 고민하던 마리가 말없이 차하린의 사진을 들어 올리자, 정 피디는 다음 질문을 던졌다.

“그러면 탈락할 사람은 누구라고 생각하시죠?”

앞에 놓인 출연자들의 사진이 담긴 열 장의 카드를 죽 살펴보던 마리가 한 장을 집어서는 어깨 높이로 들어 올렸다.

“최고은 씨네요.”

노마리보다 앞서 인터뷰를 진행한 일곱 명 중에 다섯 명이 모두 최고은을 탈락자 후보로 택했다. 그건 반대로 그녀가 가장 강력한 우승 후보란 뜻일 것이다.

“왜죠? 최고은 씨의 어떤 점 때문에 탈락자 후보로 정하셨나요? 최고은 씨는 빛나지 않던가요?”

정윤희의 질문에 마리는 그걸 정말로 몰라서 묻느냐는 표정으로 카메라를 바라보며 말했다.

“몸이 흔들렸어요.”
“네?”
“대사할 때 몸을 흔들었잖아요.”

최고은은 뮤지컬의 한 장면을 재연했었다. 그런데 몸이 흔들러서 탈락자로 정했다니 너무 궁색하고 빤한 변명이었다. 그만큼 연기가 탁월했단 소리겠지?

"이렇게 어깨가 좌우로 움직였어요, 대사하면서."

"미치겠군."

마리가 두 손을 자기 어깨에 대고 좌우로 가볍게 흔드는 장면을 정지시키면서 진원은 상체를 의자에 기댔다. 다 식어버린 블랙커피를 삼키면서 화면 속의 노마리를 다시 바라봤다.

"저 여자, 하여간 그놈의 영화에서 벗어나질 못하는군."

진원은 못마땅하다는 듯이 눈썹을 찌푸린 채 투덜거렸다. 옆에서 엎드린 채 졸고 있던 편집 기사가 잠결에 고개를 번쩍 치켜들며 물었다.

"뭘 벗었다구요? 하암……."

"그냥, 처자."

"설렁탕 먹으러 갈 때 깨워요. 나…… 어제부터, 배가, 음냐……."

"알았으니까 입 다물고 주무시라고."

진원은 자리에서 벌떡 일어나 종이컵을 휴지통에 집어 던지고는 창가로 다가가 기지개를 켰다. 두 팔을 쭉 위로 치켜올리자, 오랫동안 움츠리고 있던 근육들이 비명을 지르며 깨어났다.

"으음!"

새벽 어스름, 막 동이 트기 시작할 무렵이라 편집실 창 너머로 푸르스름한 빛이 새어 들어오고 있었다. 그 희붐하게 밝아오는 빛을 보면서 진원은 은막의 스타가 되고 말 거라 다짐하는 노마리를 떠올렸다.

헐리웃의 전설적인 명배우인 제임스 캐그니가 말하길 영화 연기를 할 땐 '두 발을 당당하게 딛고 눈은 상대를 바라본 채 입으로 진실을 말하라'고 했다. 그리고 무성영화 시절 클래식 무비 속 배우들을 보면 허리와 어깨를 곧게 편 채 조금의 미동도 없이 대사했다. 그것은 매우 우아하면서도 당당해 보였고, 관객에게 강렬한 인상을 심어주었다.

처음 만났을 때부터 반듯하게 허리를 편 채, 물 흐르듯 한 호흡에 말을 하는 노마리를 보면서 그녀가 얼마나 철저하게 연기 연습을 해왔는지 알 수 있었다.

그리고 지금까지 살펴본바, 시작 전에 꽤 많은 우여곡절을 겪었음에도 불구하고 그녀는 꽤 훌륭하게 자기 캐릭터를 연기하고 있었다. 육감적인 몸매를 드러낸 채 천진하게 웃으면서 '어깨를 흔들었잖아요'라고 말하는 그녀를 보면서 이 여자가 짧은 한 줄의 대사조차 동작 하나하나까지 계산해서 할 거라고 짐작하는 시청자가 몇이나 될까?

그리고 확실히 카메라를 잘 받는다. 처음으로 뷰파인더를 통해 노마리를 봤을 때부터 느꼈던 거지만, 얼굴의 윤곽이라든가 몸의 프로포션이 화면 안에서 더 근사하게 드러났다. 렌즈를 통해 보이는 몸매는 더 풍만하고, 미소는 더 섹시하다. 그리고 눈동자는 아이러니하게도 뭐라 형언할 수 없이 순진해 보였다. 그 모순된 이미지가 묘하게 공존하는 그녀의 모습은 분명히 시청자들을 사로잡으리라고 진원은 확신했다.

캐스팅 기획 단계부터 꽤 괜찮은 배우감이라고 생각한 참가자가 몇 있었다. 그러나 이렇게 스타로서의 인상을 강하게 심어준 건 노마리가 독보적이었다.

노마리, 여러 의미로 정말로 대단한 여자다.

그때 그가 청바지 뒷주머니에 넣어두었던 휴대전화 벨이 울렸다. 진원은 휴대전화 액정에 떠오른 이름을 보자마자 인상을 찌푸리며 혀를 찼다. 전화 속에 표시된 시각은 새벽 5시 25분이었다. 이 시각에 전화를 하다니, 이 지독한 일 중독자 같으니라구!

"뭐야?"

상대방이 누군지 빤히 아는 진원은 대뜸 짜증을 부렸다. 그러나 눈동자에 떠오른 것은 반가움이었다.

"그래서? 그럼, 안 잤지. 그냥, 좀 편집 중이야. 알잖아. 쇼 얼마 안 남았어. 그러는 형은 새벽에 자다가 끌려 나와서 응급수술하고 지금 병원 숙직실 아니야?"

새벽녘에 뜬금없이 걸려온 작은형인 민준의 전화가 반가우면서도 진원의 목소리는 곱게 나가질 못했다. 둘 다 일에 치여 사는 사람들이라 일 년에 몇 번 얼굴 보기도 힘든 처지였다. 두 사람 다 명절이나 연휴엔 더 바빴으니까.

그래서 모처럼 형이 한 안부 전화에 자기가 너무 퉁명스럽게 구는 건 아닌가 싶어서 조금 미안한 생각이 들었다. 그러나 진원은 곧 생각을 고쳐먹었다.

왜냐하면 사실을 따지고 보면 이건 모두 다 그 잘나신 최민준, 자신의 작은형 때문이니까.

어릴 적에 그는 두 살 터울인 작은형을 몹시 좋아했다. 그에게 더 다정하고 잘 놀아주는 건 큰형과 작은형과 쌍둥이인 누나였으나 그는 자기와 나이도 비슷하고 마음 잘 맞는 작은형이 훨씬 더 좋았던 것이다.

사람 적은 푸시울 산골에서 자라면서 두 형제는 늘 붙어 다녔다. 산으로 들로 쏘다녔고, 세상 그 누구보다 가까운 형제이자 친구였다. 진원은 늘 쫄레쫄레 민준의 뒤꽁무니를 따라다녔다.

자기보다 뭐든지 잘하고, 뭐든지 많이 아는 작은형이 진원은 정말로 좋았다.

그러나 그들이 나이를 먹고 자라면서 두 사람 사이에는 원하지 않는 틈이 생기고 말았다.

뭐든지 잘했던 진원에 비해 민준은 공부를 힘들어했다. 그리고 어려서부터 곱상하게 잘생겨서 보는 사람마다 감탄을 쏟아내는 진원과 다르게 민준은 작은 키에 몸집도 왜소했고, 둥글고 여드름 많은 얼굴에 두꺼운 안경을 쓰고 있었다.

그러다 보니 자연스럽게 늘 붙어 있는 두 사람을 비교하는 소리들이 들려왔고, 그것은 민준에게 커다란 상처가 되었다.

"세상에, 보건소장님 댁 애들은 어쩜 다 저렇게 인물이 훤하데 요! 하나같이 엄마, 아빠 닮아서 아주 늘씬늘씬하니 미남 미녀네, 어쩜. 어이구, 그런데 쟤, 저기 셋째는 좀 아니네."

"그러게요. 어디서 주워왔나? 영 저 집 식구 같지가 않네. 호호 호."

진원도 잘 알고 있었다. 그래서 그런 소리들이 들려오면 그가 더 화를 내며 싸우기도 했고, 민준에게 미안하다고 사과하기도 했다.

하지만 두 사람의 사이는 점점 더 벌어지고 말았다. 민준은 다른 누구도 아닌 자신의 동생에게 가진 열등감을 극복하지 못 해 꽤 오랜 시간 괴로워했고, 자연스럽게 그 원망의 화살은 진원 에게로 향했다.

처음엔 미안해하고 안타까워하던 진원도 민준에게 비딱하게 되받아치기 시작했고, 두 사람은 곧 철천지원수지간보다 더한 견원지간이 되어버렸다.

"내가 형한테 뭘 그렇게 잘못했다고 이러는데!"

"최진원, 네가 태어난 거, 그래서 날 엿먹이는 거 자체가 잘못 이야!"

그리고 나이를 먹으면서 이젠 반대로 진원이 민준에게 열등감을 갖게 되었다. 의사가 되겠다는 명확한 목표를 갖고 자기 인생을 자신 있게 살아가는 작은형과 달리 진원은 한 번도 무언가 절실한 꿈을 가져 본 적이 없었다. 모든 게 완벽한 줄 알았던 그의 인생에 유일한 오점이었다.

그래서 남들처럼 무난하게 살면서 형도 이겨보자는 생각에 의대에 갔다. 그러나 얼마 안 있어 그만두어야 했다. 그리고 그걸 모를 리 없는 작은형은 진원을 질타했다. 그를 걱정하는 마음이었다. 진원도 그걸 잘 알고 있었다. 하지만 작은형의 말이 다 옳았기 때문에 그는 더 반발했고 화를 냈다.

결국 솔직하지 못한 두 형제는 여전히 마음속 깊이 사랑하면서도 겉으로는 고운 말 한마디도 잘 주고받지 못하는 요상한 관계가 되어 있었다.

한참 수화기 너머에서 들려오는 소리를 듣고 있던 진원은 다시 자리로 돌아와 의자에 앉으며 대꾸했다.

"나 이번 달은 못 간다고. 바빠."

정지시켜 둔 화면을 물끄러미 바라보았다. 노마리, 그녀가 진원을 바라본다. 어쩐지 가슴이 먹먹해진다.

"그래, DBS에 피디는 나밖에 없어. 몰랐어? 용재 형이 그건 말 안 해준 모양이지?"

긴 다리를 꼬면서 자연스럽게 몸을 돌려 화면과 등을 졌다. 노마리가 보이질 않았다.

"하여간 그 인간, 또 나 속이면 그땐 내가 정말로 물불 안 가릴 테니까. 뭐? 아냐, 피곤한 건 아니고. 그냥 좀."

꽤 태연하게 말했다고 생각했는데 상대방은 이미 눈치챈 모양이었다.

"형, 자꾸 신경에 거슬리는 사람이 있는데. 어, 무시가 안 돼. 뭐, 좀 내가 잘못한 것도 있고. 아니, 아니다. 아무튼 나 이번엔 바빠서 못 가. 응. 나중에 전화할게. 그럼, 한잔해야지. 나보다 더 바쁘신 의사 선생님께서 이러시면 쓰나. 그래, 알았어. 응, 들어가."

통화를 끝내고 다시 화면으로 몸을 돌리자 노마리의 검은 눈동자가 진원을 빤히 바라보고 있었다.

주말, 헌혈의 집은 텅 비어 있었다. 주로 젊은 사람들이 많이 오가는 번화가에 위치한 곳이라 몇 년 전만 해도 토요일 저녁이면 발 디딜 틈도 없이 붐비곤 했었다. 도착해서 번호표를 뽑고 자기 순번이 될 때까지 기다리면서 책 한 권을 거의 다 읽은 적도 있었다. 그런데 요즘은 가끔 교복 입은 학생들 몇몇이 오가는 거 말고는 젊은이들 보기가 힘들었다.

영애는 2주 전에도 왔었지만, 전자 문진표를 보며 하나하나 정성을 들여 대답을 작성해 나갔다. 그녀를 알아본 간호사가 먼저 다가와서 인사를 건넸다.

"여기 문진표 다 작성하셨나요?"

"네."

"그럼, 이리로 오세요."

테스트할 피를 채혈하고 곧 결과가 나왔다.

"김영애 씨, 이번에도 헤모글로빈 수치가 낮아서 아무래도 전혈은 무리겠네요."

"그래요?"

"네."

"이번엔 일부러 좋은 음식 많이 먹고 몸도 만들어 왔는데……."

"아쉬우시겠지만 다음번에 다시 오셔서 검사 결과 좋으면 그때 전혈해 주세요. 아직 전혈 부족 시기 아니거든요."

"……네."

"오세요."

전혈과 달리 혈장이나 혈소판 채혈은 시간이 많이 걸렸다. 영애는 편하게 누워서 팔을 내민 채 지루함을 달래라며 틀어준 텔레비전을 바라보고 있었다. 그러나 너무 화려한 사람들, 귀에 익숙하지 않은 음악, 자극적인 이야기들은 오히려 그녀의 심신을 어지럽게 했다. 꺼버리고 싶었다. 나중에 꼭 봐야 하는 프로그램만 보면 되니까.

"죄송한데요, 저 텔레비전 보시나요?"

영애는 자기 옆의 베드에 누워서 헌혈을 하고 있는 남자에게 조심스럽게 물었다. 자기는 안 보지만 이 남자는 혹시 볼지도 모르니까.

"아닙니다."

그런데 다행히 남자가 딱 잘라서 대답했다. 얇은 은테 안경을 쓴 남자는 약간 이마를 찌푸리고 있었다. 바늘이 아픈가? 그런 타입의 남자로 보이진 않았지만.

"그래요? 그럼 텔레비전 끌까 하는데 괜찮으시겠어요?"

"네, 마음대로 하십시오. 저야 보지도 않을뿐더러, 채혈도 곧 끝납니다."

남자의 말투로 보건대 그도 텔레비전을 보기 싫었던 모양이다. 저 이마에 깊게 팬 골은 그녀와 같은 이유인 게 틀림없었다.

"전혈이신가 봐요."

"그렇죠."

"좋겠다……."

영애는 정말로 부러움을 가득 담고 남자를 바라봤다. 콧대가 날렵하고 눈매가 조금 날카로운 남자는 그녀의 시선이 부담스러운지 짙은 눈썹 하나를 쓱 올렸다 내렸다. '이 여자 지금 뭐라는 거야?'라는 의미가 역력한 표정을 지었지만, 영애는 벌써 몇 년째 하지 못하고 있는 전혈 헌혈을 하고 있는 남자가 몹시도 부러워서 눈길을 거두지 못했다.

마침 간호사가 왔다. 그녀가 남자의 팔뚝에서 바늘을 뽑고 혈액 팩을 정리하면서 말했다.

"그러고 보니 두 분 다 명예의 전당에 오르셨죠?"

남자가 소매를 내리면서 자리에서 일어섰다. 누워 있을 땐 몰랐는데 키가 몹시 컸다. 누워 있는 영애에겐 안경 너머 눈빛이 보이지 않을 정도였다.

"저희 지점에 은장포상이나 금장포상 받은 분들은 꽤 있지만, 명예의 전당에 오르신 분들은 몇 분 없거든요."

간호사가 만면에 미소를 지으며 말했다.

"게다가 최 선생님은 전부 전혈이시죠? 영애 씨도 여자분이신데 전혈 많이 하셨고요. 제가 이 지점에 온 뒤로 한 번도 안 빼고 기간 맞춰서 꼬박꼬박 오신 건 두 분뿐이세요. 아무튼 두 분 다 대단하세요."

헌혈 횟수가 100회를 넘겨야 명예의 전당에 오를 수 있다. 거기다 전혈이라면 두 달에 한 번씩 해서 꼬박꼬박 한다고 해도 16년 넘는 세월이 걸리는 일이었다. 그런데 이 남자는 그걸 했다고? 무척 젊어 보이는데? 헌혈을 할 수 있는 나이인 만 17세 때부터 지금까지 한 번도 빠지지 않고 했단 말인가? 정말로 존경스러운 남자였다.

그 옛날, 그녀의 어머니를 위해 헌혈 증서를 모아다 주었던 전교회장 오빠도 저렇게 안경을 쓰고 있었다. 키가 크진 않았지만, 참 다정했던 그 오빠의 따스하던 미소가 그리웠다.

'회장 오빠 한 번만 다시 만났으면 좋겠다.'

　　영애가 옛 생각에 잠겨 있는 동안 그 키 큰 남자는 긴 다리로
성큼성큼 걸어서 나가 버렸다.

＊

　　재인은 번화가 뒤편의 좁다란 골목길에 위치한 낡고 허름한
순댓국집에 들어와 민준의 맞은편에 앉으며 투덜거렸다. 좁은
식당 안에 테이블은 서너 개, 앉을 수 있는 좌식 자리도 그다지
넓지 않았다.
　　"넌 도대체 왜 너희 병원 놔두고 만날 이 동네까지 오니?"
　　"맛있어서."
　　두툼한 책을 읽고 있던 민준은 낮은 의자에 앉으며 늘씬한 다
리를 꼬는 재인을 보면서 무심하게 대꾸했다. 그게 그녀의 화를
더 돋운다는 걸 알면서도 말이다. 아니나 다를까, 되묻는 재인의
목소리 끝이 올라갔다.
　　"뭐가?"
　　"거기 토스트가 맛있거든. 오렌지주스도 신선하고."
　　"뭔 소리야? 헌혈의 집에서 무슨 토스트를 줘. 초코파이 정 주
는 거 아니었어?"
　　"이 인간아, 그러게 헌혈 좀 해라. 요즘 헌혈의 집은 꼭 초코
파이만 주지 않거든."
　　"누군 안 하고 싶어서 안 해! 내가 어, 대학에 들어가고 나서

혈압이 너무 떨어져서 번번이 못하는 거잖아. 엄마도 무리해서 하지 말라고 하셨고!"

"알았어, 알았어."

역시나 말로는 재인을 이기지 못한다. 그걸 너무나 잘 알면서도 민준은 지난 35년 내내 무의미한 승부를 되풀이하곤 했다.

"최민준, 너 피 뽑았다고 지금 여기에 영양 보충하러 온 거니?"

"당연한 소릴 왜 해."

"그런데 꼭 이런 데 와야 해? 한우 꽃등심이나 스테이크 뭐, 그런 거 먹으면 좋잖아. 어떻게 된 게 너는 생긴 거랑 다르게 만날 순댓국, 돼지껍데기, 곱창, 꼼장어 이딴 거만 좋아하니?"

민준은 세련된 단발머리를 찰랑거리면서 자기 몫의 순댓국에 새우젓과 부추를 잔뜩 넣고 있는 재인을 보며 피식 웃었다. '이 사람아, 그건 당신이 나보다 더 좋아하잖아' 라고 말하고 싶은 걸 참으면서.

자신과 다르게 건더기보다 국물을 더 좋아하는 재인이 건더기를 덜어서 자기 그릇에 넣어주자 민준은 묵묵히 받아먹었다. 병원 사람들이 봤다면, 천하의 최민준이 뭔 짓이냐며 경악할 만한 광경이었다.

"여기 국물 괜찮지?"

"어, 돼지 뼈 제대로 우렸네. 그나저나 우리 바쁘신 의사 선생께서 이런 맛집은 또 어떻게 찾으셨대?"

"여기 원래 원조가 지금 아주머니의 시어머니신데 내가 지난번에 수술해 드렸거든. 고맙다고 한 번 병원으로 순댓국 싸오셨는데, 맛이 기가 막히더라고. 그래서 그 후로 간간이 들르고 있어.”

민준의 말에 기분 좋게 씩 웃으며 고개를 끄덕이던 재인이 갑자기 생각났다는 듯이 물었다.

“아, 맞다. 지금 몇 시지?”

뜨거운 국물을 조금도 망설임 없이 입에 넣던 재인이 갑자기 호들갑을 떨었다.

“일곱 시? 여덟 시?”

“왜?”

“야, 넌 형이란 게 하나밖에 없는 동생 일에 어째 그렇게 무관심하냐?”

“내가 뭘?”

재인이 무슨 말을 하는지 민준도 잘 알고 있었다. 아마 오늘일 것이다. 그의 싸가지 없는 동생 최진원이 새로 시작하는 쇼의 첫 방송일이. 시간까진 모르지만 며칠 전부터 병원 사람들이 하도 떠들어대서 알고 있었다. 게다가 아침에 응급 수술하러 갔더니 서큘레이팅 서는 간호사들과 여자 레지던트가 수술하는 내내 떠들어댔다.

“이 선생님, 오늘 저녁에 OBG 시작하는 거 아세요?”

“제작발표회 때 사진 찍힌 거 봤어요? 무슨 감독이 배우보다 더 멋있어!”

"남자 탤런트는 하나도 안 나오고 여자들만 나온다고 해서 무슨 재미로 보나 했더니 세상에나 감독이 그렇게 근사할 줄 누가 알았어요?"

"성기남이 그 옆에 있으니까 완전히 비교, 아니, 대조되더라. 키는 작달막해서 얼굴에 개기름 흐르는 게 너무 느끼하지 않았어요?"

"진짜 그 감독 화면발 잘 받더라고요. 얼굴이 조막만 해선 까만 셔츠도 너무 잘 어울리고."

"난 셔츠 단추를 확 풀어버리고 싶더라니까."

"어머, 김 선생님, 저는 단추가 아니라 그 셔츠 찢어버리고 가슴팍에 안기고 싶던데요. 호호호."

하하호호, 까르르 여자들의 웃음소리 때문에 수술에 집중할 수 없던 민준은 급기야 식은땀 흘리며 서 있는 1년차 레지던트 선생을 향해서 소리 지르고 말았다.

"박수재 선생! 너, 리트렉터(Retractor:개흉수술 시 가슴을 벌려 주는 기구) 똑바로 안 잡지?"

"네, 죄, 죄송합니다."

"1재! 너 지금까지 대체 뭘 배운 거야? 카테터하고 캐뉼라의 펑선도 제대로 구별 못하나?"

결국 인공 심폐기를 연결하는 수술 내내 민준은 박수재 선생을 들들 볶았다. 평소 언변 좋고 변죽은 더 좋은 박수재 선생의 검은 얼굴이 시뻘게질 정도였다. 그러나 간호사들과 여자 레지던트들은 아랑곳하지 않고 OBG라는 쇼에 대해, 특히 최진원이라는, 그녀들의 표현을 빌자면 미모는 웬만한 영화배우 뺨치고, 몸매는 모델보다 더 근사한 피디에 대해 떠들어댔다.

최민준의 최대 약점은 남자들에겐 언제, 어디서나 마음에 안 들면 가차 없이 킥을 날릴 수 있지만, 여자들한테는 도저히 싫은 소리를 하지 못한다는 것이었다. 그런 그의 성격에 대해 친구들이 '여자에게 잘 보이기 위한 머슴 근성이 뼛속 깊이 배어 있는 탓'이라며 비난과 조롱을 퍼부을 때마다 민준은 자신이 자라온 가정환경을 몰라서 하는 소리라며 한숨을 쉬곤 했다.

물론 일에 관련된 것이라면 여자, 남자 성별을 가리지 않고 무섭게 질러대곤 했으나, 여성에게 그런 경우는 드문 편이었다.

그렇다고 해서 민준이 여성들에게 친절한 것은 아니었다. 오히려 말도 잘 하지 않고 까다로워서 병원 내에서 떠도는 그의 별명은 '닥터 아이스'니, 'TS 얼음송곳'이니, '은까남(은근 까칠한 남자)' 같은 주로 냉하고, 쌀쌀맞고, 날카로운 것 위주였다.

재인이 한 손을 들어서 주인아줌마를 부르는 광경을 보면서 민준은 한숨을 내쉬었다. 그러나 그녀를 제지하진 못했다.

그렇지 않아도 며칠 전부터 하루 단위로 카운트하듯이 어머니한테서 문자가 날아오고 있었다. 아버지와 함께 결혼 40주년을 기념해서 크루즈 여행을 떠나신 분이 여행 즐길 생각은 없으신지, 일주일 전부터 꼬박꼬박 문제가 도착했다. 어머니, 당신의 정성이란 참!

[드디어 디데이네! 아들, 오늘 오후에 수술 없지? 꼭 우리 막내 프로그램 챙겨 봐야 해.]

그의 수술 스케줄까지 죄 꿰고 계신 분이라 수술 핑계도 댈 수가 없던 민준은 일부러 오후 늦게 헌혈의 집에 가는 꼼수를 부렸다. 그러나 혼자 저녁 먹기 싫어서 불러낸 재인이 복병이었다. 밥 먹으러 들어간 식당에서까지 그 CABG인지 OBG인지 하는 쇼 타령을 할 줄이야!

"저, 아줌마……."

재인이 한쪽 팔을 번쩍 들고 주인아주머니를 부르려다 도로 팔을 내렸다. 그들의 테이블과 대각선으로 마주한 자리에 앉아 있던 한 여자에게 선수를 뺏긴 탓이었다.

"어, 저 아가씨도 기다렸나 보네."

민준의 등 너머로 '아주머니, DBS 방송 좀 봐도 될까요?' 하고 묻는 젊은 여자의 목소리가 들렸다. 오, 맙소사! 이놈의 최진원이가 생각보다 더 인기가 많은가 보다.

"것 봐. 우리 진원이 진짜 능력 있고 유명하거든. 인기도 얼마나 많은데. 법원에서 기사에 진원이 사진 실린 거 본 사람들이 다들 무슨 피디가 웬만한 배우보다 더 잘생기고 멋지고 다리도 엄청 길다고 난리도 아니었거든. 카톡 프로필에 진원이 사진 올려놓은 사람도 있어."

"참, 세상에 할 일들도 더럽게 없다."

그놈의 키 크고 얼굴 작다는 게 도대체 남자한테 칭찬이란 말인가?

어린 시절부터 사람들, 특히 여자들이 허여멀겋게 생겨서 멀대처럼 키만 큰 동생 놈을 보며 감탄하는 걸 들으며 자란 민준은 예민한 사춘기 시절엔 상처도 많이 받았다. 두 살 터울인 동생보다 키도 훨씬 작은데다 얼굴 가득 여드름이 돋아서 멍게보다 더 흉측한 비주얼을 갖고 있었다.

게다가 눈이 안 좋아서 두꺼운 뿔테 안경을 쓰고 다니는 그를 보면서, 사람들은 인물 좋은 보건소장님 댁 4남매 중에 유일한 별종이라고 수군대곤 했다.

국내 굴지의 명현그룹 후계자이면서 보건소 소장으로 있는 아내 때문에 먼 길을 마다하지 않고 서울과 오가던 최수혁 사장, 그리고 산골 마을 출신으로 그 남자를 만나 결혼하고 의사가 되어 고향 마을 보건소 소장으로 일하는 어머니 모해만으로도 그들 가족은 푸시울 최고의 관심사였다.

그리고 그들의 아이들. 아버지를 닮아 귀티 흐르고 영민하며 의젓한 큰아들 지훈. 어머니 닮아서 예쁜데다 똑똑하고 활달하며 사교성까지 좋은 쌍둥이 누이 재인. 막내로 자라 오만방자하기 그지없지만, 잘난 외모 덕에 사람들의 귀여움을 독차지하는 동생 진원. 그리고 민준.

이들 4남매는 고등학교 때까지 어머니가 보건소장으로 계시는 강원도 산골 마을 푸시울에서 자랐고, 좁은 산골마을에선 일거수일투족 하나하나가 화젯거리가 되는 주목의 대상들이었다. 그래서 원치 않는 관심들 때문에 민준은 더 상처받았다.

다행히 대학에 들어가면서 뒤늦은 성장이 이루어지고, 피부가 깨끗해지면서 외모 때문에 받는 스트레스는 자연히 줄어들었다. 아니, 오히려 샤프하고 지적인 그의 외모에 반해서 호감을 보이는 이성들이 급격히 늘어났다. 하지만 그의 가슴속엔 남자고 여자고 사람을 겉모습으로 판단하는 인간들에 대한 반감이 가득 차버린 상태였다.

"하여간 사내새끼 얼굴 곱상하다는 게 그게 칭찬인 줄 아는 거야? 내가 그런 말 들으면 온몸에 소름이 돋아서 돌아가시겠다."

"최민준, 너 말 되게 곱게 한다."

재인이 민준을 향해 눈을 흘기자, 그는 일부러 소리를 높이며 인상을 잔뜩 찌푸린 채 고개를 돌렸다. 베일 듯 날카로운 턱 선이 인상적이었다.

"아, 대체 누가, 어! 어떤 여자가 그런 허접 쇼를 본다고 그러는데?"

　그렇게 말하고 고개를 돌린 민준의 눈에 바로 앞 벽에 걸린 텔레비전을 바라보느라 고개를 치켜든 여자의 뒤통수가 보였다. 색깔이 옅은 갈색머리를 목 언저리에서 묶고 있는 뒤태만으로는 그녀가 과연 얼마나 한심한지 가늠할 수가 없었다. 쇼는 아직 시작 전이었다. 다른 방송은 이미 진즉에 끝났는데도 광고가 얼마나 많은지 오프닝 타이틀도 나오지 않은 상태였다.
　그때 마침, 주인아주머니가 그 여자가 주문한 음식을 내왔다. 김이 모락모락 오르는 갈색 뚝배기에 담긴 것은 순댓국일 터였다. 이 집은 순댓국밖엔 팔지 않는 곳이니까. 하긴 젊은 여자 혼자서 시장통 뒷골목 순댓국집에 밥을 먹으러 온 것만 봐도 일단 범상치 않긴 했다. 목을 한껏 뒤로 젖힌 채 커다란 텔레비전을 뚫어져라 보던 여자가 고개를 돌렸다. 그 순간 민준은 저도 모르게 작게 소리를 냈다.
　“어?”
　“왜?”
　재인이 의아하게 바라보았다.
　“아니, 그냥.”
　“뭐야, 최민준, 그냥이 아닌데. 너 지금 표정 되게 묘하거든. 뭔데?”
　손가락 하나를 들어서 그의 얼굴 앞에서 뱅글뱅글 돌리며 묻는 재인의 눈초리가 가늘어졌다.
　“아무것도 아니야.”

"아무것도 아니긴, 내 촉이 확 오는데."

"야, 넌 이런 데서 괜히 검사 영감 촉 세우지 말라니까."

"이건 검사 촉이 아니고 여자 육감이거든. 뭐, 내 경우엔 쌍둥이만의 특별한 교감이라고나 할까? 일종의 슈퍼내추럴 파워(Supernatural Powers)지. 오호호!"

자신의 짧은 탄식 하나를 갖고 장황하게 늘어지는 재인을 보면서 민준은 고개를 절레절레 내저었다. 이 녀석이 사법연수원 수석 졸업을 하고도 판사 안 하고 굳이 검사 한 이유가 재판하는 동안 입 다물고 있기 싫어서라는 걸 다른 사람들은 알까 모르겠다. 피고인 취조하고 돌아온 날은 유난히 피부에서 광이 난다는 것도.

"아무튼 뭐야, 불어."

자기와 한날한시, 단 5분의 차이로 먼저 태어난 쌍둥이 누이가 민준을 추궁했다. 또 거부했다간 원하는 대답을 들을 때까지 온갖 질문세례가 쏟아질 게 분명했다. 생각만으로도 끔찍한 민준은 이번엔 선선히 대답해 주었다.

"저 여자, 아까 헌혈할 때 봤거든."

동그란 얼굴에 미소가 귀여운 여자였다. 순한 눈길이 맑은 성격을 말해주는 것 같았다. 뭐랄까, 요즘 젊은 아가씨들답지 않게 어딘가 순진한 구석이 느껴지는 여자였다. 그러고 보니 잠깐 본 여자를 두고 자기가 참 많은 생각을 했지 싶었다. 민준은 속으로 혀를 끌끌 찼다.

"그래? 오, 정말 바람직한 처자일세. 이런 타락한 세상에 헌혈하고 몸 정갈히 해서 우리 최진원 쇼를 보는 아가씨라니. 게다가 생긴 것도 참하니 좋은데!"

음식보다는 막 텔레비전에 더 관심을 쏟고 있는 여자를 보면서 재인은 감탄했다.

"어머나, 젓가락질도 되게 깔끔하게 한다. 오오, 우아해."

노골적으로 바라보며 떠들어대는 재인의 목소리가 상대에게 들릴까 봐 민준은 걱정스러웠다. 그래서 목소리를 좀 낮추라고 손짓을 했지만, 그의 누이는 개의치 않았다.

"나이도 꽤 어려 보이는데. 우리 진원이랑 어울리겠다, 그치?"

"왜, 또 사랑의 징검다리라도 놓으시게?"

"그럼 너는 하나밖에 없는 동생이 그렇게 연애도 못하고 만날 방송국에 처박혀서 나이 먹어가는 게 불쌍하지도 않니?"

누이의 대답을 듣고 있자니 주원은 왠지 울컥한 심정이 들었다.

"이보세요, 최 검사님. 그대가 뭔가 한참 착각하는 모양인데, 우선 그대의 남동생은 생물학적으로 하나가 아니라 둘이고."

민준이 손가락을 들어 자신을 가리켰다.

"그 망할 최진원이 일하는 곳은 우리나라에서 가장 예쁜 여자들만 모인다는 방송국이거든. 게다가 이번 쇼는 아예 음침한 집에 젊고 예쁜 여자들만 모아놓고 합숙시키며 찍는다고. 그런데 그대의 그 막내 동생께서 여자가 궁할 것 같아?"

"하, 최민준. 넌 네 병원 환자들한테 작업 걸고 그러냐?"

"뭔 헛소리야, 이건."

"내가 용의자들이나 고소인들하고 연애놀음 안 하는 것처럼, 직업윤리 투철한 우리 동생님도 같은 동료면 몰라도 연기자들하곤 절대 연애 안 하거든."

"그대가 그걸 어찌 아시는데?"

"3년 전인가 촬영장에서 진원이 대신 다쳐서 너희 병원에 왔던 여자 기억 안 나? 용재 오빠가 너한테 봐달라고 했던 그 여자, 정희수."

"왜 몰라. 용재 형이 다른 병원에 데려가 놓고는 나한테 연락해서 그 여자 상태 묻는 바람에 내가 우리 과 교수님께 부탁해서 그 병원 PS(Plastic Surgery:성형외과) 선생님도 직접 만나 뵀는데."

"아무튼 그때 진원이가 그러더라. 피디라는 놈이 아무리 잠깐이라도 탤런트를 만나게 되니까 이런 일이 벌어지는 거라고. 어쨌든 그쪽 입장에서 보면 자기는 힘을 쥐고 있는 존재가 아니냐고. 그러니 무슨 남녀 간에 제대로 된 관계가 이뤄지겠냐고 말이지."

"흐, 그 자식 그래도 비싼 수업료를 내고 제대로 배운 거 하나는 있네."

그 순간, 벽에 걸린 텔레비전에서는 새로 시작하는 OBG의 오프닝 곡이 흘러나왔다.

"드디어 시작하나 보다."

재인이 고개를 치켜들며 두 눈을 반짝였다. 투덜대던 민준도 말없이 화면을 주시했다. 화려하고 감각적인 영상, 경쾌하면서 귀에 감기는 노래, 빠르게 교차 편집되는 출연진들의 캐릭터 소개 영상과 합숙소 장면. 일단 사람들의 눈과 귀를 잡아끌 만했다. 이만하면 합격점이지 않을까 싶었다.

건너편의 그 여자도 기도하듯이 두 손을 꼭 모아 쥐더니 눈동자를 반짝거리며 시선을 텔레비전에 고정했다. 광고가 나오는 내내 그 자세 그대로였다. 태도가 어찌나 진실해 보이는지 마치 경건한 의식을 치르는 것처럼 보일 지경이었다.

그 모습을 바라보며 민준은 재인에게 경고했다.

"하여간 너, 괜히 저 여자한테 이상한 짓 해서 나 그 헌혈의 집 못 가게 만들지 마라."

"그게 무슨 소리냐, 동생아?"

아무리 재인이 즉흥적이고 마음먹은 일은 꼭 해내고야 마는 성격이라지만, 설마 처음 본 여자한테 대뜸 '제 남동생이랑 소개팅하지 않으시겠어요? 걔가 당신이 지금 보고 있는 그 프로그램 만든 피디인데 엄청 잘생겼어요'라고 말하진 않을 거라고 믿었다. 그래도 민준은 다시 한 번 당부했다.

"듣자 하니 저 여자가 거기에 자주 오는 모양이던데, 마주치면 민망할까 봐 거기 피하게 하지 말라고. 말했지? 난 그 헌혈의 집 토스트 맛이 마음에 든단 말이다."

"아이고, 걱정도 팔자셔. 내가 알아서 할 테니 넌 아무 상관

말라고."

"그래, 너도 서른다섯 살이나 먹은 성인인데 설마 이상한 헛짓 하진 않겠지. 아무튼 국물 식어. 얼른 먹자."

민준은 본격적으로 시작한 쇼를 보면서 식사를 마저 했다. 그러나 건너편의 여자는 식사도 잊은 채 예의 그 경건한 자세 그대로 쇼에 몰두해 있었다. 재인도 넋을 놓고 쳐다보긴 마찬가지였다. 덕분에 입을 다물고 있어서 몹시도 조용했다.

그리고 식당 주인아주머니도 카운터에서 입을 벌린 채 텔레비전을 보느라 정신이 없었다. 두 팀 더 있는 다른 손님들도 마찬가지였다. 오로지 민준만이 텔레비전 속 세상보다는 현실 세상에 관심을 보이고 있었다.

헌혈의 집에서 보았던 그 여자의 몰입도는 정말로 최고였다. 그야말로 무아지경이었다. 브라운관에서 흘러나오는 영상을 보며 미소 짓기도 하고, 이마를 찌푸리기도 하고, 입을 살짝 벌리며 감탄하기도 했다. 뭐가 그리 안타까운지 손으로 입을 가리며 한숨을 내쉬기도 했다. 표정이 어찌나 변화무쌍한지 민준은 진심으로 동생 놈이 만든 저따위 쇼보다 이 여자를 보는 것이 더 흥미롭다고 생각했다.

'그렇게 재밌는 거야?'

그런데 멤버들의 개별 인터뷰 장면을 보던 여자의 눈동자에 눈물이 가득 차올랐다. 누가 볼세라 여자가 얼른 손등으로 눈물을 훔쳤다. 그 모습에 민준은 흠칫 놀랐다. 얼른 화면을 쳐다보

니 단발머리에 몸매가 돋보이는 흰색 옷을 입은 여자가 인터뷰
어의 질문에 답하고 있었다.

"스타라면 눈부시게 빛나는 사람이잖아요"

화면엔 그녀에게 주어진 다음 질문이 자막으로 쓰여졌다.

Q. 노마리 씨는 누구를 우승 후보라고 생각하시나요?
"저요."

자신감에 철철 넘치는 여자는 카메라를 보며 해사하게 웃고
있었다. 카메라가 그녀의 얼굴을 클로즈업했다. 그리고 트랙
아웃(Track Out), 다시 트랙 인(Track In). 곧 그녀가 모노드라
마(Monodrama)를 하는 장면이 펼쳐졌다.

"전 노마리라고 해요. 왜 흰색 옷을 입었냐고요? 그야 저랑 가장
잘 어울리는 색이니까요. 네? 뭐라고요? 오, 아뇨. 난 그녀처럼 음악
을 몸에 걸치고 자진 않아요. 호호호. 내가 연기에서 가장 중요하게
생각하는 건 나를 통해 사람들이 꿈을 꿀 수 있는가 하는 거예요. 난
스타니까요."

그러자 그걸 보고 있던 건너편의 여자가 울음을 참느라 짧게

숨을 헐떡였다. 아예 하얀 손수건에 얼굴을 묻는다.

대체 저게 뭐 어떻다고 저러지?

'뭐, 뭐지? 저 황당한 광경은? 무슨 저따위 쇼를 보고 밥 먹다 말고 눈물씩이나 흘려. 하아……. 하여간 사람 겉모습만 봐선 절대 모른다니까.'

민준은 고개를 절레절레 저었다.

"흠, 첫 회라 그런가. 역시 큰 이야기보다는 캐릭터 설명이 대부분이네. 그래도 앞으로 꽤 재미있을 라인도 보이고 괜찮네."

프로그램이 끝나자, 재인이 수육 한 점을 입에 넣으면서 말했다. 국밥 두 그릇 시켜놓고 한 시간짜리 텔레비전 쇼를 보며 자리 지키기 미안하다고 재인이 시킨 것이었다. 민준은 순댓국 다 먹었으면 그냥 나가자고 했지만 들은 척도 하지 않았다.

"나름 캐릭터들도 뚜렷하고 꽤 자극적인 부분도 있고, 시청률 나쁘지 않겠어. 다음 회부터 본격적으로 서바이벌이 시작되면 아무래도 흥미를 더 끌겠지. 음, 좋아."

소주까지 한 잔 마시면서 재인이 나름대로 프로그램에 대한 평가와 전망을 내놨다.

"잘하면 저기에서 서너 명 정도는 머리채 붙잡고 드잡이하면서 원초적인 욕망과 탐욕이 인간을 얼마나 폭력적으로 만들 수 있는가 적나라하게 보여줄 순 있겠더라."

그녀의 빈 잔에 술을 채워주며 민준은 고개를 절레절레 저었다. 그러자 재인이 그의 어깨를 탁 소리가 나게 쳤다.

"형님아, 동생 하는 일에 꽃가루는 못 뿌려줘도 초는 치지 마라."

"누가 뭐래? 그리고 원래 사람들이 그렇게 자극적인 거 더 좋아하거든. 보니까 최진원이가 아주 고런 장면들 잘 살려서 편집했더만. 아니지, 아예 대놓고 연출했을 가능성이 더 커. 솔직히 말이 리얼리티 쇼지, 다 짜고 치는 고스톱 아냐? 아무튼 그 자식이 대중의 호기심을 충족시키는 법을 제법 잘 안다니까."

재인은 평소엔 과묵한 편인 민준이 목덜미에 핏대까지 세워가며 열변을 토하는 것을 보며 고개를 절레절레 내저었다. 어려서부터 그렇게 질기게 싸우더니, 어째 저놈의 말도 안 되는 경쟁심은 나이를 저리 먹고도 안 고쳐지나 모르겠다. 두 살 터울의 남동생 때문에 민준이 사춘기 시절에 열등감을 느꼈다는 걸 재인도 잘 알고 있었다.

그러나 민준은 벌써 예전에 그걸 극복했다.

민준이 의대에 진학했을 때 부모님은 무척 기뻐하셨다. 진즉에 사업가의 길을 걷겠다고 선언한 큰오빠는 제대하자마자 MBA를 따러 미국에 갈 예정이었고, 재인은 어려서부터 나쁜 놈들 혼내주는 정의로운 변호사가 되겠다며 법대를 목표로 공부해왔다. 그러나 민준은 그다지 하고 싶은 일이 없었다. 성적은 오히려 재인이나 형인 지훈보다 좋았지만, 그냥 그뿐이었다.

그러다 고3이 되던 해 봄, 민준은 한 어린 소녀를 알게 되었다. 그리고 그것을 계기로 아픈 사람들에게 관심을 갖게 되었고, 의사가 되겠다는 결심을 하게 되었다.

부모님은 그것을 기뻐하셨다.

그런데 2년 후, 막내인 진원이 의대에 원서를 냈다. 어머니나 민준을 따라서 의사가 되겠노라고 했다. 그러자 민준은 불같이 화를 냈다. 진원이 녀석이 왜 의대에 가겠다고 하는지 누구보다 잘 알고 있었던 것이다.

"멍청한 놈, 다른 사람 이기자고 자기 인생을 그따위로 던져 버려? 너, 그 새끼 피만 봐도 구토하는 거 알지? 어릴 적에 축구하다 얼굴에 공 맞고 코피 나니까, 자기 피 보고 기절했던 놈이야. 그런데 그놈이 의대를 가? 아이구, 잘도. 하여간 멍청한 새끼."

언제나, 어떻게든 자기 형을 이기려 애쓰는 최진원. 예전의 민준처럼 뚜렷한 인생의 목표 따윈 갖고 있지 않은 그가 손쉽게 형을 이기는 방법은 형보다 더 잘난 의사가 되는 거라고 생각했던 것이다. 그 일차원적인 사고의 결과물을 민준이 못 알아볼 리 없었다.

"이건 뭐, 숫제 어린애잖아."

"뭐?"

"지금 네 녀석의 결정이 성숙한 성인의 이성적인 판단이라고 말할 수 있어?"

"그렇지, 그럼! 내가 뭐, 주사위라도 굴려서 결정했을까 봐!"

"차라리 그게 낫지. 하, 너 지금 파르르해서 앞뒤 안 재고 무조건 덤비는 거 눈에 빤히 보이거든."

"네가 무슨 독심술사야? 그런 게 보이게?"

"최진원, 거울 좀 보지 그래. 지금 네 얼굴을 보면 독심술사 아니더라도 네 녀석이 왜 이딴 결정을 내렸는지 누구라도 알걸."

"……."

"넌, 그저 이길 생각만 하느라 정말 중요한 건 놓치고 있는 녀석이지. 남을 이기는 것보단 자기가 잘하는 걸, 그것보단 정말로 하고 싶은 걸 찾아야 하지 않아? 기껏 호승심 때문에 자기 앞날을 결정한다? 하, 역시 넌 그 정도밖에 안 되는 녀석이었어. 안 그래?"

"그래, 너 잘났다!"

손가락 빠는 어린애보다 하등 나을 것 없는 진원은 자신의 선택을 곧 후회했지만, 끝끝내 오기를 부렸다. 자신이 실수했고, 민준의 말이 옳다는 걸 보여주기 싫었던 것이다. 그러나 의대에 진학한 진원은 결국 본과 1년 때 다른 과로 전과하고 말았다.

그리고 민준과는 더욱더 앙숙이 되어버렸다.

4남매 중에 서로 가장 닮은 두 사람은 같은 성질을 갖고 있는 전극끼리 서로 밀어내는 것처럼 만나기만 하면 싸우느라 바빴다. 재인은 사랑스런 두 남동생이 언제나 티격태격하는 걸 보는 게 재미있었다. 그 싸움의 밑에 서로에 대한 짙은 애정과 믿음이 깔려 있다는 걸 잘 알기 때문이다.

그래도 나이 삼십이 넘어서도 유치하게 말다툼하는 걸 볼 때면 가끔 너무 열불이 나서 머리에 꿀밤을 한 대씩 먹여주고 싶긴 했다.

그때였다. 건너편에 앉아 있던 여자가 마침 자리에서 일어났다.

"어머, 저 아가씨 가네."

그 말에 민준이 반사적으로 고개를 돌렸다. 두 사람의 눈이 마주쳤다.

"저 아가씨 반응을 보건대 이번 쇼는 진짜 인기 좋을 거야, 그치?"

여자가 눈가에 예쁜 웃음을 띠며 고개를 숙였다. 그녀도 그를 기억하고 있는 게 틀림없었다. 민준도 고개를 끄덕였다. 가게 밖으로 나가는 그녀의 뒷모습을 바라보며 그는 생각했다.

'저질 쇼 따위에 홀려서 우는 여자치곤 눈빛이 참 맑네.'

14

집으로 돌아가는 버스 안은 사람들로 가득 차 있었다. 영애는 앉을 자리가 없어서 안쪽으로 들어가 서 있어야 했다. 마땅히 몸을 의지할 곳도, 잡을 것도 없었다. 사람과 사람 사이에 부대끼며 달리는 차의 진동에 몸이 흔들렸다. 술 냄새와 담배 냄새 물씬 풍기는 취객이 부딪쳐 오고, 자기 집처럼 큰 소리로 전화 통화하는 아줌마의 목소리가 귓전에 앵앵거리며 울렸다. 그러나 괜찮았다. 영애는 정말로 다 괜찮았다.

오늘 그녀는 마리가 출연하는 텔레비전 쇼를 보았다. 집에는 TV가 없어서 일부러 시간을 맞춰서 시내에 나가 헌혈을 하고, 식당에 들어가 그 프로그램을 틀어달라고 주인아줌마에게 부탁했다. 다행히 친절한 아주머니는 흔쾌히 승낙해 주셨고, 다른 손님들도 쇼가 끝날 때까지 채널을 돌리라고 하지 않았다. 프로그램이 방영되는 내내 사람들의 반응도 무척 좋았다. 정말로 다행이었다.

비록 스크린이 아니었지만, 브라운관 속의 마리는 정말로 눈부시게 빛나고 있었다. 아름다웠다. 언제나 열심히 연기 연습을 하며 영화에 출연하게 될 때를 기다리고 있었던 마리. 그러나 20년 가까운 세월 동안 마리는 제대로 된 기회를 갖지 못했다. 그러다 드디어 텔레비전 드라마에 출연하게 되었다고 했을 때 영애는 당연히 주인공으로 캐스팅된 줄 알았다. 뛸 듯이 기뻤다. 그러나 아니었다. 드라마도 아니었고, 주인공은 더더군다나 아니었다.

하지만 방송국에 가서 감독님을 만나고 오고, 제작발표회를 하는 그날까지도 마리는 영애에게 그게 영화도, 드라마도 아닌 텔레비전 쇼란 걸 말해주지 않았다. 합숙을 위해 집을 떠나는 날까지도 말이다.

그날을 떠올리는 것만으로도 영애의 눈가는 붉어졌다. 가슴에서 불덩이가 돌아다니는 것처럼 뜨겁고 아팠다. 터지는 울음을 가까스로 참았다. 그러나 결국 영애의 볼을 타고 눈물이 한줄기 흘러내렸다.

"언니, 나 가방 싸는 것 좀 도와줘."

그 전날 마리는 영애에게 지방 로케가 길어서 짐을 싸서 내려가야 한다고 했다.

"그래, 알았어."

신이 난 영애가 활짝 웃자, 마리도 미소를 되돌렸다. 그러나 너무 들뜬 영애는 마리의 미소가 어쩐지 힘없고 슬프다는 걸 깨닫지 못했다.

"일단 여기 옷들 꺼내놨거든. 이것들 가방에 좀 넣어줘. 난 화장품이랑 다른 거 챙길게."

"그래, 알았어. 그런데 옷이 많네. 오랫동안 가 있는 거야?"

"짧으면 며칠이고, 아니면 더 길어질 수도 있어."

"얼마나?"

"글쎄, 한 달이나 두 달이 될지도 몰라."

뜻밖의 대답에 영애는 눈을 동그랗게 떴다. 예전에 태리즈 여사가 종종 촬영차 집을 비울 때도 길어야 1, 2주 정도였다. 해외 로케는 가는 걸 거의 본 적이 없었고, 국제 영화제 같은 데 참석차 가도 며칠이었다. 마음먹고 여행을 가는 것도 아닌데 한 달, 두 달이라니, 정말로 깜짝 놀랄 일이었다.

"뭐? 그렇게 오래?"

"응. 그런데 언니, 그동안 나 없이 혼자 지낼 수 있겠어? 안 무서울까?"

"왜 무서워?"

"할머니도 안 계신데 나도 없잖아."

그렇다고 누구 같이 있어줄 사람을 부르라고 권하고 싶진 않았다. 〈허쉬 허쉬 스위트 샬롯(Hush…Hush, Sweet Charlotte)〉에서 대저택에서 홀로 살아가던 베티 데이비스가 그 집을 지키기 위해 사촌 여동생인 올리비아 드 하빌랜드를 불러들이면서부터 그녀는 악몽보다 지독한 일들을 겪게 된다. 실체가 없는 것들—초자연적인 그 무엇이든 혹은 과거의 과오든—에 대한 두려움보다도 살아 있는 사람, 특히 인간의 욕망이 더 무섭다는 걸 절실하게 느낄 수 있었던 영화. 영애 언니도 괜히 혼자 있기 무섭다고 섣불리 아는 사람 불렀다가 무슨 일이라도 겪으면 어떻게 할 것인가.

'아, 생각만으로도 끔찍해! 안 돼, 언니가 그런 일을 겪게 만들 순 없어. 계단 위에서 무섭게 노려보던 올리비아 드 하빌랜드의 눈초리만 떠올려도 이렇게 겁나는데. 영애 언니처럼 마음 약한 사람이 혼자 있다가 큰일 나면 안 되지, 절대 안 돼.'

마리가 그렇게 걱정하는 걸 알지 못하는 영애는 너무 신나하며 물건들을 챙겼다. 그런데 마리가 갖고 갈 거라며 꺼내놓은 옷들을 보곤 좀 의아했다. 평소에 마리가 잘 입지 않는 스타일과 디자인의 옷들이 대부분이었던 것이다. 주로 제2의 피부처럼 몸에 찰싹 달라붙는 옷이거나 짧은 치마였다. 게다가 너무 튀는 색깔들과 조금이 아니라 많이 과한 문양들. 어찌 된 일일까?

"이상하네. 마리야, 너 이런 옷 안 좋아하잖아."

"……."

"대부분 내가 못 보던 옷들이네. 이번에 새로 샀어?"

"……."

심각한 얼굴로 생각에 잠겨 있는 마리가 대답을 하지 않자 영애는 곧 스스로 해답을 찾아냈다.

"아, 이번에 네가 맡은 배역이 이런 옷을 입는 여자인가 보구나. 그래도 전부 이러면 불편할 텐데. 평상시에도 배역처럼 입고 생활하려는 거구나? 역시 우리 마리답다."

가느다란 끈으로 지탱하는 얇은 저지 천의 원피스를 곱게 개면서 영애는 싱글싱글 웃었다. 사소하고 작은 것 하나도 놓치지 않으려고 노력하는 마리의 모습이 정말로 대단하다. 기특하고, 대견하고, 존경스럽기까지 했다.

"언니, 절대로 다른 사람 부르지 마."

"알았어. 촬영 끝나고 입게 다른 옷도 좀 챙겨줄까?"

"혼자 있는 게 좀 쓸쓸하고 무서울 수도 있겠지만, 그래도 괜히 다른 사람하고 있다가 더 무서운 일 겪는 거보단 낫잖아."

마리가 영애의 손을 꼭 잡으면서 고개를 흔들었다.

"아아, 베티 데이비스가 얼마나 무서워했는지 지금도 그 큰 눈동자에 서린 공포가 지워지질 않아."

"그 눈이 예쁜 배우 말이구나."

"알았지, 언니? 언니는 엉뚱한 사람 불러들였다가 무슨 일이 생길지 모르니까, 집 안 단속 잘하고 혼자 있어. 경찰한테 동네 순찰 자주 돌아달라고 하고, 응?"

"그럼. 마리야, 그냥 이 옷들만 넣을까?"

“응.”

그 밤 영애는 너무 설레서 잠을 한숨도 자지 못할 정도였다.

다음날, 마리를 배웅하러 나가자 집 앞에 처음 보는 커다란 흰색 밴이 서 있었다. 태리즈 여사님은 늘 본인 자가용을 타고 움직이셨고, 간혹 윤성우나 윤엔터에서 마리를 데리러 올 때도 일반 자동차가 왔었다. 그런데 오늘은 마치 캠핑카처럼 지붕이 높고, 폭이 넓은 흰색의 커다란 차량이 온 것이다. 그 차였다. 영애조차도 알고 있는 연예인 밴! 바로 그 차였다!

“어머나, 이게 뭐예요?”

우리 마리가 이런 차를 탈 만큼 대우를 받는구나, 그렇게 대단한 영화에 출연하는구나 생각하니 영애는 행복해서 날아갈 것 같았다. 기뻐서 활짝 웃는 영애를 보면서 윤성우가 그보다 더 크게 만면에 미소를 띠며 말했다.

“아이고, 영애 씨, 잘 있었어요?”

“네. 사장님은요?”

영애가 수줍게 되물었다. 그러나 윤성우는 그녀의 인사에 대답할 겨를이 없었다. 마침 대문 밖으로 나온 마리를 보곤 좋아서 입이 함지박만 해졌다.

“야, 노마리 너, 오늘은 옷 제대로 입었지? 아이고, 내가 말 안 해도 이젠 알아서 잘하는구나. 그래, 그렇게 해야지. 하하하하.”

마리가 이번 출연을 결정하고 난 뒤부터 윤 대표는 무척이나 기분이 좋았다. 소속사 대표로서 그리고 오랜 세월 알아온 지인으로서 그도 마리의 영화 출연을 기뻐해 주고 있는 것이다.

'역시, 윤 대표님은 따뜻한 분이시라니까. 어쩜 사람이 저렇게 한결같니.'

영애는 중학교를 졸업하던 해 봄, 태리즈 여사의 집에 오게 되었다. 그녀가 있던 보육원에 후원을 오던 태리즈 여사는 함께 온 마리와 잘 어울리는 영애를 무척 마음에 들어 했다. 두 소녀는 처음 만나자마자 마음이 잘 맞았다. 두 아이는 성격도, 생김새도, 분위기도 사뭇 달랐지만 자연스럽게 서로에게 스며들었다. 영애는 남들과 조금 다른 마리를 이상하게 여기지 않았고 있는 그대로 받아주었다. 그리고 마리는 그런 영애를 친언니처럼 따랐다.

그 모습을 본 태리즈 여사는 온갖 수단을 동원해 보육원 원장을 설득했다. 그래서 영애는 특별히 고등학교 졸업할 때까지 태리즈 여사 댁에서 마리와 함께 자랄 수 있었다. 그리고 그 후로도 두 사람은 서로 의지하며 세상에 둘도 없는 친자매처럼 살고 있었다.

"마리야, 잘하고 와."

영애는 차에 올라타기 전에 마리를 꼭 안아주었다. 환하게 웃던 얼굴엔 어느새 이별하는 사람의 슬픔이 배어들고, 눈가가 촉

촉해져 있었다.

"응. 언니도 조심하고 잘 있어야 돼."

"그럼, 당연하지. 그러니까 내 걱정은 마. 너야말로 낯선 데 가서 낯선 사람들이랑 지내야 하는 게 난 걱정이다."

"난 걱정 말고, 언니 혼자 있어도 끼니 거르지 말고, 아프지 말고."

"내 걱정을 왜 해. 난 집에서 편히 있을 건데. 먼 데 가서 고생하는 네가 걱정이지. 우리 마리 꼭 밥도 잘 챙겨 먹고, 잠도 잘 자고 그래야 한다. 알지?"

"언니도 절대 다른 사람 집에 오라고 해서 같이 자고 그러면 안 돼. 그리고……."

"어디 죽으러 가냐? 뭐 인사가 그렇게 길어."

윤성우의 짜증스런 목소리가 두 사람 사이에 끼어들었다.

"야, 첫날부터 늦고 싶은 거 아니지? 얼른 타."

채근하는 윤성우의 손길을 뿌리치면서 차에 올라탄 마리는 다시 한 번 말했다.

"언니, 절대 다른 사람은 안 돼."

"마리야, 후회 없이 연기하고 와!"

차에 올라타고도 출발하기 전까지의 짧은 시간 동안 두 사람은 서로에 대한 걱정으로 당부하느라 여념이 없었다.

"아, 영애 씨는 내가 알아서 챙길 테니까, 넌 네 걱정이나 하라고."

윤성우는 짜증을 부리면서 밴에 올라탔다. 그리고 마침내 마리를 태운 밴이 휑하니 출발하자 그 뒤에는 영애만 덩그마니 남게 되었다.

"마리야……."

영애는 오랫동안 떨어져 있어야 하는 마리 걱정으로 수심이 가득하면서도 한편에서는 자기를 챙겨주겠다던 윤성우의 말이 귓전에 맴돌았다. 저도 모르게 얼굴이 붉어졌다.

"정말 윤 대표님은 세월이 흐를수록 멋져진다니까, 꺄!"

영애가 윤성우를 처음 본 건 마당에 있는 병꽃나무가 인동초를 닮은 붉은색 꽃을 피우던 5월의 어느 날이었다. 병 모양의 노랗던 꽃이 빨갛게 물들어가면서 흐드러진 꽃송이마다 온갖 나비와 벌들이 몰려들었다. 영애는 덖음차를 만들려고 대나무 소반을 들고 나가서 병꽃나무 꽃을 따고 있었다. 햇볕은 따사로웠고, 벌과 나비가 날아다니는 소리가 고스란히 들릴 만큼 평화로운 시간이었다.

그때 집안일을 돌보는 장씨 아저씨가 아래채에서 나와 현관으로 달려가는 모습이 보였다. 곧 모습을 드러낸 태리즈 여사와 영화사 제작부장이라는 중년 남자 그리고 젊은 청년이 그 뒤를 따랐다. 제작부장은 몇 번 본 적이 있었지만 청년은 낯설었다.

'누구지?'

소반을 허리에 받쳐 낀 채 영애는 세 사람을 바라보고 있었다. 언제나처럼 화려하고 아름다운 태리즈 여사님, 그리고 그 뒤로 죽 늘어선 남자들. 마치 여왕님의 행렬 같았다.

그 순간이었다.

"아얏!"

영애는 소리를 지르며 바구니를 떨어뜨렸다. 손가락 끝이 불에 덴 것처럼 몹시 아팠다. 본능적으로 손가락 끝을 붙들고 끙끙댔다.

"영애야!"

태리즈 여사의 외침이 들렸다. 그리고 곧 달려온 젊은 남자.

"어디 봐요."

"……."

햇살을 등에 진 남자가 빨갛게 달아오른 영애의 손가락 끝을 보면서 인상을 찌푸리고 있었다. 햇빛이 눈부셨다. 남자는 얼른 손가락 끝을 꽉 누르더니 손톱 끝으로 튕기듯 벌침을 빼냈다.

"벌침 빼냈으니까 가서 손 깨끗이 씻고 약 발라요."

"……네, 고맙습니다."

"혹시 계속 아프고 붓고 그러면 병원 가보고."

조심스럽게 고개를 든 영애는 남자의 얼굴을 훔쳐보았다. 그녀와 어깨 높이가 엇비슷한 키에 둥근 얼굴, 마마 자국처럼 얽은 여드름 흉터가 가득한 얼굴에 무테안경을 쓴 남자의 모습을 보며 그녀는 짧게 숨을 들이마셨다. 설마 회장 오빠? 이미 6년이나 지났지만 아직도 잊을 수 없는 그 오빠와 무척이나 닮은 모습이었다.

　그때 마침 태리즈 여사가 다가왔다. 나이는 먹었지만 여전히 아름답고 섬세한 얼굴 가득히 걱정스러운 표정이었다. 저렇게 눈가랑 이마 찡그리는 거 너무 너무 싫어하시는데. 영애는 자기 손보다 그런 자기를 바라보며 인상을 쓰고 있는 태리즈 여사의 주름이 더 신경 쓰였다.

　"영애야, 괜찮니?"

　"네, 여사님."

　"별거 아닙니다. 벌에 쏘인 거예요."

　젊은 남자가 태리즈를 보며 차렷 자세로 얼른 허리를 숙였다.

　"아이, 놀라라. 난 뭐 큰일 난 줄 알았잖아."

　"걱정 끼쳐서 죄송해요."

　"아유, 애는, 그런 말 말고 얼른 들어가서 약 발라."

　"저, 차는 뭘로……."

　"됐어, 아줌마한테 말할 테니까 넌 얼른 들어가. 성우야, 영애 손 잘 봤니? 침 제대로 뺐어?"

　"예, 여사님."

　"그래, 그럼 가자. 영애 넌 빨리 가서 쉬어. 벌침 그거 생각보다 무서운 거야, 애."

　"……네."

　태리즈 여사와 남자가 걸어가는 뒷모습을 보며 영애는 자신의 얼굴이 손끝보다 더 화끈거린다는 걸 깨달았다. 그리고 몸속에 독침이 이미 스며든 것인지 심장이 콩닥거리며 뛰었다. 그 젊은 남자의 이름은 윤성우, 태리즈 여사의 로드 매니저라고 했다.

그렇게 열일곱 살의 봄, 소녀는 첫사랑에 빠졌고, 세월이 흐를수록 영애의 연정은 깊어만 갔다.

영애는 며칠을 마음 설레었는지 모른다.

마리가 드디어 그토록 원하던 연기를 할 수 있게 되었다. 게다가 윤성우 대표가 자신에게 이토록 다정하게 대해준 것은 그를 만난 이후 처음이었다. 행복한 나날들이었다. 그러다 수선을 맡긴 마리의 옷을 찾으러 나갔던 영애는 우연히, 틀어져 있는 텔레비전에서 연예 정보 프로그램을 보게 되었다. 그냥 지나치려던 그녀의 발길을 붙든 건 MC의 멘트였다.

"대한민국을 대표하는 국민 여배우였죠? 태리즈 씨의 〈순자(順子), 준코(順子), 안나(Anna)〉에서 아역으로 화려하게 데뷔해 국제 유수의 영화제에서 상을 받는 등 영화계에서 주목받는 아역배우였던 노마리 씨 등이 이번 쇼에 참여하게 됐습니다. 〈Oldies But Goodies〉는 미국의 유명 리얼리티 쇼를 정식으로 런칭한 TV 쇼로 스타 피디인 최진원……."

처음에는 그저 익숙하고 정겨운 이름이 반가워서 환하게 웃던 영애는 흘러나오는 멘트에 경악했다.

“뭐? 쇼, 쇼?”

그녀는 저도 모르게 두 손으로 입을 틀어막았다.

“마, 마리야…….”

화면 가득 제작발표회 장면을 보여주고 있었다. 그날 아침을 기억한다. 그날 마리가 입었던 옷과 화장과 머리 모양을 기억한다. 그런데 화면 속 마리는 전혀 다른 모습이었다. 훤히 드러난 두 다리, 가슴골이 고스란히 보이는 재킷 차림에 머리를 늘어뜨리고 얼굴은 짙게 화장한 모습이었다.

놀란 영애의 두 눈은 경악으로 커지고, 가슴속에서 뜨거운 것이 울컥하고 치솟아올랐다.

“어떡해…… 어떡해…… 마리야…….”

손이 덜덜 떨리고 다리에 힘이 풀렸다. 몸이 부들부들 떨려오기 시작했다. 무슨 정신으로 그걸 보고 집으로 돌아왔는지 모르겠다.

“뭔가 잘못됐어. 어떡하지? 마리가 그런 쇼에 나갈 리가 없잖아. 윤, 윤 대표님도 그렇고. 그런데 어떻게 이런 일이 있을 수가 있지? 아, 어떡해. 모두 속았나 봐. 그래, 얼른 윤 대표님께 이걸 알려야 해.”

다급한 영애는 윤성우에게 전화를 걸었다. 몇 번이나 신호가 가도 받지 않던 전화를 마침내 상대방이 받았을 때 영애는 떨리는 마음을 애써 진정시키며 말했다. 그러나 그녀의 목소리는 떨리고 있었다.

“윤, 윤 대표님, 어떡해요. 속았어요. 영애랑 대표님 모두 속
으신 거예요.”

[뭘 말입니까?]

“마리요, 우리 마리 지금 영화 찍으러 갔잖아요. 그런데 텔레
비전에서 제가 봤는데 그게 영화가 아니래요. 그게요, 텔레비전
쇼래요, 대표님, 쇼요!”

[그래서요?]

“……네?”

뜻밖의 반응에 놀란 것은 영애였다. 아무래도 윤 대표님이 자
기의 말을 제대로 알아듣지 못한 듯싶었다.

“그러니까요, 잘못됐으니까 얼른 가서 마리 데려오고 속인 사
람들한테 항의해서 일 처리해야 하지 않나요?”

[휴, 이봐요, 영애 씨.]

윤성우가 길게 한숨을 내쉬었다. 그의 목소리 가득 짜증이 담
겨 있음을 영애는 알지 못했다.

[그거 텔레비전 쇼인 거 나도 알고 마리도 다 알고 있습니다.
이번에 거기서 합숙 생활하는 거 찍으러 간 거니까 될 수 있는
한 마리가 늦게 돌아오길 기도해 줘요. 그게 마리를 위하는 겁니
다. 아셨죠?]

“하지만 그, 그럴 리가. 대표님, 우리 마리가 영화도 아니고
텔레비전 쇼에 출연할 리가 없어요. 이건 잘못된 거예요.”

[하아…… 도대체가 참, 두 사람 다 왜 이렇게 생각이 없습니

까?]

윤성우의 언성이 높아졌다.

"네?"

[지금 태리즈 여사가 연락 끊긴 지 벌써 2년이나 됐는데 두 사람 대체 앞으로 뭘 먹고 살려고 이럽니까?]

"저한테 저금한 거 있어요. 그거면 앞으로 몇 년은 더 버틸 수……."

[그럼 마리 연기는 어떻게 시킬 겁니까?]

갑자기 윤성우가 버럭 소리를 질렀다. 영애의 몸이 움츠러들었다.

[이봐요, 영애 씨. 지금 그 푼돈으로 노마리가 먹고 입는 거, 걔가 수업받는 거, 품위 유지하는 거 다 된다고 봅니까? 그 집 유지하는 것도 빠듯하지 않습니까?]

"제, 제가 일해서 돈을 벌면……."

[사람이 순진한 겁니까, 멍청한 겁니까? 아무리 그 집구석에만 처박혀 있어도 그렇지, 왜 이렇게 세상 물정을 몰라요? 배우 하나 키우는 데 들어가는 돈이 얼만데 그걸 고작 영애 씨 푼돈으로 해요? 그리고 이 쇼가 얼마나 큰 기횐지 정말 모르겠습니까? 거기에 얼굴 한 번 들이밀려고 애 닳은 애들이 바닥에 깔리고 깔렸어요. 거기에 출연해서 인지도 올라가면 마리가 그렇게 하고 싶어 하는 연기 할 수 있는 기회도 생기고 그러는 겁니다. 그래서 노마리도 이 쇼에 출연하겠다고 한 거고.]

윤성우는 마지막으로 쐐기를 박았다.

[그러니까 괜히 마리 마음 흔들어서 초칠 생각하지 말아요. 알 겠습니까? 이게 다 마리를 위한 거란 말입니다.]

전화기를 내려놓는 영애의 손과 몸이 오열로 떨리고 있었다. 바닥에 주저앉은 영애는 얼굴을 두 손에 묻고 한참을 울었다.

"마리야…… 마리야……."

＊

경쾌한 유행가에 맞춰서 나름 유혹적으로 열심히 몸을 흔드 는 권예지를 바라보는 사람들의 표정은 싸늘하기 그지없었다. 간혹 혈기 왕성한 남자 대학생 한둘이 박수를 치거나 휘파람을 불기도 했으나, 연극영화과에서 연출과 연기를 전공하는 50명 의 남녀 대학생으로 구성된 일반 평가단의 표정은 지루하기 짝 이 없었다.

그저 그런 아마추어들의 장기자랑도 아니고, 지상파 방송국 의 드라마 여자 주연을 뽑는 자리. 그 두 번째 생살여탈권을 가 진 50명은 저마다 사명감에 불타고 있었다.

대학생들이라고는 해도 그들은 미래의 연기자나 감독을 꿈꾸 는 사람들이었다. 그런데 미련하게도 권예지는 그들 앞에서 무 슨 장기자랑 하듯이 고작 춤을 춰댔던 것이다.

자기 딴에는 며칠 밤을 새면서 영화 〈브링 잇 온(Bring It On)〉

의 치어리딩을 애써 준비한 것이었으나, 그마저도 앞서 영화 〈물랑루즈(Moulin Rouge)〉의 히로인인 샤틴의 정열적인 춤과 노래를 고혹적인 자태의 붉은 입술로 불러낸 박세미 때문에 묻히고 말았다. 하필이면 춤과 노래를 준비한 건 그 둘뿐이라 두 사람에 대한 평가단의 반응 차가 확연하게 드러났다.

음악이 끝나고 권예지가 들어가자 진행자인 성기남의 멘트가 이어지고, 곧 촬영이 마무리되었다.

"자, 오늘 촬영은 여기까집니다. 출연자들은 밖에 준비된 차량에 탑승하십시오. 숙소로 이동합니다."

조감독 태리의 지시에 따라 〈Oldies But Goodies〉의 출연자 여덟 명은 주섬주섬 자신의 물건을 챙겨서 그들이 기거하고 있는 'Star House'로 데려다 줄 버스에 올라탔다. 처음 도전 과제를 듣고 이틀 동안 애써 준비한 과제 발표가 끝나자 모두들 긴장이 풀어진 듯 많이 지친 표정이었다.

그러나 자신들의 일거수일투족을 담고 있는 ENG 카메라가 버스에도 동행한 것을 아는 이들은 애써 표정을 관리하고 있었다. 하지만 내일로 다가온 3차 탈락자 선정에 대한 걱정을 지울 수 없는 여덟 명의 얼굴에는 긴장감이 역력했다.

그 와중에 정신애가 자기 옆에 앉은 민은아와 이야기를 나누고 있었다. 나이도 엇비슷하고 같은 방을 쓰는 터라 두 사람은 부쩍 가깝게 지냈다.

"난 역시 무대 체질인가 봐. 우리끼리 스튜디오에서 발성 연습하고 할 때는 그저 그랬는데 앞에 평가단 있으니까 나도 모르게 노래하고 춤이 되는 거 있지. 알잖아, 나 거기 클라이맥스 부를 때마다 춤이 안 됐잖아."

이틀 전, 액팅 스튜디오에서 티칭 코치가 내준 과제를 수행하는 테스트에서 정신애는 발성이 형편없다는 혹평을 들었다. 우승자는 오랫동안 연극 무대에 선 조상미가 되었다. 비록 당락에 가장 큰 비중을 가진 본심사는 아니었지만, 숙소에서 지내며 받는 모든 테스트가 심사위원들 결정에 영향을 줄 수 있다는 걸 알고 있었다.

아직 본격적으로 일반 시청자들의 참여가 이뤄지기 전이니 심사위원의 점수는 당락에 있어 절대적인 기준이었다. 그래서 내심 자존심도 상하고 위축됐던 정신애는 오늘 현장에서 정말로 열심히 했고, 덕분에 꽤 열광적인 반응을 이끌어냈다. 그게 그녀를 흥분시켰다.

내일, 이번 주에 있었던 모든 테스트 결과를 종합해서 정식 심사위원들의 평가가 있을 예정이었다. 아직 심사위원들이 누구인지 밝혀지지 않은 상태라 참가자들은 더욱 긴장된 상태였다.

"그래, 너 춤 보니까 연습할 때보다 더 괜찮더라."

민은아가 가볍게 고개를 끄덕였다.

"아우, 내일 심사위원들이 뭐라고 할지 정말 떨려."

"음, 내 생각인데 우리 둘이 상위권에 들지 않을까?"

"맞아, 아무래도 내가 제일 잘한 것 같아. 호호."

정신애의 웃음소리가 버스 안에 울렸다. 속으로 콧방귀를 뀌었지만, 다들 겉으론 아무런 내색을 하지 않았다. 그러나 한 사람은 예외였다. 아무래도 냉담했던 평가단의 반응 때문에 신경이 날카로운 권예지가 버스 통로 쪽으로 몸을 내밀고는 뒤편에 앉은 정신애를 바라보며 대놓고 물었다.

"자기, 나보다 잘한 것 같아?"

2차 경합에선 전문가들에게 가장 높은 점수를 받아 우승을 차지했던 권예지. 그러나 오늘은 정말로 형편없었다. 그래서 불안하고 초조했던 그녀가 정신애의 말을 그냥 지나치지 못한 것이다.

"뭐, 박수를 꽤 많이 받긴 했죠."

"박수야 남자 몇이 두들긴 거잖아."

"어머, 그래도 나 끝나고 나서 박수 소리가 제일 크던데요. 소리도 지르구요."

"그렇게 잘난 척하지 마. 자긴 아직 우승한 게 아니야."

"누가 뭐래요?"

정신애가 한쪽 눈을 치켜뜨며 대꾸했다.

"심사위원이 뭐라고 할진 모르는 거야. 일반 평가단하곤 또 다르다고."

"일반인 아니거든요. 연영과 다니는 애들이잖아요."

권예지의 말에 기분 상한 정신애가 턱을 치켜들며 대들었다.

"흥, 그래 봤자 당락 결정은 내일 심사위원들이 하는 거고, 그 사람들은 전문가들이야. 어설픈 아마추어의 평가 따윈 아무런 영향도 못 준다고."

"하, 발성 코치도 그쪽 발성 형편없다고 하지 않았어요? 입속에서 소리 우물우물대지 말고 뱉으라고 했는데 끝까지 못했잖아요."

"야!"

참다못한 권예지가 발끈해서 소리를 질렀다.

"왜요!"

정신애도 지지 않고 맞받아쳤다.

"아우, 시끄러워. 좀 조용히 해."

"그래, 싸울 거면 나가서 둘이 따로 하든가."

듣고 있던 강신이가 두 사람에게 주의를 주고 조상미가 거들었지만, 그녀들의 흥분은 쉽게 수그러들지 않았다.

그 소란스러운 와중에 마리는 생각에 골몰해 있었다.

현재 여덟 명이 함께 생활하고 있었다. 세 개의 방 중 하나에는 세 명, 그리고 나머지 방에는 각 두 명씩 함께 지내고 있었다. 그리고 각 테스트에서 우승한 사람은 별도로 마련된 우승자의 방에서 지냈다. 마리는 차하린과 박세미와 함께 방을 썼다. 두 사람 모두 단정하고 예의 바른 사람들이었다. 특히 차하린은 마리에게 친절했다. 박세미도 볼 때마다 예쁘게 웃는 낯으로 인사를 건넸다. 그러나 그뿐이었다. 더 이상 가까워지질 않았다. 마리는 답답했다. 도대체 어떻게 해야 가까워질 수 있는 걸까? 합숙 생활을 하면서 그녀가 기대했던 '같은 방 친구들과 친해져서 밤에 몰래 비밀 이야기하기'는 영영 불가능한 꿈인 걸까?

그것이 24시간 덤 블론드를 연기하는 자신에게 있어 지나친 욕심이란 걸 알고는 있었다. 하지만 그래도 마리는 꿈을 꾸었다. 어쩌면 정말로 영화에서처럼 그런 일이 생길지도 모른다고.

내내 노마리가 아닌 덤 블론드로 살아도, 그런 자신을 좋아해 주는 친구가 생기지도 모른다고 말이다.

'〈죽은 시인의 사회(Dead Poets Society)〉에서처럼 밤에 몰래 빠져나가서 비밀스러운 모임도 하고 싶었는데.'

그러나 현실은 아침에 눈 뜨자마자 각자 아침밥을 챙겨 먹고, 씻고, 화장하고, 서둘러 준비해서 1층 거실에 모여 제작진의 지시 사항을 전달해 듣고, 그날그날 주어지는 일과를 해내기에 바빴다. 밤에도 각자 그 주의 과제를 연습하거나, 피곤에 찌들어서 씻고 자느라 간단한 이야기도 나눌 틈이 없었다.

물론 그사이 꽤 가까워져서 친하게 어울리는 사람들도 있었다. 정신애와 민은아는 같은 방을 쓰는데다, 둘 다 스물세 살 동갑에 같은 CF를 번갈아 가며 모델을 했던 경험 때문에 금세 가까워졌다. 밤중에 침대에 누우면 창문 밖에서 두 사람이 풀장에서 물놀이하며 까르르대는 소리가 들렸다. 그리고 주방이나 거실에 모였을 때도 딱 붙어서 속닥거리곤 했다. 다른 참가자들끼리도 꽤 정답게 이야기를 나눴다. 하지만 마리는 그러질 못했다.

문득 발목이 쑤셨다. 3일 전에 자세 교정을 하면서 높은 힐을

신은 상태로 걷다가 다른 참가자와 부딪쳤다. 그때 좀 심하게 발목을 접질린 모양이다. 걸을 때마다 왼쪽 발목이 꽤 아팠다.

"자, 도착했습니다. 내리십시오."

그동안 몇 번을 드나들었지만, 어딘지 도통 알 수 없는 합숙소에 도착했다. 밖으로 나갈 때도 버스 창을 커튼으로 가려서 바깥을 확인할 수 없도록 했다. 도착한 곳을 위치와 이동 시간 등을 근거로 대충 어디일 거라고 추측하는 멤버들도 있었다. 그러나 마리는 도통 알 수가 없었다. 그저 오가는 버스 안에서 흐트러지지 않으려 애쓸 뿐이었다.

24시간을 노마리가 아닌 덤 블론드로 사는 건 생각보다 힘든 연기였다. 긴장감을 잃지 않으려 애쓰는 마리에겐 잠시도 쉴 틈이 없었다. 그러다 보니 아무래도 심신이 금세 지쳐 가고 있었다.

계단이 꽤 높은 버스에서 내리는데 갑자기 왼쪽 발목에 힘이 들어가질 않았다. 발목이 비정상적으로 꺾이고 몸이 흔들렸다.

"앗!"

그 순간 뒤따라 내리던 차하린이 마리의 팔을 붙들어주었다.

"괜찮아요?"

"어머나, 왜 그래요?"

다른 사람들이 놀라서 마리에게 질문을 던졌다. 식은땀이 흘렀다. 마리는 애써 자세를 바로잡으며 괜찮다고 했다.

"발을 헛디뎠나 보네요."

차하린의 말에 사람들은 곧 관심을 거두고 흩어졌다. 마리는 특유의 미소를 지으며 천천히 걸음을 옮겼다. 그러나 아픈 발목 때문에 제대로 걷기가 힘들었다. 그러자 그녀는 곧 영화 〈나이아가라(Niagara)〉에서 마릴린 먼로가 그랬던 것처럼 리드미컬하게 걷기 시작했다.

오른쪽 발목에 힘을 주어 내딛고 왼쪽은 살짝 댔다가 얼른 다시 오른쪽 발을 내밀었다. 자연스럽게 골반이 크게 흔들리며 묘하게 유혹적인 걸음걸이가 만들어졌다. 그러자 왼쪽 발목에 부담이 좀 덜 됐다. 물론 아프지 않은 건 아니었다. 하지만 마리는 태연하게 몬로 워킹(Monroe Walking)으로 걸어갔다.

그 모습을 보며 사람들이 수군거렸다.

"뭐니, 쟤. 하여간 걷는 것 좀 봐."

"크큭."

그들의 말속과 눈빛에 담긴 것이 시기와 질투임을 모두 알 수 있었다. 남아 있는 8명이 갖고 있는 목표는 뚜렷했다. 어떻게든 우승자가 되어 DBS 드라마의 여주인공이 되는 것, 아니면 이 쇼를 통해 재조명받고 다시 주목받는 스타가 되는 발판을 마련하는 것.

그러자면 치열한 경쟁 속에서 어떻게든 살아남아야 하고, 남들보다 튀어야 했다. 겉으로는 친해진 것처럼 보여도 그들은 은근하게 신경전을 벌이고 있었다. 그런데 노마리처럼 눈에 띄는 존재라면 공공의 적이 되는 건 삽시간이었다.

스태프들에게 지시를 내리고 있던 진원이 인상을 찌푸린 채 그 모습을 바라봤다.

"감독님, 이거 어떻게 할까요?"

태리가 다가와서 내일 일정표를 보며 물었다.

"그건 내가 알아서 할 테니까 넌 여기 정리하고 보안팀한테 외부 경비 더 철저하게 하라고 전해."

"네."

"그리고 내일까지 ENG팀들, VJ들 다 철수해도 좋다고 해. 내일 아침에 합숙소로 와서 판정하는 것부터 찍으면 되니까."

"캠프는요? 캠프도 철수할까요?"

"뭐?"

"아, 아닙니다."

"캠프는 당연히 24시간 주야로 항시 대기라고 말했지? 잠잘 때는 찍을 수 없지만, 그때 무슨 일이 벌어지면 어쩔 거야. 그러니까 담당하는 사람들은 당연히 남아 있어야지."

"……네."

합숙소 근처에는 만일의 사태에 대비해 인력들이 상시 대기하고 있는 캠프가 마련돼 있었다. 그리고 중계 설비가 마련된 차량이 있어서 그곳에서 합숙소 안에서 일어나는 일들을 찍고 있는 카메라를 모두 한꺼번에 살펴볼 수 있는 주조정실이 마련돼 있었다.

"그리고 너."

“네.”

“노마리한테 가봐.”

“네?”

“가서 괜찮은지 물어봐.”

“뭘 말입니까?”

“그 여자 발목 다친 것 같다. 어떤지 가서 상태 확인하고 의료 팀한테 보여.”

“노마리 다쳤어요?”

“그래.”

“언제요? 전 못 봤는데. 아, 좀 전에 버스에서 내릴 때요? 그 거 살짝 접질린 거던데. 차하린 씨한테 괜찮다고 하는 거 저도 들었어요. 그리고 잘만 걷던데요.”

재잘대는 이태리를 바라보는 진원의 눈이 가늘어졌다. 속에 서 화가 치솟았다. 며칠 전부터 저 미련한 여자의 걸음걸이가 심 상치 않았다. 남들 앞에서는 태연한 척했고, 카메라에 비친 모습 에선 늘 웃고 있었다. 그러나 어제 편집실에서 녹화된 분량을 확 인하던 진원은 걸음을 내딛기 전의 노마리 표정이 묘하다는 걸 깨달았다.

메인 카메라나 그녀를 찍고 있는 VJ의 ENG 카메라엔 잡히지 않았다. 그러나 합숙소 곳곳에 설치돼 있는 고정 카메라의 녹화 분을 살펴보던 진원은 노마리가 걷기 전에 숨을 들이마시는 걸 발견했다. 2층 계단을 올라와 좁은 코너를 돌 때 잠시 주춤거리

며 발목을 주무르고 있었다. 그곳까진 카메라가 있으리라 상상
도 못한 모양이었다. 덤 블론드를 연기하는 연기자의 가면이 벗
겨진 노마리의 얼굴에는 지치고 아픈 기색이 역력했다.

미련한 여자 같으니라구!

저렇게 아프면 이야기를 해서 치료받으면 될 텐데 왜 버티는
걸까? 그러다가 진원은 곧 노마리의 의도를 깨달았다. 그녀는
지금 덤 블론드로서 연기를 하고 있는 것이다. 그 대본 속에 그
런 모습은 들어 있지 않는 것이다. 콘셉트에 맞질 않으니까. 몸
이 다쳤는데도 불구하고 그걸 견뎌내면서 온갖 과제를 수행해
내는 건 덤 블론드의 이미지와 맞질 않겠지.

아마 남자들과 있다면 일부러 다친 것을 과장되게 드러냈을
지도 모른다. 하지만 여자들과 함께 치열한 경쟁을 펼치고 있고,
쇼의 초반 자기 캐릭터를 쌓아가고 있는 시기에 노마리는 그런
모습을 남기고 싶지 않은 것이다.

진원은 철저하게 자기 배역에 대해 설정하고 몰두해 있는 노
마리의 연기를 함부로 방해하고 싶지 않았다. 그게 옳다고 생각
하진 않지만 말이다. 그래서 며칠은 그냥 두고 봤지만, 이젠 더
이상 내버려 둘 수 없었다.

연기고 뭐고 사람 몸이 상해가면서까지 할 순 없는 거 아닌
가.

"이태리."

진원이 낮게 깔린 목소리로 태리를 불렀다. 아직 아무런 낌새

도 채지 못한 태리가 쾌활하게 대답했다.

"넵, 감독님."

"내가 방금 너한테 뭐라고 했지?"

진원이 질문을 던지는 순간, 태리는 퍼뜩 정신을 차렸다. 자기를 바라보는 진원의 눈초리가 심상치 않다는 걸 그제야 눈치챈 것이다.

"헙!"

"나 두 번 말 하는 거 싫어하는 거 아냐, 모르냐?"

"아, 압니다."

"그럼 당장 달려."

태리를 바라보는 진원의 눈매가 매섭기 짝이 없었다.

"어서!"

진원의 채근에 달려가면서 태리는 고개를 갸웃거렸다.

"대체 뭐 때문에 저러시지?"

그로서는 도저히 알 수가 없었다.

〈2권에 계속〉